D1993278

Zu diesem Buch

Ray glaubte zu sehen, wie Colemans Hand in die Manteltasche fuhr – da krachte auch schon ein Schuß. Ray fiel rückwärts in eine Hecke; es dröhnte in seinen Ohren, und er wußte nicht, ob er getroffen war oder ob ihn der Schock umgeworfen hatte.

Ray Garrett weiß, daß ihm Edward Coleman, sein Schwiegervater, zumindest die moralische Schuld am Tod von Peggy Garrett, geb. Coleman, gibt. Aber es ist bestürzend, daß sich Coleman in seinem blinden Haß zu einem Mordanschlag hinreißen läßt – bestürzend und auch wieder auf eine undefinierbare Art faszinierend. Er hat nichts getan, um Ray über die Identität seines potentiellen Mörders im unklaren zu lassen; er hat einfach auf offener Straße geschossen – so, als könne er ganz sicher sein, daß sein Schwiegersohn im Falle des Mißlingens nicht zur Polizei gehen werde, von seinem schlechten Gewissen zurückgehalten ...

Ray geht nicht zur Polizei, aber nicht, weil er in Zusammenhang mit dem Tod seiner Frau ein schlechtes Gewissen hätte. Wie unter Zwang folgt er Coleman von Rom nach Venedig, läßt ihn nicht in Ruhe, sorgt immer wieder dafür, daß sie sich begegnen – er bietet sich dem Mann, der ihn ermorden will, an, ohne selber recht zu wissen, warum. Und Coleman nimmt seine Chance wahr.

Ray stolperte rückwärts, verlor das Gleichgewicht, stürzte ... Das Wasser schlug über ihm zusammen. Als er sich an die Oberfläche gekämpft hatte, war das Boot viele Meter entfernt. Das Wasser war eisig, schon fühlte er die Glieder starr werden ...

Patricia Highsmith gehört zu den hervorragendsten Vertreterinnen des amerikanischen Kriminalromans. Für ihre Bücher erhielt sie Auszeichnungen der «Mystery Writers of America», den «Grand Prix de la Littérature Policière» und den Preis der englischen «Crime Writers' Association». Mehrere ihrer Romane sind verfilmt worden.

Patricia Highsmith

Venedig kann sehr kalt sein

Deutsch von
Anne Uhde

rororo

Rowohlt

rororo thriller
Herausgegeben von Bernd Jost

Sonderausgabe
Veröffentlicht im Rowohlt Taschenbuch Verlag GmbH,
Reinbek bei Hamburg, April 1995
Die Originalausgabe erschien bei Heinemann, London,
unter dem Titel «Those Who Walks Away»
Copyright © 1967 by Patricia Highsmith
Copyright © Diogenes Verlag AG, Zürich, 1968
Umschlaggestaltung Walter Hellmann
(Illustration Frank Nikol)
Gesetzt aus der Linotype-Aldus-Buchschrift
und der Palatino (D. Stempel AG)
Gesamtherstellung Clausen & Bosse, Leck
Printed in Germany
500-ISBN 3 499 43208 0

Die Hauptpersonen

Peggy Garrett	ist tot, und es steht außer Zweifel, daß es ein Selbstmord war. Das weiß auch
Edward Coleman,	ihr Vater; er gibt jedoch seinem Schwiegersohn die Schuld an ihrem Tod und versucht,
Ray Garrett	umzubringen – was diesen so fasziniert, daß er nicht zur Polizei geht. Es beginnt ein Zweikampf;
Inez Schneider Antonio Santini Elisabetta Stefano Francis Smith-Peters Laura Smith-Peters	sind die mehr oder weniger unbeteiligten Zeugen, und auch
Capitano Dell' Isola	erhält keine Gelegenheit, einen großen Fall zu lösen.

1

«Sie hatte keine Geschwister», sagte Coleman. «Macht die Sache etwas einfacher, immerhin.»

Ray schritt neben ihm her, den bloßen Kopf gesenkt, die Hände tief in den Manteltaschen vergraben. Er schauerte zusammen. Die Nachtluft in Rom war beißend kalt, man spürte den nahenden Winter. Es machte die Sache nicht einfacher, dachte er, daß sie keine Geschwister gehabt hatte. Für Coleman doch gewiß nicht. Die Straße war dunkel; er hob den Kopf und suchte nach dem Straßennamen, fand ihn aber nicht. «Wohin gehen wir eigentlich?» fragte er.

Coleman deutete mit dem Kopf nach vorn. «Da unten sind Taxis», sagte er.

Die Straße führte bergab. Das Geräusch der Schritte wurde ein wenig heller, als die Schuhe leicht ins Rutschen kamen. *Trapp-trapp-trappe-trapp.* Ray tat kaum mehr als einen Schritt, wo Coleman zwei machte. Coleman war kleiner und ging mit kurzen, festen und doch wiegenden Schritten. Er hielt eine Zigarre zwischen den Zähnen, die schwarzbitteren Rauchwolken stiegen Ray in die Nase. Das von Coleman ausgesuchte Café Greco hatte den weiten Weg durch Rom wirklich nicht gelohnt. Ray hatte Coleman verabredungsgemäß um acht dort getroffen; Coleman hatte behauptet, mit einem Mann – wie hieß er doch? – dort verabredet zu sein, der Mann war aber nicht gekommen, und Coleman hatte ihn auch gar nicht mehr erwähnt; wer weiß, ob er überhaupt existierte. Coleman war sonderbar. Vielleicht hatte er manchmal mit Peggy in diesem Restaurant zu Mittag oder zu Abend gegessen und hing jetzt daran um der Erinnerungen willen. Er hatte fast nur von Peggy gesprochen, solange sie dort saßen; nicht mehr so empört wie auf Mallorca – heute abend hatte er sogar ein- oder zweimal vor sich hin gelacht –, aber die zornige Frage stand nach wie vor in seinen Augen. Ray hatte versucht, mit ihm zu reden; es hatte zu nichts geführt. Für ihn war der Abend einer von vielen, die er über sich ergehen ließ. In den zehn Tagen seit Peggys Tod waren alle Abende gleich gewesen: farblos und dumpf, isoliert von der übrigen Welt. Jeden Abend aß man, was auf den Tisch kam, einfach weil es auf den Tisch kam.

«Du fährst nach New York weiter», sagte Coleman.

«Erst nach Paris.»

«Hast du hier Geschäfte?»

«Ja, aber nicht viel. In zwei Tagen kann ich alles erledigen.» Ray wollte in Rom einige Maler aufsuchen und feststellen, ob ihnen daran lag, in seiner Galerie in New York ausgestellt zu werden. Die Galerie existierte noch nicht. Er hatte heute noch keinen Menschen angerufen, obgleich er seit Mittag in der Stadt war. Er seufzte. Ihm war nicht nach Besuchen zumute; was ihm fehlte, war der Schwung, sie davon zu überzeugen, daß die Galerie Garrett ein Erfolg zu werden versprach.

‹Viale Pola›, las Ray auf einem Straßenschild. Vor ihnen lag eine breitere Straße. Das mußte die Nomentana sein.

Ray schien es, als taste Coleman in seiner Manteltasche nach etwas. Plötzlich stand Coleman vor ihm, ein Schuß krachte und warf Ray gegen eine Hecke. In seinen Ohren dröhnte es, erst nach einigen Sekunden hörte er Colemans Schritte, die sich eilig entfernten. Er war schon nicht mehr zu sehen. Ray wußte nicht, ob ihn die Kugel umgeworfen hatte oder ob er vor Überraschung rückwärts gefallen war.

«*Che cosa?*» rief eine Männerstimme aus einem Fenster. Ray rang nach Luft; er merkte, daß er den Atem angehalten hatte. Mühsam kam er auf die Füße. «*Niente!*» rief er mechanisch. Er holte tief Luft; es tat nicht weh, er war also wohl nicht getroffen. Er ging weiter in der Richtung, die Coleman eingeschlagen hatte und in der sie auch vorher gegangen waren.

«Da ist der Mann!»

«Was war denn da los?»

Ray bog in die Nomentana ein; die Stimmen verstummten. Er hatte Glück: von links kam ein Taxi. Er winkte.

«Albergo Mediterraneo», sagte er und sank in den Sitz zurück. Im linken Oberarm fühlte er ein stechendes Brennen. Er hob den Arm; durch den Knochen war der Schuß bestimmt nicht gegangen. Er faßte nach dem Mantelärmel und fand mit dem Finger ein Loch und nach weiterem Suchen das Ausgangsloch auf der anderen Ärmelseite. Jetzt spürte er auch die warme Feuchtigkeit in der Armbeuge, wo das Blut herunterlief.

Das Taxi hielt vor dem Mediterraneo. Es war ein modernes Haus, dessen Stil er nicht übermäßig schätzte, aber die Hotels, die er bevorzugte, waren heute alle besetzt gewesen. Er nahm seinen Zimmerschlüssel und fuhr mit dem Liftjungen nach oben; die linke Hand behielt er in der Manteltasche, damit kein Blut auf den Teppich tropfte. Als die Tür sich hinter ihm schloß, überkam ihn ein Gefühl der Sicherheit; trotzdem warf er unwillkürlich einen Blick in alle Zimmerecken, als ob er erwartete, Coleman dort zu finden.

Er ging ins Bad, zog den Mantel aus und warf ihn ins Zimmer auf das Bett, dann zog er die Jacke aus und fand auf dem blauweißen Ärmel des Oberhemds einen angetrockneten Streifen Blut. Auch das Hemd zog er aus.

Die Wunde war ein kleiner Kratzer, kaum zwei Zentimeter lang, ein typischer Streifschuß. Er tauchte einen sauberen Waschlappen ins Wasser und wusch die Stelle aus. Aus dem Koffer nahm er ein Heftpflaster;

das breite Pflaster war das einzige gewesen, das sich noch in dem Blechkasten gefunden hatte, als er auf Mallorca das Medikamentenschränkchen ausräumte. Mit Hilfe der Zähne band er ein Taschentuch um den Arm. Das Oberhemd wurde zum Einweichen ins Wasser gelegt.

Fünf Minuten später stand er im Pyjama am Telefon und bestellte an der Bar einen doppelten Whisky. Dem Boy gab er ein reichliches Trinkgeld. Dann drehte er das Licht aus und trat mit dem Glas in der Hand ans Fenster. Sein Zimmer lag in einem der oberen Stockwerke. Weit und tief unten dehnte sich die Stadt Rom, in der Ferne sah man nur die gedrungene Peterskirche und die Säule der Santa Trinità oben an der Spanischen Treppe. Sicher dachte Coleman, er sei tot, nach seinem Fall in die Hecke zu schließen. Coleman hatte sich nicht umgedreht. Ray lächelte kurz und runzelte die Stirn. Wo hatte sich Coleman den Revolver beschafft und wann?

Coleman wollte morgen mittag von Rom nach Venedig fliegen, zusammen mit Inez und Antonio, das hatte er heute abend gesagt. Er brauchte einen Szenenwechsel, eine wohltuende Umgebung, und außer Venedig war ihm nichts eingefallen. Vielleicht rief er morgen früh hier im Hotel an, um festzustellen, ob Ray zurückgekommen war. Wenn man im Hotel sagte: «Ja, Mr. Garrett ist hier» – würde er dann den Hörer auflegen? Und wenn er glaubte, ihn umgebracht zu haben, was mochte er dann Inez erzählen? «Ich habe ihn in der Nähe der Nomentana verlassen, da haben wir jeder ein Taxi genommen. Keine Ahnung, wer das getan haben kann.» Oder hatte ihr Coleman gar nicht gesagt, daß er Ray zum Essen treffen wollte – vielleicht hatte er gesagt, er sei mit jemand anderem verabredet? Ob er den Revolver sofort weggeworfen hatte, heute abend noch – vielleicht von einer Brücke aus in den Tiber?

Ray nahm einen tiefen Zug aus dem Glas. Nein, hier im Hotel rief Coleman sicher nicht an. Es kümmerte ihn einfach nicht. Wenn man ihn zur Rede stellte, konnte er lügen; und er log gut.

Und selbstverständlich würde er herausfinden, daß Ray noch am Leben war – da nichts über seinen Tod oder eine ernsthafte Verletzung in der Zeitung stand. Und wenn Ray dann schon in Paris oder New York war, würde Coleman annehmen, daß er geflohen war, feige vor ihm weggelaufen, bevor irgend etwas erklärt, analysiert, beim Namen genannt worden war. Nein: Ray wußte, er würde ebenfalls nach Venedig fahren und dort von neuem mit Coleman reden.

Der Alkohol half; plötzlich fühlte er sich müde und entspannt. Er starrte auf den großen geöffneten Koffer. Er hatte ihn auf Mallorca umsichtig gepackt und nichts Wesentliches vergessen, weder Manschettenknöpfe noch den Zeichenblock, weder die Zeichenfeder noch das Adreßbuch. Alles andere, zwei große Koffer und mehrere Kartons, hatte er nach Paris geschickt. Warum eigentlich nach Paris und nicht nach New

York? Das wußte er selbst nicht, denn in Paris mußte er sie doch nur weiterleiten nach New York. Das war nicht sehr gut organisiert, aber bei den wirren Umständen auf Mallorca, unter denen er die Packerei zu erledigen hatte, schien es erstaunlich, daß überhaupt alles so glattgegangen war. Am Tage vor der Beerdigung war Coleman aus Rom gekommen und war danach noch drei Tage geblieben; in dieser Zeit hatte Ray seine und Peggys Sachen gepackt, die Rechnungen bei den Lieferanten bezahlt, Briefe geschrieben, den Mietvertrag gekündigt (der Hausbesitzer Deckkard war damals in Madrid, es mußte also alles telefonisch erledigt werden). Und die ganze Zeit war Coleman im Hause herumgeschlichen, kaum hörbar, wortkarg; doch Ray hatte bemerkt, wie sich die dünnen Lippen immer schmaler und fester zusammenpreßten in diesen Stunden, die seinen Zorn auf Ray weiter härteten. Einmal war Ray ins Wohnzimmer gekommen, um Coleman etwas zu fragen (Coleman hatte das Gastzimmer abgelehnt und auf der Couch im Wohnzimmer geschlafen), und hatte gesehen, wie Coleman eine schwere Lampe aus Terrakotta, geformt wie ein großer Krug, in beiden Händen hielt. Einen Augenblick dachte Ray, er wolle die Lampe nach ihm schleudern, aber Coleman hatte sie hingestellt. Ray fragte ihn, ob er mit nach Palma fahren wolle, das vierzig Kilometer entfernt war und wo er sich um die Verschiffung seiner Sachen kümmern mußte. Coleman hatte abgelehnt. Am nächsten Tag flog er von Palma aus zurück nach Rom zu Inez, seiner gegenwärtigen Freundin. Ray kannte sie nicht. Sie hatte Coleman zweimal angerufen, als er auf Mallorca war. Er war zum Postamt gerufen worden, denn im Haus war kein Telefon. Coleman hatte immer Freundinnen. Ray begriff nicht, was sie an ihm fanden.

Vorsichtig schlüpfte er ins Bett, damit der Arm nicht wieder zu bluten anfing. Es war ihm unangenehm, daß Coleman mit Inez und mit dem Italiener Antonio zusammen war. Er kannte Antonio nicht, konnte sich aber den Typ gut vorstellen – weich, jung, gut aussehend, gut angezogen und ohne Geld: heute ein Schnorrer und früher vermutlich ein Freund von Inez. Und Inez war wahrscheinlich in den Vierzigern, vielleicht verwitwet, wohlhabend; vielleicht malte sie auch, aber schlecht. Wenn er bloß Coleman in Venedig noch einmal allein sprechen konnte, dann würde er ihm alles in ganz einfachen Worten darstellen: daß er wirklich nicht wußte, warum sich Peggy das Leben genommen hatte, und daß er es sich wahrhaftig nicht erklären konnte. Wenn er Coleman dahin bringen konnte, ihm das zu glauben und nicht mehr überzeugt zu sein, Ray verberge ein Geheimnis oder eine wichtige Tatsache vor ihm, dann – ja, was dann? Rays Gedanken verwirrten sich. Heute abend war das Problem nicht mehr zu lösen. Er schlief ein.

Am nächsten Morgen buchte er einen Nachtflug nach Venedig, bestellte telegrafisch in der Pensione Seguso am Zattere-Quai ein Zimmer und führte vier Telefongespräche mit Malern und Kunsthändlern in Rom, aus denen sich zwei Verabredungen ergaben. Aus einer gewann er einen Maler für die zukünftige Galerie Garrett; er hieß Guglielmo Guardini und malte phantastische Landschaften mit viel Detail und mit feinem Pinselstrich. Es wurde alles mündlich abgemacht, ohne Unterschrift, aber Rays Stimmung hob sich. Vielleicht kam es doch nicht so weit, daß er und Bruce die ‹Galerie der schlechten Künste› in New York aufmachen mußten. Das war Rays Einfall gewesen, als letzter Ausweg: wenn sie keine guten Künstler bekamen, wollten sie die schlechtesten nehmen; dann kamen die Leute hin, um zu lachen, kauften aber doch, damit sie etwas anderes hatten als die andern, die nur ‹das Beste› erstanden. «Wir brauchen uns nur hinzusetzen und abzuwarten», hatte Bruce gemeint. «Wir nehmen nur die schlechtesten und sagen gar nichts dazu. Keinerlei Kommentar. Wir brauchen es auch gar nicht die ‹Galerie der schlechten Künste› zu nennen. Vielleicht ‹Galerie Null› oder so was. Das Publikum wird schon dahinterkommen.» Sie hatten viel gelacht bei ihren Unterhaltungen auf Mallorca, als Bruce im letzten Sommer dort war. Vielleicht war die Idee gar nicht so aussichtslos; aber Ray war heute abend in Rom doch erleichtert und froh über den Maler Guardini. Dieser Weg schien ihm solider.

Er aß allein zu Abend und ging dann ins Hotel zurück, um seinen Koffer zu holen. Niemand hatte angerufen.

2

Die andern waren vor ihm angekommen, mindestens zehn Stunden früher, überlegte Ray, als er um halb vier morgens aus dem Flugzeug in die kalte Dunkelheit trat und erfuhr, daß es um diese Zeit keine Autobusse gab, nur Dampfboote.

Das Boot war eine geräumige Barkasse; sie füllte sich schnell mit reserviert schweigsamen Engländern und blonden Skandinaviern, die schon gewartet hatten, als das Flugzeug landete. Die Barkasse legte vom Landesteg ab, wendete behend, senkte das Heck wie ein angriffslustiger Gaul und schoß mit voller Kraft davon. Aus dem Lautsprecher tönte leichte Klaviermusik wie in einer Cocktailbar, aber niemand ließ sich erheitern. Wortlos und blaß blickten alle nach vorn, als eile das Boot mit ihnen zur Hinrichtung. Am Anlegeplatz der *Alitalia* nahe dem Markusplatz setzte es die Fahrgäste ab; Ray mußte bis zur Accademia weiterfahren und hoffte, hier ein Vaporetto zu bekommen; doch bevor er es verhindern konnte, stand schon sein Koffer auf dem Gepäckwagen und fuhr ins Gebäude der *Alitalia*. Er lief hinterher und wurde an der Tür vom Gedränge der andern aufgehalten; als er hineinkam, war sein Koffer nirgends zu sehen. Er mußte am Gepäcktisch warten, wo fünfzig Reisende auf zwei Träger einschrien, die ihnen die Koffer reichten. Endlich hielt er seinen in der Hand und kam nach draußen, wo gerade ein Vaporetto vom Landesteg Markusplatz ablegte.

Das verhieß eine lange Wartezeit, aber es machte ihm nicht viel aus.

«Wo wollen Sie hin, Sir? Ich nehme Ihr Gepäck», erbot sich ein kräftiger Träger in verwaschenem blauem Anzug und langte nach dem Koffer.

«Accademia.»

«Nun, da haben Sie gerade das Vaporetto verpaßt.» Der Mann lächelte. «In dreiviertel Stunden kommt das nächste. Pensione Seguso?»

«*Si*», sagte Ray.

«Ich komme mit Ihnen. Tausend Lire.»

«*Grazie*. Es ist nicht weit von der Accademia.»

«Zehn Minuten zu Fuß.»

Das war es bestimmt nicht. Ray winkte ihm freundlich ab und schritt hinüber zur Anlegestelle San Marco auf die schwankenden und quietschenden Planken. Er zündete sich eine Zigarette an. Nichts regte sich auf dem Wasser. Die große Kirche von Santa Maria della Salute auf dem gegenüberliegenden Ufer des Kanals war nur schwach erleuchtet, und auch die Straßenlaternen blinkten matt, vermutlich weil November keine Touristensaison war. Leise, aber kräftig schlugen die Wellen an die Holzbohlen. Ray dachte an Coleman, an Inez und Antonio, die irgendwo in Venedig schliefen. Coleman und Inez lagen vielleicht im gleichen Bett, im Gritti oder im Danieli, denn Inez bezahlte ja die Rechnung (Coleman hatte durchblicken lassen, daß sie sehr wohlhabend sei). Antonio, dessen Reise wahrscheinlich auch Inez finanzierte, wohnte wohl in einem billigeren Hotel.

Zwei gutgekleidete Italiener mit Aktentaschen traten zu ihm auf den Steg. Sie unterhielten sich über die Vergrößerung einer Garage. Es war Ray lieb, die beiden nahe zu haben und ihnen zuzuhören, aber er fröstelte trotzdem und sah sich erneut und wieder erfolglos nach einer Kaffeebar um. Harry's Bar lag dunkel da, wie ein graues Grabgewölbe aus Glas und Stein. Und gegenüber, im Hotel Monaco e Grand Canal, war in der rötlichen Front kein einziges Fenster erleuchtet. Ray ging in kleinen Kreisen um seinen Koffer herum.

Endlich erschien weit links in der dunklen Kanalbiegung das Vaporetto, hell und freundlich erleuchtet, und legte an der letzten Haltestelle vor dem Markusplatz an. Ray und die beiden Italiener starrten wie gebannt auf das Schiff. Jetzt wurde es größer und kam näher, Ray sah die fünf oder sechs Fahrgäste und das ruhige, gutgeschnittene Gesicht des Mannes mit der weißen Mütze, der beim Anlegen das Landetau warf. Ray ging an Bord und erstand eine Fahrkarte für sich und eine für fünfzig Lire für seinen Koffer. Das Boot glitt an Della Salute vorbei und in den schmaleren Arm des Canal Grande. Gedämpft schimmerten die eleganten Lichter des Gritti Palace: zwei überlebensgroße Frauengestalten am Rande des Wassers hielten zwei matt leuchtende elektrische Laternen in ihren Händen. Boote, die zum Gritti wollten, mußten zwischen den beiden Figuren anlegen. Zwei Motorboote unter Segeltuchplanen schaukelten zwischen den Pfosten. Sie hießen Ca' Corner und Aldebaran. Alles war schwarz, nur wenige Lichter warfen kleine gelbe Flecken und erhellten hier und da einen Stein, der schwach grün oder rot schimmerte.

An der dritten Anlegestelle, der Accademia, stieg Ray aus, nahm seinen Koffer und ging mit schnellen Schritten die breite gepflasterte Straße entlang, die über die Insel zum Zattere-Quai führte. Um abzukürzen, ging er durch eine überdachte Passage in eine scheinbare Sackgasse, die jedoch – das wußte er noch – nach wenigen Schritten eine Wendung nach links machte. Er entsann sich auch der blaugekachelten Tafel seitlich an einem Haus vor ihm, die besagte, daß hier John Ruskin gewohnt und gearbeitet hatte. Gleich hinter der Linksbiegung lag die Pensione Seguso auf der linken Seite. Zu dumm, daß er den Pförtner wekken mußte. Er drückte auf den Klingelknopf.

Nach zwei Minuten öffnete sich die Tür, und ein alter Mann in roter Jacke, die er in der Eile nicht zugeknöpft hatte, erschien, begrüßte ihn höflich und fuhr mit ihm in einem kleinen Fahrstuhl hinauf in den dritten Stock.

Das Zimmer war einfach und sauber, durch die großen Fenster sah man auf die Giudecca jenseits des Wassers; direkt darunter floß der kleine Kanal an der Seite des Hauses entlang. Ray zog seinen Pyjama an, wusch sich am Waschtisch – ein Zimmer mit Bad war nicht frei, hatte der Pförtner gesagt – und ließ sich ins Bett fallen. Er hatte gedacht, er sei todmüde, doch nach wenigen Minuten wußte er, daß er nicht würde schlafen können. Er kannte dieses Gefühl von Mallorca her, eine bebende Erschöpfung, die sich beim Malen oder Schreiben durch schwaches Zittern bemerkbar machte. Dann half nichts als ein langer Marsch. Er stand auf, zog bequeme Sachen an und verließ leise das Haus.

Der Morgen dämmerte. Ein Gondoliere in Dunkelblau steuerte mit einer Ladung Coca-Cola-Kisten in den Kanalarm neben der Pension. Ein Motorboot jagte geradeaus den Giudecca-Kanal entlang, als müsse es sich nach einer späten Party mit der Heimkehr beeilen.

Ray lief die geschwungenen Stufen der Accademia-Brücke hinauf und schritt landeinwärts auf den Markusplatz zu. Er ging durch graue enge Gassen mit festgeschlossenen Läden, über kleine Plätze – Campo Morosini, Campo Manin, unverändert und wohlbekannt, doch kannte er sie nicht gut genug, um sich an alle Einzelheiten zu erinnern. Nur einmal begegnete ihm jemand, eine alte Frau mit einem großen flachen Korb voll Rosenkohl. Dann spürte er die Fliesen der American Express Co. unter seinen Füßen, mit dem Pfeil, der auf das Bürohaus wies, und gleich darauf erkannte er den unteren Teil der Säulen des Markusplatzes.

Er ging in das riesige Rechteck des Platzes hinein. In seinen Ohren tönte es wie ein langes Ah-h-h, wie das langsame Aushauchen eines Geistes. Rechts und links erhoben sich die gleichmäßigen Bogen der beiden Arkadengänge. Unsicherheit überkam ihn, er wollte nicht stehenbleiben und begann behutsam auszuschreiten, um möglichst wenig Geräusch mit den Kreppsohlen auf dem Steinboden zu machen. Ein paar Tauben waren erwacht und flatterten um ihre Nester in den Arkaden, einige ließen sich auf dem Platz nieder und pickten nach Futter. Um Ray, der nahe an sie heranging, kümmerten sie sich nicht. Er hatte jetzt den Schutz der Arkaden erreicht. Die Juwelierläden waren verhängt und mit Klappgittern verschlossen. Am Ende der Arkaden trat er wieder auf den Platz hinaus und sah blinzelnd auf die Kathedrale, den komplexen Riesenbau mit seinem Durcheinander verschiedener Stilarten. Künstlerisch ein Chaos: errichtet, um zu erstaunen und Eindruck zu machen, und das hatte man sicherlich erreicht.

Ray war schon vier- oder fünfmal in Venedig gewesen, zuerst mit seinen Eltern, als er vierzehn war. Seine Mutter hatte Europa besser gekannt als sein Vater, doch sein Vater hatte stets mehr darauf bestanden, daß er sich gut vorbereitete, daß er sich Italienisch und Französisch auf Schallplatten anhörte. In jenem Sommer, als er siebzehn wurde, hatte ihm sein Vater einen Schnellkursus in Französisch an der Berlitz School in St. Louis geschenkt. Ray hatte Italien und die italienischen Städte immer lieber gehabt als Paris und die Landschaft mit den Schlössern, die sein Vater so sehr bewunderte und die Ray als Junge immer wie Kalenderbilder vorgekommen waren.

Es war Viertel vor sieben. Ray fand eine Kaffeebar, die gerade öffnete; er trat ein und stellte sich an die Theke. Ein frisches blondes Mädchen mit großen blaugrauen Augen und Wangen wie Pfirsiche nahm seine Bestellung auf einen Cappuccino entgegen, den sie an der Maschine selbst zubereitete. Ein Junge half ihr und füllte die Glaskästen mit Gebäck. Das Mädchen trug einen sauberen hellblauen Kittel. Sie blickte ihm in die Augen, als sie die Tasse vor ihn hinstellte: nicht um zu flirten, nicht einmal persönlich, nur so, wie alle Italiener jeden Alters und Geschlechts die Menschen ansehen – als ob sie sie wirklich sähen. Ob sie wohl bei ihren Eltern wohnte, dachte Ray, oder vielleicht jungverheiratet war? Bevor er an ihrer Hand nach einem Ring suchen konnte, war sie verschwunden. Es war ja auch egal. Er hielt die kalten Hände um die heiße Kaffeetasse und sah, ohne hinzuschauen, das gesunde fröhliche Mädchengesicht auf der andern Seite der Theke. Mit der zweiten Tasse nahm er ein Brötchen, bezahlte den Obolus für einen Sitzplatz und trat an einen kleinen Tisch. Gleich nebenan konnte er jetzt auch eine Zeitung kaufen. Er blieb fast eine Stunde lang sitzen; die

Stadt erwachte ringsum, und die Straße füllte sich mit vorbeihastenden Leuten. Der schmächtige Junge in schwarzen Hosen und weißer Jacke holte ein Tablett mit Cappuccino nach dem andern, lieferte den Kaffee in der Nachbarschaft ab und kam, das leere Tablett zwischen Daumen und Zeigefinger schwenkend, zurück an die Bar. Er sah nicht älter aus als zwölf und gehörte sicher in die Schule, war aber offenbar verliebt in die hübsche Blonde, die ihn wie einen kleinen Bruder behandelte und ihn am Nackenhaar zog.

Es blieb ihm wohl nichts anderes übrig, überlegte Ray, als Coleman und seine Leute aufzusuchen; es hatte keinen Zweck, auf eine zufällige Begegnung irgendwo in einem Restaurant oder auf dem Markusplatz zu warten, wo Coleman dann vielleicht zusammenfahren oder ausrufen würde: «Ray! Du bist hier – was für eine Überraschung!» Aber es war erst gerade acht, noch zu früh für einen Anruf im Gritti oder sonstwo. Er überlegte, ob er in die Pension zurückkehren und noch ein paar Stunden schlafen sollte, entschloß sich aber, noch etwas herumzulaufen. Die Läden waren jetzt offen, die Inhaber ordneten ihre Waren, hängten Schals und Handtaschen vor die Türen der überfüllten Lädchen und rollten die Jalousien hoch, um die Lederwaren im Schaufenster besser zur Schau zu stellen.

Ray blickte in eine Auslage und sah einen grün-schwarz-gelben Schal, mit dichtem Blumenmuster auf weißem Grund. Er spürte einen Stich und meinte, den Schal erst danach gesehen zu haben; erst nach einer weiteren Sekunde wußte er, daß er ihm nur aufgefallen war, weil er nach Peggy aussah. Er hätte ihr Entzücken erregt, obgleich Ray sich nicht erinnerte, daß sie je einen ähnlichen besessen hatte. Er ging fünf oder sechs Schritte weiter und kehrte dann um. Er wollte den Schal haben. Der Laden war noch geschlossen. Um die Zeit hinzubringen, trank er einen Espresso in einer nahen Bar und rauchte eine Zigarette. Als er zurückkam, wurde der Laden gerade geöffnet, und er kaufte den Schal für zweitausend Lire. Die Verkäuferin legte ihn in eine hübsche Schachtel und packte ihn sorgfältig ein; sie dachte wohl, er wolle ihn einem Mädchen schenken.

Dann ging er zurück in die Pensione Seguso. Er war jetzt ruhiger. In seinem Zimmer hängte er den Schal über die Stuhllehne, warf die Verpackung weg und zog wieder seinen Pyjama an. Er saß auf dem Bett und blickte auf den Schal. Es war, als sei Peggy hier bei ihm im Zimmer. Nicht eines Tropfens Parfum, keiner winzigen Berührung ihrer Hände bedurfte es: der Schal sah genau wie Peggy aus. Sollte er ihn weglegen oder wenigstens im Koffer versorgen? Das war doch alles Unsinn! Er legte sich ins Bett und schlief ein.

Um elf erwachte er vom Klang der Kirchenglocken, obwohl er wußte, daß sie jede Viertelstunde geläutet hatten, seit er eingeschlafen war. ‹Jetzt versuche ich es mit Coleman›, dachte er, ‹sonst gehen sie zum

Lunch aus und kommen nicht vor fünf zurück.› Sein Zimmer hatte kein Telefon. Er zog den Trenchcoat an und ging in die Halle hinunter, wo das Telefon auf einem Seitentisch stand.

«Würden Sie mir bitte das Gritti Palace geben?» sagte er.

Im Gritti Palace gab es keinen Gast namens Coleman.

Ray bat um das Hotel Royal Danieli. Auch hier war die Antwort ein Nein.

Hatte Coleman etwa gelogen, als er von Venedig sprach? Das war durchaus möglich und schien für beide Fälle – ob er Ray mit dem Schuß getötet hatte oder nicht – ganz plausibel. Ray lächelte bei dem Gedanken, daß Coleman vielleicht in Neapel oder Paris oder auch noch in Rom war.

Es gab noch das Hotel Bauer-Grünwald. Oder das Monaco. Ray nahm den Hörer wieder auf. «Bitte das Hotel Bauer-Grünwald.» Warten. Eine neue Stimme, der er die gleiche Bitte vortrug.

«Signor Coleman. Moment bitte.»

Warten.

«'allo?» sagte eine Frauenstimme.

«Madame – Inez?» Ray wußte ihren Nachnamen nicht. «Hier ist Ray Garrett. Entschuldigen Sie die Störung. Kann ich Ed wohl mal sprechen?»

«Ah, Ray! Wo sind Sie – hier in Venedig?»

«Ja, ich bin hier. Ist Ed wohl da? Wenn nicht, kann ich –»

«Doch, er ist hier», sagte sie beruhigend. «Einen Augenblick bitte.»

Der Augenblick zog sich in die Länge. Ob Coleman sich weigerte, mit ihm zu reden? Dann kam seine Stimme: «Ja?»

«Hallo. Ich wollte dir nur mitteilen, daß ich in Venedig bin.»

«Aha. Das ist ja eine Überraschung. Wie lange bleibst du?»

«Nur einen oder zwei Tage. Ich möchte dich gern sprechen, wenn's geht.»

«Selbstverständlich. Du mußt auch Inez kennenlernen – Inez Schneider.» Colemans Stimme klang ganz leicht verstört, er faßte sich aber schnell. «Heute abend zum Essen? Wo essen wir doch heute abend, Inez – ja, um halb neun im Da Colombo», sagte er zu Ray.

«Vielleicht kann ich dich nach dem Essen treffen. Oder heute nachmittag? Ich würde dich lieber allein sprechen.» Durch den Hörer kam ein Laut wie ein explosives Husten, so daß Ray nicht verstand, was Coleman sagte. «Was? Kannst du das bitte noch mal sagen? Entschuldige.»

«Ich sagte», kam Colemans sehr gewöhnliche amerikanische Stimme leicht gelangweilt, «es ist hohe Zeit, daß du Inez kennenlernst. Also um halb neun im Da Colombo. Bis dann.» Der Hörer wurde aufgelegt.

Ray ärgerte sich. Ob er noch einmal anrief und sagte, er käme nicht zum Essen, er wolle ihn zu einer anderen Zeit sprechen? Er ging in sein Zimmer, um zu überlegen, beschloß aber nach wenigen Sekunden, es dabei zu belassen und um halb neun hinzugehen.

3

Ray kam absichtlich eine Viertelstunde später als vereinbart, doch immer noch nicht spät genug, denn Coleman war noch nicht da. Er schritt zweimal durch das große Restaurant und sah sich um, dann ging er hinaus und trat in die nächstbeste Bar, wo er einen Whisky bestellte.

Gleich darauf sah er Coleman mit einer Frau und einem jungen Mann draußen vorbeigehen. Coleman lachte laut über irgend etwas und bog sich weit zurück. Und das knapp zwei Wochen nach dem Tode seines einzigen Kindes. Ein seltsamer Mann. Ray leerte sein Glas.

Er wartete, um den andern genügend Zeit zu lassen, einen Tisch zu finden, und trat dann ein. Sie waren im zweiten Raum. Ray mußte sehr nahe an den Tisch herangehen, bevor Coleman sich dazu herabließ, aufzublicken und ihn zu begrüßen.

«Ah, Ray. Nimm Platz. Inez – darf ich –? Inez Schneider. Dies ist Ray Garrett.»

«*Enchanté, Monsieur Garrett*», sagte sie.

«*Enchanté, Madame*», gab Ray zurück.

«Und hier ist Antonio Santini», sagte Coleman mit einer Geste zu dem dunkellockigen Italiener am Tisch.

Antonio erhob sich halb und streckte die Hand aus. «*Piacere.*»

«*Piacere*», sagte Ray und schüttelte die Hand.

«Setz dich», sagte Coleman.

Ray hängte seinen Mantel an einen Haken und setzte sich. Er warf einen Blick auf Inez, die ihn ebenfalls ansah. Sie war dunkelblond, schlank, etwa fünfundvierzig und trug wertvollen Schmuck. Ausgesprochen hübsch war sie nicht, dazu war das fliehende Kinn etwas zu spitz, aber er spürte in ihr eine frauliche Wärme, fast etwas Mütterliches, das sie sehr anziehend machte. Coleman dagegen mit seinem aufgeschwemmten Gesicht, dem unappetitlichen braunen Schnurrbart und dem nahezu kahlen und seit Mallorca sommersprossigen Schädel, dazu dem unter der Tischplatte verborgenen hervortretenden Bauch: Ray staunte von neuem bei dem Gedanken, was eine so offensichtlich anspruchsvolle Frau wie Inez an ihm fand. Als Ray ihn und Peggy im vorletzten Frühjahr bei einer Ausstellung in der Via Margutta kennenlernte, hatte er eine andere Frau vom gleichen Typ wie Inez bei sich gehabt. Ray hörte noch Peggy sagen: «*Den ersten Schritt zur Trennung tut stets mein Vater.*» Nervös beugte sich Ray in seinem Stuhl vor.

«Sie sind Maler?» fragte Antonio rechts von ihm auf italienisch.

«Ich bin kein guter Maler. Eher ein Sammler», erwiderte Ray. Er hatte weder Lust noch Energie zu einer Gegenfrage nach Antonios Beruf. Coleman hatte erwähnt, er sei Maler.

«Ich freue mich sehr, Sie endlich kennenzulernen», sagte Inez zu Ray. «Ich wollte Sie schon in Rom gern sehen.»

Ray lächelte ein wenig, er wußte nichts zu sagen, aber das machte nichts. Er spürte Inez' freundliche Anteilnahme. Sie verwendete ein gutes, ziemlich starkes Parfum und trug ein grün-schwarzes Jerseykleid, dazu Ohrgehänge mit grünem Stein.

Der Kellner kam und sie bestellten. Dann wandte sich Inez an Ray: «Sie fahren zurück nach Amerika, nicht wahr?»

«Ja, aber vorher gehe ich noch nach Paris. Ich muß da einige Maler aufsuchen.»

«Von meinen Sachen hält er nichts», bemerkte Coleman hinter seiner Zigarre.

«Aber Edward», sagte Inez. Sie sprach den Namen ‹Edouard› aus.

Ray tat, als habe er nichts gehört. Er hielt tatsächlich nicht viel von Colemans augenblicklicher Pop-art-Phase, aber es war ihm einfach nie in den Sinn gekommen, ihn in seine Galerie einzuladen. Coleman hielt sich jetzt für einen ‹Europäer›. Soviel Ray wußte, wurde er von keiner New Yorker Galerie vertreten und wünschte das auch gar nicht. Coleman hatte seine Stellung als Ingenieur aufgegeben, als Peggy vier Jahre alt war, und hatte mit Malen angefangen. Ray gefiel das. Peggys Mutter hatte sich daraufhin von ihm scheiden lassen und Peggy mitgenommen. (Vielleicht war auch noch eine andere Frau im Spiel gewesen.) Nach knapp einem Jahr war dann Peggys Mutter mit ihrem Wagen verunglückt. Coleman war damals in Paris. Man hatte ihn informiert, daß ihm jetzt das Sorgerecht für seine Tochter zustand und daß seine verstorbene, sehr reiche Frau Peggy ein Vermögen hinterlassen hatte, an das Coleman nicht herankonnte; es sollte ihre Ausbildung bestreiten und ihr, wenn sie einundzwanzig war, ein Einkommen sichern. Das alles hatte Peggy Ray erzählt. Als Peggy einundzwanzig wurde, waren sie schon verheiratet; vier Monate lang hatte sie das Einkommen bezogen. Sie konnte es nicht – so hatte sie gesagt – ihrem Vater oder sonst jemandem hinterlassen. Bei ihrem Tode ging es an eine Tante in Amerika zurück.

«Sie wollen in New York eine Galerie aufmachen?» fragte Inez.

«Ja. Aber mein Partner, Bruce Main, hat noch keine Räume. Die suchen wir gerade.» Das Reden fiel Ray schwer, doch er gab sich Mühe. «Es ist keine neue Idee von mir. Wir haben das schon früher vorgehabt. Peggy und ich, wir wollten nach dem Jahr auf Mallorca nach New York gehen.» Er blickte unwillkürlich zu Coleman hinüber und bemerkte, daß dieser ihn aus seinen kleinen Augen berechnend ansah.

«Es war mehr als ein Jahr», warf Coleman ein.

«Peggy wollte gern länger bleiben», erwiderte Ray.

Coleman zuckte die Achseln, als bezweifle er Rays Worte oder als halte er Peggys Wünsche für unerheblich.

«Wollen Sie hier in Venedig auch mit Malern verhandeln?» fragte Inez.

«Nein», sagte Ray, dankbar für den höflichen Ton, mit dem sie ihre Worte an ihn richtete.

Der Kellner kam mit dem Essen. Ray hatte Cannelloni bestellt, die wenig einladend aussahen, aber Fleisch widerstand ihm. Coleman aß mit Appetit.

«Was wolltest du mit mir besprechen?» fragte Coleman und füllte erst sein eigenes und dann Rays Glas mit Wein aus der Karaffe.

«Vielleicht können wir uns morgen noch mal treffen», erwiderte Ray. Antonio horchte auf jedes Wort der Unterhaltung. Ray tat ihn in Gedanken als unwichtig ab, bis ihm plötzlich einfiel, daß Antonio womöglich mit Coleman gemeinsame Sache machte. Antonio war jung und geschickt und mochte gegen Bezahlung wohl bereit sein, Coleman bei der Beseitigung Rays zu helfen. Ray blickte Antonio an; die schimmernden dunklen Augen, den ernsthaften, etwas groben Mund, der jetzt von Olivenöl glänzte. Schwer zu sagen. Coleman unterhielt sich mit Inez und hatte seine Frage wegen eines Treffens am nächsten Tag nicht beantwortet.

«Wo wohnst du hier?» fragte er Ray jetzt.

«Pensione Seguso.»

«Wo ist das?»

«Bei der Accademia.»

Hinter ihnen war ein Tisch mit Herren besetzt, die laut lachten. Ray beugte sich vor.

«Kann ich dich morgen irgendwann treffen?»

«Morgen – ich weiß nicht recht.» Coleman aß weiter und sah Ray nicht an. «Wir sind hier noch mit Freunden zusammen. Sie wollten auch heute abend noch kommen.» Er warf einen Blick auf die Tür und dann auf seine Uhr. «Wann wollten sie kommen?» fragte er Inez.

«Um halb zehn», erwiderte Inez. «Sie essen immer früh zu Abend.»

Ray verwünschte sein Kommen. Offensichtlich blieb ihm jetzt nichts anderes übrig, als höflich zu sein und so bald als möglich zu gehen. Ihm fiel auch nicht das geringste ein, worüber er sich mit Inez unterhalten könnte. Nicht mal über Venedig.

Die Zeit schlich dahin. Antonio plauderte mit Inez und Coleman über die Pferderennen in Rom. Er war voller Begeisterung. Ray hörte kaum zu.

Coleman erhob sich und ließ die Serviette zu Boden fallen. «Hallo! Besser spät als gar nicht, was? Da sind sie.»

Ein Mann und eine Frau kamen an den Tisch. Ray gab sich Mühe, den Blick auf sie zu konzentrieren.

«Hallo, Laura!» sagte Coleman. «Tag, Francis, wie geht's? Mr. und Mrs. Smith-Peters. Mein – früherer Schwiegersohn Ray Garrett.»

Ray erhob sich höflich, überging die rüden Worte und holte noch einen Stuhl heran. Die neuen Gäste sahen aus wie recht gewöhnliche Amerikaner, sie waren etwa Mitte Fünfzig und hatten offenbar Geld.

«O ja, danke, gegessen haben wir», sagte Laura Smith-Peters zu Inez und setzte sich. «Sie wissen ja, Amerikaner essen gern so um acht.» Sie hatte rötliches Haar, die Stimme klang reichlich hoch und nasal. Aus dem harten R schloß Ray, daß sie aus Wisconsin oder Indiana kam.

«Und dann haben wir auch Halbpension im Monaco, deshalb wollten wir heute abend dort essen, weil wir zum Lunch nicht da waren.» Mr. Smith-Peters' genaue Angaben sollten drollig klingen; das schmale Vogelgesicht lächelte Inez zu.

Ray merkte, daß Mrs. Smith-Peters etwas zu ihm sagen wollte, sicher über Peggy. Er wappnete sich.

«Es hat uns so leid getan, diese Tragödie bei Ihnen», sagte sie. «Wir kannten Peggy, seit sie achtzehn war. Nicht sehr gut natürlich, denn sie war ja immer weg, auf der Schule. Ein süßes Kind war sie.» Ray nickte stumm. «Wir kommen aus Milwaukee. Ich jedenfalls. Mein Mann ist Kalifornier, aber wir haben fast immer in Milwaukee gelebt, nur das letzte Jahr nicht. Woher sind Sie?»

«St. Louis», antwortete Ray.

Coleman bestellte noch einen Liter Wein und Gläser für die Smith-Peters. Mrs. Smith-Peters lehnte jedoch den Wein ab, und als Coleman darauf bestand, daß sie etwas trank, bat sie um eine Tasse Tee.

«Was sind Sie von Beruf?» fragte Ray Mr. Smith-Peters. Er wußte, gegen diese Frage werde sein Gegenüber nichts einzuwenden haben.

«Ich bin Hersteller von Sportartikeln», gab Mr. Smith-Peters munter zurück. «Golfbälle, Tennisschläger, Tauchersachen, wissen Sie. Mein Partner in Milwaukee führt das Geschäft im Augenblick allein, weil mein Arzt mir völlige Ruhe verordnet hat. Herzanfall, vor einem Jahr. Deshalb kraxeln wir jetzt in Florenz drei steile Treppen hoch – wir wohnen nämlich in Florenz – und rennen hier in Venedig herum –»

«Aber Darling, seit wann rennen wir denn?» warf seine Frau ein.

Smith-Peters war ein Mann von schnellen Bewegungen, das erkannte Ray. Sein Haar war fast weiß, man konnte sich ihn kaum jung und etwas voller vorstellen, wohl aber seine Frau: jung, keck, mit hellblauen Augen und der etwas ordinären Hübschheit der Irinnen, die nur in der Jugend wirkt. Das Gesicht ihres Mannes erinnerte Ray an gewisse alte Baseballspieler, deren Fotos man zuweilen in Amerika auf den Sportseiten der Zeitungen sah und die ihm völlig gleichgültig waren. Mager, lächelnd, mit Hakennase. Wenn er ihn jetzt fragte, ob er früher, bevor er sein Geschäft übernahm, Sport getrieben habe, würde er ganz bestimmt Baseball oder Golf nennen.

Ray merkte, daß Mrs. Smith-Peters ihn ansah. Vielleicht suchte sie bei ihm nach Anzeichen von Kummer, vielleicht auch nach Beweisen von Brutalität oder Kälte, die Peggys Selbstmord begründet hätten. Er hatte keine Ahnung, was Coleman ihnen über ihn erzählt hatte; etwas Positives war es bestimmt nicht, außer vielleicht, daß er Geld hatte; das war dann vermutlich mit leiser Verachtung bemerkt worden. Immerhin hatte Coleman selber durchaus einen Riecher für Geld, das bewies seine Heirat und auch die Frau, die jetzt neben ihm saß. Und ebenso dieses Ehepaar Smith-Peters. Sie waren genau die Art Leute, mit denen sich Coleman aus gesellschaftlichen und finanziellen Gründen umgab. Sie machten sich wahrscheinlich wenig aus Kunst, aber er konnte ihnen eines seiner Bilder verkaufen. Es wäre typisch für ihn, eine Frau, mit der er eine Affäre vorhatte, mit zu einer Party zu bringen, die Leute wie diese Smith-Peters gaben, um seiner Begleiterin damit zu imponieren. Seiner Tochter Peggy hatte er Respekt und oft auch einfach primitive Angst eingeflößt; doch seine Heuchelei und sein Schmarotzertum waren ihr stets gräßlich gewesen.

«Wir waren mächtig überrascht, als Ed heute morgen auf der Piazza auf uns zukam», sagte Mrs. Smith-Peters zu Inez. «Wir hatten keine Ahnung, daß er hier ist. Wir sind bloß auf zwei Wochen hier, weil in unserem Haus in Florenz die Zentralheizung eingebaut wird.» Sie blickte Ray an. «Wir haben Ed und Peggy mal Weihnachten in St. Moritz kennengelernt.»

«Laura, möchten Sie nicht Ihren Tee mit einem Cognac versüßen?» unterbrach sie Coleman.

«Nein danke, Ed. Nach Cognac kann ich nicht schlafen.» Mrs. Smith-Peters wandte sich wieder an Inez. «Sind Sie auf länger hier, Mme. Schneider?»

«Da müssen Sie Edward fragen.» Inez machte eine Bewegung mit der Hand. «Er sagte irgendwas, daß er hier malen wollte, deshalb – wer weiß?»

Die Offenheit, mit der sie zugab, von Coleman abhängig zu sein, schien Mrs. Smith-Peters zu überraschen; sie hatte wohl die Art der Beziehung erraten, aber von der weiblichen Hälfte ein solches Eingeständnis nicht erwartet. «Malt er Landschaften – von Venedig?» fragte sie.

Ray versuchte, sich die schweren dunklen Konturen und ebenen Flächen gleicher Farbe vorzustellen, aus denen vermutlich Colemans Bilder von Venedig bestanden.

«Sie scheinen sehr deprimiert», sagte Mrs. Smith-Peters halblaut und teilnahmsvoll zu Ray. Coleman hatte die Worte gehört, und Rays Inneres zog sich zusammen.

Coleman hörte ihnen zu.

«Ja. Das läßt sich nicht ändern», sagte Ray ebenso leise, in der Hoffnung, daß damit das Thema erledigt sei, aber Coleman bemerkte laut: «Klar sieht er deprimiert aus – ein Mann, der sah, wie seine Frau starb, vor knapp zwei Wochen.» Er unterstrich die Worte durch eine Bewegung mit seiner Zigarre.

«Er hat nicht *gesehen*, wie sie starb, Edward.» Inez beugte sich ein wenig vor.

«Na ja, aber viel hat nicht gefehlt, als er dazu kam und sie tot fand», gab Coleman zurück. Man merkte, er hatte getrunken, aber er war keineswegs betrunken.

Mrs. Smith-Peters wollte etwas fragen, besann sich aber. Sie sah aus wie ein kleines betrübtes irisches Mädchen.

«Ray war für ein paar Stunden weggegangen, als es geschah», erklärte Inez, zu Mrs. Smith-Peters gewandt.

«Stimmt. Und wo war er?» Coleman lächelte Antonio zu, der immer noch aufmerksam zuhörte, und wandte sich dann an Mr. Smith-Peters, um ihn in die Unterhaltung zu ziehen. «Er war bei einer Nachbarin. An einem Morgen oder einem Nachmittag, wo es seiner Frau offensichtlich nicht gut ging, war er nicht zu Hause.»

Ray war nicht imstande, jemanden anzusehen. Merkwürdigerweise trafen ihn Colemans Worte nicht so hart wie auf Mallorca, als er mit ihm allein gewesen war. «Es ging ihr ja gar nicht offensichtlich schlecht an dem Tag», sagte er.

«Nicht schlechter als sonst, meinst du», sagte Coleman.

«Edward, wir wollen doch das nicht alles wieder aufwärmen», sagte Inez. «Daran liegt keinem von uns.» Sie hielt ein Tischmesser in der Hand und klopfte nervös mit dem Griff auf die Tischdecke. «Mr. und Mrs. Smith-Peters ganz sicher nicht.»

«Und sonst war niemand im Haus?» fragte Mrs. Smith-Peters halblaut, um höfliches Interesse zu zeigen, aber es war schrecklich.

«Das Mädchen war da, aber sie machte das Essen fertig und ging dann um eins», berichtete Coleman, froh über einen Zuhörer. «Ray kam erst nach drei und fand Peggy in der Badewanne. Hatte sich die Pulsadern aufgeschnitten. Ertrunken war sie auch.»

Selbst Antonio wand sich gequält auf seinem Stuhl.

«Entsetzlich!» murmelte Mrs. Smith-Peters.

«Mein Gott!» flüsterte Mr. Smith-Peters und räusperte sich.

«Ray war an dem Tag nicht zum Lunch nach Haus gekommen», fügte Coleman vielsagend hinzu.

Auch das tat nicht mehr ganz so weh. Ray war bei einer Amerikanerin gewesen, Elizabeth Bayard, etwa sechsundzwanzig Jahre alt; er hatte ihre Zeichnungen betrachtet, die besser waren als ihre Malereien. Sie war noch neu im Dorf, Peggy und er waren erst einmal bei ihr gewesen. Sie hatte ihm einen Cognac mit Soda und Eis vorgesetzt, und er hatte viel geredet und gelächelt, das wußte er noch; er hatte Freude an ihrer Gesellschaft gehabt, sie war anziehend, aufrichtig und gutherzig, aber dieser Eigenschaften hätte es gar nicht bedurft, er hätte die paar Stunden mit ihr ohnehin genossen, weil er die wenigen Amerikaner und Engländer, die im Dorf wohnten, allmählich satt hatte. Er hatte zu ihr gesagt: «Es macht Peggy ganz sicher nichts aus, wenn ich heute nicht zum Essen komme. Ich habe ihr schon gesagt, ich käme vielleicht nicht.» Sie aßen mittags stets kalt, es war keine feste Mahlzeit, manchmal aßen sie gar nichts. Es stimmte auch, was Coleman angedeutet hatte: daß er Elizabeth Bayard anziehend fand (auf Mallorca hatte sich Coleman noch deutlicher ausgedrückt, aber hierin hatte Ray nicht nachgegeben); er erinnerte sich sogar, wie er an diesem Nachmittag gedacht hatte, daß er wahrscheinlich, wenn er Lust hätte, mit Elizabeth eine Affäre anfangen könnte, ohne daß Peggy es merkte; Elizabeth wäre sicher zärtlich und unverbindlich – ein sehr willkommener Gegensatz zu Peggys mystischer Bindung an ihn. Er wußte gleichzeitig, daß er niemals mit Elizabeth etwas anfangen würde. Neben einer Frau wie Peggy, für die Ideale etwas ganz Wirkliches, Unzerstörbares, vielleicht das Wirklichste auf der Welt waren, konnte man kein Verhältnis mit einer anderen anfangen. Vor allem hätte er physisch dazu gar nicht die Kraft gehabt.

«Ja, deprimiert sieht er aus – als ob er sich umbringen könnte. Na, vielleicht tut er's ja noch», murmelte Coleman hörbar.

«Edward, du hörst jetzt auf – ich bestehe darauf», sagte Inez.

Mrs. Smith-Peters hatte schon wieder eine Frage. Sie blickte zu ihrem Mann hinüber, als wolle sie ihn um Erlaubnis bitten, aber er starrte auf das Tischtuch. «Hat sie auch gemalt?» fragte sie Ray

«Immer weniger, leider. Es war ein Jammer – wir hatten genug Dienstboten, und sie hatte reichlich Zeit.»

Coleman hörte von neuem kritisch zu.

«Wissen Sie», fuhr Ray fort, «es war im ganzen eine träge Atmosphäre. Ich hatte eine Art Tagesplan, nicht sehr streng – bloß wenn man gar keine Einteilung hat, kommt man zu nichts. Peggy malte vormittags nicht mehr und dann nur noch am Nachmittag, wenn überhaupt.»

«Klingt furchtbar deprimierend», äußerte Coleman.

‹Peggy ist aber gar nicht deprimiert gewesen›, dachte Ray. Sagen konnte er es nicht, es hätte ausgesehen, als wolle er sich rechtfertigen. Und was hatten diese Leute überhaupt für ein Recht, über ihn und Peggy zu Gericht zu sitzen? Nervös warf er seine Serviette auf den Tisch.

Mrs. Smith-Peters blickte auf ihre Uhr und meinte, sie müßten nun gehen. Sie wandte sich an Inez. «Ob Sie und Ed wohl Lust hätten, mit uns zur Ca'Rezzonica zu gehen? Ich finde es ganz wundervoll. Vielleicht morgen vormittag?»

«Dürfen wir Sie morgen früh anrufen?» fragte Inez. «Um neun oder halb zehn – ist das zu früh?»

«Liebe Zeit, nein», sagte Mrs. Smith-Peters. «Wir sind immer schon um acht Uhr auf.»

Ihr Mann erhob sich.

«Vielleicht kommen Sie mit?» sagte sie zu Ray und stand ebenfalls auf.

«Ich kann leider nicht, vielen Dank», erwiderte Ray.

Das Ehepaar verabschiedete sich und ging.

«Willst du dir bitte die Rechnung geben lassen, Inez?» sagte Coleman. «Ich komme gleich wieder.» Er ging nach hinten.

Antonio stand auf, sobald Coleman den Rücken gekehrt hatte. «Wenn Sie mich entschuldigen wollen», sagte er auf englisch, «dann möchte ich in mein Hotel zurückgehen. Ich bin sehr müde. Ich muß einen Brief an meine Mutter schreiben.»

«Aber natürlich, Antonio», sagte Inez. «Wir sehen uns morgen.»

«Auf morgen.» Antonio beugte sich über ihre Hand und deutete einen Handkuß an. «Gute Nacht», sagte er zu Ray. «Gute Nacht, Madame.»

Inez sah sich nach dem Kellner um. Ray hob den Arm, aber der Kellner sah ihn nicht.

«Ray – ich möchte gern, daß Sie abreisen», sagte Inez jetzt. «Was nützt es Ihnen, wenn Sie Edward noch einmal treffen?»

Ray seufzte. «Ed versteht noch immer nichts. Irgendwie – ich möchte es ihm gern näher erklären.»

«An dem letzten Abend in Rom, hat er da mit Ihnen gegessen?»

«Ja.»

«Das dachte ich mir. Er sagte, es sei jemand anders gewesen. Ray, hören Sie zu: Edward wird es niemals begreifen. Er war so vernarrt in seine Tochter –» Sie schloß die Augen und legte den Kopf zurück, aber nur für einen Moment, denn sie wollte zu Ende reden, bevor Coleman wiederkam. «Ich habe Peggy nie gesehen, aber viele andere Leute haben mir von ihr erzählt. Immer mit dem Kopf in den Wolken, sagten sie. Für Edward war sie eine Göttin, gar nicht wie ein Mensch. Zu gut für die Menschen.»

«Ja, ich weiß.»

«Sie hält er für ganz kaltblütig. Und ich sehe, das stimmt nicht. Aber ich weiß auch, er wird niemals einsehen, daß es nicht Ihre Schuld war.»

Ihre Worte überraschten Ray nicht. Coleman hatte ihn auf Mallorca selbst kaltherzig genannt. Wahrscheinlich hätte er jeden so genannt, den Peggy geheiratet hätte, auch wenn die Ehe glücklich gewesen wäre, mit vielen Kindern, ja selbst wenn Peggy vollkommene Freude und Glückseligkeit ausgestrahlt hätte.

«Stimmt es, daß Peggy Angst hatte vor Sex?» fragte Inez.

«Nein. Nein, durchaus nicht – im Gegenteil, sie – da kommt er.»

«Können Sie morgen abreisen?»

«Nein, ich –»

«Ich muß Sie morgen sprechen. Um elf bei Florian?»

Er konnte nicht mehr antworten, denn Coleman kam zurück und setzte sich. Aber er nickte ihr zu. Das war einfacher als nein zu sagen.

«Unser Kellner hat immer noch keine Zeit», sagte Inez. In ihrer Stimme klang überzeugender Ärger, als habe sie die ganze Zeit versucht, ihn zu erreichen.

«Herrgott noch mal!» sagte Coleman mit einem Seufzer und drehte sich im Stuhl herum. *«Cameriere! Conto, per favore!»*

Ray zog zwei Tausendlirenoten aus der Tasche – mehr als seinen Anteil.

«Steck das weg», sagte Coleman.

«Nein. Das zahle ich», sagte Ray und steckte die Brieftasche wieder ein.

«Tu das weg, habe ich gesagt!» sagte Coleman grob. Er zahlte, zweifellos mit dem Geld, das Inez ihm irgendwann gegeben hatte.

Ray sagte nichts und erhob sich. «Gute Nacht also.» Er verbeugte sich vor Inez und nahm seinen Mantel vom Haken. Es war der Mantel – der einzige, den er mit hatte – mit den beiden Schußlöchern im linken Ärmel. Aber der Mantel war fast schwarz und die Löcher kaum sichtbar. Er hob den linken Arm, lächelte und ging hinaus.

4

Der Morgen war strahlend sonnig. Unter Rays Fenster sangen die Arbeiter, als sei es Frühling oder Sommer; ein Dienstmädchen sang beim Putzen vor der Tür, und ein Vogel im Käfig sang in einem Fenster der Botschaft von Monaco auf der anderen Seite des kleinen Kanals.

Ray verließ die Pension um halb elf, um sich mit Inez zu treffen. In seiner Tasche hatte er zwei Briefe, einen an seine Eltern und einen an ihren Gärtner Benson, der ihm einige teilnehmende Zeilen nach Mallorca gesandt hatte. Seine Eltern hatten ihn gebeten, doch eine Weile heimzukommen; er hatte ihnen gedankt und geschrieben, er habe noch Geschäftliches in Europa zu erledigen und halte es auch für das beste, wenn er sich dann mit Bruce Main zusammen an die Arbeit für die neue Galerie machte. Sein Brief war die Antwort auf den zweiten Brief seiner Eltern, nachdem er ihnen nach Peggys Tod gekabelt und geschrieben hatte. Er trat in einen Tabakladen unter den Arkaden der Piazza, kaufte Briefmarken und warf die Briefe draußen in einen Kasten. Zehn Minuten hatte er noch Zeit. Langsam ging er auf dem Platz auf und ab, bis er endlich Inez um die Ecke von San Moisè biegen sah. Mit schnellen Schritten ging die schmale elegante Gestalt auf hohen Absätzen zielbewußt die Straße entlang.

«Guten Morgen», sagte er, bevor sie ihn sah.

«Oh.» Sie blieb stehen. «Morgen. Bin ich spät?»

«Nein, nein. Sie sind sogar zu früh», sagte Ray lächelnd.

Eine Taube flog kreischend über sie hinweg. Inez trug einen kleinen gelben Federhut, an dem seitlich ein paar Pfauenfedern steckten. Im Sonnenlicht sah Ray die Fältchen unter ihren Augen und die etwas tieferen zu beiden Seiten des Mundes. Sie machten sie kein bißchen weniger anziehend, fand er. Ob er für eine Frau wie Inez jemals als Liebhaber in Betracht kam? Eine Woge von Minderwertigkeitsgefühlen überkam ihn und ließ sich auch nicht von der Erkenntnis vertreiben, daß sie unsinnig waren. Eine Frau wie Inez konnte ihn durchaus sehr gern haben, denn er war jünger und sie würde sich geschmeichelt fühlen.

Bei Florian standen nicht viele Tische draußen; die wenigen Gäste, die dort saßen, hatten Mäntel und Handschuhe an.

Ray hielt ihr den Stuhl bereit und setzte sich.

Sie wollte nur einen Kaffee.

«Also», sagte sie, als sie bestellt hatten. Sie hatte die Unterarme mit den Ellbogen flach auf den Tisch gelegt, die Finger in den gelben Lederhandschuhen waren ineinander verschränkt. «Ich sage noch einmal, Ray: ich möchte gern, daß Sie abreisen. Heute noch, wenn es geht.»

In der kalten klaren Luft klangen ihre Worte schärfer als sonst. Sie lächelten beide. An einem solchen Morgen, in einer solchen Stadt mußte man lächeln. «Na ja, vielleicht kann ich morgen abreisen. Ich habe auch gar nichts dagegen.»

«Sie wollten noch mit Edward reden, aber ich sage Ihnen, Ray: es hat keinen Zweck. Sie könnten ihm ein Tagebuch von Peggy vorlegen, mit der ganzen Wahrheit, wie sie auch ist: Edward würde immer noch das glauben, was er glauben will.» Sie hatte einen Handschuh ausgezogen und gestikulierte heftig, um den Worten Nachdruck zu verleihen.

«Ja, ich weiß, was Sie sagen wollen. Ich verstehe es schon, bloß –» Ray zog den Mantel zurecht und beugte sich etwas vor. «Ich muß vielleicht die ganze Sache noch einmal aufrollen mit Ed, dazu brauchte ich nur fünf Minuten, wenn ich es richtig anfange.»

«Und was wollen Sie ihm sagen?»

«Ich will ihm von Peggy erzählen. Und von mir. Von der Atmosphäre. Was wir taten und was wir redeten. Ich glaube, das will er gern wissen.»

Inez schüttelte resigniert den Kopf. «Stimmt es, daß Peggy Rauschgift ausprobiert hat? Hat sie LSD genommen?»

«Du liebe Zeit, nein. Da wäre Peggy die letzte. Sie war nicht einmal neugierig darauf. Ich weiß das genau, denn wir sind auf Parties gewesen, wo die Leute es nahmen. Viele Leute da unten nahmen es.»

«Sehen Sie? Edward glaubt, daß sie Rauschgift nahm.»

«Na, darüber kann ich ihn ja dann beruhigen.»

Der Kaffee kam; der Kellner schob den Zettel unter den Aschbecher.

«Dann würde er sich was anderes in den Kopf setzen. Zum Beispiel, daß Sie andere Frauen hatten. Ich weiß nicht was noch.»

«Danach hatte er sich schon auf Mallorca erkundigt. Er hat einige unserer Freunde kennengelernt. Leider hatte er auch da kein Glück.»

Sekundenlang schwiegen beide. Ray fühlte, wie fruchtlos dieses Zusammensein mit Inez im Grunde war.

«Ich weiß, Sie wollen nur mein Bestes», sagte er. «Aber Sie sehen auch, wie viele falsche Ideen er im Kopf hat. Ich kann das doch nicht einfach so lassen.»

«Ich glaube, es wäre viel besser, wenn Sie es so ließen und auch nicht versuchten, ihm darüber zu schreiben.» Sie blickte auf die Tauben, die auf dem Platz hin- und herhüpften. «Ich bin älter als Sie, und ich kenne Edward. Ich rate Ihnen, so gut ich kann.»

«Ja, dafür bin ich Ihnen sehr dankbar», sagte Ray; es klang, als wisse er zwar den Rat zu schätzen, habe aber nicht die Absicht, ihn zu befolgen, und so war es auch.

«Edward will Ihnen die ganze Schuld zuschieben. Ich habe sogar manchmal gedacht, daß er versuchen könnte, Sie umzubringen», sagte Inez halblaut.

Ray lehnte sich zurück und lachte. Sein Herz schlug schneller. «Wieso? Hat er einen Revolver bei sich?»

«Nein, nein. Aber er könnte es durch jemand anderen tun lassen.»

«Apropos – ich wollte Sie schon nach Antonio fragen. Glauben Sie, daß er Antonio dazu gebrauchen würde?»

«O nein! Ganz sicher nicht. Antonio nicht. Der haßt Streitigkeiten, er wird ganz krank davon. Er ist kein übler Junge, aber er kommt nicht gerade aus den besten italienischen Kreisen, wissen Sie. Gestern abend ist ihm beinah schlecht geworden. Er hört zu, er hört zu, und dann auf einmal kann er nicht mehr. Er rief mich heute morgen an und entschuldigte sich, weil er so früh weggegangen war.»

Ob es stimmte, daß Antonio fast übel geworden war? Inez schien es jedenfalls anzunehmen. «Meinen Sie, daß ich Ed heute nachmittag sprechen kann? Können Sie mir nicht helfen, eine Verabredung mit ihm zu treffen? Dann kann ich morgen abreisen.»

«Er wird es ganz bestimmt immer wieder hinausschieben. Tagelang wird er Sie warten lassen, bloß um Sie zu reizen. Er weiß, daß Sie ihn sprechen möchten.»

«Aber es müßte doch möglich sein. In Rom habe ich ihn ja auch allein gesprochen.» Rays Stimme war plötzlich lauter geworden, er blickte nach rechts, um zu sehen, ob jemand es bemerkt hatte. «Bloß, an dem Abend, da wollte er nur über die Vergangenheit reden.» Ray sprach die Wahrheit, hatte aber das Gefühl, er schwindle, denn von dem Revolverschuß wollte er nichts sagen. «Er war eigentlich ganz guter Laune, er sprach von Peggys Schulzeit und von den Ferien, wenn sie aus der Schweiz nach Hause kam. Und daß er eigentlich nicht genug Geld hatte, um mit ihr Schritt zu halten; er mußte sparen, um nach Venedig und Paris fahren zu können, weil sie doch ihr eigenes Geld hatte, und zwar nicht wenig.»

«Ja, das kann ich mir vorstellen», sagte Inez.

«Als ich mit ihm über das sprechen wollte, was gerade geschehen war, da wollte er nichts davon hören. Aber jetzt will er, das sieht man.»

«Er will bloß seine Wut weiter schüren, so wie gestern abend. *Das* sieht man, meine ich. Wie alt sind Sie eigentlich, Ray?»

«Siebenundzwanzig.»

«Als Sie geboren wurden, war ich einundzwanzig. Schon deshalb muß ich einiges mehr wissen. Zum Beispiel war ich zweimal verheiratet.» Sie unterdrückte ein Lachen. «Mein letzter Mann hat mich vor mehr als einem Jahr wegen einer anderen Frau verlassen. Sie sind schon jetzt nicht mehr zusammen. Ich wußte, daß es so kommen würde. Ich weiß zum Beispiel auch, daß man einem Mädchen wie Peggy mit – mit Sex keine Angst einjagen kann.»

«Das habe ich Ihnen gestern abend gesagt.»

«Nein, Sie haben meine Frage beantwortet, ob sie Angst davor hatte. Das ist nicht dasselbe.»

Ray brauchte einen Augenblick, um sich zu sammeln. «Angst – nein, so würde ich es nicht nennen. Sie mochte es sehr gern, auf ihre Art. Aber das war nicht die übliche. Wissen Sie, ich glaube, sie erwartete immer irgend etwas Fabelhaftes, etwas Mystisches davon. Es *ist* natürlich etwas Mystisches dabei, aber sie wollte noch mehr. Immer mehr und mehr.» Er hatte alles schnell herausgesprudelt und hielt jetzt einige Sekunden inne. Das alles hätte sich einfacher sagen lassen; nun ging es nicht mehr. Er suchte nach Worten, doch was herauskam, war die absurde Seite: daß Peggy gemeint hatte, es sei ‹besser›, wenn sie ihre Lage im Bett ein wenig änderten; dabei war es aber vorher wirklich vollkommen gewesen, und der Versuch zur Verbesserung machte alles kaputt. Ray biß sich nervös auf die Lippen und versuchte, das gezwungene Lächeln zu unterdrücken.

«Auch das kann ich mir gut vorstellen», sagte Inez. «Sie mochte es sehr gern.»

«Ja», sagte Ray dankbar. «Aber es war irgendwie nicht ganz richtig. Ed habe ich das nie gesagt. Es ist schwierig. Und ich hab auch nie versucht, darüber mit Peggy zu sprechen. Doch, einmal habe ich es versucht, aber sie wußte gar nicht, was ich meinte, oder ich habe mich nicht deutlich genug ausgedrückt. Sehen Sie, das war meine Schuld, ich habe nicht richtig mit ihr gesprochen, obwohl ich so viel älter war und ganz sicher mehr von der Welt wußte als sie.»

«Ja, Peggy scheint nicht viel von der Welt gewußt zu haben», meinte Inez und ließ die Asche in den Aschbecher fallen, wo der Wind sie sofort davontrug.

Die ruhig und sachlich vorgebrachten Worte gaben Ray mehr Trost als irgend etwas seit Peggys Tod. Doch dann sah er wieder, wie so oft jeden Tag, die rotgefüllte Badewanne vor sich. Über dem Gelb und Braun von Inez' Kleidung erschien das schreckliche Weiß-Rot des Badezimmers auf Mallorca, und Peggys langes dunkles Haar, das unter dem Wasserspiegel schwamm. Sie war nicht ertrunken, denn ihre Lungen enthielten nur wenig Wasser, das hatte die Polizei festgestellt. In der Badewanne war selbstverständlich nicht nur Blut, sondern auch Wasser gewesen, denn sie war ziemlich voll; aber nach der Farbe hatte es ausgesehen, als seien viele, viele Liter Blut aus Peggy herausgeflossen, einfach weil sie das Leben aufgeben wollte, vollständig und für immer.

«Sie haben sie geliebt», sagte Inez.

«Ja, das habe ich. Wie schade, daß Sie sie nie gesehen haben.» Ray zögerte und zog dann den zusammengelegten Schal aus der Manteltasche. «Hier, dies – es hat ihr nicht gehört; ich hab's gestern hier gekauft. Aber es paßt so zu ihr. Zu ihrer Persönlichkeit. Deshalb habe ich es gekauft.»

Inez lächelte und berührte den Schal mit den Fingerspitzen. «Dekorativ und romantisch, nicht wahr?»

Mit plötzlicher Verlegenheit sagte er: «Es ist – irgendwie ist es ein Bild von ihr.» Er schob den Schal wieder in die Tasche. «Aber Sie haben ja sicher Fotos von ihr gesehen.»

«Haben Sie noch andere Sachen behalten?»

«Nein. Ihre Kleider habe ich alle im Dorf verschenkt, an arme Leute. Ihren Schmuck habe ich Ed gegeben. Die meisten ihrer Sachen waren in seiner Wohnung in Rom.»

Schweigen. Ein Streichorchester begann eine Melodie aus ‹South Pacific› zu spielen.

«Weshalb fühlen Sie sich so schuldbewußt?» fragte Inez.

«Ich weiß es nicht. Fühlt man sich nicht immer schuldbewußt, wenn jemand, der einem so nahestand, sich das Leben genommen hat?»

«Ja, das stimmt wohl meistens.»

«Wenn ich hier eine Schuld habe», sagte Ray, «was natürlich möglich ist – dann ist es eine, auf die ich noch nicht gekommen bin.»

«Dann dürften Sie auch nicht so schuldbewußt aussehen – noch nicht, jedenfalls.»

«Tue ich das denn?»

«Ja. Es ist Ihre ganze Art. Wenn Sie nicht schuld sind, dann sollten Sie auch nicht so aussehen», sagte Inez, als sei das ganz einfach.

Ray lächelte. «Danke schön. Ich werd's versuchen.»

«Wenn Sie morgen abreisen, würden Sie mich wohl vorher noch im

Hotel anrufen? Wenn ich nicht da bin, hinterlassen Sie ein paar Worte. ‹Alles in Ordnung›, das genügt. Wollen Sie das tun?»

«Ja.»

«Oder – wann immer Sie abreisen, rufen Sie mich vorher noch an.» Sie trank ihren Rest Kaffee aus.

«Was mögen Sie eigentlich an Ed?» Ray wußte, die Frage war naiv, aber er konnte sie nicht zurückhalten.

Inez lächelte; plötzlich sah sie viel jünger aus. «Ach – er hat irgendwie Mut. Die Umwelt ist ihm völlig egal, und es ist ihm auch ganz egal, was man von ihm denkt. Er lebt, wie er will.»

«Und das ist alles? Das haben Sie gern?»

«Er ist stark, das mögen Frauen gern. Sie werden es kaum verstehen – noch nicht.»

Ray konnte sich das alles vorstellen, wenn jemand aussah wie Errol Flynn und sich den Teufel um Konventionen oder sogar um das Gesetz scherte, aber nicht bei jemand, der so unangenehm aussah wie Coleman. Ihre Erklärung konsternierte ihn, und das sah sie. «Er sieht Peggy überhaupt nicht ähnlich, finden Sie nicht? Oder vielmehr Peggy sah ihm nicht ähnlich. Nicht mal in den Farben.»

«Nein, nach den Bildern, die ich gesehen habe, gewiß nicht. Sie glich wohl ihrer Mutter.»

Ray hatte ein Foto ihrer Mutter gesehen. Sie war mit Dreißig gestorben; das Bild in Colemans Wohnung in Rom – in Mallorca hatte Peggy keins gehabt – zeigte eine auffallende Brünette, mit Peggys leicht lächelndem Mund und ausdrucksvollen Augen, nur der Ausdruck war arroganter als Peggys träumerisches Gesicht.

«Ich muß gehen», sagte Inez und stand auf. «Ich habe Edward gesagt, ich wollte mir Schuhe kaufen. Ich werd ihm einfach erzählen, ich hätte keine gefunden.»

Ray sah keinen Kellner und legte das Geld auf den Tisch. «Ich komme mit.»

«Ja, aber nicht zu weit. Ich möchte nicht, daß Edward Sie sieht.»

Sie gingen zusammen den Markusplatz hinunter. Inez hatte einen leichten und graziösen Gang. Sie hob den Kopf. «Ich werde ja nicht für immer mit Edward zusammensein», sagte sie. «Aber es ist gut, ihn zu haben, wenn man einsam ist, und bis vor sechs Monaten war ich sehr einsam. Für eine Frau ist es angenehm, daß er so unkompliziert ist. Er sagt nicht: ‹Bleib immer bei mir›, und wenn er mal – was fast nie vorkommt – sagt: ‹Ich liebe dich›, dann glaube ich es sowieso nicht. Aber es ist nett mit ihm –» sie brach ab, und Ray hatte das Gefühl, sie hatte hinzufügen wollen «im Bett». Er begriff es nicht.

«– und er ist ein angenehmer Begleiter», sagte sie. Der Wind trug die Worte davon.

Na ja, ein Begleiter. Frauen ließen sich gern begleiten.

«Weiter dürfen Sie nicht mitkommen», sagte Inez und blieb stehen. In dieser Straße war das Hotel Bauer-Grünwald. Ray wäre auch mit ihr ins Hotel gegangen, aber er wußte, sie hätte es auszubaden, wenn Coleman sie zusammen sah. «Wie lange bleiben Sie noch?» fragte er.

«Keine Ahnung. Fünf Tage vielleicht?» Sie zuckte die Achseln. «Versprechen Sie mir, daß Sie morgen abreisen. Edward ist böse, weil Sie hier in Venedig sind. Glauben Sie mir, Sie erreichen gar nichts, wenn Sie noch bleiben.»

«Dann möchte ich ihn heute noch sprechen.»

Inez schüttelte den Kopf. «Heute nachmittag gehen wir zur Ca' Rezzonica, und heute abend sind wir alle zum Essen am Lido. Ich bin ganz sicher, er würde sich heute doch nicht mit Ihnen treffen. Lassen Sie sich doch nicht weiter so von ihm demütigen.» Ihre Augen leuchteten feurig gelb-grün in der Sonne.

«Gut, ich werd's mir überlegen.» Um sie nicht weiter aufzuhalten, hob er die Hand und wandte sich ab.

Er konnte in der Pensione zu Mittag essen, überlegte er im Gehen, aber vorher würde er Coleman im Hotel anrufen und ein Treffen mit ihm vereinbaren, egal ob Inez bei ihm im Zimmer war oder nicht. Nach dem Essen wollte er dann an Bruce schreiben, von Guardini in Rom berichten und angeben, wann er in Paris im Hotel Pont Royal sein wollte.

An der Réception des Seguso wurde ihm mit seinem Schlüssel ein Zettel ausgehändigt, auf dem stand:

Um 11 Uhr hat Mr. Coleman angerufen. Er läßt fragen, ob Sie heute abend zum Essen an den Lido kommen. Bitte im Hotel Bauer-Grünwald anrufen.

Offenbar wollte Coleman ihn noch einmal zusammenstauchen. Ray ging zur Réception zurück, um sich die Nummer des Hotels geben zu lassen und unten in der Zelle zu telefonieren, aber zwei ältere Engländerinnen waren vor ihm da und erkundigten sich nach der besten Verbindung zur Ca'd'Oro. Das Mädchen hinter dem Pult gab ihnen Auskunft, worauf die eine der Engländerinnen sagte:

«Wir wollten gern eine Gondel nehmen. Wo finden wir wohl eine? Oder könnten Sie eine für uns bestellen, die uns hier abholt?»

«Ja, Madame, gern, das kann ich tun. Um welche Zeit soll sie hier sein?»

Ray starrte auf die große, laut tickende Uhr in der Halle mit dem Messingpendel hinter dem geschliffenen Glas. Er mußte sich heute nach einer Kunststopferei umsehen, die seinen Mantel reparieren würde, dachte er. Endlich konnte er der jungen Dame an der Réception seine Bitte vortragen; sie drehte die Nummer des Hotels Bauer-Grünwald, und er nahm in einer der beiden Zellen den Hörer ab. Coleman war am Apparat.

«Tag, Ray. Wir essen heute im Excelsior am Lido. Willst du hinkommen?»

«Ich würde gern hinkommen, wenn ich dich nach dem Essen allein sprechen kann», sagte er betont höflich.

«Klar, das geht», sagte Coleman freundlich. «Also dann – um halb neun oder neun im Excelsior, ja?»

«Ich komme nach dem Essen, vielen Dank. Auf Wiedersehen.» Er legte auf.

5

Um elf im Excelsior, das war sicher früh genug. Um zehn stand Ray an einer Theke, aß Toast mit Käse und trank ein Glas Wein dazu; dann ging er zum Landesteg der Riva degli Schiavoni, von wo die Boote zum Lido abfuhren. Eine Viertelstunde mußte er warten. Blaugraue Wolken zogen langsam am Himmel vorüber; es würde wohl Regen geben. Ein Paar in mittlerem Alter stritt sich hartnäckig und deprimierend über irgendwelches Mietegeld, das der Mann dem Bruder der Frau geliehen oder geschenkt hatte. Die Frau behauptete, der Bruder tauge nichts. Der Mann zuckte mißmutig die Achseln, blickte ins Leere und antwortete kurz und im vertrauten Ton jahrelangen Ehekriegs:

«Er hat's damals auch zurückgezahlt.»

«Die Hälfte, das weißt du ja wohl noch», entgegnete sie.

«Na, jetzt ist es geschehen.»

«Geschehen – verloren ist es. Das sind wir los.»

Der Mann faßte einen Pappkarton am Bindfaden und schob sich wortlos nach vorn an den Steg, wo das Boot jetzt anlegte; es sah aus, als kröche er allzugern weiter weg, fort von der Frau, auf das Boot, irgendwohin, aber sie blieb ihm auf den Fersen.

Peggy und er hatten sich nie gezankt, dachte Ray. Vielleicht war das ein Fehler gewesen. Ray hielt sich, da ihm das oft von andern gesagt worden war, für einen verträglichen Charakter, was in der Ehe wohl ein Vorteil war. Peggy andererseits hatte nie viel verlangt, nie auf etwas bestanden, das er für unvernünftig hielt; sie hatten also einfach keinen Grund zum Streit gehabt. Er wäre lieber nicht ein ganzes Jahr auf Mallorca geblieben, aber Peggy wollte es gern (*«irgendwo, wo es ganz primitiv und einfach ist, noch einfacher als in Süditalien!»*); er hatte den Aufenthalt dort also als verlängerte Flitterwochen betrachtet und beschlossen, die Zeit mit Malen und Lesen auszunutzen, vor allem kunsthistorische Bücher wollte er lesen, und so hatte er bereitwillig ja gesagt. In den ersten vier Monaten war sie auch fröhlich und glücklich gewesen, vielleicht sogar in den ersten acht Monaten. Danach war das primitivbarfüßige Dasein nicht mehr ganz so neu, aber dann hatte sie zu malen angefangen, wenige Stunden am Tag, aber produktiv, meinte er. Die Gedanken verloren sich, und wie immer stand er hilflos vor der Frage nach dem Grunde ihres Selbstmords. Coleman besaß jetzt ihre sämtlichen Bilder und auch die Zeichnungen; er hatte jedes Stück nach Rom schicken lassen, ohne Ray auch nur zu fragen, ob er eins behalten wolle. Ray machte sich Vorwürfe, daß er das hatte geschehen lassen. Es erfüllte ihn mit schneidender Bitterkeit gegen Coleman, die so stark war, daß er den Vorfall jedesmal zu vergessen versuchte, wenn er ihm einfiel.

Er sah die Lichter des Lido vor sich, eine lange niedrige Reihe, und dachte an Thomas Manns ‹Tod in Venedig› und an die quälend heiße Sonne auf dem Strand. Krankheit und Leidenschaft. Nun, heute war weiß Gott anderes Wetter, es gab keine Krankheit, und die Leidenschaft wohnte nur in Coleman.

Er folgte dem stumm gewordenen Ehepaar auf einen Landesteg an der Piazza Santa Maria Elisabetta, wo es ihm kühler vorkam. Der Wind war schneidend, er schritt hinüber zur Sperre, um den Mann nach der Richtung des Excelsior Hotels zu fragen. Es war ein Fußmarsch von zehn Minuten quer über die Insel auf der breiten Viale Santa Maria Elisabetta, dann ging es rechts zur Lungomare Marconi. Rechts und links lagen Häuser mit dunklen Fenstern, sie waren für den Sommerbetrieb gebaut und sahen jetzt trostlos aus. Ein paar Kaffeebars waren geöffnet. Das Excelsior war ein großer, hellerleuchteter Bau, man sah ihm an, daß er gut geheizt war. Ray klappte den Mantelkragen herunter, strich sich über das Haar und betrat den Speisesaal.

«Danke schön, ich bin verabredet», sagte er zum Oberkellner, der fragend herantrat. Im Speisesaal saßen nicht viele Leute, er sah Colemans Tisch sofort und verzog das Gesicht, als er sah, daß das Ehepaar Smith-Peters ebenfalls dabei war. Zum Glück stand der Kaffee schon vor ihnen. Inez hob die Hand und lächelte ihm zu.

«Hallo, Ray», sagte Coleman.

«Guten Abend», sagte Ray. Auch Antonio war da, sein Lächeln sah heute abend ganz ungezwungen aus.

«Wie nett, daß Sie den langen Weg heraus gekommen sind», sagte Mrs. Smith-Peters zu Ray.

Er setzte sich. «Oh, es ist ja eine hübsche Fahrt.»

«Deshalb sind wir auch gekommen», sagte Coleman. Sein Gesicht war leicht gerötet. «Das Essen würde einen bestimmt nicht herlocken. Ich habe in vielen Trattorias besser gegessen.»

«Sch-sch! Mrs. Perry hat uns doch eingeladen!» sagte Inez zu Coleman und runzelte die Stirn.

Eine schlanke, etwa sechzigjährige Frau in blauem Abendkleid, Hals und Arme mit Schmuck behängt, trat an den Tisch. Ray sah, daß auf ihrem Platz noch ein Gedeck mit voller Kaffeetasse stand. Er erhob sich.

«Mrs. Perry», sagte Inez, «dies ist Mr. Garrett, Mr. Colemans Schwiegersohn.»

«Ehemaliger Schwiegersohn», verbesserte Coleman, der nicht aufgestanden war.

Mrs. Perry blickte ihn verwirrt an. Ihr Gesicht schien ständig einen Ausdruck von Verwirrung zu tragen.

«Guten Abend, Mrs. Perry», sagte er.

«Guten Abend», sagte Mrs. Perry und setzte sich. Sie hob den Kopf und lächelte, was ihr etwas schwerzufallen schien. «So! Wollen wir alle noch einen Cognac trinken? Was für einen möchten Sie? Oder möchte jemand etwas anderes?» Unter ihrem Kinn waren die Sehnen unter den feinen Hautfalten sichtbar. Sie trug lila Lidschatten auf den zarten Augenlidern.

«Ja, danke, ich hätte gern einen Cognac», sagte Antonio.

«Einen Courvoisier, bitte», sagte Ray, denn sie freute sich offensichtlich, daß ihre Gäste Wünsche äußerten.

Der Cognac kam. Mrs. Perry fragte Ray nach seiner Arbeit. Sie hatte von Inez gehört, daß er eine Kunstgalerie in New York aufmachen wollte, und erkundigte sich nach dem Namen.

«Wir haben noch keinen Namen. Vielleicht einfach Galerie Garrett, wenn uns nichts Besseres einfällt. Ich hoffe, Räume in der Third Avenue zu bekommen.»

Mrs. Perry sagte, sie habe Bilder sehr gern. Zu Hause habe sie zwei Gauguins und einen Soutine. Sie war in Washington zu Hause. Sie machte einen bekümmerten Eindruck und tat Ray unwillkürlich leid, vielleicht gerade weil er den Grund ihrer Trauer nicht kannte; und wenn er ihn gewußt hätte, so hätte er nichts daran ändern können. Er würde ihn auch nie erfahren, denn dazu würde er Mrs. Perry nie gut genug kennenlernen. Er sah zu Coleman hinüber: brach er auf? Inez hatte ihren Cognac ausgetrunken. Mr. und Mrs. Smith-Peters machten Anstalten, zu gehen.

«Um zwölf geht ein Boot zurück; ich denke, das sollten wir nehmen, Francis und ich», sagte Mrs. Smith-Peters. «Es war ein reizender Abend, Ethel.»

«Müßt ihr wirklich gehen? Wir könnten jederzeit ein Motoscafo mieten», meinte Mrs. Perry.

Aber sie wollten aufbrechen; auch Inez sagte auf italienisch zu Antonio, daß sie beide mit den Smith-Peters zusammen zurückfahren sollten, denn Edward wollte noch mit Signor Garrett sprechen. Antonio stand sofort auf.

«Edward, wir lassen dir die ‹*Marianna*› hier, dann kannst du Ray mit Corrado zurückbringen», sagte Inez zu Coleman.

Coleman wollte protestieren, sagte dann jedoch: «Na schön, wenn das letzte Vaporetto wirklich um zwölf geht –»

«Ich glaube sicher nicht», sagte Ray, aber er war nicht ganz sicher.

«Es kann schon sein.» Inez wandte sich an Ray und lächelte. «Wir haben für vier Tage ein Motorboot gemietet. Vielleicht fahren Sie mal mit, wenn Sie so lange hier sind.»

Ray nickte und lächelte zurück. Corrado war vermutlich der Steuermann.

Inez verließ das Hotel mit Antonio und dem Ehepaar Smith-Peters. Mrs. Perry zündete sich eine neue Zigarette an – sie rauchte ihre Zigaretten immer nur zur Hälfte und drückte sie dann aus – und meinte, da Coleman und Ray noch etwas zu besprechen hätten, wolle sie sich auch verabschieden. Coleman erhob sich ebenso wie Ray; beide bedankten sich, und Coleman sagte beiläufig, als sei es ihm kaum ernst damit, daß er sie morgen anrufen werde. Er ging mit ihr durch den Speisesaal, linkisch und wenig liebenswürdig. Sie war größer als er. Jetzt kam er zurück; er wollte also reden. Jedenfalls waren sie nun allein.

«Noch einen Cognac? Oder Kaffee?» Coleman setzte sich.

«Danke, nein.»

«Na, dann für mich.» Er winkte den Kellner heran und bestellte einen Cognac.

Ray nahm den Wasserkrug und goß sich Wasser in ein unbenutztes Glas. Beide schwiegen, bis der Kellner den Cognac gebracht hatte und wieder verschwunden war.

«Ich wollte mit dir sprechen», begann Ray, «weil ich glaube, du verstehst immer noch nicht, was –» er zögerte nur eine Sekunde, aber Coleman unterbrach ihn sofort.

«Was verstehe ich nicht? Eins verstehe ich sehr gut, daß du nämlich nicht der richtige Mann für meine Tochter warst.»

Ray fühlte, wie ihm das Blut ins Gesicht stieg. «Das kann sein. Vielleicht existiert er irgendwo.»

«Komm mir bloß nicht dämlich, Ray. Bei mir wird deutlich geredet.»

«Bei mir ebenfalls, glaube ich.»

«So? Dauernd sagst du ‹ich glaube›, ‹vielleicht› und solches Zeug. Du wußtest nicht, wie sie zu behandeln war. Erst als es zu spät war, hast du gesehen, daß sie am Ende war.» Coleman hielt den runden Kahlkopf schräg und blickte Ray gerade in die Augen.

«Ich wußte nur, daß sie weniger malte als vorher. Sie machte durchaus keinen deprimierten Eindruck. Wir waren immer noch oft mit Freunden zusammen, und das machte ihr auch Spaß. Zwei Tage vorher hatten wir eine Dinnerparty gegeben.»

«Und was für Freunde waren das?» fragte Coleman betont.

«Du hast ja einige kennengelernt. Es waren keine hergelaufenen Leute. Aber worauf es ankommt, ist doch nur dies: sie war nicht deprimiert. Verträumt, ja. Sie sprach viel von Obstgärten voller Früchte, von Vögeln mit bunten Federn.» Ray befeuchtete sich die Lippen. Er wußte, seine Worte waren schlecht gewählt; es war, als erzähle er einen Film von der Mitte der Story an. «Worauf ich hinauswill, ist: sie hat niemals von Selbstmord gesprochen und überhaupt niemals deprimiert geredet. Wie konnte man das ahnen? Sie sah durchaus glücklich aus. Ich habe dir in Xanuanx erzählt, daß ich in Palma zu einem Psychiater gegangen bin. Sie hätte ein paarmal zu ihm gehen können – so oft sie wollte, er war durchaus bereit. Aber sie hatte keine Lust.»

«Du mußt doch angenommen haben, daß irgend etwas gründlich in Unordnung war bei ihr, sonst hättest du den Psychiater nicht aufgesucht.»

«Nein, nicht gründlich in Unordnung. Und ich hätte ihn sogar ins Haus kommen lassen, wenn ich geahnt hätte, daß es ihr schlecht ging. Sie hat ganz normal gegessen –»

«Das weiß ich alles.»

«Ich hatte das Gefühl, sie brauchte jemand außer mir, mit dem sie mal reden könnte. Jemand, der ihr erklärte, was – was Wirklichkeit ist.»

«Wirklichkeit?» Colemans Stimme klang böse und mißtrauisch. «Meinst du nicht, davon hat sie in der Ehe reichlich viel gehabt?»

Die Frage war für Ray nicht einfach zu beantworten. «Wenn du die physische Seite meinst –»

«Allerdings.»

«Das war für Peggy wirklich und unwirklich zugleich. Sie hatte gar keine Angst. Sie –» Er konnte darüber nicht weiter mit Coleman sprechen.

«Sie war nur erstaunt, nicht wahr. Vielleicht erschreckt.»

«Nein, absolut nicht. Daran lag es nicht. Vielleicht war es der Abschied von dir und daß ich jetzt der Mittelpunkt ihres Lebens war, nach all den Jahren, in denen sie nur dich hatte.» Er sprach schnell weiter, denn Coleman wollte ihn unterbrechen. «Sie war immer sehr behütet gewesen, das weißt du. Immer nur Privatschulen und Ferien immer mit dir zusammen und unter deiner Aufsicht. Es muß dir doch klar sein, daß du ihr nicht die Freiheit gelassen hast, die die meisten Mädchen ihres Alters haben.»

«Glaubst du, ich wollte sie mit all dem – dem Dreck aufwachsen lassen, wie so viele Mädchen?»

«Nein, natürlich nicht, das verstehe ich schon. Und ich bin auch sehr froh, daß Peggy nicht so war. Aber vielleicht hat sie etwas Zauberhaftes erwartet, etwas anderes als ich ihr geben konnte oder als eine Ehe überhaupt zu bieten hat.»

«Zauberhaftes?»

Ray war verwirrt und unsicher. «Peggy war romantisch – gefährlich romantisch. Sie hielt die Ehe für eine neue Welt – so etwas wie das Paradies oder wie Poesie und nicht für einen Teil des irdischen Daseins. Aber paradiesischer als auf Mallorca hätten wir es nirgends haben können. Das Klima, die Obstbäume direkt vor der Tür. Wir hatten Dienstboten, wir hatten Zeit, wir hatten Sonne und hatten nicht, wie viele andere, gleich einen Haufer Kinder und nichts als Küche und Hausarbeit.»

«An Geld hat Peggy nie viel gelegen. Sie hatte immer Geld», erwiderte Coleman kurz.

Ray hatte also wieder einmal das Falsche gesagt, den falschen Vergleich gebraucht. Coleman grollte ihm, weil er Geld hatte, obgleich er seine Tochter niemals jemandem ohne Geld gegeben hätte. «Nein, natürlich war es nicht bloß das Geld. Ich versuche nur, die Atmosphäre zu schildern. Oft habe ich versucht, mit Peggy zu reden. Ich wollte gern, daß wir eine Weile nach Paris gingen und dort eine Wohnung nähmen. Das hätte uns der Wirklichkeit einen Schritt näher gebracht. Das Klima ist dort rauher, die Stadt ist laut und voller Menschen und – und in Paris muß man sich an einen Zeitplan und an die Uhr halten.»

«Was soll eigentlich all das Geschwafel von der Wirklichkeit?» fragte Coleman böse und stieß Rauchwolken aus der Zigarre. Seine Augen waren leicht blutunterlaufen.

Ray sah, es war ganz hoffnungslos, genau wie Inez gesagt hatte. Er schwieg und merkte, wie Colemans Zorn sich wieder verhärtete, gerade wie auf Mallorca. Coleman saß in seinen Stuhl zurückgelehnt, sein Gesicht trug den Ausdruck endgültiger Ablehnung und würdevoller Trauer. Peggy war der Inhalt seines Lebens gewesen, sein ganzer Stolz. Er hatte sie gezeugt und allein aufgezogen – jedenfalls seit sie vier oder fünf gewesen war; sie war ein Musterbeispiel an Schönheit, Grazie und Haltung. Ray sah, wie alles dies Coleman durch den Kopf ging; und nichts, nichts, was Ray vorbrachte an Erklärungen, Rechtfertigungen, Beteuerungen, würde daran etwas ändern. Auch schriftliche Versuche mußten scheitern. Colemans Augen waren so verschlossen wie seine Augen.

«Ich hab jetzt das Reden darüber gründlich satt», sagte Coleman. «Laß uns bloß gehen.» Er sah sich mit schwimmenden Augen nach dem Kellner um. «Und nicht mehr darüber reden», murmelte er.

Das klang nicht gerade nach Versöhnung, und Ray empfand es auch nicht so. Er holte seinen Mantel und folgte Coleman nach draußen; keiner von beiden bezahlte den letzten Cognac. Ray suchte in der Manteltasche nach seinem Feuerzeug und zog mit dem Zimmerschlüssel, den er im Hotel gelassen zu haben meinte, den zusammengefalteten Schal heraus. Er schob ihn mit dem Schlüssel zurück in die Tasche, aber Coleman hatte ihn schon gesehen. «Was hast du da?» fragte er.

Sie gingen in die Eingangshalle. «Meinen Zimmerschlüssel.»

«Nein – den Schal. Das Tuch da.»

Ray hatte die Hand in der Tasche und zog sie mit dem Schal heraus. «Einen Schal.»

«Der gehörte Peggy. Den behalte ich, wenn du nichts dagegen hast.»

Coleman sprach so laut, daß der Mann an der Réception und auch der Page an der Tür ihn gut verstehen konnten. Er streckte die Hand aus. Einen Moment zögerte Ray; der Schal gehörte ihm, aber um Streit zu vermeiden, gab er ihn Coleman. «Bitte.»

Coleman ließ den Schal auseinanderfallen, als sie durch die Hoteltür schritten, besah ihn und sagte: «Ganz und gar Peggy. Danke». Draußen fügte er hinzu: «Du hast ja alle ihre Kleider auf Mallorca weggegeben.» Er schob den Schal in die Manteltasche.

«Ich wußte nicht, daß du welche behalten wolltest», erwiderte Ray. «Schließlich hast du ja alle ihre Arbeiten mitgenommen, ihre Bilder und Zeichnungen.» Es tat ihm leid, daß die Bitterkeit in seinen Worten hörbar durchklang. Aber das mit dem Schal war Schwindel und erfüllte ihn mit einer kleinen diebischen Freude.

Ihre Schritte knirschten auf dem kiesigen Weg im gleichen Rhythmus wie in der Nacht in Rom vor drei Tagen. Ray paßte scharf auf, ob Coleman eine plötzliche Bewegung machte und vielleicht den Revolver hervorzog; er ging zwei Schritte von ihm entfernt. Colemann hielt sein – Rays – Leben für wertlos. Nein, mehr noch: er wollte ihm zu erkennen geben, daß er es für wertlos hielt, das merkte Ray. Damit wollte er ihn strafen.

Sie trafen auf dem Weg zum Anlegesteg nur zwei Leute, zwei einzelne Männer. «Du brauchst mich nicht mitzunehmen», sagte Ray. «Es kommt bestimmt noch ein Vaporetto.»

Coleman hob langsam die Schultern und sagte: «Macht mir nichts aus; dieselbe Richtung. Hier ist schon das Boot. *Marianna zwei.*» Er trat zu einer Gruppe von drei Motorbooten am Steg, der im rechten Winkel umbog. Am Heck des einen Bootes las Ray den Namen, *Marianna II.* Keins der Boote hatte ein Verdeck.

Coleman sah sich um. Zwanzig Meter entfernt standen drei oder vier junge Italiener nahe der Fahrkartenbude, tief in ihre Mäntel verkrochen. Die Bude war geschlossen. Ray blickte über die Lagune nach dem Vaporetto, sah aber keins. Es war zwanzig Minuten nach eins.

«Dieser verdammte Corrado. Sicher ist er nach Hause gegangen», murmelte Coleman. «Na, steig ein. Wir brauchen ihn nicht.» Er beugte sich nach vorn, trat auf eine kurze Leiter und kletterte ungeschickt an Bord.

Coleman wollte also selbst fahren. Ray schreckte sofort zurück. Was für einen Grund – was für einen triftigen Grund gab es, damit er nicht mitfahren mußte? Es war schwierig und albern, jetzt aus Furcht einen Grund zu erfinden. Er lächelte ein wenig und kam sich albern vor. «Willst du selber fahren?» fragte er.

«Sicher. Ich hab's den ganzen Tag selbst gesteuert. Corrado kommt bloß so mit. Er wohnt irgendwo am Lido, ich weiß nicht wo. Komm jetzt.» Coleman zog einen Schlüsselbund aus der Tasche.

‹Ich werd schon mit ihm fertig›, dachte Ray. Ein zweites Mal ließ er sich nicht überraschen. Beim nächsten Versuch würde er dann das Vergnügen haben, Coleman eins zu versetzen, ihn vielleicht sogar niederzuschlagen. Jedenfalls – wenn er jetzt nicht mitmachte, so war das klare Feigheit, und Coleman würde triumphieren. Ray stieg ein. Rund um das Heck lief ein niedriges Messinggeländer; über Motor und Steuerrad lag eine gedeckte Kabine.

Coleman ließ den Motor an und brachte das Boot vorsichtig vom Steg weg. Dann wendete er, und das Tempo nahm zu. Der Motorenlärm war unangenehm. Ray schlug den Mantelkragen hoch und schloß den obersten Knopf.

«Ich fahr zum Giudecca-Kanal und setz dich irgendwo am Zattere ab!» schrie Coleman ihm zu.

«Schiavoni genügt!» rief Ray zurück. Er saß im Heck auf dem niedrigen Sitz. Sie kamen gut voran, aber es war recht kalt. Ray wollte gerade in der Kabine Zuflucht suchen, als Coleman sich vom Steuerrad umwandte und auf ihn zukam.

«Ich hab das Rad festgestellt!» sagte er und wies mit dem Daumen hinter sich auf den Motor.

Ray nickte; er hielt sich, um nicht das Gleichgewicht zu verlieren, mit der Hand oben an der Kabinentür fest. Das Boot tanzte auf und nieder. Überall im Wasser schaukelten Bojen und vielleicht auch noch andere Schiffe; ihm schien es nicht richtig, jetzt das Rad festzustellen. Er blickte angestrengt nach vorn, sah aber nichts zwischen dem Boot und den tanzenden Lichtern auf dem venezianischen Festland. Coleman bückte sich und drehte sich seitwärts zu Ray, um seine Zigarre anzuzünden. Ray tat einen Schritt zur Kabine, und Coleman kam auf ihn zu, so daß er zurücktreten mußte, aber seine Hand noch auf der Türkante behalten konnte. In diesem Augenblick versetzte ihm Coleman, die Zigarre fest zwischen den Zähnen, einen krachenden Schlag gegen den Magen. Ray schwankte halb über das Dollbord, nur seine rechte Hand ergriff die schmale Messingstange. Coleman schlug ihn mit der Faust ins Gesicht, ein Fuß trat ihm in die Brust. Sein rechter Arm wurde umgebogen, er mußte loslassen und taumelte über Bord.

Eine Sekunde lang fiel er schwindelnd nach rückwärts, dann klatschte er ins Wasser und sank. Als er sich an die Oberfläche gekämpft hatte, war das Boot viele Meter entfernt; schwach hörte er das Pochen des Motors in den wassergefüllten Ohren. Schuhe und Mantel zogen ihn nach unten. Das Wasser war eisig, schon fühlte er die Glieder starr werden. Er fluchte. *Geschieht dir recht, du Idiot.* Doch sein Körper kämpfte wie der eines Tieres, um oben zu bleiben und Luft zu bekommen. Er versuchte einen Schuh abzustreifen; es ging nicht, wenn er den Kopf über Wasser behalten wollte. Er konzentrierte alle Kräfte darauf, an der Oberfläche zu bleiben und ein Boot zu finden, das ihm zu Hilfe kommen konnte. Das Wasser war ungewöhnlich stürmisch, als hätten sich die Wellen mit Coleman verbündet. Nirgends war ein Boot zu sehen. Die Entfernung zur Stadt erschien ihm jetzt viel größer, aber er wußte, der Lido war noch weiter weg. Im einen Ohr knackte es, dann war das Wasser heraus; und er hörte den schwachen Ton einer Glocke. Eine Bojenglocke! Sekundenlang konnte er die Richtung nicht feststellen und auch die Lichter nicht sehen, wenn es welche gab; dann meinte er doch, die Boje sei links von ihm, der Stadt entgegengesetzt, und konzentrierte seine Anstrengungen in diese Richtung. Schwimmen konnte er kaum; er bewegte stoßweise Arme, Beine und Körper, sehr vorsichtig, weil er Kräfte sparen wollte. Er war ein mäßiger Schwimmer, mehr nicht, und mit Kleidern in eisigem Wasser war er ein spottschlechter Schwimmer. Es wurde ihm schnell und sehr deutlich klar: er würde es nicht schaffen.

«Hilfe!» schrie er, und dann noch einmal: *«Aiuto!»*, was viel kostbaren Atem verbrauchte. Die Glocke klang jetzt näher, aber die Kräfte verließen ihn noch schneller. Er fürchtete einen Krampf und ruhte sich einen Augenblick aus. Der Krampf saß in der linken Wade, doch er konnte das Bein noch bewegen. Dann sah er die Boje wie einen großen hellgrauen Tropfen vor sich – näher, als er zu hoffen gewagt hatte. Sie hatte kein Licht. Der Wind trug den Klang aus seiner Richtung fort und brachte hoffentlich die Wellen nahe an die Boje. Er ließ sich jetzt treiben und versuchte nur, die Richtung beizubehalten. Zentimeterweise kam er vorwärts.

Wie eine halb ins Wasser gefallene Träne erhob sich die Boje vor ihm. Er sah keinen Handgriff, und die Spitze – ein Gewirr von Drähten, die die Glocke schützen – war zu hoch über dem Wasser, als daß er sie durch einen Sprung hätte erreichen können. Er berührte die Boje mit den Fingerspitzen und fühlte die dicke glatte Rundung mit dem Handballen. Er brauchte viel Energie, um sich mit ausgebreiteten Armen daran festzuhalten, aber das Gefühl, sie erreicht zu haben, gab ihm enormen Auftrieb. ‹Sie scheucht die Schiffe weg!› dachte er und fand in dieser Tatsache eine makabre Belustigung. Seine Füße suchten hoffnungsvoll nach irgendeinem Halt und fanden nichts. Das Wasser ging ihm bis zum Hals. Die Drahtgitterstäbe lagen dreißig Zentimeter über seinen Fingerspitzen. Eine Hand drückte er gegen die nach innen gebogene Boje, mit der anderen löste er seinen Schlips, nahm ihn ab und bemühte sich, das eine Ende über einen der Gitterstäbe zu werfen. Die Stäbe verliefen fast senkrecht, waren aber etwas nach außen gebogen. Er versuchte es von der Richtung, in der der Wind ihm beistehen mußte. Beim vierten oder fünften Versuch gelang es; das Schlipsende blieb hinter dem Gitter hängen, und Ray zog es geduldig durch. Als beide Enden gleich lang waren, sprang er hoch und packte sie. Der Schlips hielt. Vorsichtig hängte er sich ein, wobei er sich so weit wie möglich vom

Wasser tragen ließ, dann griff er nach dem Gitter und verfehlte es, ließ den Schlips ein Stückchen los, damit er nicht durchriß, und sank nach unten. Er kam wieder hoch, wartete ein paar Sekunden, um Atem zu holen, und versuchte es von neuem. Mit den Knien an der Boje und vorsichtigem Ziehen am Schlips griff er noch einmal nach dem Drahtgitter, und diesmal gelang es. Er schloß die Knie halb um die Boje und hielt sich mit beiden Armen am Gitter fest.

Jetzt kam es nur darauf an, wie stark seine Muskeln waren, wie lange er die Kälte ertrug, bevor er ohnmächtig wurde oder erfror oder einschlief oder sonst was. Jedenfalls war er aus dem Wasser, und es war jetzt auch leichter, ein Schiff zu erspähen.

Er sah eins, vielleicht eine Viertelmeile entfernt; es war ein Schiff, das aussah wie ein Schleppkahn mit einem Motor im Heck.

«*Aiuto!*» schrie er. «*Soccorso! Soccorso!*»

Das Schiff änderte seinen Kurs nicht.

Er schrie noch einmal. Aber es war ganz deutlich, daß man ihn an Bord nicht hörte.

Verzweiflung überfiel ihn; er war überzeugt, dies sei das einzige Boot, das ihm begegnen konnte. Auch beschlich ihn ein merkwürdiges Gefühl, als sei jetzt alles egal – viel mehr als noch vor fünf Minuten im Wasser. Er war hier noch genauso in Lebensgefahr. Die Vorstellung, den Trenchcoat auszuziehen und sich damit irgendwie an dem Gestänge festzubinden, war viel zu kompliziert. Aber daß die Barkasse so blind und taub weiterfuhr, erschien ihm wie eine krasse Abfuhr, ein schamloses Nein (sie hatte ja keinen Grund, sich zu schämen) auf sein Recht, zu leben. Für Sekunden überkam ihn tiefe Müdigkeit, er senkte den Kopf gegen den Wind und hielt sich mit den Armen krampfhaft fest. Die beißende Kälte in den Ohren nahm zu, der Glockenton klang schwächer.

Er hob den Kopf und blickte um sich. Weit hinter seiner linken Schulter sah er ein tanzendes Licht, das wieder verschwand. Er hielt die Augen fest auf die Stelle gerichtet, und das Licht kam wieder. Er nahm seine Kräfte zusammen und schrie:

«*Hallo-o-o!*»

Keine Antwort kam, aber auch kein Motorengeräusch, was vielleicht günstig war, denn dann konnte man ihn eher hören. Oder war das vielleicht eine Boje mit einem Licht anstatt einer Glocke? Weit hinter dem Licht bewegte sich jetzt etwas, das wie ein Vaporetto aussah, auf den Lido zu, aber es war so weit entfernt, daß ein Ruf es niemals erreicht hätte.

«*Hallo-o! Soccorso!*» schrie er noch einmal. Er war jetzt sicher, daß das Licht sich bewegte. Seine lichtlose Boje schaukelte und ließ die Glokke ertönen, um die Schiffe wegzuwarnen. Er konnte nicht erkennen, in welcher Richtung sich das Licht bewegte, schräg auf ihn zu oder weg von ihm. «*Soccorso!*» Seine Kehle war rauh von der Kälte und dem Salzwasser.

«*Aahoo-ol!*» kam eine Stimme aus der Richtung des Lichts. Ein Gondoliere. «Ist da jemand?»

Ray wußte das Wort für Boje nicht. «*Die Glocke! Sulla campana! Veni, per favore!*»

«*La campana!*» Der Mann hatte verstanden.

Ray wußte, jetzt war er gerettet, und sofort erstarrten die Arme vor Müdigkeit. Der Mann ruderte, er würde sicher noch zehn Minuten brauchen. Ray wollte nicht zusehen, wie er langsam näher kam, und hielt den Kopf auf die Brust gesenkt.

«*Ah-ool!*» Der Ruf kam automatisch wieder, ein Naturton wie das Miauen einer Katze, der Ruf einer Eule, das Wiehern eines Pferdes. Ray hörte ein Platschen, als der Gondoliere einen flachen Ruderschlag tat oder eine Weile das Ruder bloßlegte. «*Qua*», sagte er, schwach und heiser.

«*Vengo, vengo*», gab die tiefe Stimme zurück, die jetzt ganz nahe war.

Ray blickte auf und sah den Mann hinter seinem Buglicht, er stand im Heck des schaukelnden Bootes und ruderte.

«Ai! – Was ist hier los? Sind Sie von einem Schiff heruntergefallen?»

Er sprach in einem Dialekt, den Ray kaum verstand. «Nein, heruntergeworfen.» Das hatte er sich ausgedacht: Freunde hatten ihn aus Spaß ins Wasser geworfen. Aber zum Reden hatte er keine Kraft; seine Füße hingen schlaff über den Rand der Gondel, dann ließ er sich fallen, und die starken Arme des Italieners zogen ihn an Bord. Er rollte hilflos auf den Boden. Die harten Planken fühlten sich wunderbar an, wie fester Erdboden.

Der Italiener beugte sich über ihn, rief mehrere Heilige an und fragte: «Hinuntergeworfen? Wie lange sind Sie im Wasser gewesen?»

«Oh –» Ray klapperte mit den Zähnen, die Silbe kam im Falsett heraus.

«Vielleicht zehn Minuten. So kalt.»

«*Ah, si! Un momento!*» Behende trat der Mann an Ray vorbei, öffnete ein Schubfach im Bug des Bootes, nahm schnell eine zusammengelegte Decke heraus und dann eine Flasche. Sein Schuh fuhr an Rays Nase vorbei, als er sich umwandte und zu ihm niederbeugte. «Hier. Trinken Sie das aus der Flasche. Cognac!»

Ray hielt die Flasche – eine Weinflasche – an den offenen Mund, ohne die Zähne zu berühren. Ein tiefer Zug, sein Magen hob sich, aber der Cognac blieb unten. Es war ein billiger Verschnitt. «Gehen Sie da hinein», sagte der Italiener. Dann sah er, daß Ray sich nicht rühren konnte, nahm ihm die Flasche ab, verkorkte sie und legte sie auf den Boden. Er packte Ray unter den Armen und schleppte ihn in den gedeckten Teil des Bootes auf die Bank mit den zwei Sitzen. Ray lag kraftlos da, wollte sich entschuldigen und merkte, daß seine rechte Hand, die flach auf dem Sitzkissen lag, völlig taub war, wie totes Fleisch.

«Santa Maria, das sind mir Freunde! In so einer Nacht!» Der Italiener hielt Ray von neuem die Flasche hin. Er hatte ihn mit der dikken Decke zugedeckt. «Wo wollen Sie hin? Nach San Marco? Haben Sie ein Hotelzimmer?»

«San Marco», sagte Ray; nachdenken konnte er nicht.

«Ein Hotel?»

Ray antwortete nicht.

Der Italiener, eine schwarzgekleidete drahtige Gestalt mit kleinem, fast viereckigem Kopf, stand einen Augenblick im Rahmen der niedrigen grauen Tür der Gondel. Dann ging er weg und schlurfte zum Heck. Das Ruder knarrte, und Ray merkte, wie das Boot sich vorwärts bewegte. Mit einem Zipfel der Decke fuhr er sich über Gesicht und Haar. Langsam kehrten seine Kräfte zurück, nur wurde ihm immer kälter. Er hätte dem Mann die Haltestelle Accademia sagen sollen. Aber San Marco war näher, und dort fand er sicher eine Bar oder eine Hotelhalle, wo er sich aufwärmen konnte. Vorn am Bug glitt ein Vaporetto vorbei, wie ein Backofen voller Wärme mit all den Lichtern und den vielen behaglich dahinfahrenden Leuten.

«Haben Sie ein Hotel? Ich bringe Sie hin», sagte der Gondoliere.

Der Mann mußte ein enormes Trinkgeld bekommen, nahm sich Ray vor. Die taube Hand schob sich langsam auf die innere Jackentasche zu, konnte den Mantel nicht aufknöpfen und drückte sich an die Seite. Ray meinte – war aber nicht ganz sicher –, daß seine Brieftasche noch da war. «Es ist nahe bei San Marco», sagte er. «Ich denke, ich kann gehen. Vielen Dank.» *Schwisch-schwisch.* Mit langen Zügen strich die Gondel über die Wasserfläche. Der Wind peitschte an der Kabinenöffnung vorbei, aber es war nicht mehr so schlimm wie vorher. Kein Mensch hatte wohl je eine so unromantische Gondelfahrt unternommen, dachte Ray. Er drückte etwas Wasser aus dem Mantel und den Hosenaufschlägen. San Marco kam näher. Sie steuerten auf die Piazetta zu, zwischen dem Dogenpalast und der hohen Säule des Campanile. «Es tut mir leid, daß ich Ihre Gondel naß gemacht habe», sagte Ray.

«Ach, die *Rosita* ist gar kein – kein richtiges Boot. Jetzt nicht, im Winter. Da muß sie Öl und Gemüse schleppen, das bringt mehr ein als die Touristen, wenn keine da sind.»

Ray konnte nicht alles verstehen. «Hören Sie so spät – so spät mit der Arbeit auf?» Seine Stimme war immer noch heiser.

Ein kurzes Lachen. «Nein, ich fange gerade an. Ich fahre zum Bahnhof. Ich schlafe ein bißchen im Boot, und dann fangen wir an, so um halb sechs, sechs Uhr.»

Ray stampfte mit den Füßen auf, um seine Kraft zu erproben. Vielleicht schaffte er es zum Hotel Luna von San Marco aus.

«Schöne Freunde haben Sie! Auch Amerikaner?»

«Ja», sagte Ray. Das Land war jetzt ganz nahe. «Irgendwo hier. Ich bin Ihnen sehr dankbar, wirklich. Sie haben mir das Leben gerettet.»

«Ach, sonst wäre ein anderes Boot vorbeigekommen», meinte der Italiener. «Sie brauchen jetzt ein heißes Bad und viel Cognac, sonst werden –»

Den Rest verstand Ray nicht; er nahm an, daß er sich sonst den Tod holen werde.

Der vergoldete Bug der Gondel glitt gefährlich nahe auf das Heck eines großen Ausflugsdampfers zu, wendete und schob sich geschickt in eine schmale Lücke zwischen zwei gestreiften Pfählen, bremste und berührte leicht tanzend den Steg. Der Italiener packte etwas am Pier mit der Hand, spreizte die Beine und drehte das Boot auf die Seite; es glitt vorwärts, und links kam eine Treppe in Sicht. Ray erhob sich schwankend und kroch, mit den Händen voran, auf allen vieren aus dem Boot auf die Steinstufen. Was für ein Anblick für die Dogen!

Der Italiener sah leicht besorgt aus, aber er lachte. «Geht es auch wirklich? Soll ich nicht doch lieber mitkommen?»

Das wollte Ray nicht. Er stand auf dem harten Steinpflaster, breitbeinig wegen des Gleichgewichts. «Ich danke Ihnen von ganzem Herzen.» Er kämpfte hartnäckig mit den Mantelknöpfen und zog die Brieftasche heraus. Undeutlich sah er etwa zwanzig gefaltete Banknoten darin und nahm die Hälfte heraus.

«Hier – bitte! Mit meinem allerbesten Dank. Für die Flasche Cognac.»

«*Ah, Signor, è troppo!!*» Der Mann winkte lachend mit der Hand, aber er nahm das Geld an. Das strahlende Gesicht war voll grauer Bartstoppeln.

«Nein, es ist nicht genug. Tausend Dank! *Addio!*»

«*Addio, Signor.*» Kräftig schüttelte er Ray die Hand. «Und gute Gesundheit!»

Ray wandte sich um und ging davon; er merkte, daß zwei Männer stehenblieben und ihn anstarrten. Er ging langsam und schüttelte seine Kleider, damit sie nicht an ihm klebten; er fror heftig. Alle Restaurants waren offenbar noch geschlossen. Auf dem Markusplatz blinkten nur zwei oder drei Lichter in Lokalen, die auch noch nicht geöffnet waren; dort wurde reingemacht. Ray wandte sich nach rechts zum Hotel Luna. Aber die Eingangshalle – das fiel ihm jetzt ein – war sehr groß und offen, dort würde er bestimmt auffallen und man würde ihm Fragen stellen. Ohne nachzudenken, trat er in eine kleine Kaffeebar ein, stellte sich an die Theke und bestellte einen Cappuccino und einen Cognac. Der Cognac, der vor ihn hingestellt wurde, war ‹Stock›, den Ray nicht mochte, doch er hatte keine Kraft, zu protestieren. Während er auf den Kaffee wartete, packte ihn ein plötzlicher Haß auf Coleman – so, als hätten die Fährnisse der letzten zwei Stunden sein Gefühl noch zurückgehalten und jetzt sei der Damm gebrochen. Es dauerte nur ein paar Sekunden und flaute dann ab, wie seine Kräfte abgeflaut waren. Der hohläugige Kellner hinter der Theke warf ihm von Zeit zu Zeit einen Blick zu. Ray zog den Mantelkragen zurecht. Es war ein neuer wasserdichter Trenchcoat, und allmählich sah er wieder einigermaßen passabel aus. Nur Schuhe und Hosenaufschläge waren in schrecklichem Zustand. Er beschloß, in ein kleines Hotel in der Nähe zu gehen, wo man vielleicht nicht nach seinem Paß fragte, denn der Paß lag im Seguso. Er trank noch einen Cappuccino und auch einen zweiten Cognac und kaufte Zigaretten und Streichhölzer. Das Eisengitter an der Tür der Bar wurde rasselnd heruntergelassen. Es ließ eine schmale Öffnung frei, durch die er hinausgehen konnte; im Schloß steckte ein Schlüsselbund. Er zahlte und ging.

Eine Minute später fand er das Hotel, das er brauchte, in einer schmalen Gasse; über dem niedrigen Hotelschild stand in blauer Leuchtschrift ‹Albergo Internazionale› oder etwas Ähnliches. Die Eingangshalle war imitiert altvenezianisch eingerichtet. An der Bar links von der Halle saßen zwei Italiener und unterhielten sich.

«Bitte schön, Sir?» Der Barmann in weißer Jacke kam herüber, denn an der Réception war niemand.

«Kann ich ein Einzelzimmer haben?»

«Mit Bad, Sir?»

«Ja. Ist das Wasser richtig heiß?»

«O ja, Sir.»

Gleich darauf stand er allein in einem kleinen Zimmer, mit leeren Händen und ohne Gepäck. Was hatte der Mann gesagt? *«Sie können den Meldezettel morgen früh ausfüllen. Der Manager hat den Schreibtisch abgeschlossen.»* Er hatte Ray die weiße Karte gegeben, die jeder Hotelgast für die Polizei ausfüllen mußte. Ray öffnete den Heißwasserhahn an der Badewanne und freute sich, als er den aufsteigenden Dampf sah. Er zog sich aus und streckte sich wohlig in der Wanne aus; er war vorsichtig gewesen und hatte das Wasser nicht zu heiß gemacht. Müdigkeit oder Schwäche überfiel ihn; er stieg aus der Wanne und rieb sich so kräftig, als er konnte, mit einem kleinen Handtuch trocken. Ein großes Badelaken hing zusammengefaltet über der Stange, aber er hatte nicht mehr die Kraft, es zu benutzen. Dann hängte er seine Kleidungsstücke sorgfältig und langsam auf; er war jetzt erschöpft und kroch nackt zwischen die Laken. Sein Hals schmerzte bereits; wer weiß, was noch kommen würde.

Am Morgen erwachte er, setzte sich blinzelnd auf und erkannte, wo er war. Das Licht brannte noch, er schaltete es aus. Sein Hals brannte wie Feuer, der Kopf war ganz leicht und leer, wie kurz vor einer Ohnmacht. Er erschrak – nicht nur, weil er an Lungenentzündung dachte;

es war eine vage, namenlose Furcht, gemischt mit Scham. Seine Hose war noch nicht ganz trocken. Er blickte auf die wasserdichte Armbanduhr – sie war nicht stehengeblieben –: neun Uhr zwanzig. Ein kleiner Plan kam ihm in den Sinn; er kam sich fast schwachsinnig vor, weil er sich darüber freute: er wollte jetzt Frühstück bestellen, seinen Anzug zum Bügeln geben und noch einmal zu schlafen versuchen, bis der Anzug zurückkam. Er zog den Trenchcoat an, der nur noch im Futter etwas feucht war, griff zum Telefonhörer und gab die Bestellung auf. Rechts innen im Mantel fühlte er einen Klumpen, und ihm fiel ein, daß dort in der zugeknöpften Tasche sein Heft mit den Reiseschecks steckte. Er zog es heraus. Was für ein Glück, daß er die Schecks in die Tasche gesteckt oder vielmehr sie darin gelassen hatte, als er sie in Palma kaufte. Zweitausend Dollar in Hundertdollarnoten. In der Pensione Seguso lag auch noch ein Scheckheft, es stammte aus Xanuanx, aber das waren nur noch ein paar hundert Dollar. Er glättete das Heft und legte es flach vor sich hin. Die Unterschriften hatte er alle in Tinte mit seiner Füllfeder geschrieben, sie waren ganz intakt, nur die Seiten klebten zusammen. Er legte das Heft auf die Heizungsröhren.

Es klopfte, und das Mädchen erschien mit dem Frühstückstablett. Ray gab ihr seinen feuchten Anzug und das Oberhemd zum Bügeln mit. Sie sah ihn etwas erstaunt an, sagte aber nichts.

Nach dem Frühstück füllte er die Anmeldungskarte aus und gab dabei einen falschen Namen an; er genierte sich, seinen richtigen Namen zu nennen.

Um elf wurde er geweckt; das Mädchen brachte seinen Anzug zurück. Er hängte ihn in den Schrank und ging wieder ins Bett. Um eins ungefähr wollte er aufstehen, ausgehen und irgendwo anständig zu Mittag essen. Er erwachte um Viertel vor eins und zog sich an. Er hatte keinen Schlips und sah unrasiert aus, aber dem ließ sich ja leicht abhelfen. Am Fenster blickte er hinaus auf die Ziegeldächer und Baumwipfel und die Weinstöcke in den Gärten. Der Aussicht nach hätte dies auch Florenz oder eine andere italienische Stadt sein können. Wieder überkam ihn die unbestimmte lähmende Angst, er fühlte sich hilflos und geschlagen. *Du könntest jetzt tot sein. Wie kommt es, daß du noch lebst?* Er wand sich, die innere Stimme war fast hörbar. Sicher hielt ihn Coleman für tot. Dem machte es nichts aus, es interessierte ihn gar nicht, ob Ray am Leben war oder nicht. *Weil du völlig unwichtig bist, deshalb.* Er zwang sich, jetzt an das Nächstliegende zu denken. Die Rechnung hier war zu bezahlen. Ins Seguso wollte er nicht zurück. Ja, das war's: er wollte sich ein paar Tage lang totstellen. Mal sehen, was Coleman dann tat. Der Gedanke daran erleichterte ihn; es war wenigstens eine Art Plan.

Unten an der Réception bat er um die Rechnung. Ja, Nummer vierundachtzig, Thompson. Er gab die ausgefüllte Karte ab und bezahlte 4660 Lire. Nach seinem Paß fragte niemand. Dann trat er nach draußen und wußte beim ersten Schritt, daß er Coleman nicht begegnen wollte, und auch nicht Inez oder Antonio. Er hätte vor dem Verlassen des Hotels durch die Glastür nach draußen spähen sollen. Jetzt schritt er steif dahin und musterte die Vorübergehenden so häufig, daß er mehrmals die Blicke auf sich zog und fortan niemand mehr ansah. Die Läden schlossen jetzt, einer nach dem andern, zur langen Mittagspause. Ray ging in einen Laden und kaufte ein hellblaues Hemd und einen blaurot gestreiften Schlips. In der kleinen Umkleidekabine zog er die neuen Sachen an.

Vorsichtig bog er in die Straße ein, in der das Hotel Bauer-Grünwald lag, und wandte sich nach links, vom Hotel weg. Er sah weder Coleman noch Inez, nur Ströme von Fremden, die ihn gar nicht beachteten. Er ging in eine Trattoria namens Citta de Vittorio; sie war sicher für Inez und Coleman viel zu bescheiden, aber er blickte sich trotzdem nach allen Seiten um, eine Zeitung in der Hand. Dann bestellte er einen Lunch und aß langsam, konnte aber nicht alles aufessen. Sein Gesicht glühte, es hatte auch im Spiegel des Herrenmodegeschäfts sehr rot ausgesehen. Er mußte wohl damit rechnen, krank zu werden. Komisch, vielleicht hatte er jetzt etwas erwischt, das zum Tode führte. Colemans Endsieg. Ob er zum Arzt gehen und sich eine Dosis Penicillin geben lassen sollte? *Ich bin gestern nacht in einen Kanal gefallen und ...*

Um vier fand er sich bei einem Arzt ein, in der Calle Fiubera hinter dem Uhrenturm; das Haus war alt und grau. Der Arzt maß seine Temperatur und sagte, er habe Fieber, gab ihm jedoch kein Penicillin, sondern einen Umschlag mit großen weißen Pillen und sagte, er solle sich ins Bett legen.

Draußen war es grau und kalt, aber es regnete nicht. Ray machte sich auf den Weg zum Schneider, dem er seinen Mantel zur Reparatur gegeben hatte, und holte ihn ab. Die kleine Besorgung kam ihm seltsam vor, als greife er mit dem einen Leben in ein anderes ein oder als baue der Mantel eine Brücke zwischen zwei Welten. Die Löcher von der Revolverkugel waren jedenfalls verschwunden, ausradiert, der Mantel – ein teurer, seidengefütterter Mantel aus Paris – war wieder wie neu. Er zog ihn an und ging in eine Bar, wo er Kaffee trank und eine Zigarette rauchte. Er mußte jetzt überlegen, was zu tun war, denn es wurde bald Abend. Er nahm ein Glas Wasser vom Tablett und schluckte, den Kopf nach hinten gelegt, zwei der großen Pillen hinunter. Als Kind war er einmal in Paris krank geworden und hatte auch eine sehr große Pille verabfolgt bekommen; als er auf französisch den Arzt fragte: «Warum ist die so groß?» hatte der Arzt ganz selbstverständlich gesagt: «Damit die Schwestern sie nicht fallen lassen.» Er erinnerte sich noch lebhaft an die Bestürzung und daran, wie ungerecht es ihm vorgekommen war, daß man auf seinen Hals weniger Rücksicht nahm als auf die Finger der Schwestern. Der hiesige Arzt hatte ihm sechs Stück pro

Tag verordnet. Der Kaffee belebte ihn herrlich, viele Gedanken zogen ihm durch den Kopf; jetzt schien ihm nichts mehr unmöglich. Vielleicht lernte er ein Mädchen kennen, erzählte ihr eine interessante Story; sie lud ihn ein, und er konnte bei ihr bleiben, vor allem wenn er ihr Geld gab. Oder er fand irgendwo Amerikaner und berichtete ihnen, er sei auf der Flucht vor einem Mädchen, einer eifersüchtigen Italienerin, die in jedem Hotel in Venedig nach ihm suchte. Aber er wußte, es war nicht so einfach, Amerikaner zu finden, die erstens in Venedig ein Haus oder eine Wohnung besaßen und zweitens genügend Bohemiens waren, um einen Fremden ohne weiteres aufzunehmen. Er überlegte weiter und versuchte logisch zu denken. Zum drittenmal kam ihm das Mädchen mit den Pfirsichwangen aus der Kaffeebar nördlich der Piazza in den Sinn. Es war ein nettes Mädchen, soviel stand fest; ihr konnte er nur eine anständige Story erzählen. Am besten, so hieß es immer, blieb man möglichst nahe an der Wahrheit. Er konnte sie ja einfach und ganz aufrichtig fragen, ob sie vielleicht jemanden kannte, eine Familie, irgend jemand, der ihn für ein paar Tage aufnehmen würde, gegen Bezahlung natürlich. In einem Privathaus würde man nicht nach seinem Paß fragen, weil die Leute dort ihre Mieteeinnahmen nicht angaben.

Ray verließ die Bar und sah sich nach einem Friseur um. In dem Frisiersalon, den er fand, lag ein zehnjähriger Junge lang ausgestreckt auf einer Bank und lauschte hingerissen den amerikanischen Jazzmelodien älteren Stils, die aus einem Transistor neben ihm drangen. Ray bat den Friseur, seinen Bart am Kinn und auf der Oberlippe stehenzulassen. Er wollte damit nicht sein Äußeres verändern – das war mit dem Bart auch gar nicht zu erreichen; er wollte nur mal etwas Neues. Schon auf Mallorca hatte er ein paar Monate lang einen Bart getragen; zuerst hatte es Peggy gefallen, dann mochte sie es nicht mehr, und er hatte ihn wegrasiert. Er blickte in den klaren langen Frisierspiegel, der die halbe Wand einnahm, und sah über dem doppelreihigen Regal mit Haar- und Rasierwasserflaschen sein Gesicht, in dem die Augen im Fieber brannten, dabei aber ganz ruhig schienen.

Er sah dichte dunkelbraune Augenbrauen und einen großen geraden Mund, die Lippen waren eher voll als schmal. Die Nase war gerade und kräftig, etwas stärker als die seiner Mutter, aber bei ihr war es das Tüpfelchen auf dem i gewesen, das sie zur Schönheit machte. Das rotbraune Haar kam nicht von seinen Eltern; der Bruder seiner Mutter, Rayburn, nach dem er genannt worden war, hatte die gleiche Haarfarbe. Wenn Ray Briefe erhielt, die an Raymond Garrett adressiert waren, dann wußte er immer, daß der Absender kein naher Bekannter sein konnte. Von seinem Vater – einem Selfmademan, der in der Jugend Ölraffineriearbeiter gewesen und heute Millionär und Besitzer einer Ölgesellschaft war – hatte Ray die breiten Backenknochen geerbt. Es war ein sehr amerikanisches Gesicht, sah eigentlich fast gut aus, wurde aber

Rays Ansicht nach doch entscheidend beeinträchtigt durch den Ausdruck von Unsicherheit, Zurückhaltung, sinnendem Zögern oder einfach Unentschlossenheit. Ray gefiel sein Aussehen nicht. Immer sah er sich leicht vorgebeugt, als höre er auf eine halblaute Stimme oder als verbeuge er sich devot: ein Schwächling, der sich rückwärts aus dem Zimmer dienert. Er fand auch, er habe es dank dem Geld seiner Eltern im Leben zu leicht gehabt. Es galt immer noch als unamerikanisch, von seinen Eltern Geld anzunehmen. Zu seinen Freunden gehörten viele Maler mit wenig Geld, und er neigte dazu, jedem zu helfen, doch auch das war falsch; es sah nach Angabe aus. Er hatte dauernd das Gefühl, nicht im Strom des Lebens mitzuschwimmen, weil er es nicht nötig hatte, Geld zu verdienen. Ging er mit Freunden aus, teilte er die Rechnungen peinlich genau auf, so daß jeder seinen Anteil bezahlte, außer wenn er schon etwas getrunken hatte und imstande war, die Haltung einzunehmen, die ihm am liebsten war, und zu sagen: ‹So – die Runde geht auf mein Konto.›

Im Frisierstuhl dachte Ray an eine Kindheitsperiode, die sich tief in sein Gedächtnis eingegraben hatte; mindestens zweimal im Jahr fiel sie ihm wieder ein. Als er neun oder zehn war, war er einmal bei einem Schulfreund zu Gast gewesen, der in einem Etagenhaus wohnte. Es war ihm klargeworden, daß die Eltern des Freundes nicht die Besitzer der Wohnung waren, sie hatten sie nur gemietet; vor ihnen hatten andere Leute darin gewohnt, und nach ihnen würden auch wieder andere dort wohnen. Abends hatte er darüber mit seinem Vater gesprochen; er hatte gefragt: «Unser Haus hat doch immer uns gehört, nicht wahr?» «Ja, natürlich, ich hab's gebaut», hatte sein Vater erwidert. (Ray hatte damals gedacht, vielleicht hätte es sein Vater mit eigenen Händen erbaut, bevor Ray geboren wurde, denn sein Vater konnte einfach alles.) Ray war sich nach dieser Antwort anders vorgekommen, irgendwie besonders, was er eigentlich gar nicht wollte. Er hätte sehr gern auch in einem Haus oder in einer Wohnung gewohnt, wo vorher andere Leute gelebt hatten. Irgendwie hatte er das Gefühl, es sei unfreundlich und hochmütig von ihm und seiner Familie, in einem Haus zu wohnen, das sie selbst gebaut hatten und das ihnen gehörte. Die Etagenwohnung seines Freundes war keineswegs ärmlich gewesen, sondern recht elegant. Aber noch jahrelang, sogar heute noch mußte Ray, wenn er eine Reihe von Backsteinhäusern in New York oder von gewöhnlichen Fassaden hier in Venedig sah, an jene Episode denken und an die leichte Unruhe von damals: andere Leute waren eingebettet in einen starken und vielschichtigen Untergrund aus Geschichte und menschlichen Schicksalen, und seine eigene Familie hatte nur einen dünnen, wenn auch wohlhabenden Untergrund. Und deshalb fehlte ihm etwas am Fundament.

Mit zwanzig, noch während des Studiums in Princeton, hatte sich Ray mit einem Mädchen aus St. Louis verlobt, das er seit zwei Jahren kannte. Er hatte geglaubt, er liebe es, aber er vermochte kaum zu sagen, wie die Verlobung zustande gekommen war. Natürlich hatte er ihm einen Heiratsantrag gemacht, in Worten, aber eigentlich hatte doch das Mädchen den entscheidenden Schritt getan, und beide Familien hatten allein durch ihr Einverständnis einen gewissen Druck ausgeübt. Nach einem Jahr, kurz vor seinem Schlußexamen, war ihm klargeworden, daß er sie gar nicht liebte, und er mußte die Verlobung lösen. Es war für ihn ein geradezu traumatisches Erlebnis gewesen. Er hatte sein Examen nur knapp bestanden. Wie ein Schuft war er sich vorgekommen, weil er annahm, er habe das Leben des Mädchens ruiniert, und einer der glücklichsten Augenblicke seines Lebens kam gleich nach dem Examen, als er erfuhr, daß das Mädchen geheiratet hatte. Da begriff er, daß er ihr gar nichts angetan hatte. Seine Eltern hatten keine Ahnung gehabt, was er in seinem letzten Studienjahr durchgemacht hatte, obwohl sie sich sehr für seine Prüfungsnoten interessierten und für seine Bekannten und für die Frage, ob er ‹glücklich sei und vorankomme›.

Er saß still und lauschte mit Vergnügen den leichten Rhythmen aus dem Transistor des Jungen. Auf Mallorca hatte ihn der ständige Jazz fast rasend gemacht. Der rundliche Friseur, der ihm die Haare schnitt, und die beiden anderen Friseure und die Männer in den Stühlen schienen die Musik kaum zu hören. Ihm war plötzlich zumute, als könne alles, was er sich wünschte, in Erfüllung gehen. Theoretisch war es alles wahr und durchaus möglich. Aber er wußte auch, daß er gar nicht den Schwung besaß, seine Wünsche zu realisieren, und daß ihm der Gedanke nur gekommen war durch die Musik und das Fieber. Er war schüchtern – ganz anders als sein Vater, dessen Wort Gesetz war und der alles, was er durchsetzen wollte oder was notwendig war, mit einem einzigen glatten Streich ausführte. Ray haßte seine Unsicherheit, die in Gegenwart von Fremden manchmal sogar zum Stottern führte. Er haßte sein Geld, aber das war schließlich immer loszuwerden, und von solchen Möglichkeiten machte er auch Gebrauch: er unterstützte ein paar mittellose Maler in New York, er schickte anonyme Geldsendungen (gering für einen Millionär, aber er war ja noch nicht im Besitz seines Erbteils) an zerstörte Kirchen in England, Hilfskomitees für italienische und österreichische Dörfer, die eine Naturkatastrophe verschüttet hatte, und an mehrere Organisationen zur Verbesserung rassischer Beziehungen. Er hätte jederzeit mehr Geld haben können. Er hatte seine Bank beauftragt, ihm eine Summe zu schicken, die er für ausreichend hielt; da er aber sein Einkommen nicht aufbrauchte, sammelten sich die Gelder auf seinem Konto an, trotz der erheblichen Aderlässe für Einkommensteuer und für gelegentliche Käufe wie den Wagen (fünftausend Dollar) und das Boot (zehntausend Dollar), das er und Peggy auf Mallorca gekauft hatten.

Als er beim Friseur fertig war, ging er in die Richtung der Kaffeebar nahe dem Campo Manin. Es war kurz nach fünf und wurde schon dun-

Knallhart.

Ein Angebot, das Sie nicht ablehnen können...

Kriminalromane der Extraklasse von Linda Barnes, Felix Huby, Sjöwall/Wahlöö, Janwillem van de Wetering, Charles Willeford und vielen anderen mehr in der Reihe rororo thriller.

Alle Autoren und Titel finden Sie in unserer Rowohlt Revue.
Vierteljährlich kostenlos bei Ihrem Buchhändler.

kel. Vielleicht arbeitete das Mädchen jetzt gar nicht mehr, sie fing ja schon frühmorgens an.

Er fand die Kaffeebar, und das Mädchen war nicht da. Er war sehr enttäuscht. Er stellte sich an die Theke und bestellte bei dem kleinen Jungen einen Cappuccino, auf den er gar keine Lust hatte. Ob er den Jungen mal nach einem Zimmer fragte? Italiener waren in solchen Sachen sehr hilfsbereit, und der Junge sah helle aus; aber er konnte sich nicht dazu entschließen. Wer weiß, vielleicht erzählte er es weiter. Jetzt erschien das blonde Mädchen in dem hellblauen Kittel im Rahmen einer Tür im Hintergrund. Ein Schreck durchfuhr ihn, als er sie sah; er senkte den Kopf, aber ihre Augen hatten seinen Blick aufgefangen, und sie sagte lächelnd: *«Buona sera»*, wie sie es sicher heute zweihundertmal zu Gästen gesagt hatte.

Sie bediente zwei Männer, die eben hereingekommen waren und an der Theke stehend Rotwein tranken.

Es war wohl besser, jetzt gleich mit ihr zu sprechen, bevor noch mehr Leute kamen. Ray überlegte sich ein paar italienische Sätze. Als das Mädchen gerade vor ihm Tassen in das heiße Wasser im Abwaschbecken zu tauchen begann, wandte er sich zu ihr und fragte: «Entschuldigen Sie, wissen Sie vielleicht hier irgendwo ein Haus, wo ich ein Zimmer mieten könnte? Es muß nicht hier in der Nähe sein.»

«Ein Zimmer?» fragte sie erstaunt. Dann schloß sie die grauen Augen halb und überlegte; das Putztuch hielt sie in der linken Hand auf dem Rande des verchromten Beckens. «Ja. Die Signora nebenan bei uns, Signora Calliuoli. Am Largo San Sebastiano.» Sie machte eine Bewegung mit der Hand.

Die Richtung sagte Ray gar nichts. «Ob Sie mir die Nummer sagen könnten?»

Das Mädchen lächelte verwirrt. «Ach – es ist eine lange Nummer, und auf der Klingel steht kein Name. Ich könnte es Ihnen zeigen, wenn ich hier weggehe. Wenn Sie Lust haben, können Sie warten, ich bin hier –» sie warf einen Blick auf die Uhr hinter sich – «um sechs fertig.»

Es war jetzt siebzehn Minuten vor sechs. Ray trank den Kaffee aus, zahlte und hinterließ ein Trinkgeld auf der Untertasse. Er nickte dem Mädchen zu, straffte sich, um einen guten Eindruck zu hinterlassen, sagte: «Um sechs also!» und ging hinaus.

Wer weiß, ob die Signora Calliuoli tatsächlich ein Zimmer frei hatte; wenn nicht, dann würde das Mädchen sicher niemand anderen wissen. Trotzdem war Ray leicht und froh zumute, richtig glücklich, aber er wußte, das war trügerisch und lag nur am Fieber. Punkt sechs war er wieder in der Kaffeebar.

Das Mädchen zog gerade einen schwarzen Tuchmantel an; sie winkte und lächelte ihm zu. Aus der Hintertür kam ein untersetzter junger Mann in weißer Jacke, vielleicht wollte er für den Abend den Posten des

Mädchens einnehmen. Sie sprach ein paar Worte mit ihm, und er warf einen Blick auf Ray und lächelte.

«Es ist nicht weit von hier, bloß vier Minuten», sagte sie.

Ray nickte. Er fand es höflicher, ihr seinen Namen zu nennen, dabei fiel ihm ein, daß er sich wohl einen neuen ausdenken mußte. «Ich heiße Philip, Filipo Gordon», setzte er hinzu.

Sie nickte uninteressiert. «Ich heiße Elisabetta.»

«*Piacere.*»

Sie ging mit schnellen Schritten neben ihm. «Für wie lange wollen Sie das Zimmer haben»

«Ach – drei oder vier Tage. Vielleicht für eine Woche, wenn das der Signora lieber ist.»

Sie bogen um die Ecke, der Wind blies ihnen ins Gesicht, und Ray schauerte zusammen. Plötzlich blieb das Mädchen stehen und drückte auf einen Knopf in einem schmalen Hauseingang direkt an der Straße. Ray blickte nach links und rechts und dann nach oben; es war ein Haus von fünf Etagen, eher schmal als hoch. Er sah keinen Kanal in der Nähe.

«Wer ist da?» rief eine Stimme oben aus dem Fenster.

«Elisabetta.» Es folgte ein längerer Satz, von dem Ray kein Wort verstand.

Ein Summer ertönte, und die Tür öffnete sich. Sie gingen hinein und trafen auf der Treppe eine Frau, die ihnen entgegenkam. Sie bat Ray, nach oben zu kommen und sich das Zimmer anzusehen. Er war erleichtert, als das Mädchen mitkam. Sie schwatzte eifrig mit der Frau.

Ray wurde in ein quadratisches, mittelgroßes Zimmer geführt. Auf dem ziemlich breiten Bett lag eine rot und gelb geblümte Decke. Ein großer Kleiderschrank stand da, und an der Wand hingen ein paar Bilder. Alles war sauber.

«Nicht wahr, das haben Sie verstanden? Achthundert Lire pro Tag, mit Frühstück», sagte Elisabetta.

«Schön», sagte Ray. «Ja, ich nehme es.» Er wandte sich an Signora Calliuoli.

Sie lächelte, wobei auf beiden Seiten des Mundes tiefe, freundliche Falten erschienen. Sie war ganz in Schwarz. «Das Badezimmer ist unten, eine Treppe. Und die Toilette eine Etage höher.» Sie zeigte nach oben.

«*Grazie.*»

«In Ordnung?» fragte Elisabetta und lächelte auch.

Ray hätte sie am liebsten umarmt. «Vielen herzlichen Dank!» sagte er auf englisch. «*Grazie tanto.*»

«Und Ihr Koffer?» fragte Signora Calliuoli.

«Den hole ich morgen», sagte Ray nachlässig und zog die Brieftasche. Er reichte ihr einen Fünftausendlireschein. «Ich zahle Ihnen auf jeden Fall erst mal fünf Nächte, wenn Ihnen das recht ist. Leider habe ich es nicht kleiner.»

Sie nahm den Schein. «Danke vielmals. Ich werde Ihnen tausend zurückgeben», und sie ging nach unten.

Ray blieb stehen und ließ das Mädchen vorangehen. Sie stiegen die Treppe hinab. Er hatte große Lust, sie zum Essen einzuladen, zu fragen, ob er sie um acht abholen dürfe, aber er besann sich und sagte nichts.

Unten kam ihnen Signora Calliuoli mit dem Wechselgeld entgegen. «*Grazie, Signor Gordon*. Sie gehen jetzt aus?»

«Ja, nur für eine Weile.»

«Es ist immer jemand hier. Sie brauchen keinen Schlüssel.»

Ray nickte, er hörte kaum hin. Ein unwirklicher Schleier hatte sich zwischen ihn und die übrige Welt gesenkt. Ihm war fröhlich, energisch, freundlich und optimistisch zumute. Das Mädchen sah ihn draußen seltsam an, und er sagte:

«Ich dachte, ich wollte Sie nach Hause bringen.»

«Ich wohne ja gleich hier.» Sie war stehengeblieben, die Hand lag auf dem Griff einer anderen Tür, die der Tür, aus der sie eben kamen, genau glich, nur hatte diese einen runden Klopfer aus gehämmertem Metall.

«Noch einmal vielen Dank, daß Sie mir das Zimmer besorgt haben!» sagte Ray.

«*Prego*», gab das Mädchen leicht verwirrt zurück – vielleicht traute sie ihm nicht ganz. Sie suchte in ihrer Tasche nach dem Hausschlüssel.

Ray trat einen Schritt zurück und lächelte. «Guten Abend, Signorina Elisabetta.»

Ein kleines Lächeln erschien auch auf ihrem Gesicht. «Guten Abend.» Sie wandte sich ab, um die Tür aufzuschließen.

Ray ging zurück zu seinem neuen Haus und in sein Zimmer. Er wollte sich nur ein paar Minuten hinlegen, aber er schlief ein und erwachte erst um halb neun. Die kleine rote Leselampe brannte. Er hatte von einem Erdbeben und von Schulkindern geträumt; sie schwammen behende durch Kanäle, die das Erdbeben gerissen hatte, und kletterten wie Ottern ans Land. Er hatte eine sinnlose Unterhaltung geführt mit ein paar Mädchen, die auf einer hohen Mauer saßen, er stand unten, bis zu den Knien im Schlamm, und versuchte, sich verständlich zu machen. Sie hatten ihn kurz abgefertigt. In seinem Traum sah er überall eingestürzte und zerstörte Gebäude. Ray nahm noch zwei Pillen. Das Fieber war gestiegen. Am besten versuchte er wohl, irgendwo etwas heiße Suppe zu bekommen, und legte sich dann gleich wieder ins Bett.

Er zog wieder das blaue Hemd an, das er zum Schlafen abgelegt hatte, und versuchte, sich mit der geringen Garderobe so anständig wie möglich herzurichten. ‹Erst mal was trinken, vor der Suppe›, dachte er im Hinuntergehen. Er trat in eine Bar und trank zwei Whiskys, dann ging er weiter in der Richtung der Rialtobrücke und des Graspo di Ua. Da er doch nicht viel essen konnte, wäre eine gute Suppe sicher das beste, und das Graspo di Ua war ein ausgezeichnetes Restaurant. Das Gehen machte ihn müde, aber zurück konnte er ja ein Vaporetto nehmen; die Haltestelle am Giglio war sicher die günstigste für den Largo San Sebastiano.

Er öffnete die Tür zum Graspo di Ua und trat ein. Wohlige Wärme umfing ihn schon beim ersten Schritt. Vor ihm, etwas rechts, blickte er in Colemans Gesicht, er lachte und unterhielt sich mit Inez, die Ray den Rücken zugewandt hatte. Ray starrte ihn an. Colemans Mund stand offen, er hielt den Löffel in der Luft, seine Worte verloren sich im Stimmengewirr und Klirren des Geschirrs.

«Wie viele Personen, Sir?» fragte der Oberkellner.

«Nein. Nein, vielen Dank», sagte Ray auf italienisch und ging wieder hinaus. Mechanisch wandte er sich in die Richtung, aus der er gekommen war, kehrte dann um und ging zum Ponte di Rialto, der nächsten Vaparetto-Haltestelle. Inez hatte mitgelacht, dachte er. Was Inez wohl annahm? Und was glaubte Coleman: daß er tot war oder noch am Leben? Hatte er im Seguso angerufen? Vielleicht ohne Inez' Wissen? Nein, vermutlich doch nicht. Der Gedanke lähmte ihn fast. Er konzentrierte jetzt seine Gedanken auf die Rialtobrücke und die Wasserbus-Haltestelle.

Im Seguso würde man wohl spätestens morgen seinen Koffer zusammenpacken und ihn unten irgendwo verwahren. Ob man dann die Polizei oder das Amerikanische Konsulat benachrichtigte? Sicher nicht allzu schnell. Vermutlich kannte man sich aus mit sonderbaren Gästen, die auf einmal verschwinden und dann nach Tagen Nachricht gaben und sich ihr Gepäck nachsenden ließen.

Gelacht hatte Coleman.

Nein, selbstverständlich hatte er Inez gar nichts erzählt, nur daß er Ray am Zattere-Quai abgesetzt hatte. Sollte Inez sich darüber wundern, daß Ray gar nicht mehr angerufen hatte, so würde Coleman bloß sagen: «Ach, der ist sicher schon in Paris. Warum sollte er uns Bescheid sagen?» Vielleicht erinnerte sich Inez daran, daß sie Ray um seinen Anruf gebeten hatte, bevor er weiterreiste. Na ja, aber was konnte sie schon tun?

Ihm war plötzlich schwach und sehr elend zumute. Die Nase lief. Er ging zu dem Haus am Largo San Sebastiano zurück, wo ihn ein unansehnliches halbwüchsiges Mädchen, das er noch nie gesehen hatte, einließ. Er stieg die Treppen zu seinem Zimmer hinauf und legte sich, nachdem er noch zwei Pillen genommen hatte, sofort ins Bett.

Im Traum sah er Feuer, tanzende Figuren, schlank, nackt, geschlechtslos, an einem Ort, der weder Hölle noch Himmel war. Ihm war sehr heiß, als er aufwachte; Brust und Rücken waren naß von Schweiß, aber er war froh, denn das Fieber war offenbar im Sinken begriffen. ‹Gott segne die Pillen›, dachte er schläfrig und sank auf das feuchte Kissen zurück. Ein Klopfen an der Tür weckte ihn.

Das farblose Mädchen brachte das Frühstück. Ray zog sich die Decke über die nackten Schultern.

«Die Signora fragt, ob Sie krank sind?» fragte das Mädchen.

«Es geht schon besser, danke schön». Seine Stimme war heiser.

Sie blickte ihn an. «Sind Sie erkältet?»

«Ja, aber es ist schon besser.»

Das Mädchen ging hinaus. Er nahm noch zwei Pillen. Acht waren jetzt noch da.

In der ersten Stunde des Wachseins dachte er an gar nichts und machte keinerlei Pläne. Behutsam, wie jemand, der noch zwischen Krankheit und Genesung oder sogar zwischen Leben und Tod schwankt und dankbar ist für jede Besserung, träumte er vor sich hin. Er wollte heute einen Pullover kaufen und neue Schuhe, außerdem einen Koffer, einen recht netten, wenn das Geld reichte. Er hatte wohl noch siebzig- oder achtzigtausend Lire in der Brieftasche. Allmählich mußte er etwas unternehmen, um zu weiterem Geld zu kommen, die Reiseschecks mußten eingelöst werden, ohne Paß. Aber darum würde er sich später kümmern. Vielleicht konnte er irgendwann heute in die Kaffeebar gehen, wo Elisabetta arbeitete, und sie zum Dinner einladen.

Ray kaufte einen Rasierapparat, Rasierseife, eine Zahnbürste und Zahnpasta und ein Paar Schuhe. Er brachte alles nach Haus und nahm den Rasierapparat gleich in Gebrauch; sorgfältig rasierte er um den sprießenden Bart herum. Es war jetzt fast ein Uhr. Er stieg wieder nach unten und ging in die Richtung des Campo Manin. Auf dem Wege traf er Elisabetta, die offenbar zum Mittagessen nach Hause wollte.

«*Buon giorno*», sagte er.

«*Buon giorno.*» Sie blieb stehen. «Es geht Ihnen besser, nicht wahr?»

«Ja – warum?»

Sie gingen in der Richtung weiter, die das Mädchen eingeschlagen hatte.

«Weil ich gestern dachte, Sie wären krank.»

«Nur ein Schnupfen. Ist schon besser.»

«Gestern abend habe ich Signora Calliuoli in der Bar an unserer Ecke getroffen, und sie sagte, Sie sähen schlecht aus und seien früh zu Bett gegangen.»

«Ja, das stimmt. Vor zwei Tagen hat mich furchtbar gefroren, da habe ich mir einen Schnupfen geholt.» Er wußte das italienische Wort für Erkältung nicht.

«Venedig kann sehr kalt sein.»

«Ja, sehr.»

«Entschuldigen Sie, ich muß hier Brot kaufen.» Sie verschwand in einer Bäckerei.

Ray wartete draußen. Der Laden war voller Hausfrauen und Mädchen, die Brot zum Mittagessen kauften. Er wollte nicht wie ein Dummkopf aussehen, der an ihrer Schürze hing, und richtete sich ein wenig höher auf, als sie herauskam. «Ich dachte», sagte er, «ob Sie wohl heute abend mit mir essen gehen können? Ich möchte Sie gern einladen und mich richtig bei Ihnen bedanken.» Er wußte nicht weiter. Der Satz klang so feierlich-steif wie der Ausspruch eines konventionellen alten Herrn. Und kaum hatte er den Gedanken zu Ende gedacht, als die starke Anziehung des Mädchens, die noch eben vorher so deutlich fühlbar gewesen war, dahinschwand wie ein erlöschendes Feuer. Und dabei war ihm ihre Antwort äußerst wichtig.

«Heute abend kann ich nicht, meine Tante kommt zum Essen», sagte sie nachlässig im Weitergehen. «Vielen Dank.»

«Ach, wie schade. Aber morgen vielleicht?»

Sie blickte ihn von der Seite an – sie war nicht viel kleiner als er –, das reizende Lächeln war schnell und amüsiert. «Oh. Nein, es wird doch heute abend gehen. Meine Tante kommt jeden Sonnabend.»

«Sehr schön. Und um welche Zeit? Acht? Halb acht?»

Sie waren an ihrer Haustür angelangt.

«Halb acht. Ich darf nicht zu spät heimkommen. Hier, die unterste Glocke.» Sie zeigte darauf, drückte aber nicht auf den Knopf. «*Arrivederci.*»

Punkt halb acht drückte Ray auf den untersten Klingelknopf. Er hatte ein neues Hemd, den neuen Schlips und neue Schuhe an. Und er hatte – auf den Namen Gordon – im Graspo di Ua einen Tisch bestellt, da er es nicht für wahrscheinlich hielt, daß Coleman und Inez dort zwei Abende hintereinander essen würden.

Elisabetta öffnete die Tür. Sie trug ein blaßblaues Kleid, heller als ihr Arbeitskittel; die Farbe stand ihr gut. «*Buona sera.* Kommen Sie herauf, ich bin sofort fertig.»

Er stieg hinauf und wurde ihren Eltern und der Tante vorgestellt, die im Wohnzimmer, wo ein Tisch für vier gedeckt war, vor ihren Rotweingläsern saßen. Auf den Tellern standen die Suppentassen bereit. Die Tante und der Vater sahen sich ähnlich. Die Mutter war groß und blond wie Elisabetta und lächelte freundlich, aber Ray merkte, daß sie ihn aufmerksam musterte.

Er wurde nicht zum Sitzen aufgefordert, und nachdem Elisabetta ihn vorgestellt hatte, erschien sie gleich wieder im Mantel.

«Ich habe nebenan ein Zimmer bei Signora Calliuoli», sagte Ray zu der Mutter, die das zweifellos schon wußte.

«Ah, si. Bleiben Sie lange hier?»

«Nein, nur ein paar Tage.»

«Um elf bist du zu Haus, nicht wahr, Elisabetta», sagte der Vater.

«Als ob ich nicht wüßte, daß ich mit den Hühnern aufstehen muß!» sagte Elisabetta.

«Wo wollen Sie hingehen zum Essen?» fragte die Mutter.

Ray räusperte sich, er war immer noch heiser. «Ich dachte an das Graspo di Ua.»

«Ah – sehr schön», bemerkte die Tante, ohne eine Miene zu verziehen.

«Ja, ich glaube, es ist recht gut», meinte Ray.

«Gehen wir», sagte Elisabetta. «Gute Nacht, Tante Rosalia.» Sie umarmte die Tante und küßte sie auf die Wange.

6

Elisabetta – sie hieß mit Nachnamen Stefano – gefiel das Restaurant. Ray merkte es, als sie eintraten.

Und von Coleman war nichts zu sehen.

Ray bestellte für sich einen Whisky und für das Mädchen einen Cinzano. Sie mochte vier- oder fünfundzwanzig sein. Er fühlte sich noch durchaus nicht wohl, ihm war zittrig, und die Glieder schmerzten; er versuchte es zu verbergen, gab sich langsam und höflich und stellte ihr konventionelle Fragen wie: «Haben Sie immer in Venedig gewohnt?»

Elisabetta war wie ihre Mutter in Venedig geboren; der Vater kam aus einer Stadt südlich von Florenz, die Ray nicht kannte. Er war Geschäftsführer eines Lederwarengeschäfts nahe der Rialtobrücke. «Sind Sie Polizeibeamter?» fragte Elisabetta und sah ihn mit ernstem Lächeln über den Tisch hinweg an.

«*Dio mio*, nein! Wie kommen Sie darauf?»

«Oder ein Spion?» sagte sie und kicherte unsicher.

Für Ray war mit dieser Frage plötzlich viel von der Anziehungskraft seines Gegenübers verschwunden. «Nein, auch kein Spion.» Aber ihr Teint war bezaubernd, wirklich einzigartig. «Wenn ich ein Spion wäre», sagte er langsam, «dann bekäme ich ja von meiner Regierung alles, was ich brauchte – Paß, Namen, Hotel, alles.»

Sie hängte ihre Handtasche an einen Haken, den der Kellner mitgebracht hatte, er war an einer flachen Scheibe auf dem Tisch befestigt und bog sich über den Rand. «Der Name, den Sie mir gesagt haben – ist das Ihr richtiger Name?»

«Ja. Philip Gordon. Sie wundern sich vielleicht, warum ich nicht in einem Hotel wohne. Ich werd's Ihnen sagen. Ich möchte ein paar Tage lang einigen Freunden, amerikanischen Freunden, aus dem Wege gehen.»

Sie zog skeptisch die Brauen hoch. «Ja? Warum denn?»

«Weil sie mich mitnehmen wollen nach Rom. Sie fahren von Rom aus weiter nach London. Wenn ich hier im Hotel wohnte, würden sie mich sofort finden; sie wollten mir nämlich nicht glauben, daß ich nach Amerika abreisen will. Verstehen Sie?» Es klang nicht sehr überzeugend, und sein wenig gewandtes Italienisch machte die Worte eher noch unbeholfener. Er sah deutlich, daß sie ihm nicht glaubte und nicht recht wußte, was sie von ihm halten sollte. Er warf einen Blick auf seine Armbanduhr. «Sie müssen mir helfen, auf die Zeit zu achten – Sie sollen ja um elf zu Hause sein. Jetzt ist es fünf Minuten nach acht.»

Nun lächelte sie doch. «Oh, so streng sind sie nicht.»

Sie hatte einen vollen Mund mit großen weißen Zähnen. Im Bett wäre sie sicher süß, dachte Ray. Ob sie noch unberührt war – mit fünfundzwanzig, oder vielleicht war sie auch erst zweiundzwanzig? Er wollte seine Story noch weiter untermauern, aber der Kellner trat an den Tisch. Als er die Bestellung entgegengenommen hatte, sagte Ray:

«Meine Freunde sind alle noch junge Leute. Ich kenne sie vom College her. Etwas grob sind sie ja. Als ich sagte, ich wollte nicht mit nach Rom, haben sie mich ins Wasser geworfen, vor zwei Tagen. Deshalb war ich gestern so erkältet.»

«Ins Wasser – wo denn?» fragte Elisabetta entsetzt.

«Ach, in einen der Kanäle. Ich kam gleich wieder raus, aber es war sehr kalt, und ich hatte einen langen Fußweg bis zu meinem Hotel. Ich sagte meinen Freunden, ich wollte abreisen, und ich habe meine Sachen gepackt, aber –»

«Haben sie sich denn entschuldigt?»

«Na ja, einigermaßen.» Er lächelte. «Aber sie haben doch nicht geglaubt, daß ich abreisen wollte. Ich habe meinen Koffer am Bahnhof gelassen. Ich wollte gern ein paar Tage ganz frei sein.»

Der Kellner setzte den ersten Gang vor Elisabetta auf den Tisch, und sie nahm mit erwartungsvollem Lächeln ihre Gabel in die Hand. «Ich glaube Ihnen nicht. Nicht ein Wort.»

«Warum denn nicht?»

«Was ist Ihr Beruf, drüben in Amerika?»

«Ich habe eine Kunstgalerie.»

Wieder kicherte sie. «Ich glaube, Sie erzählen mir lauter Lügen.» Sie sah sich nach beiden Seiten um und fügte dann halblaut hinzu: «Ich glaube, Sie haben etwas angestellt und verstecken sich jetzt.»

Auch Ray sah sich um, aber nur nach Coleman. «Ich glaube, Sie wollen mich beleidigen», sagte er lächelnd und begann seine Suppe zu essen.

«Ich habe Venedig schrecklich satt», sagte sie nach einer Weile seufzend.

«Ja – warum?»

«Immer und ewig dasselbe. Im Winter kalt, im Sommer überfüllt mit Touristen. Und immer dieselben Leute. Nicht die Touristen, ich meine die Familie.» Sie redete noch ein paar Minuten so weiter und sah Ray dabei nicht an. Das kindliche Gesicht trug einen Ausdruck von trotziger Unzufriedenheit, Langeweile und – er mußte es zugeben – von Unintelligenz.

Höflich hörte er zu. So einem Mädchen konnte man eigentlich nur eins raten, und das war Heirat. Sie tauschte damit vielleicht nur die eine

Langeweile gegen die andere ein, gewann aber doch einen neuen Hintergrund und Partner. Schließlich sagte er:

«Können Sie nicht irgendwohin verreisen? Oder in einer anderen Stadt arbeiten? In Florenz vielleicht?»

«Ach, in Florenz bin ich schon mal gewesen», meinte sie ohne Begeisterung.

Dann blieb also nur die Heirat. «Wollen Sie denn nicht heiraten?» fragte er.

«Ach ja, irgendwann schon. Eile hab ich nicht. Aber ich bin schon zweiundzwanzig. Das ist doch noch nicht alt, nein? Sehe ich wie zweiundzwanzig aus?»

«Nein. Sie sehen aus wie zwanzig.»

Das freute sie. Sie trank von ihrem Wein, und er schenkte ihr nach. «Der Junge in der Bar bei mir, Alfonso, der will mich heiraten», erzählte sie. «Aber ich finde ihn nicht sehr interessant.»

Das war wohl der untersetzte junge Mann, der gestern abend Elisabettas Platz eingenommen hatte. Ray fand, sie unterhielt sich mit ihm wie mit irgendeinem andern Mann oder wie mit einem Mädchen; der Abend bekam dadurch plötzlich ein recht flaches Gesicht. Andererseits war in den letzten paar Minuten Elisabettas sexuelle Anziehung für ihn verschwunden. Sie mochte einen hübschen Körper haben, aber ihr Geschwätz war langweilig und erstickte jede Lust.

Sie redete jetzt von ihren Eltern und den ewigen kleinen Zänkereien. Die Mutter wollte gern mehr Geld anlegen, in Papieren. Der Vater wollte einen Bauernhof in der Nähe von Chioggia kaufen, um sich dort zur Ruhe setzen zu können, und mit dem Kauf wollte er jetzt schon anfangen. Geschwister hatte sie nicht. Sie wußte nicht recht, auf wessen Seite sie war; die Streitereien rissen sie hin und her. Sie gab die Hälfte ihres Lohns an die Eltern ab und überließ es ihnen, was sie damit machten. Die Tante Rosalia jedenfalls war viel vernünftiger, aber das schlimme war, sie hatte keinerlei Einfluß – keine *influenza* – auf die Eltern.

Das Dessert kam. Das Mädchen wollte etwas mit Eiskrem. Ray schenkte sich den Rest des Weins ein, denn ihr Glas war noch fast voll.

«Soll ich Ihnen einmal die Wahrheit sagen?» fragte Ray nach kurzem Schweigen.

«Ja.» Elisabetta sah ihn ernst an. Die Heiterkeit hatte sie bei dem Bericht ihres eigenen Lebens verlassen.

«Mein Schwiegervater ist hier in Venedig und will mich umbringen. Meine Frau ist vor einem Monat gestorben. Mein Schwiegervater hat mich vorgestern ins Wasser gestoßen, zwischen dem Lido und dem Festland.»

«In die Lagune!» Elisabetta starrte ihn an, die Augen sahen aus, als wichen sie zurück, der Mund war ganz ernst. «Und Ihre Frau ist tot?»

«Ja. Sie hat sich das Leben genommen, und ihr Vater glaubt, es sei meine Schuld. Ich – ich finde es nicht. Aber er will mich umbringen, deshalb muß ich mich verstecken, einfach zum Schutz.»

«Und warum reisen Sie dann nicht ab?»

Ray schwieg einen Augenblick und merkte, wie das Mädchen dadurch skeptisch wurde. Sie glaubte ihm nicht.

«Sie erzählen schon wieder ein Märchen.» Jetzt lächelte sie. «Warum bloß? Sie brauchen mir doch überhaupt nichts zu sagen. Auch nicht die Wahrheit», fügte sie hinzu und hob die linke Hand ein wenig. «Meinen Sie, Sie müßten mir alles erklären? Dann könnten Sie sich jedenfalls bessere Geschichten ausdenken!» Und sie lachte ihn an.

Rays Augen ruhten auf ihr, auf den starken runden Schultern, ohne sie wirklich zu sehen. Er war sich nicht schlüssig, ob er sich weiter mit ihr befassen oder sie einfach fallenlassen sollte.

«Warum holen Sie Ihren Koffer nicht vom Bahnhof?» fragte sie. «Soll ich Ihnen mal was sagen? Ich glaube, Sie haben was angestellt.» Sie beugte sich vor und sagte flüsternd: «Vielleicht was gestohlen – Juwelen oder so. Und jetzt haben Sie vielleicht im Hotel eine große Rechnung und können sie nicht bezahlen. Und deshalb sind Sie aus dem Hotel raus und verstecken sich. So.»

«So», sagte Ray, weil ihm nichts anderes einfiel.

«Ich glaube, Sie haben etwas gestohlen und haben nun Angst», sagte Elisabetta und begann mit ihrem Dessert.

«Sehe ich so aus?»

Sie blickte ihn an. Ihre Augen hatten einen goldenen Schimmer. «Ja, ich finde, Sie sehen aus wie einer, der ein schlechtes Gewissen hat.» Sie sah ihn etwas furchtsam an.

Culpa. Mea Culpa. Ray ärgerte sich und war außerdem verlegen, als habe sie ihm mitgeteilt, daß er etwas Unangenehmes an sich habe, Körper- oder Mundgeruch oder einen Buckel, das er nicht ablegen konnte. «In diesem Fall irren Sie sich», sagte er und sah, daß seine Worte keinen Eindruck machten.

Sie blinzelte ihm verschmitzt zu. «Sie brauchen mir wirklich nicht zu sagen, was Sie gemacht haben, wenn Sie nicht wollen. Sie sehen auch gar nicht aus wie ein richtiger Verbrecher. Kein professioneller jedenfalls.»

‹Höchstens ein Amateur›, dachte Ray. Ein Nichtskönner. Die Jazzmelodien aus dem Frisiersalon kamen ihm in den Sinn, ‹Sweet Lorraine› – kaum noch erkennbar mit der Trompete, die über den Klavierpart dominierte. Auf Mallorca hatte er bei dem andauernden Jazz weder lesen noch malen und kaum noch nachdenken können. Immer und immer hatte Peggy Langspielplatten aufgelegt, große Stapel, die sie hintereinander den ganzen Nachmittag abspielte; der verdammte jaulende Jazz war es zum Teil, zum großen Teil gewesen, der ihn am Mittag ihres Todestages aus dem Hause getrieben hatte. Gestern, im Frisiersalon, hatte er die gleiche Musik ganz gern gehört oder jedenfalls nicht ungern. Er verstand das selbst nicht recht, aber jedenfalls war er gestern froh gewesen, daß er es nicht ungern hörte und daß ihm die Musik sogar gefiel. Lag es am Fieber? Jedenfalls hatte er nicht vor, Elisabetta den wichtigsten Punkt aus der Sache mit Coleman mitzuteilen: daß nämlich Coleman ihn vermutlich für tot hielt. Sie würde es doch wieder nicht glauben, und für ihn war es ein düsteres und kostbares Geheimnis, das nicht vergeudet werden durfte, selbst wenn es nicht geglaubt wurde. Seine innere Ablehnung ihr gegenüber machte ihn schuldbewußt, was er sofort wiedergutzumachen suchte.

«Tanzen Sie gern?» fragte er.

Sie legte den Kopf auf die Seite und lächelte. «Komisch sind Sie. Immerfort beginnen Sie von was anderem.»

Sie gingen in einen Nightclub, der etwas entfernt lag; der Weg führte um viele Ecken herum durch ein Dutzend Straßen und ein dunkles Labyrinth von Gassen, weg vom Graspo di Ua. Das Mädchen kannte den Weg genau; Ray staunte über ihren Orientierungssinn. Unbeirrt führte sie ihn durch das Gewirr, bis sie vor einer offenen roten Tür standen, von der aus Stufen nach unten führten.

Ray bestellte Sekt, das erschien hier angebracht. Die Lichter waren gedämpft, der Raum klein und nur halbvoll. Zwei oder drei der tanzenden Damen gehörten offenbar zum Etablissement. Das Orchester bestand aus vier Mann.

«Ich bin hier erst einmal gewesen», vertraute ihm Elisabetta an. «Mit einem italienischen Marineoffizier.»

Es war hübsch, sie in den Armen zu halten, nur ihr Parfum mochte er nicht. Überdies war er todmüde. Morgen wollte er Coleman aufsuchen, nahm er sich vor. Schöne Überraschung würde das geben. Wie und wo wußte er noch nicht, aber das würde ihm schon noch einfallen. Und falls Coleman abgereist war, würde er ihm folgen und ihn stellen.

Das Orchester hielt kurz inne und begann dann von neuem mit einem Samba. Ray wollte nicht weitertanzen.

«Sie sind müde», stellte Elisabetta fest. «Wir wollen uns hinsetzen. Ich glaube, Sie haben noch immer Fieber.»

Die Musik machte eine Unterhaltung schwierig. Ray füllte sein Glas, Elisabetta wollte nicht mehr trinken. Er blickte zur Tür, wo die Treppe hinaufführte, und malte sich aus, daß Inez die Stufen herunterkam und Coleman hinter ihr. Inez wußte jetzt bestimmt Bescheid. Sie hatte ganz sicher versucht, ihn im Hotel Seguso anzurufen, wovon sie wahrscheinlich Coleman nichts gesagt hatte; und das Hotel hatte ihr vermutlich mitgeteilt – und zwar sicher mit einigen Anzeichen von Besorgnis –, daß man Ray seit zwei Tagen nicht gesehen habe. Dann hatte sie wohl Coleman gefragt, und Coleman hatte erwidert, er habe Ray an der Accademia oder am Zattere-Quai abgesetzt. Das hatte Inez ihm vielleicht nicht geglaubt. Ja, da tat sich bestimmt jetzt einiges zwischen Inez und Coleman. Wie mochte Inez reagieren? Was tat sie und was tat sonstwer? Das war hier die Frage. Verschiedene Leute würden sich hier vermutlich ganz verschieden verhalten.

«Woran denken Sie so angestrengt?» fragte Elisabetta lächelnd und heiter vom Sekt.

«Ach, ich weiß nicht. An gar nichts.» Er fühlte sich matt, ausgehöhlt, wie tot oder dem Tode nahe. In seinen Ohren klang es wie ferne hohe Glockentöne. Elisabetta sagte etwas, das er nicht verstand; sie blickte zur andern Seite und merkte nichts von seinem Zustand, und ihm war sehr einsam zumute. Er atmete tief, zog einen Atemzug nach dem andern von der tabakgeladenen Luft ein. Elisabetta merkte nichts. Die Schwäche ließ nach.

Gleich darauf waren sie draußen und gingen die Straße hinab. Elisabetta meinte, es sei nicht weit bis nach Hause, und ein Boot zu nehmen habe keinen Zweck. Der Boden war feucht unter ihren Füßen. Sie hatte sich bei ihm eingehakt und schwatzte von den letzten Sommerferien, die sie bei Verwandten im Tessin verbracht hatte, auf einem großen Hof, wo es auch Kühe gab. Die Verwandten waren mit ihr nach Zürich gefahren. Zürich war viel sauberer als Venedig. Ray fühlte ihren warmen Arm an seinem. Es war ihm nicht mehr schwach zumute, aber einsam und verirrt, als habe er Persönlichkeit und Lebenszweck verloren. Wäre es nicht seltsam, sann er vor sich hin, wenn er wirklich tot wäre oder wenn er dies alles nur träumte oder wenn er – wie bei fast allen Geistergeschichten – als Geist durch irgendeinen Trick nur wenigen Leuten sichtbar wäre, zum Beispiel diesem Mädchen hier; ein Geist, der morgen im Zimmer bei Signora Calliuoli nicht mehr zu finden wäre, der nicht einmal ein ungemachtes Bett hinterließe, sondern nichts als eine seltsame Erinnerung bei den wenigen, die ihn gesehen hatten und denen, wenn sie davon erzählten, wahrscheinlich niemand glaubte?

Die dunklen Kanäle jedoch waren Wirklichkeit und ebenso die Ratte, die sechs Meter vor ihm über die Straße lief, von einem Loch in der Hauswand zu einem andern in der Steinwand am Kanalrand, wo ein Schleppkahn schläfrig – es klang wie *Sch-schlurp* – gegen die Vertäuung stieß. Elisabetta hatte die Ratte auch gesehen, unterbrach aber ihren Redefluß nur mit einem kurzen «Oh!» und erzählte dann weiter. An einer Ecke brannte ein Licht und erhellte vier Straßen, es brannte geduldig und wartete, daß jemand kam und in seinem Schein irgend etwas unternahm.

«Wie lange bleiben Sie nun wirklich hier?» fragte Elisabetta. Sie waren in ihrer Straße angelangt.

«Drei oder vier Tage, denke ich.»

«Vielen Dank für den schönen Abend», sagte sie an der Haustür. Sie warf einen kurzen Blick auf ihre Uhr, aber Ray glaubte nicht, daß sie genug sehen konnte. «Ich glaube, es ist noch gar nicht elf. Sehr brav von uns.»

Er hörte kaum noch, was sie sagte, und doch mochte er nicht gehen.

«Filipo, Ihnen fehlt etwas. Oder sind Sie bloß müde?» Sie sprach im Flüsterton, als wolle sie hier, wo sie zu Hause war, die Nachbarn nicht stören, weil sie sie kannte.

«Nein, nicht sehr. Gute Nacht, Elisabetta.» Er hatte keine Lust, sie zu küssen oder den Versuch dazu zu unternehmen, obwohl er sie sehr gern hatte. Er hielt ihre linke Hand in seiner und drückte sie. «Haben Sie Ihren Hausschlüssel?»

«O ja, natürlich.» Leise öffnete sie die Tür und winkte ihm zu, bevor sie sie schloß.

Ray hatte die alte Frau in Schwarz nie gesehen, die ihm gleich darauf die Haustür öffnete. Er murmelte eine Entschuldigung, weil er so spät kam, aber sie beteuerte heiter, sie schlafe nie und es mache ihr deshalb nichts aus. Leise stieg er die Treppe hinauf. Nie schlafen? Niemals sich ausziehen und ins Bett gehen? Ob sie die Mutter von Signora Calliuoli war? Oben angekommen, beugte er sich über das Treppengeländer. Unten war jetzt das Licht gelöscht, und kein Laut war zu hören.

7

Um Viertel nach zehn am nächsten Morgen bog Ray in die Calle San Moisè ein, wo das Hotel Bauer-Grünwald lag. Dies war sicher die günstigste Zeit des Vormittags; jetzt rüsteten Coleman und Inez sich für die morgendlichen Unternehmungen: Einkäufe, Stadtbummel oder einfach ein Spaziergang. Er hielt den Kopf gesenkt, angespannt, als erwarte er jeden Augenblick einen Revolverschuß. Zehn Meter vom Hotel, auf der andern Seite, stellte er sich an eine Ladentür und wartete. Es war Sonntag, und nur wenige Läden waren geöffnet. Zwanzig Minuten lang geschah gar nichts, nur etwa ein Dutzend Leute, Hotelpagen und Gäste, gingen im Hotel ein und aus. Ray war sich nicht ganz klar darüber, was er eigentlich vorhatte; er wußte nur, er wollte Coleman oder Inez sehen und beobachten, wie sie reagierten. Als sie nicht kamen, malte er sich aus, wie sie sich oben in ihren Zimmern darüber unterhielten, ob er tot sei oder nicht. Natürlich waren das ganz irrationale Überlegungen; vielleicht waren sie noch beim Frühstück, oder Coleman rasierte sich im Badezimmer und sie unterhielten sich dabei.

Er ging weiter.

In einer Bar fand er das Telefon, suchte die Nummer des Hotels und drehte. «*Signor Col-e-man, per favore.*»

«'allo?» Das war Inez' Stimme. «'allo?»

Er sagte nichts.

«Ray – sind Sie das? Ray – ich – Edward, komm mal her!»

Ray legte den Hörer auf.

Es stimmte also: Inez war sehr besorgt, und Coleman wahrscheinlich noch mehr. Wenn Coleman wußte, daß Ray in der Pensione Seguso nicht wiederaufgetaucht war – und das wußte er jetzt bestimmt –, dann mußte er annehmen, er sei ertrunken. Er würde daher den schweigenden Anrufer für einen Zufall halten und meinen, die Hotelzentrale habe sich geirrt oder ein Gespräch vorzeitig unterbrochen. Doch ein kleiner Zweifel würde bleiben und an ihm nagen. Und was er auch Inez erzählt haben mochte: dieser Anruf würde auch bei ihr das Geheimnis wieder aufleben lassen. War der Anrufer doch vielleicht Ray gewesen? Und wenn nicht, wo war er? Wußte Coleman etwas? Langsam schritt Ray am Hotel Bauer-Grünwald vorbei und schrak leicht zusammen, als er Inez in schwarzem Pelzmantel aus der Glastür kommen sah. Er trat nach links in eine enge Gasse.

Mit schnellen Schritten ging Inez nur wenige Meter entfernt an ihm vorbei. Ray folgte ihr in einiger Entfernung. Sie ging nach rechts in die Calle Vallaresso, die zu Harry's Bar an der Ecke führte und zur Anlegestelle der Vaporettos weiter unten. Er sah, sie wollte ein Boot nehmen. Mehrere Leute warteten schon. Ray ging nach rechts hinüber und wandte den Wartenden den Rücken zu; er blickte auf das Wasser. Das erste Boot nahm Inez nicht, sie wollte also in die andere Richtung. Ray hätte sehr gern ihr Gesicht gesehen – als sie aus dem Hotel kam, war das nicht möglich gewesen –, aber er wollte nicht hinsehen, um nicht ihren Blick aufzufangen.

Wieder kam ein Boot, und Inez stieg zusammen mit den meisten der Wartenden ein. Mit den letzten ging auch Ray an Bord und blieb hinten im Heck stehen. Bei Santa Maria della Salute auf der anderen Kanalseite hielt das Boot an. Inez stieg nicht aus. Er sah sie durch das hintere Fenster der Barkasse; sie saß auf einer Bank mit dem Rücken zu ihm. Sie trug den Hut mit den gelben Federn. Das Boot fuhr weiter.

«Giglio!» kam der Ruf des Schaffners. Die Bohlen des Anlegestegs knarrten, als das Boot anstieß.

Inez rührte sich nicht.

«Nächste Haltestelle Accademia!» rief der Schaffner aus.

Behaglich schaukelten sie auf den hölzernen Brückenbogen der Accademia zu. Inez erhob sich und ging nach links hinüber zum Ausgang. Ray ging das halbe Deck entlang und hielt sich hinter den zehn oder zwölf anderen Aussteigenden. Inez stand draußen vor der Accademia di Belle Arti; sie blickte sich suchend um und hielt einen Passanten an. Er wies mit Hand in eine breite Straße, die quer über die Insel führte.

Langsam folgte ihr Ray. Er brauchte sich nicht mehr zu beeilen oder auf ihre Richtung zu achten; er wußte nun, wohin sie ging. In dem weiten Geviert hinter der Pensione Seguso hielt er sich links in der Richtung des Kanals, der seitlich am Hause entlangführte, bis zu einer Sackgasse; hier lief kein Weg am Wasser entlang. Inez verschwand in dem *Sottoporto* zum Ruskin-Haus. Schnell ging Ray ein paar Schritte zurück und diagonal über den offenen Platz, hinter dem er eine andere Straße fand, die zu dem kleinen Kanal führte; hier gab es Bürgersteige und auch eine Brücke. Er schritt hinüber und wandte sich nach rechts. Jetzt lag das Seguso rechts von ihm, auf der anderen Kanalseite. Am Zattere-Quai führte eine gewölbte Steinbrücke über den Kanal. Am Fuß der Brücke – vom Hotel weg – blieb Ray stehen.

Inez war nicht zu sehen. Ob sie noch mit den Pensionsleuten redete oder vielleicht doch schon weggegangen war? Auf dem Anlegesteg war sie nicht zu sehen. Ray legte die Arme auf die Brückeneinfassung und blickte über die Schulter auf den Hauseingang des Hotels und auf die Fensterreihen – das vierte von unten war seins gewesen, es ging auf den Kanal hinaus –, und in diesem Moment erschien Inez' schwarzer Mantel und heller Hut am grauen Fenster. Ray blickte schnell weg nach vorn über die Giudecca.

Inez hatte also sein Zimmer sehen wollen. Sie hatten wohl seine Sachen noch nicht zusammengepackt. Dumm, daß seine Rechnung noch unbezahlt war, aber sie hatten wenigstens seinen Koffer. Was Inez ihnen wohl erzählte? Doch sicher nichts von der Möglichkeit seines Todes. Und was mochte sie ihnen für Fragen stellen? Allerlei wohl: was er zu ihnen gesagt hatte, ob er überhaupt etwas gesagt hatte, ob er angerufen hatte – lauter Fragen, die rasch beantwortet waren und das Rätsel ungelöst ließen: Ray war vom Erdboden verschwunden. Einen Moment lang überkam ihn Scham über sein Benehmen und den stummen Anruf vor knapp einer Stunde; doch sofort verwandelte sich die Scham in Zorn – Zorn auf Coleman. Er hörte ihn im Geiste sagen: *«Mir ganz egal, in sein Hotel gehe ich nicht. Wieso glaubst du eigentlich, daß ihm was passiert ist? Er hat sich wahrscheinlich einfach aus dem Staube gemacht und alles liegenlassen. Du weißt ja, daß er Peggy auf dem Gewissen hat.»*

Ob Inez ihm das abnahm? Nein. Ob sie weiter in Coleman drang, bis er ihr die Wahrheit sagte? Ray konnte sich nicht vorstellen, daß Coleman über das, was in der Nacht geschehen war, zu irgend jemand die Wahrheit sagte. Ob Coleman jeden Tag mit einer Meldung über eine angeschwemmte Leiche rechnete?

Vermutlich ja.

Inez trat aus der Haustür der Pension.

Ray sah sie geradeaus gehen, an der Straße zum Ruskin-Haus vorbei, langsamer und nachdenklicher als vorher. Er wartete gespannt und hoffte, sie würde nicht seine Richtung einschlagen. Jetzt war sie am Zattere-Quai und wandte sich nach rechts, mit dem Rücken zu ihm. Er folgte ihr in sicherer Entfernung, an weiterer Beobachtung lag ihm nicht. Der schwarze Punkt dort – ihr Pelzmantel – ging weit voraus, an der Anlegestelle vorbei und dann nach rechts.

Er folgte ihr zurück zur Accademia, wo sie über die Brücke schritt. Sie ging mäßig schnell, obwohl die Luft frostig war und die meisten Leute eilig ausschritten. Ab und zu blieb sie stehen und besah sich das Schaufenster eines geschlossenen Papiergeschäfts oder Geschenkartikelladens. Ihre Gedanken schienen sich also durchaus nicht mit ihm zu beschäftigen, wie er es in seinen Phantasieträumen angenommen hatte. Er fühlte sich leicht verletzt und erkannte gleichzeitig das Unsinnige dieser Regung. Was war er schließlich für Inez? Ein Mann, den sie erst wenige Tage gekannt hatte, der Schwiegersohn ihres augenblicklichen Freundes, und die legale Beziehung war auch noch erloschen durch den Tod der Tochter des Freundes.

Ray hatte jetzt den Eindruck, als wolle Inez die Zeit hinbringen bis zu einer späteren Verabredung. Es war Viertel nach elf. Er sah, wie sie in eine kleine Bar trat, vor der man draußen Tische und Stühle aufgestellt hatte; die Stühle standen schräg an die Tische gelehnt, als sei ihnen ebenfalls kalt. Ray merkte, wie seine Zähne klapperten. Warum hatte er bloß noch nicht das Nächstliegende, einen Pullover, gekauft? Er ging an dem Lokal vorbei. Inez stand an der Kasse. Leider gab es in der Nähe keinen Laden, den er aufsuchen konnte. Er drückte sich um die Straßenecke, stampfte mit den Füßen und vergrub das Kinn im hochgeschlagenen Mantelkragen. Vor ihm lag eine enge gewundene Gasse, an der Biegung versperrten rötliche Häuserfronten die weitere Sicht. Alte Häuser, Wäschestücke – Männerhemden, Küchentücher, Hosen, weiße Büstenhalter – waren über die Straße gespannt und sahen aus wie steif gefroren. Es war kalt, und er fühlte, er wurde von neuem krank, und dabei war es ihm gestern schon besser gegangen. Aber er wollte Inez nicht aus den Augen verlieren. In einem Tabakladen kaufte er Zigaretten, zündete sich eine an und besah die Ansichtskarten im Ständer, immer mit einem Blick auf die Straße, falls Inez vorbeikam. Er fürchtete, ihr in die Arme zu laufen, wenn er jetzt hinaustrat.

Schließlich ging er doch hinaus, als eine Gruppe von fünf oder sechs jungen Leuten vorbeikam und links hinunterging. Er schritt an der Bar vorbei und sah, daß Inez an einem der kleinen Tische saß und schrieb, eine Tasse Kaffee vor sich. Ihr Anblick in der halbdunklen Umgebung, eingerahmt vom Rhombus des Schaufensterglases, erinnerte ihn an ein Gemälde von Cézanne. Er bezog erneut Posten vor einem kleinen Laden mit Bändern, Knöpfen, Strickwolle und wollener Babykleidung. Hier stand er fünf Minuten lang, dann kam Inez heraus und auf ihn zu. Eilig schob er sich in ein Kolonialwaren- und Weingeschäft, wo mehrere Kunden warteten und niemand sich um ihn kümmerte. Als Inez vorbei war, trat er auf die Straße.

Pause. Inez besah sich das Schaufenster eines Schokoladengeschäfts und blickte sich um, einmal nach rechts und dann nach links. Vermutlich suchte sie nach ihm, ohne große Hoffnung, aber umsehen würde sich wohl jeder unter diesen Umständen. Jetzt ging sie weiter, kam zum Markusplatz und ging an seiner Längsseite entlang. Anscheinend wollte sie zu ihrem Hotel zurück, doch an der Calle Vallaresso wandte sie sich nach links. ‹Also Harry's Bar›, dachte Ray. Schade, das Lokal war so klein, daß er nicht hineingehen konnte, ohne selbst gesehen zu werden, und von außen konnte man nichts sehen. Aber Inez ging rechts hinunter direkt ins Hotel Monaco, gegenüber von Harry's Bar. Wohnten nicht die Smith-Peters im Hotel Monaco?

Es war gut möglich, daß sie hier mit Coleman verabredet war. ‹Also Vorsicht›, dachte Ray und blickte sich in der engen Straße um. Zur Flucht blieb ihm nur Harry's Bar oder die Bootanlegestelle weiter unten. Seine Uhr zeigte fünf Minuten nach halb eins. Er ging dicht am Hoteleingang vorbei und sah Inez nicht in der Halle sitzen; aber die Halle machte eine Wendung nach rechts, vielleicht saß sie dort irgendwo in einer Ecke. Unruhig wartete er weitere fünf Minuten. Inez war weg, und Coleman konnte jeden Augenblick kommen und ihn sehen. Er beschloß, ins Hotel zu gehen. Er ging ruhig auf das Schild mit der Aufschrift ‹Bar› zu, links an der Halle vorbei, und hatte die Bar fast erreicht, als er in der linken Ecke der Halle nahe der Tür Inez sitzen sah, die ihm geradewegs in die Augen zu blicken schien. Im nächsten Moment schnitt ihm der Türpfosten der Halle den Blick ab. Er blieb stehen und wartete. Er stand in einem kurzen breiten Gang, der jetzt leer war, und sah auf die Tür zur Halle. Kam sie?

Von links erschienen jetzt Mr. und Mrs. Smith-Peters und gingen auf die Halle zu. Ray drehte sich um und trat in die Bar, wo er nur den Barmixer und einen Gast vorfand. Er blickte zurück in den Gang und sah, wie Coleman zwanzig Meter entfernt durch die Eingangstür trat. Langsam wandte sich Ray zur Seite; als er wieder hinsah, war Coleman verschwunden, vermutlich in der Halle. Womöglich kamen sie jetzt alle zusammen in die Bar; es war besser, sofort zu gehen. Er schritt hinaus, weder schnell noch langsam, und sah angespannt vor sich hin, als er an den Glastüren zur Halle vorbeikam, wo die vier nur wenige Schritte von ihm entfernt saßen.

Er trat auf die Straße. Wenn er so weitermachte, mußte über kurz oder lang einer der vier aufblicken und ihn sehen, und dann war das Spiel aus. Im Augenblick waren sie alle in lebhafter Unterhaltung begriffen. Inez gestikulierte, Mrs. Smith-Peters beugte sich lachend vor. Falls Inez vorhatte, ihnen von ihrem Besuch in der Pensione Seguso zu erzählen, sollte das offensichtlich erst später geschehen.

In der Calle Vallaresso fand Ray einen Laden und kaufte einen dunkelblauen Pullover, den er gleich unter dem Jackett anzog. Von hier aus konnte er sehen, daß Coleman und die anderen nicht vorbeikamen. Vielleicht aßen sie alle zusammen im Monaco.

Langsam ging er zum Monaco zurück. Er hielt Ausschau nach Antonio, der sich vielleicht mit den andern traf.

Die vier saßen jetzt nicht mehr in der Ecke der Halle und auch nicht im Speisesaal. Vielleicht in Harry's Bar? Sie konnten auch ein Boot bestiegen haben, während er im Laden war und den Pullover kaufte. Oder sie saßen in der Hotelbar. Es war nicht ratsam, sich in der Bar sehen zu lassen, aber Ray tat es doch. Er fand ein halbes Dutzend Gäste vor, aber von Coleman und seiner Gruppe keine Spur. An der Bar bestellte er sich einen Whisky.

Eine Viertelstunde später traten Inez, Coleman und das Ehepaar Smith-Peters ins Hotel und gingen in die Halle. Sie waren also in Harry's Bar gewesen. Ray wartete weitere fünf Minuten, überlegte, schnitt dann alle Überlegungen ab, weil zu vieles gegen sein Vorhaben sprach, ging hinüber zur Halle und blickte hinein. Sie waren nicht da. Er ging zum Speisesaal, der nur halbbesetzt war; der Oberkellner kam auf ihn zu. Ray sah Colemans Gruppe an einem Tisch weiter unten rechts sitzen, bat um einen Tisch auf der anderen Seite und folgte dem Kellner. Er prüfte die Speisekarte, bestellte Essen und Wein und blickte erst dann, nach mehreren Minuten, zu Colemans Tisch hinüber.

Die vier unterhielten sich lebhaft und angeregt: nicht gerade ausgelassen, aber auf allen Gesichtern stand ein Lächeln. Vielleicht hatte Inez in Harry's Bar den andern von ihrem Besuch im Seguso berichtet, dann hatten sie wohl noch über Rays Verschwinden geredet und waren nun fertig mit dem Thema. Oder ob sie vor den andern nicht davon sprechen wollte? Nur zu Coleman, wenn sie später allein waren?

Doch die Hauptsache: daß nämlich Inez jetzt Bescheid wußte, das war es, was Ray so faszinierte, als er sie lachen und reden und graziös mit der Hand winken sah. Sie mußte ihn doch für tot, vielleicht sogar von Coleman ermordet halten, und trotzdem schmeckte ihr das Essen. Diese Tatsache fesselte ihn. Und dabei konnte sie jeden Augenblick zu ihm herüberschauen – er war etwa zwanzig Meter von ihr entfernt – und mußte ihn beim zweiten Hersehen sicher erkennen, wenn sie nicht kurzsichtig war.

Groll stieg in ihm auf, während er langsam sein Menu verzehrte. Coleman sah so selbstzufrieden aus, als ob er genau das Richtige getan hätte, etwas durchaus Lobenswertes oder doch etwas, für das er sich niemals bei irgend jemandem zu entschuldigen brauchte. Irgendwie machte die ganze Gruppe – auch Antonio, falls er im Bilde war – den Eindruck, als halte sie sein Verschwinden oder sogar den Mord für völlig in Ordnung.

Ray konnte nicht weiteressen. Die Käseplatte kam und dann ein Obstkorb; er lehnte beides ab. Er trank den Wein aus, zahlte und verließ unauffällig das Lokal. Kein Schrei tönte ihm nach. Es war, als habe ein unsichtbarer Geist den Raum verlassen.

Ein paar Schneeflocken begannen zu fallen, aber sie schmolzen schon über dem Boden oder sobald sie die Erde berührten. Die meisten Läden waren nun geschlossen; doch Ray fand einen offenen Tabakladen mit Taschenbüchern, er suchte etwas zum Lesen und erstand einen Band über die Zeichnungen des 15. und 16. Jahrhunderts, der auch Illustrationen enthielt. Auf dem Heimweg kam er an der Kaffeebar vorüber, in der Elisabetta angestellt war. Er hatte nicht erwartet, sie zu sehen, doch sie war da und lächelte ihr breites, gesundes blondes Lächeln. Vor ihr an der Theke stand eine untersetzte Frau, vielleicht eine Nachbarin oder Bekannte. Es fiel ihm ein, daß sie gesagt hatte, sie arbeite heute von neun bis zwei. Die beiden Frauen waren wirklich, dachte er, sie gehörten zusammen, aber wer weiß, wenn er jetzt hineinging, würde ihn vielleicht Elisabetta oder sonst jemand gar nicht sehen.

Er setzte sich in Trab, weil es kalt war und er schneller heimkommen wollte. Zweifellos hatte er immer noch etwas Fieber.

Signora Calliuoli öffnete ihm die Tür und lächelte. «Kalt heute, nicht wahr? Und geschneit hat es auch.»

«Ja», sagte er. Im Hause roch es angenehm nach Tomatensauce. «Ob ich wohl ein heißes Bad nehmen könnte?»

«Ah, si! In fünfzehn Minuten ist das Wasser heiß.»

Er stieg nach oben in sein Zimmer. Vor einer Stunde hatte er vorgehabt, an seinen Freund Mac in Xanuanx zu schreiben. Jetzt wurde ihm klar, daß er an niemanden schreiben konnte, solange er so tat, als sei er verschwunden. Er fühlte sich einsam und deprimiert. Merkwürdigerweise war sein Groll auf Coleman verschwunden. Er dachte an Peggy, als er sich in die Wanne mit heißem Wasser hineinsinken ließ. In der Ecke des Badezimmers stand ein elektrischer Ofen, der gelbliche Hitze ausstrahlte. Das Linoleum hatte ein häßliches Muster aus Rot und Grün auf gelbem Grund; an vielen Stellen war es abgetreten, und man sah das dunkelrote Gewebe. Hier war es unschön, doch in einem Bonnard-Gemälde wäre es vielleicht schön gewesen. Ray besaß einen Bonnard in St. Louis; und da er jetzt Händler war, verband er mit der Erinnerung daran sofort einen Geldwert, etwa fünfundfünfzigtausend Dollar. Er konnte sich eine künftige Zeit vorstellen, da der plötzliche Anblick, die Betrachtung eines Bildes, für ihn nicht mehr den heutigen Zauber besaß. Nun, das *mochte* passieren, aber er hatte nicht vor, es so weit kommen zu lassen. *‹Hast du auch manchmal das Gefühl, daß diese Welt nicht genug ist?›* Mindestens zweimal hatte Peggy ihn das gefragt. Ray hatte herausfinden wollen, was sie damit meinte, und sie hatte schließlich gesagt, sie meine, daß die Sterne und die Atome, alle Religionen, die die Phantasie beflügeln und doch unvollendet bleiben, und alle Malerei und Musik: *das alles* sei nicht genug, der menschliche Geist (vielleicht meinte sie auch die Seele) verlange mehr. Es hätte ihr Schwanengesang sein können, dachte Ray. ‹*Die Welt ist nicht genug, deshalb verlasse ich sie, um etwas Größeres zu finden.*› Und genauso hatte sie über Sex gedacht, denn immer wieder und wieder –

Seine Erinnerung schwankte und wich aus. Immer wieder und immer wieder hatte er das Gefühl gehabt, daß Peggy – wie schön sie es auch fand, wie sehr sie es auch genossen hatte – jedesmal dachte, ihr sei etwas entgangen, sie habe das Wesentliche versäumt, und ihr einziger Ausweg hieß dann: «Oh, laß uns noch mal!» Oder: «Laß uns ganz früh weggehen und heimkommen und gleich ins Bett gehen.» Zuerst war das herrlich gewesen, sie war so süß und sexy, wirklich eine Traumfrau. Dann kam allmählich Monotonie und sogar Müdigkeit, lange Zeit – vielleicht acht Monate lang – verborgen unter physischer Befriedigung und dem Gefühl, die Organe führten ein gesondertes Leben und seien gar nicht mit ihm oder mit Peggy verbunden. Er erinnerte sich, daß er das häufig gedacht hatte, wenn sein Körper bereit war und er selbst so gar keine Lust mehr hatte. Und er erinnerte sich auch an einige, vielleicht drei Male, da waren sie zu Bett gegangen, bevor sie zum Essen ausgingen, hatten sich zweimal geliebt (für Peggy sechsmal), und er war daraufhin ungeduldig geworden, hatte eine beißende Bemerkung auf der Zunge gehabt, die er manchmal geäußert und manchmal verschluckt hatte und die ihm hinterher leid tat. Er hatte angefangen, sich gegen fünf oder sechs nachmittags irgendeine Beschäftigung auszudenken, er ging aus oder machte Besorgungen oder saß an der Staffelei. Er war auch so offen gewesen, zu Peggy zu sagen: «Wenn wir nachmittags ins Bett gehen, bin ich abends zu müde.» Das war doch wohl milde genug. Er sah noch die kurze Enttäuschung, die nach dieser Bemerkung über Peggys Gesicht glitt. Sie hatte es dann zwar nachmittags nicht mehr vorgeschlagen, aber er hatte ihr ein paarmal angesehen, daß sie es gern getan hätte. Und doch: kein Freund, der die Lage gekannt hätte, kein Arzt, kein Coleman hätte behaupten können, daß er Peggy im Bett vernachlässigt oder auch überanstrengt habe, jedenfalls nicht wissentlich. (Ray wünschte jetzt, er hätte einen Freund gehabt, mit dem er hätte reden können. Aber hätte es genützt? Etwa Mac? Er hatte damals an Mac gedacht, aber dann doch gemeint, er kenne ihn nicht lange oder gut genug. Prüderie wahrscheinlich.) Und diese Seite hatte er Coleman immer noch nicht genügend klargemacht; Coleman nahm an, er habe an Peggy gewisse Forderungen gestellt oder sie erschreckt. Das eben hatte er ihm neulich am Lido sagen wollen. Er wußte, er hatte das Unglück, daß man ihn mißverstand und verleumdete; dazu kam seine Unfähigkeit, sich zu verteidigen oder auch nur ein williges Ohr zu finden. Jeder Nichtbeteiligte mußte das eher blödsinnig als bemitleidenswert finden.

Wenn einem solchen Schlag noch ein paar kleinere Schocks folgten, hier und da eine bittere Reaktion auf eine Beleidigung oder verletzende Bemerkung, dann fehlte ihm zum Paranoiker nichts mehr.

Ein weiteres Beispiel dafür, daß sie sich nie gezankt hatten und daß Peggy stets Größeres, Besseres ersehnt hatte, war die Tatsache, daß für sie nie der richtige Moment gekommen war, in dem sie zu einem Kind bereit gewesen wäre. Er hatte sich brennend eins gewünscht, gezeugt und erwartet in Xanuanx, geboren vielleicht in Rom oder Paris. Doch immer hatte sie gesagt: «Bald – jetzt noch nicht.» Da sie die Last davon gehabt hätte, hatte er nichts weiter gesagt. Hätte er darauf bestehen sollen? Es kam ihm vulgär und brutal vor, er hätte das niemals gekonnt. Und doch hätte vielleicht eine Schwangerschaft den Selbstmord verhütet. Komisch, daß Coleman davon nie ein Wort gesagt hatte. Vielleicht war ihm das zu deutlich. Ray entsann sich noch mit Abscheu des Postscriptums, das Coleman ein Jahr nach der Hochzeit seiner Tochter einem Brief hinzugefügt hatte: «Noch keine Aussicht auf ein Enkelkind? Sag mal, wie's damit steht.» Es war nichts zu sagen.

Ray drehte den großen zerkratzten Heißwasserhahn ein wenig auf und rieb sich nachdenklich mit dem Handtuch, das er als Waschlappen benutzte, die Brust.

Es war eben ein Jammer, daß auch Peggys Malerei ihr nicht ‹genug› gewesen war. Sie hatte sich nicht allzuviel gemacht aus dem Ringen nach Meisterschaft oder Perfektion oder sonstwas, aus dem endlosen und faszinierenden Streben, das Maler wie Michelangelo, da Vinci, Braque und Klee völlig in Anspruch genommen hatte. Aber Ray konnte sich auch gar nicht vorstellen, daß Peggy jemals hart und angestrengt arbeitete, etwa so wie ihr Vater. Coleman arbeitete wirklich. Ob seine Bilder nun Ray gefielen oder nicht: er mußte zugeben, daß Coleman mit Leib und Seele dabei war, Peggy aber immer nur für kurze Zeit, mal drei Wochen hier und da. Ray hatte diese Perioden miterlebt vor ihrer Heirat, in Rom, aber auf Mallorca hatten sie sich nicht wiederholt. Das Jahr auf Mallorca erschien ihm plötzlich wie verlängerte Flitterwochen – von Peggy aus gesehen. Ein wirkliches Leben konnte man in solcher Atmosphäre nicht aufbauen. Ray stieg aus der Badewanne, ärgerlich, weil ihm nichts als Banalitäten einfielen.

Er merkte, die Krankheit steckte ihm noch in den Knochen. Er mußte erst mal wieder gesund werden, bevor er irgend etwas unternahm.

8

Zur gleichen Zeit, um zehn Minuten vor drei, betrat Coleman das Zweizimmer-Appartement, das er mit Inez im Hotel Bauer-Grünwald bewohnte. Er hatte Inez und das Ehepaar Smith-Peters an der Haltestelle des Markusplatzes verlassen; sie wollten ein Boot nehmen und noch etwas von Venedig sehen. Er hatte gesagt, er wolle ein paar Ideen ausarbeiten, was auch stimmte, aber vor allem wollte er Inez für den Nachmittag los sein. Sie war im Augenblick recht kühl zu ihm, und er merkte, sie wollte ihm weitere Fragen nach Ray stellen. Sie brauchte nicht zu denken, daß er sich Sorgen mache, denn das tat er nicht. Vor allem machte er sich keine Gedanken darüber, was Inez dachte.

Die Stille und Einsamkeit der beiden tadellos aufgeräumten Zimmer gefielen Coleman; er legte Jackett und Schlips ab und schlüpfte in ein Paar weiche, mokassinartige Hausschuhe. Langsam und händereibend ging er, gemächlich tapsend wie ein Bär, von seinem und Inez' Schlafzimmer durch das Bad, das die beiden Räume trennte, in das Zimmer, das er gern als das seine bezeichnete. Hier saß er oft und zeichnete und schrieb gelegentlich Briefe (er hatte noch nicht alle Briefe, die er zu Peggys Tod erhalten hatte, beantwortet, weil er sich sagte, das sei nicht nötig, er stehe über – oder auch unter – diesen bürgerlichen Konventionen), aber geschlafen hatte er hier noch nicht, nur zerwühlte er auf Inez' Wunsch täglich das Bett, wegen des Zimmermädchens. Er nahm jetzt einen Bleistift aus der Schreibtischschublade und einen Zeichenblock, vierzig mal dreißig Zentimeter groß. Er begann, eine fiktive Kathedrale, von oben gesehen, zu skizzieren, vorn wurde eine Fläche von den Seitenflügeln eingeschlossen. In den Vordergrund setzte er sieben Figuren, man sah nur ihre Scheitel und ein Stückchen Nase, einige gestikulierende Hände und ein paar Knie und Füße.

Dies war seine neue Idee: menschliche Gestalten direkt von oben gesehen. Diese Ansicht, meinte er, zeigte wenig und doch sehr viel. Die Skizze verlieh, wie er erwartet hatte, den Verschwörern etwas Listiges, Zwielichtiges. Und so wollte er das Bild auch nennen: ‹Die Verschwörung›. Einer der Männer hatte einen schwarzen Straßenschuh an, ein anderer einen spitzen Narrenschuh, ein dritter einen Tennisschuh. Ein Mann war kahl, ein anderer hatte eine Melone auf. Einer trug die Epauletten eines amerikanischen Marineoffiziers. Coleman arbeitete fast eine Stunde an der Skizze, riß dann das Blatt vom Block und lehnte es gegen den Farbkasten auf dem Schreibtisch; dann ging er bis zur Badezimmertür zurück, um es richtig zu betrachten.

Eine Verbesserung in der Komposition kam ihm in den Sinn, er nahm den Block und begann eine neue Skizze. Bevor er damit fertig war, kam Inez zurück; sie trat durch die Tür des anderen Zimmers. Coleman begrüßte sie, ohne sich umzuwenden. Er hatte einen Slipper abgestreift und das Hemd aus der Hose herausgezogen.

Inez kam herein. «Na, wie war's?» fragte Coleman, ohne seine Arbeit zu unterbrechen.

«Das Museum war mir zu viel. Zu kalt. Wir haben noch einen Kaffee getrunken, dann bin ich weggegangen.» Sie wandte sich ab und hängte den Mantel auf.

Er hörte, wie sie eine Tür schloß, und dachte, es sei die Badezimmertür, doch als er sich umwandte, sah er, daß es ihre Zimmertür gewesen war. Undeutlich hörte er, wie sie ins Telefon sprach. Er fuhr fort zu zeichnen. Wahrscheinlich versuchte sie wieder im Seguso Ray zu erreichen. Wer weiß, vielleicht war Ray jetzt zurückgekommen.

Gleich darauf kam Inez herein, nachdem sie deutlich an die offenstehende Badezimmertür geklopft hatte. «Edward, hör mal zu, wenn du einen Moment Zeit hast. Entschuldige, daß ich dich störe, aber es ist wichtig.»

Coleman wandte sich auf dem Bett um und setzte sich aufrecht hin. «Ja, mein Herz?»

«Ich war heute morgen im Seguso. Ich wollte sehen, ob sie was von Ray gehört haben. Sie haben nichts gehört, und er hat auch nichts hinterlassen.»

«Na, das wußtest du ja», unterbrach Coleman sie.

«Ja, aber sie waren auch etwas beunruhigt, weil seine Sachen alle noch da sind. Sie hatten sie heute morgen noch nicht zusammengepackt, aber jetzt haben sie es wohl getan. Und sein Paß war auch noch in seinem Zimmer.» Auf seidenbestrumpften Füßen stand Inez da: klein, aufrecht und ernsthaft, eingerahmt von der offenen Badezimmertür.

«Na und? Ich sag dir ja, ich glaube, er hat sich davongemacht, hat einfach alles stehen- und liegenlassen.» Coleman zuckte die Achseln. «Woher soll ich mehr wissen?»

«Ich habe eben das Amerikanische Konsulat angerufen», fuhr Inez fort. «Die wissen auch nichts von ihm oder wo er ist, aber das Hotel hat sie heute morgen auch angerufen und das von dem Paß in seinem Zimmer erzählt. Nicht nur von dem Paß, auch die Zahnbürste, Reiseschecks – überhaupt alles war da.» Sie ruderte mit den Armen, um ihren Worten Nachdruck zu verleihen.

«Das ist nicht meine Sache», sagte Coleman, «und deine auch nicht, finde ich.»

Inez seufzte. «Du hast doch gesagt, du hast ihn am Zattere-Quai abgesetzt.»

«Ja, genau beim Hotel. Die Hoteltür war keine zwanzig Meter entfernt.» Auch Coleman gestikulierte jetzt. «Er hat einfach beschlossen, an dem Abend nicht nach Hause zu gehen – wenn das der Abend war, an dem er nicht wiederkam. Sieht ja so aus.»

«Ja. Er war doch nicht betrunken, nein?»

«Nein, betrunken nicht. Aber ich sage dir ja, er war in ziemlich scheußlicher Verfassung. Er hat ein schlechtes Gewissen. Ihm ist schrecklich zumute.» Coleman starrte einen Augenblick vor sich hin; er wäre gern zu seiner Zeichnung zurückgekehrt. «Sicher hat er Geld bei sich gehabt, das hat er immer. Er hätte zum Bahnhof gehen und den nächsten abfahrenden Zug nehmen können. Ist wohl irgendwo in einem Hotel über Nacht geblieben und am nächsten Tag einfach auf und davon.»

«Auf und davon?»

«Ja. Einfach weg, verschwunden.» Wieder zuckte er die Achseln. «Aber ich sag dir ja, das alles bestätigt meine Annahme, nicht wahr? Was ich für wahr halte – nein, was ich genau weiß. Ray hätte Peggys Tod verhindern können und hat sich einfach nicht die Mühe gemacht.»

Inez hob den Blick zur Decke und rang die Hände. «Das ist deine fixe Idee. Wie kannst du das wissen?»

Coleman lächelte freundlich und leicht ungeduldig. «Ich hab ja mit ihm gesprochen. Ich weiß, wie ein schlechtes Gewissen aussieht.»

«Das Konsulat sagt, sie wollen die Eltern in Amerika benachrichtigen. In –»

«St. Louis, Missouri», half Coleman.

«Ja.»

«Schön. Das ist ganz richtig.» Coleman wandte sich wieder seiner Zeichnung zu, stand aber dann doch auf und ging zu Inez hinüber, weil sie es erwartete. Sie war verstört. Sie hatte Mr. und Mrs. Smith-Peters allein weitergehen lassen und war nach Haus gekommen, um mit ihm zu reden. Er legte ihr die breiten schweren Hände leicht auf die Schultern und küßte sie auf die Wange. Sie sah älter aus, weil sie besorgt war, aber sie hob ihm das Gesicht entgegen und wartete auf ein paar beruhigende Worte oder sogar Anordnungen. Er sagte freundlich: «Liebling, ich meine wirklich, es geht uns nichts an. Ray weiß, wo wir sind. Wenn er sich davonmachen oder auch verschwinden will: ist das nicht wirklich seine Sache? Weißt du übrigens, daß die Polizei nicht zum Eingreifen berechtigt ist, wenn einer verschwinden will? Ich hab das neulich irgendwo gelesen. Nur wenn ein Mann seine Familie im Stich läßt oder wenn er Schulden hat, dann können sie ihn verfolgen und zurückbringen.» Er klopfte ihr auf die Schulter und lachte behaglich. «Ein Mensch hat also doch noch ein paar Rechte in unserer bürokratischen Gesellschaft», fügte er hinzu und wandte sich wieder dem Bett und der Zeichnung zu.

«Ich glaube, ich habe Ray heute gesehen», sagte Inez langsam.

«Ach? Wo denn?» fragte Coleman über die Schulter. Er blinzelte, um seinen Ärger zu verbergen.

«Ich weiß nicht – ach, irgendwo zwischen der Accademia und dem Markusplatz, glaube ich. In einer der Straßen da. Ich kann mich irren, aber es sah aus wie sein Kopf und seine Schultern, von hinten gesehen.» Sie blickte Coleman an.

Er zog die Schultern hoch. «Na, ist ja möglich. Warum nicht?» Er wußte, was sie bei sich dachte und ihn gleich fragen würde: ‹Habt ihr neulich auf dem Lido Streit gehabt? Habt ihr euch vielleicht im Boot geprügelt?› Sie wußte – denn vorsichtigerweise hatte Coleman ihr das sofort erzählt, bevor sie es von Corrado erfahren hätte –, daß er das Boot in der Nacht allein mit Ray gesteuert hatte. Und vor zwei Tagen, als er ihr berichtet hatte, er habe Ray am Zattere-Quai abgesetzt, hatte sie ihn gefragt, ob er sich im Boot mit Ray gestritten habe, und er hatte nein gesagt. Streit im Boot: das hieß, daß er Ray über Bord gestoßen haben konnte, bewußtlos oder tot. Colemans Ärger wuchs; er blickte Inez an und wünschte, er hätte den Revolver nicht weggeworfen. Er hatte ihn in Rom gekauft und nur zwölf Stunden lang besessen, dann hatte er ihn in Zeitungspapier gewickelt und an dem Abend, als er ihn nicht mehr brauchte, als er glaubte, Ray sei tot, in einen Papierkorb geworfen. Er zwang sich zur Ruhe und fragte: «Du bist also nicht hingegangen, um zu sehen, ob er es war?»

«Der Mann bog in eine Straße ein, und ich konnte ihn nicht wiederfinden. Ja, natürlich wäre ich sonst hingegangen.»

«Ja, mein Kind, dann weiß ich's auch nicht.» Coleman setzte sich auf das Bett, aber auf die andere Seite, so daß er Inez ansehen konnte. Die Leiche war nicht angeschwemmt worden, sagte er sich. Leichen wurden immer angeschwemmt. Aber es waren ja auch erst drei Tage vergangen. Doch mit all den Inseln ringsumher, dem Lido, San Erasmo, San Francesco del Deserto, der Friedhofsinsel voller Zypressen, hätte der Körper eigentlich schon angeschwemmt werden müssen, wenn er ertrunken wäre. Täglich sah Colemann die Zeitungen durch, morgens und abends. Er wünschte jetzt, er hätte sich vergewissert, daß Ray tot war, bevor er ihn vom Boot stieß. Aber es war so eilig gewesen. Und wenn es noch einmal getan werden mußte, dann würde er es noch einmal tun, dachte Coleman mit grimmiger Entschlossenheit und sah Inez an. «Was erwartest du nun eigentlich von mir? Warum erzählst du mir das alles?»

Inez stand da und kreuzte die Arme; mit linkischer Bewegung stellte sie den einen bestrumpften Fuß quer über den Spann des andern. «Ich meine – sie werden dich doch vernehmen, die Polizei, meine ich. Vielleicht uns alle, aber du hast ihn zuletzt gesehen.»

«Die Polizei? Na, das weiß ich nicht. Vielleicht hat ihn ja auch der Pförtner im Seguso zuletzt gesehen.»

«Danach habe ich gefragt. Er ist Donnerstag nacht gar nicht ins Hotel zurückgekommen.»

«Na schön, dann laß sie kommen», erwiderte Coleman. Einen Moment lang war er überzeugt, daß Ray wirklich tot war. Aber er wußte sehr wohl, das Gefühl war unbegründet. Das war ja gerade das Irrsinnige, daß er es nicht *wußte*. Ray konnte der Polizei berichten, er, Coleman, habe zwei Anschläge auf ihn verübt. Coleman lachte plötzlich auf und sah Inez lange an. Dazu würde Ray nie den Mut haben. Niemals.

«Worüber lachst du?»

«Weil wir uns so schrecklich ernsthaft unterhalten», sagte Coleman. «Hier – komm mal her und schau meine Skizze an. Eine neue Idee.»

Inez trat zu ihm, immer noch mit gekreuzten Armen; als sie neben ihm stand, legte sie ihm die Hand auf die Schultern und besah sich das Bild. «Das sind Menschen, nicht wahr?» fragte sie und lächelte.

«Ja. Von oben gesehen. Dies ist die erste Skizze, hier.» Er wies auf das Bild, aber es war auf dem Schreibtisch umgefallen; er ging um das Bett herum und richtete es wieder auf. «Mir gefällt das, dir nicht? Die Leute von oben?»

«Ganz lustig. Auch die Nasen.»

Coleman nickte erfreut. «Ja. Ich möchte es gern auch in Farbe versuchen. Vielleicht male ich jetzt nur noch Leute von oben. Aus der Engelperspektive.»

«Edward – laß uns abreisen. Weggehen von hier.»

«Weg aus Venedig? Du wolltest doch noch eine Woche bleiben?»

«Du brauchst ja Venedig gar nicht zum Malen. Du malst nicht Venedig.» Sie wies auf die beiden Skizzen. «Laß uns zu mir nach Hause fahren. Da ist Zentralheizung. Gerade neu gemacht, nicht wie bei den Smith-Peters, wo sie vermutlich nie fertig wird.» Sie lächelte ihn an.

Sie meinte ihr Haus in der Nähe von Sainte Maxime in Südfrankreich. Aber Coleman – das erkannte er jetzt – hatte keine Lust, Venedig zu verlassen, bevor er wußte, was mit Ray los war. Vorher reiste er nicht ab. «Wir sind ja erst knapp eine Woche hier.»

«Das Wetter ist auch so gräßlich.»

«Das ist in Frankreich ebenso.»

«Ja, aber dort ist wenigstens mein Haus – unser Haus.»

Coleman lachte. «Ich hab's nie gesehen.»

«Du kannst da ein Studio für dich allein haben. Es ist nicht wie im Hotel.» Inez legte ihm den Arm um den Hals. «Bitte laß uns hinfahren. Morgen!»

«Wollten wir nicht *übermorgen* zu dieser Sache da im Fenice gehen?»

«Ach, das ist ja ganz unwichtig. Wir wollen versuchen, für morgen Flugkarten nach Nizza zu kriegen, ja?»

Coleman löste sacht ihre Arme von seinem Hals. «Was meinst du damit, daß ich nicht Venedig male? Sieh doch dies mal an.» Er zeigte auf die erste Skizze. «Das ist doch eine venezianische Kirche.»

«Ich bin hier nicht glücklich. Mir ist nicht wohl hier.»

Er wollte sie nicht nach dem Grund fragen: er kannte ihn. Er ging hinüber zu seiner Jacke und nahm die vorletzte Zigarre aus dem Schildpattetui. Er durfte nicht vergessen, heute abend noch welche zu kaufen. In Inez' Zimmer klingelte das Telefon. Er war ganz froh darüber, weil er nicht wußte, was er noch sagen sollte.

Inez ging schneller als sonst an den Apparat. «'allo? Oh, 'allo, Antonio!»

Coleman stöhnte innerlich und machte eine Bewegung zur Badezimmertür, um sie zu schließen, unterließ es dann aber, damit ihn Inez nicht für unhöflich hielt. Sie sprach jetzt weiter, und Coleman entnahm ihren Worten, daß Antonio unten war.

«Ach nein, Antonio, bitte nicht. Noch nicht, Antonio. Ich möchte Sie gern sehen. Warten Sie, ich komme hinunter. Nur einen Moment. Wir trinken einen Kaffee zusammen. Ich bin sofort da.»

Coleman sah zu, wie sie ihre Schuhe anzog. Er holte sich ein Glas Wasser aus dem Badezimmer.

«Antonio ist unten», sagte sie. «Ich geh mal eben runter.»

«Ja? Was will er denn?»

«Nichts Besonderes. Ich geh bloß mal runter, weil er nun mal da ist.» Sie zog ihren Pelzmantel an, setzte aber keinen Hut auf und warf einen Blick in den Spiegel. «Ach was, es geht auch ohne Lippenstift», sagte sie zu sich selbst.

«Wann kommst du wieder?»

«In einer Viertelstunde, denke ich. Bis dann, Edward!» Sie winkte graziös mit der Hand.

Sie hatte es ungewöhnlich eilig, und Coleman konnte sich vorstellen, was Antonio am Telefon gesagt hatte. Antonio wollte nach Neapel oder Amalfi zurück, und Inez versuchte ihn zum Bleiben zu bewegen. Coleman mochte Antonio nicht. Er verabscheute ihn nicht gerade – er hatte schon schlimmere Parasiten kennengelernt –, aber er mochte ihn nicht. Außerdem hatte Antonio ihn ganz sicher im Verdacht, bei Rays Verschwinden – vielleicht sogar bei seinem Tod – seine Hand im Spiel gehabt zu haben, und damit wollte Antonio nichts zu tun haben. Coleman war überzeugt, daß Inez sich seit Donnerstag abend mindestens einmal mit Antonio allein getroffen und ausgiebig unterhalten hatte. Coleman seufzte und tat einen tiefen Zug aus seiner Zigarre.

Er trat zum Fenster und blickte hinaus. Die Aussicht war herrlich, man sah über die Dächer hinweg bis zum Canal Grande, wo in der sinkenden Dämmerung die Lichter am Wasser und auf den Schiffen glänzten. Vor allem aber gab ihm die aus der Heizung unter dem Fenster aufsteigende Wärme ein Gefühl von Geborgenheit und Luxus. Er wußte, überall in Venedig hockten Menschen fröstelnd am Ofen oder verrichteten mit frostgeröteten Händen ihre Arbeit im Hause oder draußen, und sicher gab es auch Maler, die ihre Hände am Holzofen zu wärmen suchten – im besten Fall vermutlich an roten Kachelöfen, die man viel sah in Italien –, bevor sie an die Staffelei zurückkehrten. Er jedoch hatte herrliche Wärme und eine schöne Frau, mit der er sie teilte. Coleman wußte und gab es freimütig sich selbst und jedem anderen zu: er hatte keinerlei Skrupel, von Frauen wie Inez Geld anzunehmen. Antonio hatte Skrupel, das war komisch. Er fand zwar, Schmarotzen sei eine Art Sport, den man ruhig ausüben durfte, wenn man es konnte, aber ganz wohl war ihm doch nicht dabei. Coleman kannte solche Bedenken nicht.

Und wegen der Sache mit Ray Garrett, überlegte Coleman, während er auf den warmen Füßen wippte und an der Zigarre zog: auch hier hatte er keinerlei Skrupel. Ray Garrett, das war sein Sport. Wurde er gefaßt, so war das eben Pech, aber Coleman fand, das Spiel lohne den Einsatz; es war ihm völlig egal, ob man ihn wegen Mordes belangte: Garrett jedenfalls war dann tot, und den Tod hatte er verdient. Ohne Garrett und seine verdammte Unsicherheit und die feine amerikanische Lebensart wäre Peggy noch heute am Leben.

Coleman langte nach seiner Jacke, die über der Stuhllehne hing und in der sich Peggys Bild befand; dann besann er sich und ließ sie hängen. Er hatte das Bild heute schon einmal betrachtet. Seit kurzem hatte er sich angewöhnt, es mindestens zweimal jeden Tag minutenlang anzusehen; er kannte jedes bißchen Licht und Schatten auf dem Foto, aus dem das flache substanzlose Traumbild ‹Peggy› bestand; er hätte jede Linie auswendig nachzeichnen können und hatte das am Freitag auch getan, zur Feier dessen, was er für Rays Tod hielt. Nun, er war noch immer überzeugt, daß Ray tot war. Verstandesmäßig mußte man annehmen, daß er tot war. In wenigen Tagen mußte die Leiche angeschwemmt werden, vielleicht schon morgen. Das war alles.

Aber Inez: mußte sie nicht annehmen, er wolle nur deshalb in Venedig bleiben, um sicherzugehen, ob Ray tot war oder nicht? Unbehagen ergriff ihn, als habe er Inez etwas zu weit eingeweiht. Sie hatte Ray immer verteidigt. Immer wieder sagte sie, man müsse ‹beide Seiten anhören›, und das war nichts anderes als eine Verteidigung Rays. Wenn Inez erfuhr, daß Coleman Ray umgebracht hatte, so würde sie ihn nicht mehr gern haben; es war durchaus denkbar, daß sie sich dann von ihm trennte. Andererseits – und das hatte sich Coleman schon längst überlegt –: wenn Rays Leiche irgendwo angeschwemmt wurde, wer wollte dann entscheiden, ob man ihn ins Wasser gestoßen hatte oder ob er freiwillig von irgendeiner Steinbrüstung hinabgesprungen war? Es war immerhin schon öfter vorgekommen, daß ein Mann, dessen junge Frau sich vor wenigen Wochen das Leben genommen hatte, den Tod suchte.

Schließlich war es ihm auch ganz egal, sagte sich Coleman, was Inez dachte oder tat – oder was sie auf der Polizei sagte. Aber er glaubte nicht, daß sie dort überhaupt etwas sagen würde. Was auf dem Boot geschehen war, ließ sich nicht beweisen, denn es gab keinerlei Zeugen.

Ein Bild ging ihm durch den Kopf, die Erinnerung an eine Schlägerei mit seinem Vater, als er sechzehn war. Coleman hatte den Kampf gewonnen. Jeder hatte dem andern zwei Schläge versetzt, die seines Vaters waren härter gewesen, und doch hatte der Junge gewonnen. Es ging darum, ob Coleman auf die Technische Hochschule gehen sollte oder auf eine Ingenieurfachschule. Sein Vater war damals ein mittelmäßiger Architekt gewesen, der in Vincennes, Indiana, Bungalows für den Mittelstand baute; er wollte gern, daß sein Sohn ebenfalls Architekt wurde, natürlich ein besserer, aber immerhin auch Architekt. Coleman hatte stets mehr Neigung für Maschinen und Erfindungen gehabt. Als er sechzehn wurde, war es darüber zur Explosion gekommen, weil er sich entweder auf der einen oder auf der anderen Schule anmelden mußte. Er war fest geblieben und hatte gesiegt, und das war auch in der Haltung seiner Mutter ihm gegenüber ein Wendepunkt gewesen, wie er sich gern erinnerte. Von da an hatte ihn seine Mutter respektiert und wie einen Mann behandelt. Er bildete sich nichts darauf ein, seinen alten Paps geschlagen zu haben, aber er war doch stolz darauf, sich behauptet zu haben. Bald nach diesem Streit hatte er noch in einer anderen Sache gesiegt. Er hatte damals eine Freundin – Estelle hieß sie –, die sein Vater ‹billig› nannte; immer wenn er mit ihr verabredet war, gab ihm sein Vater den Wagen nicht, und schließlich bekam er ihn überhaupt nicht mehr. Eines Abends nahm Coleman einfach den Wagen und fuhr aus der Garage heraus, nicht sehr schnell, sondern gleichmäßig und ruhig auf seinen Vater zu, der mit ausgestreckten Armen in der Einfahrt stand und ihn am Ausfahren hindern wollte. Sein Vater hatte den Weg geräumt und voller Zorn mit der Faust auf das Wagendach geschlagen, als Coleman vorbeifuhr; danach jedoch hatte es wegen des Wagens keinen Streit mehr gegeben.

Coleman hatte sich nie für wirklich gewalttätig gehalten, aber vielleicht war er es doch, verglichen mit den meisten anderen Männern. Was wohl aus den fünf oder sechs Freunden aus der Ingenieurschule geworden war? Mag sein, daß sie allesamt etwas zur Gewalttätigkeit neigten. In den letzten fünfzehn Jahren, seit er damals die Malerei aufnahm, hatte er mit allen den Kontakt verloren. Aber als sie alle so um Zwanzig herum waren, hatten sie einmal den alten Nachtwächter der Schule bedroht. Denis hatte ihn in die Rippen geboxt, und das hatte ihnen die gewünschte Freiheit verschafft. Der Nachtwächter hatte nämlich eine bestimmte Hintertür des Schlafsaals zu bewachen; je nach dem Wetter saß er drinnen oder draußen. Wenn Coleman und seine Freunde um Mitternacht hinaus und in die Stadt wollten, so gingen sie einfach hin und verlangten, daß die Tür unverschlossen blieb. Stets öffnete der alte Mann, und aus Furcht vor einem weiteren Schlag hatte er sie nie an den Rektor verraten.

Und dann war da noch eine Sache, wo es nur beinahe zu Gewalttätigkeiten gekommen war, erinnerte sich Coleman lächelnd. Er lachte in sich hinein. In Chicago war damals ein gewisser Quentin Doyle gewesen, der mit Colemans Frau Louise geflirtet und versucht hatte, eine Liebschaft mit ihr anzufangen. Alles, was Coleman tat, war, daß er sich einen Revolver besorgte, den er eines Abends ganz nebenbei Doyle zeigte. Von Stund an hatte Doyle Louise keinen Blick mehr zugeworfen. So einfach war das, dachte Coleman amüsiert. Er hatte keinen Schuß abgefeuert, er hatte einen legalen Waffenschein besessen, und mit nichts als dem Vorzeigen hatte er diese prima Wirkung erzielt.

Coleman öffnete eine flache Schublade des Kleiderschranks und zog unter einem Stapel von Taschentüchern (nagelneu, ein Geschenk von Inez) Peggys Schal hervor. Er warf einen Blick auf die Tür und horchte, dann breitete er den Schal auseinander und hielt ihn gegen das Licht, so daß die Farben hell leuchteten. Er sah ihn im Geist um Peggys weichen schlanken Hals gelegt und um ihren Kopf gebunden, wenn der Wind blies auf Mallorca. Er blickte auf das neuflorentinische Muster und sah Peggys grazile Gestalt, hörte ihre Stimme. Das Schwarz in der Zeichnung des Schals machte das Muster ein wenig düsterer und rief den Gedanken an den Tod wach. Und trotzdem – es war Peggy, ganz und gar. Er preßte den Schal ans Gesicht und küßte ihn. Kein Duft entströmte ihm, denn Coleman hatte ihn gewaschen, Donnerstag nacht, als er vom Lido zurückkam, um Rays Spuren daraus zu entfernen. Danach hatte er ihn an einem Haken hinten im Kleiderschrank seines Zimmers aufgehängt. Gebügelt war er nicht, aber wenigstens sauber. Eilig faltete er ihn, mit dem Rücken zur Tür, wieder zusammen und legte ihn in die Schublade zurück.

Er konnte natürlich zum zweitenmal heiraten und noch ein Kind bekommen, einen Sohn oder eine Tochter, das war egal. Seine väterlichen Gefühle waren nicht weniger stark als die mütterlichen einer Frau. Aber nie wieder konnte eine Tochter werden wie Peggy. Und außerdem hatte er nicht mehr genügend Zeit, um sie aufwachsen zu sehen. Nein, nie wieder gab es für ihn so etwas wie Peggy.

Vom Boden des Kleiderschranks nahm Coleman eine Flasche Whisky. Vor sechs Uhr abends erlaubte er sich keinen Whisky; es war jetzt sechs Uhr fünf. Er goß etwas in sein Zahnputzglas, trank ihn unverdünnt und genoß das Brennen im Mund. Wieder stand er am Fenster. *‹Bei Gott›*, schwor er sich, *‹wenn der Kerl noch am Leben ist und sich hier in Venedig rumtreibt, dann kriege ich ihn!›* Das komische war: Ray Garrett forderte es geradezu heraus. Seine Augen bettelten. Coleman wippte lachend auf den weichen Absätzen, vergnügt und angenehm beruhigt von seinem eigenen Gelächter.

Hinter ihm schloß sich eine Tür. Er hielt inne. Inez war hereingekommen und drehte das Licht an. «Worüber lachst du denn?»

«Ach, ich dachte gerade an – an ein neues Bild. Aus der Vogelperspektive. Du bist ja schnell wieder da.»

«Ja, Antonio hatte eine Verabredung um sieben Uhr.»

«Ja? Mit einem Mädchen? Wie nett für ihn.»

«Nein, mit zwei jungen Männern, die er in Venedig kennengelernt hat.»

Neues Gerede also. Sicher erzählte Antonio den neuen Bekannten von seinem amerikanischen Malerfreund Edward Coleman und von der Frau, die er mit ihm teilte, und von dem merkwürdigen Verschwinden des Signor Ray Garrett. Unternehmen würden sie natürlich gar nichts, da war Coleman sicher. Es war ihnen so gleichgültig wie eine Zeitungsmeldung über Leute, die sie nicht kannten.

Inez hatte Rock und Bluse abgelegt, ihren Hausmantel angezogen und wusch sich das Gesicht im Badezimmer.

Coleman hatte kein Verständnis für die mütterlichen Gefühle, die sie für solche Gigolos wie Antonio hegte. Sie schlief wohl nur ein paarmal mit ihnen, doch eine Trennung fiel ihr dann schwer. Vor einem Jahr, als er sie in St. Moritz kennenlernte, hatte sie auch so einen Kerl um sich. «Hoffentlich hast du ihm kein Geld mehr gegeben», sagte er jetzt.

«Edward, ich habe ihm ja bloß ein paar tausend Lire gegeben.» Inez' Stimme war geduldig, verriet aber einen Unterton von Ärger und deutlichem Widerstand. «Schließlich hat er ja nun mal kein Geld, und ich habe ihn zu der Reise eingeladen.»

«Wenn einer nicht arbeitet, hat er natürlich auch kein Geld. Ich möchte bloß wissen, wie lange er noch so weitermachen will.»

«Er hat gesagt, er reist in ein paar Tagen ab. Und er wohnt in einem sehr billigen Hotel.»

Es lag Coleman auf der Zunge, zu sagen, daß, wenn Antonio wieder eine reiche Frau kennenlernte, er sofort aus dem billigen Hotel ausund in ihren Palazzo einziehen würde, womit Inez dann für ihn erledigt wäre. Aber er sagte lieber nichts.

Inez rieb sich die Wangen mit Gesichtswasser ein. Coleman mochte den Duft gern, er erinnerte ihn an einen Strauß ganz altmodischer Blumen. Er trat hinter sie, legte seine Arme um sie und zog sie fest an sich. «Du siehst heute bezaubernd aus», sagte er dicht an ihrem Ohr. «Wie wär's mit einem Schluck Sekt?» Das war sein Codewort, wenn er mit ihr ins Bett gehen wollte. Manchmal wollte sie Sekt, manchmal nicht.

Einen Augenblick später drückte Coleman die Zigarre aus, die er im Aschenbecher in seinem Zimmer zurückgelassen hatte. Halb sieben Uhr abends vor dem Dinner war eine herrliche Zeit fürs Bett, und Inez' kurzes Lächeln und ihr: «O ja!» machten ihn sehr froh und heiter und zufrieden. Er zog sich in seinem Zimmer aus. «Komm zu mir herüber!» sagte er.

Inez kam.

9

In den nächsten beiden Tagen hatte Coleman wiederholt – im ganzen dreimal – das Gefühl, daß Rays Augen auf ihm ruhten. Einmal war es, als er über den Markusplatz ging; aber natürlich mußte sich hier jeder beobachtet fühlen, wenn er einen so aufmerksamen Aufpasser wie Ray Garrett in der Nähe ahnte. Für Leute mit Platzangst war der Markusplatz gewiß nicht der richtige Ort. Dann einmal beim Lunch im Graspo di Ua: Coleman hatte sich rückwärts nach links und rechts umgeblickt (wenn Ray da war, konnte er nur hinter ihm sein, denn unter den Leuten vor ihm war er nicht), und Inez hatte das bemerkt. Von da an war Coleman mit dem Umsichblicken etwas vorsichtiger gewesen. Wenn Ray am Leben und noch in Venedig war: worauf wartete er dann? Warum verbarg er sich?

Einmal war Coleman an einem Tabakladen vorbeigegangen und hatte das Gefühl gehabt, daß Ray im Laden war und ihn gesehen hatte. Coleman war umgekehrt und hatte hineingespäht. Ray war nicht da. Und dann kam Inez mit ihrer Bemerkung über den Mann auf der Straße, dessen Kopf und Schultern Ray ähnlich sahen. Coleman wußte nicht, was er von all dem halten sollte; er wußte nur, er bildete sich nicht leicht Dinge ein, die nicht vorhanden waren. Es war natürlich möglich, daß Ray das Hotel Bauer-Grünwald beobachtete. Wäre Coleman allein gewesen, so wäre er umgezogen, aber das mochte er Inez nicht vorschlagen.

Inzwischen wartete er auf die weitere Entwicklung der Sache, denn das Amerikanische Konsulat hatte Rays Eltern benachrichtigt. Die Familie war wohlhabend und würde zweifellos etwas unternehmen.

Am 18. November, Donnerstag morgen, klingelte das Telefon in Inez' Zimmer. Coleman saß im Morgenmantel auf Inez' Bett und nahm den Hörer ab. Es war Mrs. Perry, mit der sie den Abend am Lido verbracht hatten.

«Haben Sie heute morgen schon die Zeitung gesehen, Mr. Coleman?»

«Nein, heute noch nicht.»

«Ihr Schwiegersohn – im *Gazzettino* ist sein Bild. Er soll verschwunden sein, seit dem letzten Donnerstag abend. Das war der Abend, an dem wir zusammen gegessen haben.»

«Ja, das wußte ich», sagte Coleman; es gelang ihm, unbesorgt zu erscheinen. «Jedenfalls die letzten zwei Tage wußte ich es. Verschwunden nicht – ich glaube, er ist irgendwohin gefahren.»

Er legte die Hand über den Hörer und sagte leise: «Mrs. Perry.»

Inez hörte aufmerksam zu; sie stand einige Schritte entfernt und hielt den Kamm in der Hand.

«Ich hatte den Namen vergessen», sagte Mrs. Perry, «aber sein Gesicht habe ich erkannt. Sie haben doch mit der Polizei gesprochen?»

«Nein, das hielt ich nicht für nötig.»

Es klopfte an der Tür, und Inez nahm das Tablett mit dem Frühstück ins Zimmer.

«Ach, das sollten Sie aber doch tun», meinte Mrs. Perry. «Die Polizei will gern wissen, wer zuletzt mit ihm zusammen war. Sie sind doch an dem Abend mit ihm zurückgefahren, nicht wahr?»

«Ja. Ich habe ihn am Zattere-Quai in der Nähe seines Hotels abgesetzt.»

«Das wird die Polizei bestimmt wissen wollen. Ich könnte angeben, daß ich ihn an dem Abend gesehen habe, bis kurz nach Mitternacht, aber Sie waren noch später mit ihm zusammen. Ich habe Laura und Francis noch nicht angerufen, das will ich noch tun. Sieht ihm das denn ähnlich, so einfach wegzufahren?»

«Ach, ich glaube schon. Er ist ja ganz ungebunden. Er reist auch viel.»

«Aber in der Zeitung steht, daß er seinen Paß dagelassen hat. Ich konnte nicht alles verstehen, der Manager hier hat mir einiges übersetzt. Ich sah bloß zufällig die Zeitung auf einem anderen Frühstückstablett im Flur liegen. Er kommt anscheinend aus einer guten Familie in den Staaten. Man hat sie auch benachrichtigt. Das klingt eigentlich nicht nach irgendeiner Reise.»

Coleman hatte keine Lust mehr. «Ich werde mir eine Zeitung besorgen und sehen, was ich tun kann, Mrs. Perry.»

«Und bitte, geben Sie mir doch Bescheid, ja? Es interessiert mich wirklich. Ich fand ihn so sehr nett.»

Coleman versprach es.

«Was steht in der Zeitung?» fragte Inez.

«Nun laß uns erst mal Kaffee trinken, mein Herz.» Coleman wies auf das Tablett, das auf dem Schreibtisch stand.

«Hat man irgendwas herausgefunden?»

«Nein.»

«Was steht dann in der Zeitung? In welcher überhaupt? Die will ich haben.»

«Im *Gazzettino,* sagte sie.» Coleman zuckte die Achseln. «Das war ja zu erwarten, wenn das Konsulat benachrichtigt wird.»

«Und gar nichts darüber, wo er ist? Davon steht nichts drin?»

«Nein, bloß eine Meldung, daß er verschwunden ist. Ach, nun habe ich vergessen, Orangensaft zu bestellen. Möchtest du nicht auch welchen?»

Inez brachte ihm Kaffee, nahm den Telefonhörer, bestellte zwei Glas Orangensaft und bat, den *Gazzettino* mitzuschicken.

Als nächste würden Laura und Francis Smith-Peters anrufen, überlegte Coleman. Er und Inez waren gestern abend mit ihnen im Theater gewesen, und Francis hatte sich nach Ray erkundigt. Bevor Inez antworten konnte, hatte Coleman gesagt, daß sie ihn in den letzten Tagen nicht gesehen hatten. «Ist er denn noch in Venedig?» hatte Laura gefragt. «Das weiß ich nicht», hatte Coleman geantwortet. Mr. und Mrs. Smith-Peters wollten nach Florenz zurück, sobald die Zentralheizung und andere Installationen in ihrem Hause fertig waren, aber das alles wurde mit italienischem Tempo ausgeführt, und sie hielten sich durch Telefongespräche mit ihrer Haushälterin auf dem laufenden. Es sah so aus, als blieben sie mindestens noch eine Woche hier. Coleman wünschte sie weg.

«Du müßtest doch wohl zur Polizei gehen», sagte Inez.

«Erst will ich mal sehen, was in der Zeitung steht. Wenn's sein muß, gehe ich hin.»

Es klopfte: der Orangensaft und die Zeitung wurden gebracht.

Einspaltig auf der Titelseite war Ray Garretts Foto, wahrscheinlich sein Paßfoto, zu sehen; darunter stand eine kurze Meldung: Rayburn Cook Garrett, 27 Jahre alt, Amerikaner, war seit Donnerstag abend, 11. November, nicht in sein Hotel – Pensione Seguso, Zattere-Quai 779 – zurückgekehrt. Sein Paß und seine Sachen waren noch dort. Jeder, der ihn an diesem Abend oder später gesehen hatte, wurde gebeten, sich auf der nächsten Polizeiwache zu melden.

Der Bericht erwähnte noch, daß der Vermißte der Sohn von Thomas L. Garrett aus St. Louis, Missouri, sei, dem Präsidenten der Garrett-Salm Ölgesellschaft. Vielleicht hatte die Polizei oder das Amerikanische Konsulat telefonisch mit Rays Eltern gesprochen. Coleman war nicht weiter beunruhigt.

«Wenn er noch in Venedig ist, müßte man ihn jetzt finden, mit diesem Bild», meinte Inez. «Wo könnte er sich aufhalten ohne Paß?»

«Ach – vielleicht in irgendeinem Privathaus, das Zimmer vermietet. Die fragen nicht immer nach dem Paß.»

Inez nahm die beiden kleinen Dosen mit Orangensaft und füllte die Gläser. «Versprich mir, daß du heute zur Polizei gehst, Edward.»

«Was soll ich da? Ich hab ihn am Zattere-Quai abgesetzt, das war das letzte, was ich von ihm gesehen habe.»

«Ging er in Richtung auf das Hotel weiter? Hast du das gesehen?»

«Ja, es schien so. Umgesehen hab ich mich nicht.»

Er merkte, Inez würde ihm keine Ruhe lassen, bis er zur Polizei ging. Ob er sich einfach weigern sollte, selbst auf die Gefahr hin, daß Inez dann böse wurde – daß er sie verlor und in seine Wohnung in Rom zurückkehren mußte? Aber wenn er nicht zur Polizei ging, dann würden bestimmt Inez oder auch die beiden Smith-Peters oder Mrs. Perry hingehen und ganz sicher Coleman erwähnen; deshalb war es wohl besser, er ging selber hin. Verfluchte Sache. Er hätte viel darum gegeben, sich hier herauswinden zu können. Wäre Ray mittellos gewesen oder irgendein gewöhnlicher amerikanischer Beatnik, dann hätte sein Verschwinden niemals soviel Staub aufgewirbelt. Aber seine Eltern hatten vermutlich ein Kabel ans Konsulat in Venedig geschickt und gebeten, alles Menschenmögliche zu tun.

Coleman versprach also, heute morgen zur Polizei zu gehen.

Um zehn hatten er und Inez ihre Zimmer verlassen, und gerade beglückwünschte sich Coleman, daß die Smith-Peters sich nicht gemeldet hatten, als das Telefon klingelte. Sie hörten es auf dem Gang, und Inez ging zurück ins Zimmer. Coleman wollte weitergehen zum Fahrstuhl, aber er war neugierig, was Inez wohl sagte, und trat daher mit ihr ins Zimmer zurück.

«Ja ... ja? Doch, uns hat sie auch angerufen ... Wir gehen heute morgen zur Polizei ... Das letzte Mal am Donnerstag abend, da hat Edward ihn am Zattere-Quai bei seinem Hotel abgesetzt... Nein, so gut kenne ich ihn ja nicht... Ja, aber natürlich, das tue ich, Laura. Wiedersehen.»

Inez wandte sich zu Coleman und sagte, als freue sie sich darüber: «Mrs. Perry hat Laura und Francis angerufen. Die hatten die Zeitung noch nicht gesehen. So, Lieber, gehen wir.»

Auf der ersten Polizeiwache, wo sie vorsprachen, nahe dem Markusplatz, hatte der Inspektor zu Colemans Freude noch nichts von Ray Garrett gehört. Er führte ein Telefongespräch und sagte dann zu Coleman, ein anderer Beamter sei unterwegs hierher. Coleman und Inez mußten zehn Minuten warten. Inez hatte kalte Füße, deshalb gingen sie einen Kaffee trinken und kamen dann zurück.

Der neue Beamte war ein intelligent aussehender Vierziger mit grauen Schläfen und tadelloser Uniform. Er hieß Dell' Isola.

Coleman erklärte, er sei Rayburn Garretts Schwiegervater. Er, die Signora Schneider und drei Bekannte seien mit Garrett am letzten Donnerstag abend bis nach Mitternacht am Lido zusammengewesen, dann habe er ihn in seinem gemieteten Motorboot, der *Marianna II*, nach Hause gebracht.

«Wo genau haben Sie ihn abgesetzt?»

«Nahe der Pensione Seguso, am Zattere-Quai», sagte Coleman.

«Und das war um welche Zeit?»

Die Unterhaltung wurde in italienischer Sprache geführt, die Coleman einigermaßen, aber nicht vollkommen beherrschte. «Soweit ich mich entsinne, war es ein Uhr dreißig früh.»

«War er vielleicht angetrunken?» fragte der Beamte höflich.

«O nein, nicht im mindesten.»

«Wo ist seine Frau?» fragte Dell' Isola mit gezücktem Bleistift.

«Meine Tochter – ist vor etwa drei Wochen gestorben», gab Coleman an. «Auf Mallorca. Die Stadt heißt Xanuanx.» Er buchstabierte und erklärte, daß sie dort mit Garrett gewohnt habe.

«Das tut mir leid, Sir. Sie war noch jung, ja?» In der Stimme des Beamten klang echtes Mitgefühl.

Der freundliche Ton berührte Coleman unangenehm. «Sie war gerade einundzwanzig. Sie hat sich das Leben genommen. Ich glaube – ich weiß, daß Signor Garrett darüber unglücklich war, und ich habe keine Ahnung, was er in der Nacht noch gemacht hat. Vielleicht hat er sich entschlossen, die Stadt zu verlassen.»

Mehrere Polizeibeamte standen jetzt wie Schaufensterpuppen um die beiden Männer herum und richteten die Augen abwechselnd auf Coleman und Dell' Isola.

«Sagte er denn an dem Abend irgend etwas davon, daß er abreisen wollte?» Dell' Isola sah jetzt auch Inez an, die ein paar Schritte entfernt stand, obgleich ihr jemand einen Stuhl angeboten hatte. «Sie sagen, er war deprimiert.»

«Ja, natürlich – er war seit dem Tode meiner Tochter nicht glücklich. Aber von einer Abreise hat er nichts gesagt.»

Es folgten noch einige Fragen. Litt Signor Garrett an Ohnmachten oder an Gedächtnisschwund? War es möglich, daß er sich vor irgend jemandem verbarg? Hatte er größere Schulden? Alle diese Fragen verneinte Coleman mit dem Zusatz, ‹soweit er wisse›.

«Wie lange bleiben Sie noch in Venedig, Signor Coleman?»

«Noch etwa zwei oder drei Tage.»

Der Beamte fragte nach Colemans Hotel und nach seiner ständigen Adresse; Coleman gab Straße, Hausnummer und Telefonnummer in Rom an. Dann dankte Dell' Isola ihm für seinen Bericht, den er an das Amerikanische Konsulat weitergeben wollte. «Sie waren an dem Abend am Lido auch dabei, Signora?» fragte er Inez.

«Ja.»

Dell' Isola notierte sich auch Inez' Adresse in Venedig. Es schien ihn zu freuen, daß ihm der Fall übertragen worden war, obwohl diese Wache nicht zu seinem Revier gehörte. «War sonst noch jemand dabei? Darf ich um die Namen bitten, Signor?»

Coleman nannte die Namen: Mr. und Mrs. Francis Smith-Peters im Hotel Monaco und Mrs. Perry im Hotel Excelsior, Lido.

Das war alles.

Coleman und Inez traten wieder hinaus in die Kälte. Er wollte die Kirche Santa Maria Zobenigo aufsuchen, die, wie er Inez heiter erzählte, an ihrer Fassade keinerlei religiöse Ornamente aufzuweisen hatte. Inez wußte das und kannte auch die Kirche. Sie wollte ein Paar schwarze Handschuhe kaufen.

Sie gingen also erst zu der Kirche.

Es war nach drei, als sie ins Hotel zurückkamen, um sich auszuruhen. Coleman hatte Lust zum Zeichnen, und Inez schlug vor, daß sie sich den Tee nach oben schicken ließen; sie war durchfroren bis auf die Knochen.

Um vier klingelte das Telefon, und Inez nahm den Hörer auf.

«'allo, Laura», sagte sie und hörte dann einen Augenblick zu. «Ja, das wäre sehr nett.» Sie lag im Morgenmantel in die Kissen zurückgelehnt. «Ich will mal eben Edward fragen. – Sie möchten gern, daß wir heute abend mit ihnen im Monaco essen und vorher in Harry's Bar etwas trinken.»

Coleman verzog das Gesicht, stimmte aber zu. Es war schwierig, in Venedig ältere Verabredungen vorzuschützen, denn er kannte nur wenige Leute – drei im ganzen –, die ausgerechnet alle nicht in der Stadt waren.

«Gut», sagte Inez, «um sieben in Harry's Bar. Ja, das haben wir. Nein, sie wissen auch nichts. *A bientôt.*»

Es war schon nach sieben, als Inez und Coleman in Harry's Bar eintraten. Der Raum war dreiviertel voll. Coleman sah sich eilig und verstohlen nach Ray um, dann erblickte er Laura Smith-Peters' rotblonden Kopf an einem Tisch weiter hinten. Ihr gegenüber saß ihr Mann. Inez ging auf sie zu, und Coleman folgte. Kellner in weißen Jacken eilten geschäftig hin und her mit Tabletts voller Martini in kleinen geraden Gläsern und Tellern voll heißer Sandwiches und Croquettes.

«Hallo!» sagte Laura. «Wirklich furchtbar nett von euch, bei solchem Wetter herzukommen!» Es regnete etwas. «Was habt ihr heute gemacht?» fragte Lara.

«Wir waren in einer Kirche», sagte Inez. «Santa Maria Zobenigo.»

Der Kellner kam, und sie bestellten einen Americano für Inez und einen Whisky für Coleman. Die Smith-Peters tranken beide Martini.

«Schmeckt wunderbar, nur schrecklich stark», sagte Laura. ‹Als ob Martini überhaupt leicht sein könnte, wenn er nicht mit Eis aufgefüllt ist›, dachte Coleman.

«Wie kann ein unverdünnter Martini auch leicht sein?» fragte Francis munter. ‹Ausgerechnet dieser Strohkopf muß meinen Gedanken aussprechen›, dachte Coleman böse.

Von der Polizei waren die beiden anscheinend noch nicht einvernommen worden.

Coleman machte sich auf einen todlangweiligen Abend gefaßt und beschloß, einen weiteren Whisky zu bestellen, sobald er den Blick des Kellners einfangen konnte. Ein Kellner kam vorbei mit einer Schüssel voller Oliven, die er auf den Tisch setzte, und mit einer Platte mit heißen Croquettes, die er anbot. Beide Smith-Peters nahmen davon; der Kellner servierte jedem eine Croquette, die er in einer dreieckig gefalteten Papierserviette vor sie hinsetzte.

«Ich darf ja eigentlich nicht, wegen der Linie, aber man lebt nur einmal», sagte Laura, bevor sie abbiß.

Coleman bestellte seinen Whisky und warf einen Blick auf die Tür. Ein Mann und eine Frau kamen herein.

«Sie sind also heute zur Polizei gegangen», sagte Francis und beugte sich zu Coleman. Seine grauen Haare waren sauber über den knochigen Schädel gekämmt; sie hatten einen feuchten Schimmer, als habe er sie gerade mit Haarwasser eingerieben.

«Ja. Ich habe ihnen gesagt, was ich wußte. Viel ist es ja nicht.»

«Wußte man irgendwas?» fragte Laura.

«Nein, gar nichts. Auf der Revierwache hatten sie noch nicht mal von Ray Garrett gehört. Sie mußten erst nach jemandem schicken, der auch nicht viel wußte. Der machte sich dann ein paar Notizen.» Mehr brauchte er nicht zu sagen, dachte Coleman.

«Hat er gesagt, daß er irgendwohin wollte?» fragte Laura.

«Nein.»

«War er deprimiert?» fragte Francis.

«Nein, nicht sehr. Sie haben ihn ja an dem Abend gesehen.» Coleman nahm sich eine Olive.

Francis Smith-Peters räusperte sich. «Ich hatte vor, auch zur Polizei zu gehen, einfach um der Ordnung willen, wissen Sie – als Landsmann. Aber da Sie ihn ja zuletzt gesehen haben –»

«Ja», sagte Coleman. Francis' Tenorstimme wirkte auf ihn wie eine Kreissäge. Und unter der glatten Freundlichkeit, das sah Coleman sehr wohl, waren seine Augen auf der Hut. Wäre Francis zur Polizei gegangen, so hätte er sich – natürlich erst nach einigen Suggestivfragen – vermutlich verpflichtet gefühlt, dem Beamten mitzuteilen, daß Coleman Ray Garrett nicht leiden konnte und sehr unfreundlich zu ihm gesprochen hatte. Das alles spürte Coleman – auch bei Laura.

«Ja, das fand ich auch», warf Laura ein. «Sie kannten ihn soviel besser, und Sie waren ja zuletzt mit ihm zusammen.»

Wahrscheinlich war es Laura, dachte Coleman, die ihren Mann von dem Gang zur Polizei abgehalten hatte; allerdings war Francis' Italienisch so minimal, daß Coleman sein Zögern verstehen konnte. ‹Ach weißt du, Francis, halten wir uns da lieber raus. Du weißt ja, Ed kann ihn nicht leiden, und wir wissen nicht, *was wirklich* an dem Abend geschehen ist.› Coleman konnte sich die Unterhaltung im Hotelzimmer der Smith-Peters gut vorstellen.

«Ich kenne die Gegend da am Zattere-Quai gar nicht», sagte Francis. «Was ist das für eine Gegend?»

«Ach, ruhiger als hier bestimmt», gab Coleman zurück.

«Was glauben *Sie*, Inez?» fragte Laura. «Sie haben soviel Intuition.»

«In diesem Fall? Nein, gar nicht», erwiderte Inez und hob hilflos die Hände. «Er ist – nein, ich habe keine Ahnung.»

«Was wollten Sie sagen – was ist er?» fragte Francis.

«Wenn er so deprimiert ist, dann ist er vielleicht irgendwohin gefahren, hat alles liegenlassen – das ist immerhin möglich.»

Coleman merkte, daß die Smith-Peters das nicht recht glaubten und auch das Gefühl hatten, als glaube Inez es selbst nicht.

«All diese Gassen», sagte Coleman, «hier in Venedig – wenn hier jemand einem einen Schlag über den Kopf versetzen und ihm sein Geld abnehmen will – ein Kanal ist immer zur Hand. Da braucht man den Mann bloß hineinzurollen.» Die Amerikaner an dem Tisch rechts von ihm redeten viel und laut. Einer der Männer hatte ein Lachen wie Hundegebell.

«Gott, was für ein schrecklicher *Gedanke*», sagte Laura mit erschreckt rollenden Augen und sah ihren Mann an.

«Haben Sie irgend jemand gesehen, als Sie ihn absetzten?» fragte Francis.

«Ich bin ja nicht aus dem Boot ausgestiegen, viel sehen konnte ich nicht», sagte Coleman. «Ich weiß es nicht mehr. Ich habe gewendet und dann San Marco angesteuert.»

«Wo war denn Corrado eigentlich?» fragte Laura.

Inez hob die Achseln und sah sie nicht an. «Zu Hause? Ich habe keine Ahnung.» Sie hatte Coleman schon die gleiche Frage gestellt.

«Ich habe mich nach ihm umgesehen, aber es war ja immerhin schon nach eins», sagte Coleman. Er blickte auf die Tür und fuhr zusammen, beugte sich hastig vor und senkte den Kopf. Ray war eingetreten.

«Was ist?» fragte Inez.

«Beinah – beinahe hätte ich einen Olivenkern verschluckt», sagte Coleman hastig. Er blickte nicht hin, sah aber, daß Ray ihn ebenfalls gesehen hatte und umgekehrt war. «Tatsächlich – ich hab 'nen Olivenkern verschluckt», sagte er schnell und lächelte etwas mühsam; er konnte ja gar keinen Kern vorweisen. Er war froh, daß Inez sich ihm so besorgt zuwandte und so Ray nicht sehen konnte. Die Smith-Peters saßen fast mit dem Rücken zur Tür. Ray trug einen Backenbart. Er war ebenso schnell zurückgefahren wie Coleman auf seinem Stuhl. «Ha. Hab mich doch ziemlich erschrocken. Ich dachte, er steckte in der Luftröhre.» Coleman lachte auf.

Die andern unterhielten sich weiter, doch Coleman hörte kein Wort. Ray war also am Leben und wollte sich nicht sehen lassen. Was hatte er vor? Bestimmt plante er nicht, Coleman der Polizei auszuliefern, sonst wäre er ohne Umschweife an den Tisch gekommen. Oder ob die Polizei vielleicht draußen wartete? Wieder blickte Coleman verstohlen zur Tür. Zwei starke Männer gingen gerade hinaus, langsam und lachend. Tür- und Fensterscheiben waren aus hellgrauem Mattglas, man konnte nicht hindurchsehen. Fünf Minuten vergingen, und nichts geschah.

Coleman zwang sich, an der Unterhaltung teilzunehmen.

Wo mochte sich Ray verborgen halten? Wo immer er die letzte Woche verbracht hatte – heute, nachdem sein Bild in der Zeitung erschienen war, mußte er sein Quartier wechseln, wenn er seinen Wirtsleuten nicht die ganze Wahrheit erzählt hatte, und das hielt Coleman nicht für wahrscheinlich. Oder hatte Ray vielleicht nahe Freunde in Venedig? Zorn und Furcht stiegen in Coleman auf. Der lebende Ray bedeutete für ihn eine furchtbare Gefahr: er konnte wegen Mordversuchs – wegen zweier Mordversuche angeklagt werden. Der zweite war sogar beweisbar, denn irgend jemand mußte Ray in jener Nacht im Wasser gesehen und ihn herausgezogen haben; selbst wenn er wie durch ein Wunder schwimmend den Piazzale erreicht hatte, mußte es einen oder mehrere Menschen geben, die ihn triefend naß gesehen hatten. Coleman beschloß deshalb, die Sache jetzt zu Ende zu bringen und Ray endgültig verschwinden zu lassen; und obwohl er wußte, daß er bei diesem Gedanken von Gefühlen – hauptsächlich Furcht – geleitet wurde, so hielt er ihn doch für durchaus plausibel. Bei logischem Nachdenken würde ihm sicher bald eine bessere Methode als die bisher benutzten einfallen.

10

Ray überquerte San Moisè, die Straße, in der das Hotel Bauer-Grünwald lag, und bog in die Frezzeria ein. Er ging schnell, als sei ihm Coleman auf den Fersen, obgleich er wußte, dies wäre das letzte, was Coleman jetzt täte.

Wieder saß Coleman vergnügt inmitten seiner Freunde! Immer noch zusammen mit Inez, die ihn doch verdächtigen mußte, und trotzdem würden sie heute nacht im gleichen Bett liegen. Der Welt war es im Grunde völlig einerlei, ob Ray lebte oder tot war, ob ihn jemand ermordet hatte oder nicht. Vielleicht war es der Anbeginn wahrer Weisheit, wenn man sich das klarmachte. Er hätte ermordet worden sein können, und zwar offensichtlich von Coleman, aber keinen Menschen kümmerte das.

Diese Gedanken gingen ihm in wenigen Sekunden durch den Kopf; dann besann er sich und mäßigte sein Tempo, um Kraft zu sparen und kein Aufsehen zu erregen. Er mußte nachdenken, was jetzt zu tun war. Signora Calliuolis Haus hatte er um elf Uhr morgens verlassen. Kurz vor elf hatte er am Zeitungskiosk sein Bild auf der Titelseite des *Gazzettino* gesehen und darunter die Meldung gelesen. Er war sofort zum Largo San Sebastiano zurückgeeilt, wo die alte Frau, die nie zu schlafen behauptete, ihm die Tür öffnete. Er müsse abreisen, hatte er gesagt; er habe bei Signora Calliuoli bis morgen bezahlt, das mache aber gar nichts. Er habe soeben mit Zürich telefoniert und erfahren, daß er sofort hinreisen müsse. Dann war er nach oben gegangen und hatte seine paar Sachen gepackt, bevor womöglich Signora Calliuoli, die Einkäufe zum Mittagessen machte, oder Elisabetta in der Kaffeebar die Zeitung zu sehen bekam und das Bild erkannte. Die alte Frau war unten in der Halle beschäftigt, als Ray mit seinem Koffer hinunterkam; es schien ihr leid zu tun, daß er ging, und er hatte sie gebeten, Signora Calliuoli seine besten Grüße und seinen Dank zu bestellen.

Der Koffer war ihm zuerst leicht vorgekommen; jetzt aber spürte er das Gewicht. Er trat in eine Bar und bestellte einen Cappuccino und einen Whisky. Seine Gedanken kreisten um den Gondoliere, der ihn aus der Lagune gefischt hatte. Mit Öl und Gemüse hatte er gehandelt. Schrecklicher Gedanke, bis drei Uhr morgens aufzubleiben, um den Mann am Bahnhof zu finden, aber Ray wußte keinen anderen Rat. Das Dumme war eben die Sache mit dem Paß; selbst wenn er die Paßnummer fälschte: allzu viele Leute hatten die Möglichkeit, sich Ray in einem Hotel genau anzusehen. Noch einmal ein Mädchen wie Elisabetta anzusprechen, dazu hatte er keine Lust; er kannte ja auch keines. Und wenn er im *Gazzettino* nach einem freien Zimmer suchte, so mußte jede Wirtin stutzig werden, wenn ein junger Amerikaner auftauchte, der, selbst mit Bart, dem Bild in der Zeitung glich, die sie vermutlich kaufte.

Ray ging in ein kleines Restaurant und setzte sich nahe an die Heizung. Er nahm ein Buch aus dem Koffer, bestellte eine Mahlzeit und blieb lange sitzen. Danach hob sich sein Mut: er trabte zur Haltestelle Giglio und nahm ein Vaporetto zum Piazzale Roma. Hier gab es, wie er gehofft hatte, ein Tageshotel, wo er baden und sich rasieren und ausruhen konnte. Niemand fragte nach dem Paß. Er war etwas unruhig, weil er nicht wußte, ob nicht in der Nähe des Bahnhofs Polizisten auf Posten waren; aber er sah niemanden an und nichts geschah.

Als er um ein Uhr nachts auf die Straße trat, war es viel kälter. An der Wasserbus-Haltestelle fragte er den Fahrkartenverkäufer, wo hier Öl und Gemüse aufgeladen wurden; eine undeutliche Armbewegung wies ihn zum ‹Ponte Scalzi›. Ray schritt am Bahnhof vorbei in die Dunkelheit. Auf dem Kanal lagen Schuten und Gondeln, für die Nacht vertäut. Auf den Decks brannten ein paar Ölöfen. Er sah einen Mann dort stehen.

«Verzeihung», sagte er. «Um welche Zeit kommen immer die Boote, die Öl und Gemüse holen?»

«Gegen sechs Uhr morgens», erwiderte der Mann, eine gedrungene Gestalt, die vor dem Ofen an Deck stand.

«Ich dachte, einige Gondoliere kommen schon früher mit ihren Booten und schlafen hier?»

«Bei diesem Wetter?»

Ray zögerte, bedankte sich und ging weiter.

Auf dem Pflaster sah er im Lichtviereck eines Fensters ein Häufchen Hundekot, das wie eine absichtlich vulgäre Auslage wirkte. Er fragte sich, warum er so hinstarrte, bis er sah, daß das Häufchen durch den Regen zur Größe menschlicher Exkremente angeschwollen war. Er blickte weg und dachte: ‹Ich bin heute gar nicht Ray Garrett, schon seit Tagen nicht. Deshalb bin ich auch so losgelöst und frei wie nie zuvor.› Sekundenlang überkam ihn das gleiche Gefühl wie an jenem Morgen nach der Nacht in der Lagune, als er in dem Hotelzimmer aufgewacht war und aus dem Fenster gestarrt und gedacht hatte: ‹Diese Aussicht könnte die Aussicht von einem Dutzend anderer italienischer Städte sein, und ich könnte irgendwer sein, weil ich niemand bin.› Die Angst jenes Morgens war geschwunden. Wieder war er niemand, ohne Peggy, ohne Schuld, ohne Minderwertigkeits- und auch ohne Überlegenheitsgefühle, ohne Heim oder Adresse, ohne Paß. Das Gefühl brachte Erleichterung, wie das Nachlassen eines Drucks. Manchem Verbrecher in seinem Versteck mochte ebenso zumute sein, nur wurde dessen Glück zweifellos beeinträchtigt durch das Bewußtsein, daß ihn die Flucht vor dem Gesetz in diese Lage gebracht hatte. Rays eigener Zustand war klarer und glücklicher. Vielleicht bestand die Identität des einzelnen, wie die Hölle, bloß durch das Vorhandensein der andern Leute.

Er wandte sich um. Kein Gondoliere war auf dem Wasser oder sonstwo zu sehen. Ob er für eine Weile in das Tageshotel zurückging? Aber erst wollte er es noch einmal mit dem Mann auf der Schute versuchen.

«Kann ich Sie wohl etwas fragen? Kennen Sie die Gondolieri in dieser Gegend?»

«Ja, einige.»

«Ich suche einen Mann, der von der Lagune herüberkommt. Er hat eine Gondel, und er bringt Öl und Gemüse vom Bahnhof, jeden Morgen. Er ist ungefähr so groß –» mit der Hand deutete Ray eine Größe von knapp einssechzig an – «und hat kurzes grauschwarzes Haar. Er spricht Dialekt. Nicht rasiert.» Der Italiener dachte angestrengt nach, und Ray schöpfte Mut.

«Ungefähr fünfzig?»

«Ja, das könnte stimmen.»

«Luigi? Er flucht gern, ja? Redet viel von Seeungeheuern?» Der Mann lachte und fragte dann vorsichtig: «Was wollen Sie von ihm?»

«Ich schulde ihm viertausend Lire.» Das hatte sich Ray vorher ausgedacht.

«Das klingt nach Luigi Lotto. Könnte sein. Hat der Mann eine Frau und Enkelkinder?»

«Das weiß ich nicht», sagte Ray.

«Wenn es Luigi ist, dann ist er vielleicht krank und kommt heute gar nicht. Manchmal kommt er zur Arbeit und manchmal nicht.»

«Wo wohnt er?»

«Auf der Giudecca, hinter der Trattoria Mi Favorita», sagte der Mann ohne Zögern.

«Wo ist das? Welche Haltestelle?»

Der andere zuckte die Achseln. «Das weiß ich nicht genau. Fragen Sie nur irgend jemand.» Er rieb sich die Hände am Ofen.

«*Grazie*», sagte Ray.

«*Prego.*»

Ray nahm das nächste Vaporetto zum Canal Grande. An der Riva degli Schiavoni stieg er um in ein Boot zur Giudecca. Es war jetzt kurz nach halb zwei Uhr früh, die denkbar ungünstigste Zeit, und das Ganze war zweifellos ein sinnloses Unternehmen; aber im Augenblick war Luigi Lotto – der vielleicht ein völlig Fremder war und den er möglicherweise gar nicht fand – der einzige Freund, den er in Venedig hatte.

Auf der Giudecca betrat er die nächste Bar und fragte nach der Trattoria Mi Favorita. Der Mann hinter der Theke kannte sie nicht, doch ein Kunde wußte Bescheid und sagte ihm, wo er sie finden konnte. «Zum Essen ist es vielleicht schon zu spät», fügte er hinzu.

«*Non importa*», erwiderte Ray und ging hinaus. «*Grazie.*»

Mi Favorita lag hinten in einem Hof; vor der Glasfront standen mehrere Topfpflanzen, die wohl erfroren waren. Ray ging hinein und fragte eine Frau, die dort den Boden wischte, ob sie eine Familie Lotto kenne. Sie verneinte, sagte aber, hinter der Trattoria gäbe es ein Haus mit fünfzehn Familien. Dorthin machte sich Ray auf den Weg.

Das Haus hatte eine fünfstellige Nummer mit einem A dahinter; ein Straßenname war nirgends zu sehen. Schlimmer noch: unten am Hause gab es zwar zwei Reihen Klingelknöpfe, aber nur einen einzigen Namen, Ventura. Ray schauerte zusammen und sah auf die Uhr. Es war zwei. Dies war sicher alles vollkommen unsinnig, dachte er; er machte alles falsch. Kein Licht war an der Häuserfront zu sehen.

Er schrak zusammen, als sich links knirschende Schritte näherten. Ein Mann erschien – sofort fiel ihm Coleman ein, doch dieser Mann war zwar auch nur mittelgroß und hatte einen wiegenden Gang, war aber jünger. Er hielt sogar, wie Coleman, eine Zigarre im Mund. Ray trat zur Seite und stand mit dem Rücken zur Wand, bereit zur Flucht oder zum Kampf.

Der Mann kam direkt auf ihn zu, sah ihn an und wandte sich dann zum Türeingang, an dem Ray stehengeblieben war.

«Entschuldigen Sie», sagte Ray. «Kennen Sie hier vielleicht eine Familie Lotto?»

«Lotto – ja», erwiderte der Mann ruhig, ohne die Zigarette – es war keine Zigarre – aus dem Mund zu nehmen. «Im vierten Stock.» Er steckte seinen Schlüssel ins Türschloß.

«Wissen Sie vielleicht, ob sie noch auf sind? Ich –»

«Ja, wahrscheinlich. Er fährt mit der Gondel aus. Sie sind eigentlich immer auf und machen viel Lärm. Ich wohne unter ihnen. Wollen Sie mit rein?»

Ray trat in die Tür, dankte dem Mann und stieg hinter ihm die Treppe hinauf. Das Treppenhaus wies überall Risse und Sprünge auf, es war feucht und verwahrlost. Das Gebäude war innen wie ein Tiefkühlfach, kälter noch als draußen.

«Hinten rechts», sagte der Mann und wies nach oben, bevor er seine eigene Tür aufschloß.

Ray schleppte seinen Koffer die letzte Treppe hinauf. Oben erschien ein Lichtstreifen unter der Tür: ein gutes Omen. Ray seufzte auf, klopfte, wartete und klopfte ein zweites Mal. Vielleicht hatte man ihn nicht gehört.

«Wer ist da?» kam eine Frauenstimme.

Innerlich stotternd, brachte Ray ein paar Worte heraus. «Giovanni. *Posso ve-dere Luigi? Sono un amico.*»

«Un amico di Luigi», kam das italienische Echo zurück, nachdenklich und neutral. Die Tür öffnete sich nicht. *«Un momento.»*

Ray hörte, wie die Schritte leiser wurden, und wußte, die Frau fragte jetzt Luigi, ob er einen Amerikaner namens Giovanni kenne.

Gleich darauf öffnete ein Mann mit quadratischem Schädel, in grauem Hemd und schwarzen Hosen die Tür. Es war der Gondoliere.

«*Buona sera*», sagte Ray. «Ich bin der Amerikaner, den Sie aus dem Wasser gezogen haben. Wissen Sie noch?»

«*Ah, si, si!* Kommen Sie doch herein, Costanza!» rief er seiner Frau zu und erklärte in schnellem Dialekt, wer Ray war.

Langsam erhellte sich das Gesicht der Frau, bis es strahlte vor Freundlichkeit.

Ob sie wohl den *Gazzettino* schon gesehen hatten, und wenn ja: hatte Luigi ihn erkannt? Ray begrüßte seine Frau. Der Betrag, den er Luigi gegeben hatte, war etwa dreißigtausend Lire oder fünfzig Dollar gewesen; zweifellos hatten sie sich gefreut.

«Meine Frau hat gedacht, ich wollte ihr eine Geschichte erzählen!» sagte Luigi und zog sich einen Pullover über das Hemd. «Wissen Sie, ich erzähle immer Geschichten, wenn ich was im Wasser finde. Bitte nehmen Sie Platz, Signor. Trinken Sie ein Glas Wein?»

Von Costanza kam ein schwaches Murren, dann sagte sie zu Ray: «Er ist nämlich krank, und trotzdem will er zur Arbeit gehen.» Nebenan weinte ein Kind, und die Frau hob die Hände. «Hier reden wir, und der Junge könnte doch wirklich schlafen! *Permesso.*» Sie verließ das kahle Zimmer durch eine Tür im Hintergrund.

«Luigi, es tut mir leid, daß ich so spät –»

«Ihr Bild war heute morgen im *Gazzettino*, nicht wahr?» unterbrach ihn Luigi halblaut. «Ich wußte nicht ganz sicher, ob Sie – aber es stimmt doch, was?»

«Ja. Ich –» Es war Ray nicht lieb, sofort mit der Tür ins Haus zu fallen, aber es war besser mit Luigi allein als in Gegenwart seiner Frau. «Ich wollte Sie fragen, ob Sie ein Zimmer wissen, das ich mieten könnte, irgendwo in Venedig. Ich muß nämlich hier mit einem Mädchen sprechen – es ist ein Mädchen, das ich liebe.» Hoffentlich war er nicht rot geworden. «Ich habe – es gibt da einen Rivalen. Der hat mich neulich nachts ins Wasser geworfen. Verstehen Sie?»

Luigi verstand sofort. Er legte den Kopf zurück und brachte ein langes «Ah-haa!» hervor.

«Weiß Ihre Frau von dem Bild im *Gazzettino*? Es wäre mir lieber, sie wüßte es nicht.»

«Ach, das ist ganz in Ordnung, da machen Sie sich keine Sorgen. Ein Wort von mir genügt. Ich habe ihr die Zeitung heute gezeigt. Vorher wollte sie nämlich überhaupt nicht glauben, daß ich jemand gerettet habe. Sie dachte, ich hätte das Geld beim Spiel gewonnen. Sie mag nicht, daß ich spiele. Ich spiele aber gar nicht. Also manche Männer – die spielen! Ich dachte, Sie wären vielleicht neulich nacht umgefallen und dann in einen Kanal gerutscht. Ich freue mich so, daß Sie hier sind!»

Ray nickte. «Verstehen Sie, in ein Hotel kann ich nicht gehen. Der Rivale würde mich dort finden. Ich möchte nur mit dem Mädchen sprechen. Ich will nichts als eine Chance.»

«Ja, das verstehe ich», sagte Luigi und warf einen Blick auf die Tür, hinter der seine Frau verschwunden war. «Wo ist denn das Mädchen?»

«In einem Hotel. Hier in Venedig.»

«Aha. Und der Rivale?»

«Das weiß ich nicht. Sicher in einem anderen Hotel. Er sucht mich», sagte Ray verzweifelt. Er kam sich vor wie ein Schmierenschauspieler, aber er brachte die Worte heraus.

«Den sollten Sie sich vom Leibe schaffen!» Luigi rieb sich die Hände und hauchte sie an. Das Haus war kalt. «Wollen wir nicht erst mal ein Glas Wein trinken oder einen Kaffee? Was wäre Ihnen lieber?»

«Ja, aber das Zimmer, Luigi – wüßten Sie eins?» drängte Ray, denn Luigis Frau kam jetzt zurück.

«Luigi, du gehörst ins Bett. Entweder du gehst zur Arbeit oder du gehst ins Bett», sagte sie. Soviel jedenfalls meinte Ray zu verstehen. Es folgte eine schnelle Auseinandersetzung über die Frage, ob Luigi zur Arbeit gehen oder zu Hause bleiben sollte, aber in jedem Falle müßte er jetzt erst eine Weile schlafen, und Luigi widersprach und behauptete, er habe den ganzen Nachmittag geschlafen und das Baby auch, deshalb seien sie jetzt beide wach und munter.

«Nein, ich gehe heute morgen nicht zur Arbeit, ich gebe Seppi eine Bestellung mit. Ich muß für meinen amerikanischen Freund etwas besorgen», sagte Luigi zu seiner Frau. Dann wandte er sich zu Ray. «Heut nacht schlafen Sie hier. Wenn wir ein Glas Wein getrunken haben. Machen Sie sich nichts aus dem Durcheinander hier, das Haus ist immer durcheinander. Das Baby gehört meinem Sohn, bei ihm ist alles voll, weil seine Schwiegereltern auf Besuch da sind, deshalb hat er uns das älteste Kind gegeben.»

Seine Frau gab bei diesem Bericht leicht murrende Laute von sich. Ihr schwarzer Haarknoten war in Unordnung; und sie war viel zu dünn.

Ray wurde in die Küche geführt, wo man ihm einen Stuhl gab. Luigi schenkte drei Gläser Wein ein.

«Wenn meine Frau nicht will, trinke ich ihres mit», sagte er.

«Glauben Sie, Sie wissen ein Zimmer?» fragte Ray. «Es ist mir wichtig für morgen.»

Luigi war ganz sicher, daß er ein Zimmer finden würde, vielleicht zwei, vielleicht auch drei.

«Ich muß meinen Namen geheimhalten», sagte Ray. Er wollte seinen Namen ungern nennen, damit Luigi ihn nicht behielt. «Ich brauche einen neuen, so wie Giovanni – John Wilson. Das gilt für alle. Falls zum Beispiel Ihre Frau mit den Nachbarn darüber spricht –» er blickte Luigi fest an, um ihm den Ernst der Lage klarzumachen. «Hat sie vielleicht schon darüber gesprochen?»

«Aber nein, ich habe ihr die Zeitung heute abend gezeigt, als ich um sieben nach Hause kam.»

«Haben Sie mit jemand gesprochen?»

«Ich habe die Zeitung hier erst aufgemacht. Seit Mittag hatte ich sie in der Tasche. Nein, nein, das ist ganz in Ordnung, Sie heißen Giovanni Weelson.» Luigi stellte den Fuß auf einen Stuhl und schlürfte seinen Wein, wobei er sich nachdenklich das stoppelige Kinn kratzte. «Das werden wir schon kriegen. Sie ist sicher hübsch, ja? Auch Amerikanerin?»

Eine Stunde später lag Ray im Halbschlaf auf dem unebenen Bett in einer kleinen kalten Kammer, die durch den elektrischen Ofen in der Ecke nicht wärmer wurde. Er hörte jemand hereinkommen, darauf folgte eine kurze explosive Unterhaltung zwischen Luigi und einem anderen Mann. Luigi hatte etwas erzählt von einem zweiten Sohn, der bei ihm wohnte und in der Bar eines großen Hotels, oder vielleicht des Grand Hotels, arbeitete. Vermutlich war dies der Sohn, der nach seiner Arbeit jetzt heimgekommen war und sein Zimmer besetzt fand. Das war Ray unangenehm, aber vielleicht konnte er es durch einen Geldbetrag gutmachen.

11

Der nächste Morgen war kalt und sonnig. Luigi und Ray machten sich auf den Weg zu einem Freunde Luigis, der einen ‹mezzo kilometro› entfernt wohnte. Er hieß Paolo Ciardi; Luigi hatte, wie er Ray erzählte, vorher einen Jungen zu ihm geschickt und ihm sagen lassen, daß sie kämen. Es war jetzt halb elf. Auf dem Wege schlug Luigi vor, einzukehren und ein Glas Wein zu trinken.

«Ach ja, das Leben ist nicht einfach, aber interessant, nicht wahr?» philosophierte er. Seine Tochter war im Begriff, ihr erstes Kind zu bekommen, und war nicht sicher, daß sie ihren Mann liebte, aber Luigi meinte, das werde sich schon geben. «Sie hat jetzt nichts im Kopf als die Geburt ihres Kindes, bis dahin ist bei uns die Hölle los», sagte er. Er bestand darauf, den Wein zu bezahlen.

Ray war etwas in Unruhe, weil er mehr Geld brauchte. Doch die nächsten paar Minuten benutzte er, um Luigi davon zu überzeugen, daß er auch bei Signor Ciardi seinen falschen Namen beibehalten müsse. Luigi war anderer Ansicht und meinte, es sei völlig gefahrlos, Paolo die Wahrheit zu erzählen und ihm zu erklären, warum Ray ein Privatquartier suchte, aber Ray bestand darauf, je weniger Leute Bescheid wüßten, desto weniger könnten sie auch darüber reden. Schließlich gab Luigi nach: Ray sollte also bei Signor Ciardi als John Wilson eingeführt werden.

«Wenn ich Ihnen einen Reisescheck gebe», sagte Ray, «wissen Sie jemand, der ihn für mich einlösen könnte – ohne Paß?» Sicher kannte Luigi jemanden, der das fertigbrachte.

«Ja, das weiß ich. Er wird etwas dafür nehmen – nicht viel. Vielleicht fünf Prozent.»

Das hatte Ray erwartet. Er legte das Scheckbuch oben auf einen Steinsockel mitten in einer engen Gasse und unterschrieb zwei Schecks von je hundert Dollar. «Geht das – zweihundert? Ich wäre auch für hundert sehr dankbar.»

«Zweihundert.» Luigis Augen weiteten sich, aber es war immerhin keine astronomische Summe, und so sagte er knapp und sachlich: *«Si. Duecent' dollari, si.»*

«Geht es vielleicht heute noch?» fragte Ray, als sie weitergingen. *«Si.* Vielleicht kann ich es Ihnen heute nicht mehr bringen. Aber morgen bestimmt.»

«Das würde völlig genügen. Sie sollen auch fünf Prozent dafür haben.»

«Ah – nein», sagte Luigi erfreut.

«Doch – Sie tun mir einen großen Gefallen.»

«Also, ich bringe es morgen zu Paolo. Wenn ich nicht kommen kann, tue ich es in einen Umschlag für Giustina.»

«Wer ist Giustina?»

«Paolos Köchin.»

Ray erstand einen *Gazzettino*, überflog die erste Seite, fand zu seiner Erleichterung nichts über sich darin, jedenfalls nicht auf der Titelseite, und schob sich die Zeitung unter den Arm. Hoffentlich machten sich seine Eltern keine Sorgen.

«Noch etwas», sagte Ray, als das rote Backsteinhaus in Sicht kam, in dem Signor Ciardi wohnte. «Ich glaube, es ist besser, daß Signor Ciardi denkt, ich habe nicht viel Geld bei mir.» Er brachte es sehr ungern heraus, hielt es aber für sicherer, Signor Ciardi im Glauben zu lassen, er habe wenig Geld.

«Sissi, d'accordo», stimmte Luigi zu.

«Aber ich will gern extra bezahlen, wenn er mir einen Ofen in mein Zimmer stellt – weil ich gerade krank war, verstehen Sie. Scheußlich, diese Erkältung.»

«Si, capisco.»

Luigi zog an einem Griff in der Wand. Im Haus ertönte eine Glocke, und nach einer Weile wurde die Tür von einem kleinen freundlichen Mann in vertragenem Anzug und Pullover geöffnet, der Luigi herzlich umarmte.

«Ah, Luigi! *Come va?*»

Luigi machte die beiden – Signor John Wilson und Signor Paolo Ciardi – miteinander bekannt, und Ray war froh, daß Luigi sofort auf die Frage des Zimmers zu sprechen kam. «Für ein paar Tage, eventuell zwei Wochen», erklärte er.

Freundlich führte Signor Ciardi seine Gäste durch den verwahrlosten

Garten und den Patio ins Haus. Es war kalt, hatte ein steinernes Treppenhaus und schöne schwere Möbel. Ray sollte sich eins von zwei Zimmern aussuchen und wählte das kleinere, weil es leichter zu heizen war. Das Zimmer sollte fünfhundert Lire pro Tag kosten, das Holz für den Ofen wurde extra berechnet. Es gab einen kleinen Kamin und außerdem einen roten Kachelofen. Die Toilette war draußen, in einer Ecke der Terrasse, und das Bad einen Stock tiefer. Rund um den Dachgarten standen Blumentöpfe; hinter dem Haus war ein Garten, aus dem ein Weinstock bis zu Rays Zimmer hinaufkletterte. Ray war zufrieden und zahlte eine Woche im voraus, und Signor Ciardi rief eine schlanke, etwa sechzigjährige Hausangestellte herbei und bat sie, in Signor Wilsons Zimmer ein Feuer zu machen.

«So, nun kommen Sie und trinken Sie ein Glas Wein mit uns», sagte Signor Ciardi zu Ray.

Sie stiegen in eine große gekachelte Küche hinab, wo Signor Ciardi aus einer Korbflasche drei Gläser füllte, die er auf den großen Holztisch gestellt hatte. Luigi hatte Ray berichtet, Signor Ciardi sei Großhändler für Fischereibedarf, er habe einen Laden auf dem Fondamento Nuovo, sei aber meistens zu Hause. Soweit Ray ihn verstand, erzählte Luigi seinem Bekannten, daß Signor Wilson ihn gestern morgen nahe der Rialtobrücke getroffen habe, wo er Gemüse ablieferte; er habe ihn gefragt, ob er nicht wisse, wo er ein Zimmer im ‹echten Venedig› mieten könne. Signor Ciardi war mit dieser Auskunft zufrieden; er schien sich über den zahlenden Gast zu freuen und war nicht neugierig auf seine persönlichen Verhältnisse, wofür Ray sehr dankbar war.

«Das Haus ist so leer seit dem Tode meiner Frau», sagte Signor Ciardi. «Und Kinder habe ich nicht.» Er hob mit tragischer Gebärde die Achseln und lächelte resigniert. «Und Sie, Signor – haben Sie Kinder?»

«Ich bin nicht verheiratet», erwiderte Ray. «Vielleicht später mal.»

«Sicuro», meinte Signor Ciardi und zog den Pullover – er trug zwei – über den Bauch herunter. Ray bat um einen Hausschlüssel, der sogleich von einem Küchenbord genommen und ihm ausgehändigt wurde. Dann unterhielten sich Luigi und Signor Ciardi über Dinge, die Ray nicht ganz verstand; es ging um Fischerei-Artikel, und Signor Ciardi nahm mehrfach einen Stapel Quittungen oder Rechnungen zur Hand, der – von einem Schreibtischspieß gehalten – auf einem Seitenschränkchen lag; er schlug mit der Hand darauf, als wolle er sie ein zweites Mal aufspießen. Schließlich entschuldigte sich Ray und sagte, er wolle nach oben in sein Zimmer gehen.

«Signor Wilson hat gerade eine Grippe hinter sich», schob Luigi rücksichtsvoll ein. «Er braucht noch Ruhe.»

Signor Ciardi verstand.

Ray versprach Luigi, ihn morgen zu besuchen oder ihm eine Nachricht zu schicken, und ging nach oben.

Das Feuer brannte, und jetzt sah alles anders aus. Ray fühlte sich plötzlich sicher und geborgen und glücklicher als die ganzen letzten Tage. Er durchflog den *Gazzettino* und fand nichts über sich darin. Er öffnete den Koffer, aber er enthielt nichts, das aufgehängt werden mußte; nur den Mantel hängte er an einen Haken an der Tür. Dann gab er der Müdigkeit, dem herrlichen Gefühl neugefundener Geborgenheit nach, zog seinen Pyjama an und legte sich ins Bett. Das letzte, was er vor dem Einschlafen sah, war der starke Ast des blattlosen Weinstocks, knorrig und armdick, vor seinem Fenster.

Er schlief fest, länger als eine Stunde. Das Haus war ganz still, als er erwachte. Er fühlte sich viel besser, blieb aber doch noch eine Weile liegen, die Arme hinter dem Kopf verschränkt. Das Zimmer war warm, und seine Gedanken kehrten wieder zu Coleman und dem ungelösten Problem zurück. Natürlich konnte er die Verwirrung oder allenfalls deren gefährliche Seite zerstreuen, indem er einfach Coleman anrief und sich bereit erklärte, der Polizei mitzuteilen, er sei in der Nähe der Pensione Seguso in einen Kanal gefallen und habe darauf acht Tage lang an Gedächtnisschwund gelitten. Ray lächelte. Ob ihm das jemand abnahm? Na schön, dann also zwei Tage lang; darauf sei er wieder zu sich gekommen, habe aber die Anonymität als so wohltuend empfunden, daß er noch ein paar Tage dabei blieb; und nur weil die Polizei sich jetzt mit ihm befaßte – nein. Er lachte leise. Das ging nicht. Immerhin, er konnte aber Coleman sagen, er sei bereit, mit irgendeiner erfundenen Geschichte zur Polizei zu gehen; das würde Coleman die Furcht nehmen, daß er die Wahrheit erzählen werde, denn etwas Angst hatte Coleman deswegen bestimmt. Andererseits aber, überlegte Ray, machte sich Coleman ja offenbar überhaupt keine Sorgen darum, was Ray der Polizei erzählte; das hatte ihn schon nach dem ersten mißlungenen Versuch gar nicht gekümmert. Er war bei dem späteren Wiedersehen in Venedig arrogant und eher noch feindseliger als sonst gewesen. Na immerhin, Coleman wußte jetzt, daß Ray sich absichtlich verborgen hielt und vielleicht etwas gegen ihn im Schilde führte. Vielleicht war er jetzt doch ein wenig beunruhigt; es hatte ihm einen ganz schönen Schrecken versetzt, als er Ray gestern abend in Harry's Bar traf. Oder war er nur überrascht gewesen, weil Ray noch am Leben war?

Jedenfalls konnte er, Ray, die Sache in friedlichere Bahnen lenken, wenn er Coleman mitteilte, daß er über das Geschehene kein Wort zu irgend jemandem sagen werde. Er konnte ihm auch einen Brief schreiben und damit jede Möglichkeit ausschalten, daß Inez das Telefongespräch mit anhörte oder etwas davon erfuhr.

Aber als er in seinen Gedanken so weit gekommen war, erkannte er, daß Colemans Zorn auf ihn viel tiefer ging – tiefer als irgend etwas anderes in seinem Dasein. Offensichtlich war Coleman bereit, dafür sein eigenes Leben oder lebenslängliche Haft zu riskieren.

So etwas wurde oft aus Liebe getan. Coleman tat es aus Haß.

Ray konnte zu keinem Entschluß kommen, was jetzt zu tun sei; aber er wollte nicht länger im Bett bleiben und stand auf. Beim Anziehen überkam ihn noch stärker der Wunsch, an Coleman einen Brief zu schreiben. Er brauchte ihn ja nicht einzustecken, jedenfalls nicht gleich, aber schreiben mußte er ihn. Er hatte sich einen Briefblock und Umschläge besorgt. Jetzt setzte er sich an den Korbtisch, legte eine Zeitung auf die Tischfläche, um eine ebene Unterlage zu haben, und schrieb.

«19. November 19 . . .

Lieber Ed», begann er unsicher – gräßlich, Coleman so nennen zu müssen, aber es war noch die beste von drei möglichen Anreden. *«Ich dachte, Du wärst vielleicht etwas erleichtert, wenn ich Dir sage, daß ich nicht die Absicht habe, der Polizei oder sonst jemandem von dem, was Donnerstag nacht geschah, zu erzählen. Das ist der Grund für diesen Brief.*

Der zweite ist Peggy. Ich habe oft versucht, Dir alles klarzumachen, aber es ist mir nicht gelungen. Ich habe das Gefühl, daß mir alles mißlungen ist, was ich Dir über die Sache zu erklären versucht habe. Zunächst möchte ich sagen, daß Peggy für ihr Alter ungewöhnlich jung war – nicht nur unreif, das ist nicht alles. Ich glaube, es lag daran, daß sie als Kind und junges Mädchen so behütet aufwuchs (ich weiß, daß ich das schon früher gesagt habe), was sich natürlich auf alle ihre Beziehungen auswirkte, auch auf mich und auf ihre Malerei. Sie hatte keinen Schimmer von der langen und oft langsamen Entwicklung, die jeder Künstler durchmachen muß, bevor er ‹reif› wird oder irgendwas Wirkliches erreicht. Ihre Ausbildung war kurz bevor wir uns kennenlernten beendet, und das Hauptgewicht lag nicht auf der künstlerischen Seite (was sehr bedauerlich war, denn sie sagte, sie habe sich immer gewünscht, Maler zu werden wie Du, mit sechzehn sei sie dazu fest entschlossen gewesen, aber das mag Übertreibung gewesen sein), dadurch wußte sie nichts von dieser langsamen Entwicklung, nichts vom Wachsen, von den Fähigkeiten und den Grenzen des Könnens. Die meisten jungen Maler wissen davon sehr viel, wenn sie achtzehn oder zwanzig sind. Ich glaube, Peggy war verwirrt und erschreckt von der Welt, die sich vor ihr öffnete. Ich weiß auch, daß ihre eigene Freude am Sex sie zuweilen erschreckte (und was Du auch hierzu sagen magst: dies muß ich besser wissen) und daß sie mehr davon erwartete, als es zu erwarten gibt – mit irgend jemand. Von der Sache selbst war sie keineswegs erschreckt, im Gegenteil, sie war darin viel enthusiastischer als ich, und das will etwas heißen, denn ich liebte sie . . .» er wollte hinzufügen: *«zärtlich und leidenschaftlich»*, aber der Gedanke an Colemans Hohn, wenn er das läse, war ihm unerträglich. Er würde es doch nicht glauben, sondern es wahrscheinlich nur rüde finden.

«Es liegt auf der Hand, daß wir beide uns nach ihrem Tod noch in einem Trauma befinden – das geht ganz deutlich aus unserem beiderseitigen Verhalten hervor. Kannst Du denn nicht erkennen, daß ich sie auch geliebt habe, daß ich alles getan hätte, um das Geschehene zu verhindern, und alles hingeben würde, wenn ich die Zeit einige Wochen zurückdrehen und das alles ungeschehen machen könnte?»

Ray merkte, daß er unbestimmt wurde, und gesagt hatte er genug. Er steckte den Brief in den Umschlag und adressierte ihn an Edward Coleman im Hotel Bauer-Grünwald, aber er klebte ihn noch nicht zu, weil er vielleicht noch etwas hinzufügen wollte. Den Umschlag schob er in die Deckeltasche seines Koffers.

Gleich danach verließ er das Haus und machte einen Spaziergang über die Giudecca, die ‹Garteninsel›, wo es viele Bäume gab, doch die Gärten lagen anscheinend hinter den Häusern und waren für die Allgemeinheit nicht zugänglich. Es war wärmer als gestern, und Ray machte es Spaß, auf der großen Insel umherzulaufen, die so nahe dem Festland von Venedig lag, getrennt nur durch den breiten Giudecca-Kanal, der ihm jetzt ganz schutzverheißend vorkam. Das Haus von Signor Ciardi lag an der Südseite der Giudecca, vom Wasser nur durch eine Häuserreihe getrennt; vom Ufer aus sah man in der Ferne nahe dem italienischen Festland die sumpfigen Inseln, auf denen Ray nie gewesen war, und in der anderen Richtung die verschwimmenden Konturen des Lido. Ray ging quer über die Insel, bis er das venezianische Festland mit der Kirche Santa Maria della Salute erblickte; dahinter, jenseits des Canal Grande, lag das Herz der Stadt, wo auf dem Markusplatz der Campanile seine goldschimmernde Spitze erhob. Rechts fuhr ein schönes weißes Schiff vorbei, die *San Giorgio*, dem Adriatischen Meer zu, den blaugoldenen geflügelten venezianischen Löwen auf dem Schornstein. In die andere Richtung tuckerte eine der kleinen stumpfnasigen Fähren, die zwischen dem Lido und dem Festland hin- und herfuhren; sie war so nahe, daß Ray den Namen lesen konnte: *Amminiara*. Die *Marianna II* fiel ihm ein. Es war wohl ratsam, wenn er auf seinen Gängen durch Venedig die Augen offenhielt und auch auf das Boot achtete, außer auf die sechs oder sieben Leute – Coleman, Inez, die beiden Smith-Peters, Antonio (wenn er noch hier war), die Amerikanerin vom Lido, deren Namen er vergessen hatte, Elisabetta und dann eben die *Marianna II*.

Zum Lunch ging er in eine Trattoria auf der Giudecca – nicht Mi Favorita – und aß ein nicht allzu zartes Bistecca zu einem unglaublich niedrigen Preis. Dann nahm er ein Boot zum Markusplatz und verbrachte den Rest des Nachmittags mit einem Besuch des Dogenpalastes.

Die riesigen feierlichen Hallen und die prächtige Leere der Räume gaben ihm seine Ruhe und Zuversicht zurück, obwohl er erkannte, daß eigentlich nur die überwältigende Zwecklosigkeit des Palastes das bewirkte.

Als er auf die Piazetta hinaustrat, kam die Luft ihm wärmer vor, vielleicht weil er einen Kontrast zwischen der kalten Luft im Dogenpalast und der Temperatur draußen erwartet hatte. Eine Zigarette rauchend, schritt er langsam die Arkaden an der Südseite des Platzes entlang. Wenn ihn jetzt jemand von der Polizei oder aus Colemans Gruppe sucht, so war er jedenfalls sehr leicht zu finden. Na schön, es machte ihm nichts aus. Er wußte, so war ihm schon früher zumute gewesen, mehrfach in den vergangenen Wochen, und das Gefühl hatte nie lange gedauert. Er ging gerade an einem Tabakladen vorbei, als Coleman rasch heraustrat und ihn erblickte.

Coleman blieb stehen. Acht Schritte trennten ihn von Ray. Ray blinzelte und bewegte sich nicht; sein Gesicht trug nicht die erschreckte Überraschung von gestern abend, obgleich er gestern abend fast erwartet hatte, Coleman in Harry's Bar zu sehen. Im Bruchteil einer Sekunde schoß es ihm durch den Kopf: *‹Hier ist unsere Chance, miteinander zu reden; ich kann ihm sagen, daß ich der Polizei nichts verraten werde.›* Er machte einen Schritt auf Coleman zu, doch bevor er noch den Fuß aufgesetzt hatte, hatte Coleman eine Wendung mit den schweren Schultern gemacht und war weitergegangen.

Ray blickte geradeaus und sah Inez und Antonio etwa sechs Meter entfernt vor einem Schaufenster stehen, sie wandten sich um, und Inez blickte Coleman entgegen. Offenbar hatten sie auf ihn gewartet, während er Zigarren kaufen ging. Der Schock saß Ray noch in den Gliedern, einen Augenblick später drehte er sich um und ging in die Richtung zurück, aus der er gekommen war, mit schnellen Schritten, um den anderen zu entgehen. Er glaubte nicht, daß Inez ihn gesehen hatte. Er ging über die Piazzetta, hielt sich rechts und schritt über die Brücke, die parallel mit der Seufzerbrücke verlief, in dem einzigen Wunsch, irgendwohin zu gehen, wo die anderen nicht waren. Er hatte das Zucken um Colemans Mund gesehen, das Versteinern der Augen, den Blick, der deutlich sagte: «Da ist der Kerl wieder!» Es war fürchterlich, es schmetterte ihn so nieder, daß er nicht wußte, was er tun und wie er damit fertig werden sollte.

Ray hatte nach einem möglichen Wort gesucht, und es war klar, daß Coleman nichts hören wollte. Coleman hätte mit ihm hinter einen Pfeiler treten können, wo Inez ihn nicht gesehen hätte. Er hätte sagen können: «Also gut, du bist am Leben. Ich finde, du bist ein Schwein, aber mir langt's jetzt. Bleib mir aus den Augen.» Langsam schritt Ray auf die Riva degli Schiavoni zu; die fast panische Angst, mit der er aus der Piazza geflohen war, saß ihm noch im Nacken. Er mußte in eine Bar treten, um auf die Toilette zu gehen. Dann bestellte er einen Kaffee und versuchte, nicht an die ganze Sache oder an Coleman zu denken, weil er nicht damit vorankam. Er stand an der Bar und schlürfte einen Kaffee und sah im Geist ein Bild vor sich: er ging durch eine dunkle

Gasse in Venedig, über eine kleine Brücke, die einen Kanal überspannte, unter einer Straßenlaterne vorbei, die von einer Hausecke herabhing – und aus dem Schatten des Hauses gegenüber der Laterne trat Coleman und versetzte ihm einen tödlichen Schlag auf den Hinterkopf. War es das, was er wollte? Ein Schlag mit einem Stein oder einem Stück Eisenrohr? Oder wollte das Bild ihn, genau wie ein Traum, darauf vorbereiten, daß etwas passieren könnte, daß höchstwahrscheinlich etwas passieren werde?

Ray blickte auf und sah die Augen des Jungen hinter der Theke auf sich gerichtet. Er trank seinen Kaffee aus.

«*Altro, Signor?*» fragte der Junge.

«Nein, danke.» Bezahlt hatte er schon; er suchte in der Manteltasche nach einem Zehnlirestück und legte es als Trinkgeld auf die Untertasse.

12

Es war am Nachmittag des 19. November, einem Freitag, als Coleman Ray Garrett in den Arkaden des Markusplatzes gesehen hatte. Daß Ray sich so ruhig auf dem bekanntesten Platz Venedigs sehen ließ – auffälliger war höchstens noch Harry's Bar, wo er am vorigen Abend seine Nase hineingesteckt hatte –, daß er so arrogant war anzunehmen, Coleman werde es nicht wagen, ihn anzureden oder jemandem zu erzählen, er habe Ray gesehen: das alles erfüllte Coleman mit bohrendem Ärger, den er vor Inez zu verbergen suchte, was ihm nicht ganz gelang. Abends fragte sie ihn, was denn los sei, und als er ihr keinen Grund angeben konnte, meinte sie, er sehe aus, als sei er mit den Nerven herunter. Das machte seine Laune nur noch schlechter.

In der Nacht verhielt sich Inez sehr kühl; er wollte ihr die Schulter streicheln und sie auf die Wange küssen, beides wurde abgelehnt. Voller Groll suchte er zum erstenmal sein eigenes Bett auf.

Als sie am nächsten Morgen, Sonnabend, noch beim Frühstück saßen, kam ein Anruf von der Polizei. Man bat Coleman, nachmittags um vier auf die Revierwache am Piazzale Roma zu kommen. Er konnte nicht gut nein sagen. Eine scheußliche Fahrt würde das werden, denn es regnete stark. Der Wind schlug den Regen an die Hotelfenster, beim Aufschlagen prasselte es wie mit Schrotkörnern.

Coleman berichtete Inez von dem Ersuchen der Polizei und sagte dann: «Laß uns hier ausziehen. In ein anderes Hotel, meine ich.»

«Und in welches?» fragte Inez betont gleichgültig.

«Na, zum Beispiel ins Gritti Palace. Das ist es hübsch. Ich hab da mal gewohnt.» Das stimmte nicht, er hatte nur einmal dort mit Freunden zusammen gegessen. Egal, es war ein gutes Hotel. Der Gedanke, daß Ray wußte, wo er wohnte, und er keine Ahnung hatte, wo Ray sich aufhielt, ärgerte ihn.

«Meinetwegen», sagte Inez, als gäbe sie der Bitte eines Kindes nach.

Coleman war froh, daß sie wenigstens nicht vorschlug, ganz abzureisen. Er war auch durchaus nicht sicher, daß man ihm erlauben würde, Venedig jetzt zu verlassen; vielleicht war Inez derselbe Gedanke gekommen. «Wir können gut bis zwölf Uhr hier raus sein. Das ist wahrscheinlich die Stichzeit.»

«Du erkundigst dich wohl besser erst, ob sie Zimmer frei haben.»

«In dieser Jahreszeit? Ganz bestimmt.» Aber er ging zum Apparat und telefonierte. Er bestellte zwei Zimmer, jedes mit eigenem Bad, da sie zwei Zimmer mit gemeinsamem Bad nicht frei hatten. Inez wünschte ein eigenes Zimmer, selbst wenn sie immer nur ihres oder seines benutzten.

Ein paar Minuten später brachte ein Page einen Brief auf einem Tablett. Coleman sah, er war an ihn adressiert, und gab dem Jungen eine Hundertliremünze.

«Aus Rom», sagte er. Inez stand am Fenster und sah die eckige, fast druckartige Schrift nicht, die Coleman sofort als Rays Schrift erkannte. Er öffnete den Brief und schlenderte hinüber in sein Zimmer. «Ja, von Dick Purcell», sagte er obenhin. Er hatte seinen Nachbarn Dick Purcell, einen amerikanischen Architekten, in Rom mit Inez bekannt gemacht.

In seinem Zimmer stellte sich Coleman seitwärts – damit er sah, wenn Inez hereinkam – neben die Leselampe auf der anderen Seite des Bettes und las den Brief. Sein Herz schlug bei jedem Absatz ein wenig schneller. «*...was Du auch denkst...*» Ha! Es gab auf der ganzen Welt keine Entschuldigung oder Erklärung, die Rays Schuld wegerklären konnte, nicht mal in Rays eigenen Augen. Bei dem Absatz, der mit den Worten begann: «*Es liegt auf der Hand, daß wir beide uns nach ihrem Tod noch in einem Trauma befinden...*» verzog Coleman höhnisch das Gesicht. Die Worte klangen wie aus einem Briefsteller für Kondolenzbriefe. Im letzten Absatz wurde Ray etwas kühner:

«*Dein nächster Versuch, mich umzubringen, hat vielleicht Erfolg. Obwohl Du das offensichtlich vorhast, muß es Dir klar sein, daß ich darüber schon jetzt zu anderen Leuten sprechen kann. Du würdest dann also dafür bezahlen müssen, wenn mir etwas zustößt. Das Ganze ist ein unsinniges Spiel, Ed. Ich bin bereit, Dich zu treffen und mit Dir zu reden, wenn Du willst. Du kannst mir postlagernd schreiben, Postamt Markusplatz. Dein Ray Garrett.*»

Coleman lachte auf, teils weil ihm so zumute war, teils damit Inez es hörte, denn Dick Purcell war ein witziger Kerl. Dieser Hund, Ray – im ersten Absatz wand er sich und beteuerte, er werde der Polizei nichts sagen, und dann im letzten fing er an, ihm zu drohen! Coleman zerriß den Brief in kleine Fetzen, die er in eine Tasche stopfte, um sie später irgendwo draußen wegzuwerfen. Auch den Umschlag zerriß er.

«Ist mein roter Hausmantel da drüben?» rief Inez herüber.

Er hing an der Tür, und Coleman brachte ihn zu ihr hinüber. Er stellte sich vor, wie amüsant es sein müßte, Ray täglich ein- oder zweimal am Postamt an der Westseite des Markusplatzes vorsprechen und enttäuscht weggehen zu sehen. Aber Coleman hatte nicht die Absicht, mit solchen Beobachtungen Zeit zu verlieren. Eine neue Zorneswelle ergriff ihn, schmerzlich gemischt mit Kummer bei der Erinnerung an Peggy, ihren weichen jungen Körper, *sein* Fleisch, an ihre hellen jungen Augen und das lange dunkle Haar. Sie hatte ja noch gar nicht zu leben begonnen, als sie starb. Wenn sie Garrett nicht geheiratet hätte, wäre sie heute am Leben. Kein Mensch auf der Welt konnte das bestreiten. Sein Kummer erschreckte ihn, er kam sich vor wie in einem wirbelnden Strudel, der ihn mit Macht nach unten zog. Dahin war die Hoffnung, Peggy zu einer glücklichen Frau heranreifen zu sehen, die Träume von Ferien mit ihr und ein paar kleinen Enkelkindern in St. Moritz oder Ascona, von Spielen mit allen zusammen im Jardin du Luxembourg. Ray Garretts Kinder? Nein, niemals, Gott sei Dank.

Coleman gab sich innerlich einen starken Ruck, um sich wieder in die Hand zu bekommen. Es dauerte gute dreißig Sekunden. Er richtete sich auf, schloß fest die Augen und zwang sich, an das zu denken, was zunächst zu tun war. Er mußte packen.

Um halb eins waren sie im vierten Stock des Gritti Palace installiert, mit einer viel schöneren Aussicht auf die herrliche Hotelterrasse, von der Stufen hinabführten bis zum Canal Grande. Zwei Motorboote, ähnlich wie die *Marianna II*, schaukelten im Wasser an den Stufen, gut zugedeckt mit Segeltuchplanen unter dem strömenden Regen. Sie hatten bei dem schlechten Wetter keine Lust auszugehen und aßen deshalb im Hotel zu Mittag und tranken einen guten Rotwein dazu. Coleman war immer noch unruhig – vor allem, weil er nicht wußte, was Inez dachte – und versuchte seine Unruhe durch joviale Heiterkeit zu verbergen. Es war ihm auch eingefallen, daß Ray vielleicht schon heute morgen mit der Polizei gesprochen hatte, nachdem er den Brief eingesteckt hatte, und daß die Polizei sich vielleicht jetzt darauf vorbereitete, ihn, Coleman, in Haft zu nehmen oder auszuweisen oder was man sonst mit einem Amerikaner in solcher Lage tat. Aber ganz überzeugt war er doch nicht davon. Ray wäre damit seinen Schuldkomplex losgeworden, aber er wußte im Grunde, er hatte diesen Schuldkomplex verdient und wollte ihn so schnell gar nicht loswerden.

«Die Polizei hat wahrscheinlich noch weiteres von Rays Eltern gehört», sagte er zu Inez. «Sie wollen mit mir darüber reden.»

«Du kennst sie doch – die Eltern, nicht wahr?»

«O ja. Sie machten Urlaub in Rom in dem Frühjahr, als Ray Peggy kennenlernte. Sehr nette Leute, bißchen spießig. Sie weniger als er.»

«Geh nicht zu spät zur Polizei, das ärgert sie sonst.»

Coleman lachte und schnitt das Ende seiner Zigarre ab. «Mich ärgert es auch, an so einem Tag hinfahren zu müssen.»

Um halb vier machte er sich auf den Weg. Die Fahrt auf dem Boot, als er erst mal an Bord war, dauerte nur fünfzehn oder zwanzig Minuten. Auf der Polizeiwache am Piazzale Roma traf er den Capitano Dell' Isola. Er machte Coleman mit einem schmächtigen, dünnen grauhaarigen Herrn bekannt, dem Generalstaatsanwalt von Venedig. Er war schmal, und sein Anzug hing lose an ihm herunter, doch flößte er Coleman großen Respekt ein wegen der unbekannten Mächte, die er vermutlich in Bewegung zu setzen vermochte.

«Er hat zu entscheiden», erklärte Dell' Isola, «ob ein Grund besteht, Sie in Haft zu nehmen.»

Sie fingen also von vorne an mit den Fragen wegen des Abends am Lido. Wenn Dell' Isola oder sonst jemand das Ehepaar Smith-Peters oder Mrs. Perry schon vernommen hatte, dachte Coleman, so hatte jedenfalls niemand etwas laut werden lassen von seiner Abneigung gegen Ray Garrett. Inez hatten sie nicht verhört, das wußte er. Ihn fragten sie auch nicht nach seinen Gefühlen. Es ging hier nur um die nackten Tatsachen – oder vielmehr um nackte Lügen, die er seiner Meinung nach mit gewohnter Sicherheit vorbrachte.

In einer Verhörpause sagte Dell' Isola: «Wir haben mit Corrado Mancini, dem Eigentümer der *Marianna II*, gesprochen und haben auch das Boot untersucht.»

«Ja? Und was haben Sie erfahren?» fragte Coleman.

«Er bestätigte Ihre Aussage, daß er um ein Uhr schon schlief, als Sie vom Lido aufbrachen.» Dell' Isolas Ton klang höflicher in Gegenwart des Generalstaatsanwalts.

Coleman wartete, ob er etwas über das Boot sagen werde – eine Beule, ein neuer Kratzer? –, aber es kam nichts.

«Möglicherweise», sagte der Generalstaatsanwalt mit seiner langsamen heiseren Stimme auf italienisch, «werden wir einen ...» (Coleman nahm an, er meinte einen Haftbefehl) «ausstellen müssen, aber im Augenblick ist das noch nicht nötig, solange wir wissen, wo wir Sie finden, und Sie Venedig nicht verlassen. Sie wohnen im Hotel Bauer-Grünwald?»

«Ich wohne jetzt im Gritti Palace», erwiderte Coleman. «Ich wollte Ihnen gerade sagen, daß ich heute morgen umgezogen bin.»

Der Schreiber notierte die neue Adresse.

Der Generalstaatsanwalt machte eine Bemerkung über eine Meldung ans Amerikanische Konsulat, und Dell' Isola sagte ihm, das sei bereits geschehen.

«Signor Garetts Vater hat angerufen», sagte Dell' Isola zu Coleman. «Er sagte, Sie seien in Venedig und könnten uns vielleicht helfen. Ich hab ihm gesagt, das wüßten wir schon und wir hätten auch mit Ihnen gesprochen. Ich habe ihm auch gesagt, daß Sie der letzte waren – soweit wir wissen –, der seinen Sohn an dem Abend gesehen hat. Ich habe ihm alles erzählt von dem Abend am Lido, wie Sie es mir gesagt hatten, und er ließ Sie nochmals bitten, daß Sie mir alles mitteilen – alles, was Sie noch wissen von irgendwelchen Plänen, die Signor Garrett erwähnt hat, Reiseplänen oder so. Oder was er sonst vorhatte. Ich muß ihm nämlich ein Antworttelegramm schicken.»

Coleman saß kühl und gelassen auf dem Stuhl, nahm sich Zeit und sagte dann: «Wenn ich irgendwas wüßte, hätte ich es Ihnen längst gesagt. Vielleicht ist er zurück nach Mallorca.»

«Nein, das ist er nicht, wir haben bei der Polizei in Palma und Xanaunx angefragt.» Der Capitano sprach den Namen der Stadt falsch aus. «Dort ist er nicht. Sein Vater hat mich auch noch gebeten, Sie zu fragen, ob Sie irgend jemand in Mallorca kennen, der vielleicht über Signor Garretts nächste Pläne Bescheid weiß. Der Vater hat auch an einen Freund seines Sohnes in Mallorca telegrafiert, aber für eine Antwort ist es noch zu früh. Sie waren jetzt gerade mit ihm auf Mallorca, nicht wahr?»

«Ja, aber ich kann mich nicht auf irgendwelche Namen seiner Freunde dort besinnen. Ein paar habe ich kennengelernt, aber – ich war ja nur ein paar Tage dort. Zum Begräbnis meiner Tochter.»

«Ja, ich verstehe», murmelte der Capitano. «Halten Sie es für möglich, daß Signor Garrett sich das Leben genommen hat, Signor Coleman?»

«Ja, möglich ist es wohl», sagte Coleman. «Wohin kann er auch gegangen sein, ohne Paß?»

Coleman war froh, daß er mit dem Vaporetto ins Gritti Palace zurückfahren konnte; er blieb trotz des Regens oben an Deck stehen. Die Polizei, so war ihm gesagt worden, hatte auch Garrett senior gefragt, ob sein Sohn sich das Leben genommen haben könnte (die Antwort des Vaters hatte Dell' Isola nicht verraten). Ray mußte seinen Eltern schon vor mehreren Tagen geschrieben haben, daß Coleman ebenfalls in Venedig war. Die Garretts hatten jedoch keinerlei Verdacht; offensichtlich hatte Ray ihnen also nichts davon gesagt, daß sein früherer Schwiegervater ihn haßte. Das hätte ihm auch nicht ähnlich gesehen. Menschen, die verdientermaßen gehaßt wurden, verkündeten das gewöhnlich nicht. Wenn er doch bloß abreisen wollte. Wenn er, Coleman, sich in Schweigen hüllte, dann würde Ray sich vielleicht endlich aus dem Staube machen, in etwa zwei oder drei Tagen. Aber daß er seine Sachen einfach im Seguso zurückließ, war eigentlich doch komisch. Neurotisch, dachte Coleman.

Er begriff es nicht ganz. Aber er war wohl auf der richtigen Spur, wenn er annahm, daß Ray ihm die Schuld zuschieben wollte, den Verdacht, ihn umgebracht zu haben, und daß er außerdem sich einfach tot *fühlen* wollte.

Als er ins Gritti zurückkam, war Inez zu seiner Enttäuschung ausgegangen; es fuhr ihm durch den Kopf, daß sie womöglich auch zur Polizei gegangen war. Aber an der Réception lag ein Zettel für ihn in dem Fach, wo die beiden Zimmerschlüssel hingen.

«Ich mache Besorgungen für Charlotte. Bin zwischen sechs und sieben zurück. I.»

Charlotte war ihre sechzehnjährige Tochter, die in Frankreich zur Schule ging. Ein scheußlicher Tag für Besorgungen, dachte er, aber sie machte wohl schon Weihnachtseinkäufe. Er ging nach oben, überzeugte sich, daß die Heizung im Schlafzimmer und Bad auf die maximale Stärke eingestellt war (das Zimmer war schon behaglich warm), und vertiefte sich dann in eine neue Bleistiftzeichnung mit Figuren aus der Vogelperspektive. Eine der Gestalten hielt das Gesicht nach oben gewandt und die Hand ausgestreckt – nach Almosen oder nach Regen, das blieb dem Zuschauer überlassen.

Um sechs trank er einen Whisky und machte sich daran, seine Komposition in Pastellfarben auf einen größeren Bogen zu übertragen.

Kurz vor sieben klopfte Inez und trat ein. Der Regen hatte nachgelassen, draußen war es dunkel und neblig.

«Tag!» sagte sie lächelnd. «Na, wie war's auf der Polizei?»

Coleman holte tief Atem. «Och – sie hatten mit Rays Vater gesprochen. Sie wollten bloß wissen, ob mir was Neues eingefallen war, wo Ray sein könnte. Ich hab nein gesagt.» Er saß auf der Bettkante. Beim Zeichnen saß er immer lieber auf dem Bett als am Tisch. «Trinkst du auch einen Whisky, Liebes?»

«Ja, gern, danke dir.» Sie schlüpfte aus den hochhackigen Schuhen, die in durchsichtigen Überschuhen steckten. «Puh, ist das ein Tag! Ich denke immer, das Wetter muß in Venedigs großer Zeit besser gewesen sein, sonst verstehe ich nicht, wie es hier jemals herrlich gewesen sein kann.»

«Du sprichst ein wahres Wort gelassen aus. Aber es war nicht besser», meinte Coleman und schenkte ihr Whisky in ein Glas. Genau die doppelte Menge Wasser holte er vom Wasserhahn im Bad. «Hast du was gefunden für Charlotte?»

«Ja, einen ganz wunderbaren Pullover, ein Gelb wie von Cézanne. Und eine Schreibmappe für Papier und Briefmarken, für den Schreibtisch, aus grünem Maroquin, sehr hübsch. Ich wollte ihr gern sagen, daß es aus Venedig ist, weißt du.»

Coleman gab ihr das Glas und nahm seines. *«Salute.»*

Inez trank. Sie saß aufrecht und zur Seite gewandt, wie im Damensattel, auf Colemans Bett. «Was haben Rays Eltern gesagt?» fragte sie.

Coleman sah, sie war beunruhigt. «Sie wollen gern wissen, ob irgend jemand auf Mallorca etwas weiß, seine Freunde oder sonst jemand. Ich weiß nicht mehr, wie sie heißen, aber das Dorf ist nicht sehr groß, falls sie jemand hinschicken wollen. Er ist aber nicht auf Mallorca. Da hat die Polizei schon nachgesehen, oder angefragt.»

«Und was sagen sie von dir?»

«Von mir?»

«Glauben sie, daß du ihm was getan hast?»

Sie stellte die Frage in klinisch-kühlem Ton, der ihr gar nicht ähnlich war.

«Davon haben sie keine Silbe gesagt.»

«Und was hast du getan, Edward? Hast du mir die Wahrheit gesagt?»

Es war ihm völlig egal, was Inez dachte oder ob sie die Wahrheit wußte. «Ich habe das getan, was ich dir gesagt habe.»

Sie sah ihn wortlos an.

Coleman zog ein Taschentuch aus der Tasche und schneuzte sich. «Du siehst aus, als ob du mir nicht glaubtest», warf er hin.

«Ich weiß nicht, was ich glauben soll. Ich war heute eine Weile mit den Smith-Peters zusam –»

«Ich seh sie immer vierfach vor mir – acht statt zwei. Die stumpfsinnigsten Leute, die ich je gesehen habe, und andauernd auf der Walze.»

«Edward», sagte Inez etwas leiser. «Sie glauben, daß du Ray vielleicht umgebracht hast. Ihn bewußtlos über Bord gestoßen oder so was.»

Blödsinn! Ihm fiel sofort die *Marianna II* ein, der braungelackte Rumpf und die Tatsache, daß sie das Boot nach jenem Abend nicht mehr benutzt hatten. Die Viertagemiete war abgelaufen. «Na, ich kann doch nichts dafür, was *die* denken, nicht wahr? Was wollen sie denn nun tun?»

«Tun wollen sie sicher gar nichts. Oder vielmehr, ich weiß es nicht», sagte sie schnell und hob nervös die Achseln.

Sie wußte es also, dachte Coleman. Das war ein bedeutsamer Punkt. Er rauchte eine Weile und begann dann, seine Farbstifte in den Holzkasten zu legen. «Na, und was haben sie nun gesagt? Einfach so, ohne Übergang, daß ich ihn umgebracht haben soll?»

«Mein Gott, nein!» Ihr französischer Akzent trat stärker hervor, wie immer, wenn sie stark angespannt war. «Sie haben mich gefragt, ob ich glaubte, du könntest ihm was angetan haben, und dann sagten sie, sie hielten es für möglich. Sie haben eben sehr wohl gemerkt, daß du ihn haßt.»

«Und wennschon.»

«Wennschon was – daß du ihn haßt?»

«Ja.»

Inez zögerte einen Moment. «Aber hast du ihn umgebracht?»

«Und wenn ich es getan habe?» fragte Coleman ruhiger.

«Hast du es getan, Edward?»

Coleman nahm das leere Glas, ging mit federnden Schritten quer durch das Zimmer und wandte sich zu ihr. «Ja, ich hab's getan. Aber wer will es beweisen, und wer wird überhaupt irgendwas unternehmen?» Ihm war zumute, als habe er einen Fehdehandschuh hingeworfen; nur waren leider seine Gegner zu unbedeutend und auch zu uninteressant für einen wirklich erregenden Kampf.

«Edward, ist das wirklich wahr? Du machst dich nicht lustig über mich?» fragte sie flüsternd.

«Nein, es ist mir Ernst. Ich habe ihn ins Wasser gestoßen, vom Boot aus. Wir hatten uns geprügelt. Er war nicht bewußtlos, aber er ist vermutlich ertrunken. Wir waren weit weg vom Ufer.» Er sprach mit bitterem Trotz und ohne Bedauern, in dem brennenden Wunsch, es möge wahr sein. Und er sah, daß Inez ihm glaubte. Ruhiger sagte er: «Du wirst es jetzt wohl der Polizei sagen wollen. Na los, sag's. Und du wirst mich verlassen wollen. Tu's.» Er gestikulierte mit den Armen. «Los, sag's auch den Smith-Peters. Geh, ruf sie doch an.»

«Edward! Als ob ich so etwas am Telefon sagen würde!» sagte sie schaudernd. «Als ob ich den andern was sagen würde!» Ihre Stimme brach vor Tränen. Sie biß sich auf die Lippen und sagte noch einmal leise: «Du hast es also getan.»

Langsam füllte Coleman sein Glas von neuem, nicht ganz voll.

«Er wird bestimmt irgendwo angeschwemmt werden. Ganz sicher wird man ihn finden», sagte Inez.

«Ja. Sicher», sagte Coleman vom Badezimmer her.

«Warum bleibst du dann noch in Venedig? Das ist doch nicht sehr sicher für dich.»

Die Sorge, die aus ihren Worten sprach, freute ihn. «Wenn sie's mir anhängen wollen, dann tun sie es doch, ob ich nun in Venedig bin oder in New York oder in Rom.» Er kam ins Zimmer zurück, blieb breitbeinig stehen und blickte auf Inez hinab, die noch immer aufrecht und wie rittlings auf seinem Bett saß. «Ich mach mir keine Sorgen», sagte er abschließend und trat zu dem dunklen Fenster. Dann drehte er sich um und sagte: «Ich hab ihn gehaßt, ja. Er ist schuld am Tod meiner Tochter. Und ich halte ihn – ich hielt ihn für vollkommen wertlos. Es gibt Menschen und Menschen – Seelen sagen viele. Manche Seelen sind mehr wert als andere. Die Seele meiner Tochter war eine Million mal soviel wert wie seine. Ich würde sie nicht mal vergleichen – ich kann gar nicht glauben, daß sie aus dem gleichen Stoff gemacht waren. Verstehst du mich? Ja, ich habe das Gesetz selbst in die Hand genommen, und wenn ich dafür zahlen muß: gut, dann zahle ich dafür. Also?» Er stellte den unberührten Drink auf den Nachttisch, nahm eine Zigarre aus dem Etui und zündete sie an; die Lippen hingen schlaff herab, als er sie zwischen den Zähnen hielt.

Inez sah ihn immer noch an.

«Ich weiß nicht, ob du verstehst, was ich sage, aber es macht auch nichts. So ist es jedenfalls.»

«Ich verstehe dich», sagte Inez.

«Und ich erwarte nicht, daß du mir zustimmst», fügte er hinzu.

«Mir scheint, du bleibst nur hier, um es darauf ankommen zu lassen – bis irgendwo – bis er irgendwo angeschwemmt wird.»

«Kann sein», gab Coleman zurück und starrte ins Leere.

Draußen vor dem Fenster erklang ein gellender Ruf und ein Klatschen unter der Hotelterrasse – kein sehr lautes Klatschen, und der Ruf mochte auch ein Lachen oder ein Ausruf der Überraschung gewesen sein. Inez war leicht zusammengefahren. Weit weg ließ ein großes Schiff seine tiefe Sirene ertönen; in der nassen Luft vibrierte sie wie ein Orgelton. Coleman dachte an all das Wasser ringsum, das tiefe Wasser, in dem vielleicht eines Tages die ganze Stadt versank.

Als er Inez wieder ansah, hatte sich ihr Ausdruck gewandelt, als seien ihre Gedanken weit entfernt, obgleich sie ihn immer noch anblickte. Sie sah ganz zufrieden aus. Er runzelte die Stirn und versuchte, eine Erklärung zu finden. War sie erleichtert? Er wartete auf ihre nächsten Worte, schlenderte hinüber zum Aschbecher und streifte die Asche ab. Was würde sie jetzt sagen: daß sie morgen abreiste? Oder daß sie blieb und zu ihm stand?

Wieder ging er ans Fenster, die Zigarre zwischen den Zähnen, und stützte die Hände auf die Fensterbank. Er blickte hinaus in die gelbnebligen Lichter auf dem Kanal und sah unten das unvermeidliche Vaporetto vorbeifahren mit festverschlossenen Fenstern. «Morgen wollte ich ein Boot nehmen», sagte er, «eventuell eins mieten und nach drüben fahren, nach Chioggia. Nur um es noch mal anzusehen. Vielleicht kannst du dich mit den Smith-Peters treffen und irgendwas mit ihnen unternehmen?» Er wollte Inez nicht mitnehmen nach Chioggia, denn er hatte Lust auf eine richtige männliche Unternehmung, vielleicht ließ er sich gegen Bezahlung von einem Fischer für den ganzen Tag im Boot mitnehmen oder so was. «Ich komm dann erst abends zurück.»

«Schön», sagte Inez folgsam.

Coleman trat zu ihr, drückte ihre Schultern an sich, bückte sich und küßte sie auf die Wange. Sie wehrte sich nicht mehr. «Komm, trink aus und nimm gleich noch einen. Du solltest jetzt ein heißes Bad nehmen, du bist doch den ganzen Nachmittag bei dem Wetter draußen gewesen. Komm, ruh dich eine Weile aus, ich klopfe um acht bei dir an, und dann denken wir uns ein nettes Restaurant zum Essen aus, ja? Du, ich würd auch gern sehen, was du Schönes für Charlotte gekauft hast, wenn nicht alles eingewickelt ist.»

«Nein, es ist nicht eingewickelt», sagte Inez und stand auf. Sie ließ ihr Glas stehen, aber sie ging in ihr Zimmer und würde sicher gleich seinem Vorschlag folgen und ein Bad einlaufen lassen.

13

Den Sonntag verbrachte Coleman in Chioggia. Um elf Uhr abends kam er ins Hotel zurück. Inez war nicht da – sie war nicht abgereist, hatte aber auch keinerlei Nachricht hinterlassen. Es war ihm egal; er war sehr müde und hatte sich außerdem das Knie verletzt bei einem Fall, als er gegen fünf in einem Fischerboot ausrutschte. Das Knie schwoll an. Er hatte keine Lust, im Monaco oder auch nur unten im Speisesaal des Hotels nach Inez zu suchen. Er badete, machte sich einen Drink und ging zu Bett mit dem Londoner *Observer*, den er auf dem Piazzale Roma gekauft hatte.

Kurz vor Mitternacht läutete das Telefon.

«'allo, Edward», sagte Inez. «Warst du noch wach?»

«Ja. Ich bin erst vor ein paar Minuten zurückgekommen. Bist du in deinem Zimmer?»

«Mm-m. Ich komm rüber, ja?»

«Ja. Fein.» Er legte den Hörer auf.

Inez kam lächelnd herein, sie trug noch die kurze Pelzjacke und ihren Hut.

«Na, war es schön?»

«Wunderbar. Bloß Fische hab ich keine gefangen. Und mein Knie hab ich verletzt.»

Inez verlangte das Knie zu sehen und riet zu einem kalten Umschlag; sie brachte ein nasses Handtuch aus dem Badezimmer und ein zweites trockenes, damit das Bett nicht naß wurde. Sie erzählte ihm, daß in der Kirche Santa Maria della Salute eine Feier stattgefunden habe zum Gedenken an Venedigs Rettung von der Pest im 16. Jahrhundert; aus diesem Anlaß war damals die Kirche gebaut worden. Coleman blickte gelassen auf sein häßliches behaartes Bein und das knotige Knie, das jetzt unnormal groß war und das Inez behutsam mit schlanken Fingern umsorgte; die Nägel waren blaßrosa lackiert. Grotesk sah es aus, dachte er ungerührt und ohne viel Interesse für die Schwellung. Wie eine Zeichnung von Hieronymus Bosch.

«Du warst sicher wieder mit diesen Langweilern zusammen, was?» fragte er.

«Ja, und Antonio habe ich auch gesprochen. Ich hab ihn weggeschickt.» Inez gab dem nassen Handtuch einen kleinen abschließenden Klaps und zog die Decke darüber.

«Und wohin?»

«Nach Positano. Er fährt morgen früh. Ich habe den Flug nach Neapel für ihn gebucht.»

Und zweifellos auch bezahlt, dachte Coleman, aber er war doch froh, daß Inez sich endlich entschlossen und den Jungen weggeschickt hatte. Coleman hatte das Gefühl, daß Inez ihn beschützen wolle. «Ihr habt euch doch nicht gezankt?»

«Nein, das nicht, aber er ist neugierig. Wir trafen ihn ungefähr um fünf, dann war er bis sieben bei uns und wäre auch noch zum Essen geblieben, aber ich wollte ihn nicht. Er stellte so viele Fragen.»

«Wegen Ray?»

«Ja. Francis und Laura fanden auch, er sei doch etwas unhöflich. Und so dümmlich, weißt du? Ich glaube, er war einfach nervös. Aber von Francis und Laura haben wir nichts zu befürchten.»

«Was meinst du?» Coleman war nicht gerade brennend interessiert, aber immerhin etwas.

«Sie werden nichts sagen, was sie auch denken mögen.» Sie nickte langsam und blickte auf sein Kissen. «Und denken tun sie, daß du Ray über Bord gestoßen hast.» Unruhig lachte sie auf. «Weißt du, ich glaube, sie mögen auch mit ihrem schlechten Italienisch nicht gern zur Polizei gehen. Es ist wirklich *affreux*. Nach einem Jahr im Lande können sie kaum einen Kaffee bestellen.»

Ihm fiel keine Antwort ein. Leute wie die Smith-Peters redeten nicht, wahrscheinlich nicht mal mit ihren Freunden in Florenz. Mrs. Perry fiel ihm ein, aber er wollte den Namen nicht erwähnen. Sie war vielleicht auch längst abgereist. «Antonio fährt also morgen ab?»

«Ja, das Flugzeug geht am Mittag.»

«Was hat er denn heute nachmittag noch geredet?»

«Ach, er fragte so viel. Wo Ray war, was wir über ihn gehört hätten und so weiter. Und irgendwie – fragte er dann tatsächlich, ob wir nicht glaubten, Signor Coleman könnte ihn – beseitigt haben. Er sprach englisch, weil er eigentlich mehr Francis und Laura fragte als mich. Er wollte wohl witzig sein. Sie fanden es nicht witzig, und ich auch nicht.»

Müdigkeit überkam Coleman. Na schön, wenn Antonio nun nach Rom oder Positano fuhr und dort redete, was machte das schon? Wieder mal eine dramatische Geschichte, an der vermutlich nichts dran war, von einem unbedeutenden Italiener. Garrett war verschwunden, ja – aber daß ein anderer Amerikaner, sein eigener Schwiegervater, ihn umgebracht haben sollte, klang nach echt italienischem Drama.

«Du, Edward –» Inez griff nach seiner Hand.

Coleman hob die müden Lider.

«Ich habe kein Wort zu Francis und Laura gesagt. Keinem Menschen würde ich was sagen. Zu Antonio hab ich nur gesagt, er wäre verrückt, so etwas zu denken. Jetzt ist es an dir, wenn du für dich und mich das Richtige tun willst, dich den Smith-Peters gegenüber völlig natürlich zu verhalten. Sie mögen denken, was sie wollen – beweisen können sie noch lange nichts. Vielleicht haben sie einen Verdacht, aber sie wissen nichts.»

«Ja, danke, mein Liebes. Aber ich hoffe, ich kriege sie nicht wieder zu sehen.»

Inez schüttelte schnell den Kopf. «Wenn du ihnen aus dem Weg gehst, sieht das komisch aus. Das siehst du doch ein.»

Ja, das sah er ein. «Liebling, ich bin todmüde.»

«Ja, ich weiß. Warte, ich mache den Umschlag noch einmal frisch, und dann gehe ich.»

Sie tauchte das Tuch ins Wasser und legte es ihm auf das Knie, zog Laken und Decke hoch, warf ihm eine Kußhand zu und drehte das Licht aus. Coleman schlief schon, als sie die Tür schloß.

Am nächsten Tag hatte sich das Wetter gebessert. Die Sonne schien, und es war etwas wärmer, aber die Restaurants mit Terrassen stellten trotzdem Tische und Stühle nicht nach draußen. Nachmittags lud das Ehepaar Smith-Peters Inez und Coleman zum Konzert eines mittelmäßigen Streichquartetts ein, das in einem kalten Palazzo am Kanal spielte. Hinterher gingen sie zu Florian und tranken Irish Coffee. Alle waren heute Francis' Gäste.

Belustigt notierte Coleman die Haltung des Ehepaars ihm gegenüber. Sie überschlugen sich fast, um ihm ihre Freundschaft, Loyalität und Solidarität zu bezeigen. Kein Wort fiel über Ray. Doch gerade dadurch wurde das Wohlwollen noch auffallender; es erinnerte Coleman an die Haltung mancher Weißer, betont Liberaler, im Verkehr mit Farbigen. Coleman blieb freundlich und gelassen. Durch die Tatsache, daß die Smith-Peters ihn für den Mörder Rays hielten, gewannen sie ein wenig an Interesse für ihn.

«Wissen Sie schon, wie lange Sie noch bleiben?» fragte Francis Coleman.

«Ach, ich weiß nicht recht, vielleicht noch eine Woche. Ich weiß nicht, ob Inez etwas mit ihrer Haushälterin abgemacht hat, in Sainte-Maxime.»

«Sie fahren nach Südfrankreich?» fragte Laura.

Coleman erinnerte sich, daß er darüber bisher nichts Bestimmtes gesagt hat.

«Ich bin sehr gern mit Inez zusammen», sagte er wahrheitsgemäß. «Aber ich sehne mich nach meiner eigenen Wohnung in Rom zurück.»

Er sah, wie das Ehepaar einen Blick wechselte, der deutlich sagte, daß sie seinen Mut bewunderten: er blieb einfach weiter hier in der Stadt und verkündete auch noch, wohin er demnächst reisen werde, wo doch die Leiche des Mannes, den er umgebracht hatte, jeden Tag angeschwemmt werden konnte, und sei es in Jugoslawien. Mit respektvoller Aufmerksamkeit besah sich Francis Colemans Hände und lauschte seiner Stimme. Laura blickte ihn an wie eine Rarität, die sie so leicht nicht wieder zu sehen bekäme. Inez, das merkte Coleman, war nicht so entspannt wie sonst und achtete auf jedes Wort, das gesprochen wurde. Aber auch von ihrem Standpunkt aus, dachte er, war an diesem Nachmittag alles glatt gegangen.

Die Smith-Peters sagten, sie hofften, am Freitag nach Florenz abzureisen. Die Mechaniker hatten endlich die richtigen Rohrleitungen für das Bad im oberen Stockwerk geliefert.

Als Coleman und Inez ins Hotel zurückkehrten, fanden sie eine Nachricht für Coleman vor. Um vier Uhr hatte ein Mr. Zordyi ihn sprechen wollen; er wollte es später nochmals versuchen. Coleman gefiel der Name nicht; er klang so düster.

«Er war zweimal hier», sagte der Mann an der Réception. «Er wollte wiederkommen.»

«Ach, er war hier?» fragte Coleman.

«Ja. Übrigens, da ist er wieder, Sir.»

Ein starker Mann mit hellbraunem Haar kam lächelnd auf Coleman zu. ‹Amerikanischer Privatdetektiv›, dachte Coleman.

«Mr. Coleman?» fragte er. «Guten Tag.»

«Guten Tag.»

«Ich bin Sam Zordyi von der Agentur Mulholland. Ich bin hier im Auftrag von Mr. Thomas Garrett in St. Louis.» Er warf auch Inez einen freundlich lächelnden Blick zu.

«Ja? Guten Tag», sagte Coleman. «Dies ist Mme. Schneider.»

«Guten Tag», sagte Inez.

Zordyi verneigte sich leicht. «Darf ich Sie wohl einen Augenblick sprechen, Mr. Coleman, oder paßt es Ihnen jetzt nicht?»

«Doch, es paßt mir durchaus», sagte Coleman. Und zu Inez gewandt: «Ich komme gleich nach. Hast du den Schlüssel?»

Ja, den hatte Inez. Sie ging zum Fahrstuhl. Zordyi blickte ihr nach.

«Wollen wir uns hier in die Halle setzen?» fragte Coleman und wies auf eine stille Ecke, wo zwei Sessel und ein kleiner Tisch standen.

Zordyi warf einen prüfenden Blick über die Halle und hatte offenbar gegen die Ecke nichts einzuwenden. «Schön, setzen wir uns dahin.»

Sie nahmen Platz.

«Wie lange bleiben Sie noch in Venedig?» fragte Zordyi.

«Das weiß ich noch nicht. Vielleicht noch eine Woche. Hängt vom Wetter ab; es war zuletzt nicht sehr gut.»

«Und wo fahren Sie dann hin?»

«Ich denke nach Rom, in meine Wohnung.»

«Ich nehme an, Sie haben keine Ahnung, wo Ray Garrett seit dem Donnerstag abend, 11. November, geblieben ist, Mr. Coleman?»

«Nein, ich habe keine Ahnung.»

«Ich hab mich heute nachmittag mit der Polizei unterhalten. Mein Italienisch ist nicht gerade fließend, aber es geht so», fügte er mit offenem Lächeln hinzu. «Würden Sie mir wohl mit Ihren eigenen Worten erzählen, wie der Abend damals verlief?»

Geduldig begann Coleman die Geschichte von vorn. Er sagte auch, Ray sei ihm deprimiert erschienen, aber nicht der Verzweiflung nahe. Getrunken habe er nichts. Über Peggys Selbstmord habe er zu Coleman mit großer Trauer gesprochen und gesagt, er habe keine Ahnung gehabt von ihrem inneren Zustand und bedaure unendlich, daß er vor der Tat keinerlei warnende Anzeichen wahrgenommen habe.

«Was haben Sie darauf gesagt?» fragte Zordyi.

«Ich habe gesagt: Es ist jetzt geschehen. Wir können nichts mehr daran ändern.»

«Sie waren nicht böse mit ihm? Sie mögen ihn, ja?»

«Er ist in Ordnung. Ganz anständiger Kerl. Sonst hätte ich ihm meine Tochter nicht zur Frau gegeben. Ich finde ihn nur schwach. Peggy brauchte eine stärkere Hand.»

«Haben Sie an dem Abend versucht, ihn etwas aufzuheitern?»

Coleman hätte gern mit ja geantwortet, aber er sah es kommen, daß der Mann noch mit den Smith-Peters sprechen werde. «Ich habe gesagt: Es ist jetzt vorbei. Es war ein Schock für uns beide, oder so was.»

«Hatte er einen besonderen Grund, warum er Sie an dem Abend sprechen wollte? Auf der Polizei sagte man mir, daß die andern schon weggegangen waren. Nur Sie und Garrett waren noch am Tisch.»

«Ja, er sagte, er wollte mir etwas klarmachen. Ich entnahm seinen Worten, daß er mir erklären wollte, er habe sein Bestes versucht mit Peggy. Er hatte auch versucht, sie in Palma zu einem Psychiater zu bringen, sie wollte aber nicht. Ray wollte mir klarmachen, daß es nicht seine Schuld war.» Coleman spürte, daß Zordyi sich nicht übermäßig für die Gründe von Peggys Selbstmord interessierte. Seine eigene Aussage paßte ganz gut ins Bild, dachte er; es war die Art von Erklärung, die ein junger Mann wohl abgeben würde, bevor er sich das Leben nahm.

«Wie lange haben Sie mit ihm gesprochen?»

«Ungefähr eine Viertelstunde.»

Zordyi machte sich keine Notizen. «Ich hab mir heute seine Sachen in der Pensione Seguso angesehen. Seinen Koffer. Am Ärmel einer Jacke sind zwei Löcher von Revolverkugeln – im linken Ärmel. Es war eine Kugel, die ein- und ausgegangen ist.» Lächelnd fügte er hinzu: «Das Mädchen, das die Sachen eingepackt hat, hatte die Löcher noch gar nicht gesehen. Ich hab sie auch noch mal in einem Oberhemd gefunden, das noch Blutflecken aufwies. Er hat versucht, das Hemd zu waschen, vielleicht vor wenigen Tagen.»

Coleman hörte aufmerksam zu.

«Hat er zu Ihnen nichts davon gesagt, von einem Schuß in den Arm?»

«Nein, kein Wort.»

«Komische Stelle, wenn man sich selbst erschießen will. Ich glaube, es hat jemand auf ihn geschossen.»

Coleman schien nachzudenken. «Meinen Sie hier, in Venedig?»

«Oder in Rom oder auf Mallorca. Keine Ahnung.» Zordyi hielt inne. «Hat er irgendwelche Feinde?»

«Keine Ahnung.»

Das einzige, was Zordyi sich notierte, waren die Namen der Smith-Peters und ihres Hotels und den von Mrs. Perry im Excelsior am Lido. Coleman sagte, Mrs. Perry könne schon abgereist sein.

«Was für ein Mensch ist Ray Garrett eigentlich?» fragte Zordyi.

Sicher hatten Rays Eltern ihm darüber schon eingehende Informationen gegeben. «Oh, ganz intelligent. Eher ruhig, introvertiert – bißchen scheu.»

«Wieso scheu?»

«Bescheiden.»

«Melancholisch?»

«So gut kenne ich ihn eigentlich nicht. Introvertiert, ja. Er ist gern allein.»

«Was halten Sie von seinen Plänen mit der Kunstgalerie? Sah das vielversprechend aus?»

«Das letzte, was ich darüber hörte, war, daß er versuchte, Räume in New York zu bekommen. Er will gern europäische Maler, die in Europa malen, ausstellen. Er hat viel Geschmack und versteht auch viel von Malerei, und Geld hat er auch. Er kann sich ein Mißlingen also leisten, falls die Sache schiefgeht.»

«Halten Sie ihn für praktisch? Nicht leichtsinnig?»

Coleman zog die Schultern hoch und lächelte gutmütig. «Wissen Sie, wenn einer Geld hat, braucht er nicht praktisch zu sein. Ich habe ihn vorher noch nichts unternehmen sehen. Als ich ihn in Rom kennenlernte, besuchte er irgendwo einen Kursus für bildende Künste und malte auch selbst etwas.»

«Ich höre, Sie sind auch Maler, Mr. Coleman. Für einen Maler ist Rom eine herrliche Stadt.»

«Ja, wunderbar. Ich war früher Ingenieur. Aber ich bekam das Leben in New York satt.»

«Leben Sie in Rom ganz allein?»

«Ja. Ich habe eine kleine Wohnung in Trastevere. Fünf Treppen hoch, aber schön ruhig. Wenn jemand bei mir übernachten will, muß er auf dem Sofa im Wohnzimmer schlafen.»

«Und mit der Malerei verdienen Sie genug zum Leben?»

«Nein, das nicht. Aber ich komme zurecht. Ich rahme auch noch Bilder ein in Rom, das verschafft mir ein festes Einkommen. Viele Maler tun das. Im Rahmen liegt für den Maler meist mehr Geld als in der Leinwand.»

Zordyi stand lächelnd auf und bedankte sich.

Coleman ging nach oben und erzählte Inez von dem Gespräch.

Er war jetzt ganz unbesorgt. Schließlich und endlich: Ray war ja nicht tot. Wenn Ray jemals den Mund auftat, konnte Coleman wegen versuchten Mordes belangt werden. Noch vor einer Woche war ihm das recht gefährlich erschienen. Heute nicht mehr, obgleich er damit rechnete, daß Ray gefunden würde. Er wußte nicht, wie lange sich ein Mann verborgen halten konnte, aber allzu lange konnte es Ray sicher nicht treiben. Vor allem aber glaubte er nicht, daß Ray überhaupt die Absicht hatte, sich für immer zu verbergen. Worauf es allein noch ankam, war also die Frage, ob Ray am Ende die Wahrheit erzählen würde oder nicht.

«Ich würd ja gern hören», sagte Coleman lachend zu Inez, «was die Smith-Peters sagen, wenn er mit ihnen redet.»

«O Edward, mach doch keine Witze!»

«Du sagst aber doch, sie sind auf meiner Seite.»

Die Smith-Peters riefen an diesem Abend nicht mehr an, was Coleman merkwürdig fand, weil er angenommen hatte, daß Zordyi von ihm aus direkt zum Hotel Monaco gegangen war, um mit ihnen zu sprechen. Aber vielleicht wollten sie am Telefon gar nichts – weder Gutes noch Schlechtes – sagen.

Am nächsten Morgen um neun rief Laura Smith-Peters an. Coleman war bei Inez im Zimmer (er hatte die Nacht nicht dort verbracht) und nahm den Hörer ab. Laura fragte, ob er und Inez sie um elf in Harry's Bar auf einen Schnaps oder Kaffee treffen wollten.

«Ich würde Sie *sehr gern* beide heute morgen sehen», sagte Laura fast flehend.

Ja, natürlich. Coleman sagte zu.

Sie trafen sich in Harry's Bar. Inez und Coleman tranken Kaffee, die Smith-Peters Bloody Marys.

Francis hatte also zuerst allein mit dem Privatdetektiv gesprochen, unten in der Hotelhalle, denn Laura war gerade im Bad. Er hatte Laura aber auch sehen wollen, deshalb hatte sie sich angezogen und war heruntergekommen. Zordyi hatte wissen wollen, was sie von Ray Garretts Gemütsverfassung hielten.

«Ich und Francis, wir haben gesagt, Ray war nicht gerade sehr munter, natürlich, aber er war auch nicht *fürchterlich* deprimiert.» Das harte ‹R› machte aus dem Wort einen stimmlichen *Cauchemar* und illustrierte das, was Ray nicht gewesen war. Beim letzten Wort verschluckte sie sich – vielleicht lag es auch an ihrem Drink.

Alle saßen vorgebeugt und hörten aufmerksam zu, wie eine Verschwörerrunde, dachte Coleman, oder wie Gefangene, die einen Ausbruch planen. Francis kräuselte die trockenen Lippen, die kleinen Augen waren weit geöffnet und blickten unschuldig und unbeteiligt, während er seiner Frau zuhörte. Ab und zu sah er zur Tür, wenn sie aufging. Coleman blickte nicht mehr zur Tür.

«Es tut mir wirklich leid, Ihnen dies alles aufzuladen», sagte Coleman. Es tat ihm tatsächlich leid.

«Oh, das ist doch nicht *Ihre* Schuld!» widersprach ihm Laura so ernsthaft, daß Coleman erst einen Augenblick später die groteske Komik der Worte erkannte.

Coleman lächelte unruhig, aber nur Inez sah es. Laura glaubte jetzt vermutlich selbst an die Geschichte, die sie ‹den Behörden› berichtet hatte.

«Er fragte uns auch, wie Sie zu Ray stünden», fuhr Laura halblaut fort. «Ich habe gesagt, soviel ich wüßte, kannten Sie ihn nicht allzu gut. Das stimmt doch, nicht wahr?»

«Stimmt genau», sagte Coleman.

«Ich weiß, Sie – Sie mögen ihn nicht sehr», sagte Laura. «Aber das habe ich ihm nicht gesagt. Ich dachte, das bringt nur unnötige Scherereien.»

Da hatte sie recht, dachte Coleman. Damit schien Laura am Ende ihrer Story angelangt zu sein. Sie saß still da und sah auf die Hände im Schoß herab, wie ein kleines Mädchen, das bescheiden und brav seine Rolle bei der Schulaufführung hinter sich gebracht hat. Coleman wollte sie noch fragen, ob Zordyi sonst noch was gesagt oder gefragt habe, doch er ließ es lieber. Offenbar hatte Zordyi von den Schußlöchern nichts gesagt, aber bei der italienischen Polizei hatte er es zweifellos erwähnt.

«Ganz sicher haben Sie es völlig richtig gemacht, Laura», sagte Inez. «Jetzt wollen wir uns keine Sorgen mehr machen.»

«Nein, das nützt ja auch gar nichts», stimmte Francis freundlich zu.

Coleman blickte auf, als die Tür sich öffnete und eine Frau hereinkam. Er erkannte Mrs. Perry, eingehüllt in ein weites graues Cape mit Kapuze. «Das kann nur Mrs. Perry sein», sagte er und hob grüßend die Hand.

Sie sah ihn, lächelte und trat an den Tisch. Ein Stuhl wurde herangezogen.

«Ich dachte, Sie wären schon Freitag abgefahren», sagte Laura. «Wenn wir gewußt hätten, daß Sie noch hier sind, hätten wir angerufen.»

«Ach, das Wetter am Lido war so scheußlich», erklärte Mrs. Perry in ihrer langsamen und melancholischen Art, «oder es sieht da drüben soviel schlechter aus als hier, daß ich dachte, ich wollt's noch einmal mit Venedig versuchen, und deshalb bin ich ins Danieli umgezogen.»

Der Kellner kam, und sie bestellten. Coleman nahm jetzt einen Cinzano, Mrs. Perry einen Sherry. Sie unterhielten sich eine Weile über ihre Einkäufe, dann fragte Mrs. Perry Coleman:

«Haben Sie irgendwas von Ihrem Schwiegersohn gehört?»

«Nein. Sein Vater hat einen Privatdetektiv herübergeschickt. Vielleicht hilft das.»

«Tatsächlich?» fragte Mrs. Perry atemlos. Die dünnen Augenlider flatterten. «Man hat ihn also noch nicht gefunden?»

«Nein», sagten Francis und Coleman gleichzeitig.

«Ich dachte, man hätte ihn gefunden, weil nichts mehr darüber in der Zeitung stand. Wissen Sie, es ist viel interessanter, so ein Geheimnis in die Welt zu setzen, als es nachher aufzuklären; deshalb wird dann nichts mehr darüber gedruckt. Aber daß er immer noch verschwunden ist!»

«Nein, wir wissen auch nicht, was wir davon halten sollen», sagte Coleman.

Mrs. Perry blickte von Inez zu den Smith-Peters, als versuche sie, ihre Gedanken zu lesen. «Hat ihn denn nach Ihnen noch jemand gesehen, Mr. Coleman?»

«Wenn ja, dann hat er sich jedenfalls bisher nicht gemeldet.»

«Und Sie haben ihn am Zattere-Quai abgesetzt, sagten Sie?»

«Ja, das habe ich. Und gestern ist der Privatdetektiv bei mir aufgekreuzt, ein Mr. Zordyi.»

«Das dachte ich mir schon», sagte Laura mit einem Blick auf Inez. «Was hat er denn gesagt?»

«Er hat allerhand Fragen gestellt.» Coleman zog eine Zigarre hervor. «Stört doch niemand, nein?»

Alle außer Inez sagten nein.

«Er stellte mir dieselben Fragen wie die Polizei.» Mit einer Ausnahme, fiel Coleman jetzt ein: Zordyi hatte ihn auch noch gefragt, ob er versucht habe, Ray an dem Abend aufzuheitern. «Viel mehr kann er ja auch nicht tun.»

«Man kann sich kaum vorstellen, daß ein junger Mann in seinem Zustand so einfach zu Fuß weggeht, ohne Zweck und Ziel, nicht wahr?» sagte Mrs. Perry zögernd. «Einfach bloß, um mal von sich selber wegzukommen –?»

Ihre Worte klangen, als glaube sie selber nicht so recht daran, und das Schweigen der andern ließ erkennen, daß man sie gar nicht gehört hatte. Die Vorstellung, daß jemand Venedig zu Fuß verließ, war auch reichlich unwahrscheinlich; und außerdem war Ray nicht besonders erregt gewesen, dachte Coleman, und das wußten sie alle.

Mrs. Perry spürte die Wirkung ihrer Worte und sah verlegen von einem zum andern. «Ich – es tut mir leid. Ich weiß» – dies zu Coleman –, «für Sie ist es besonders hart. Erst die Fragen von der Polizei, und dann der Privatdetektiv. Aber ich kann auch verstehen, daß die Polizei – ich meine, das mußten sie tun, weil Sie der letzte waren, der ihn gesehen hat, nicht wahr.» Sie hob das Sherryglas, und die schlanken Finger bebten.

Schweigen. Coleman spürte, wie alle sich bemühten, etwas zu sagen. Mrs. Perry glaubte, er habe Ray umgebracht, sonst wäre sie nicht so unruhig. «Na ja, ich werde selbstverständlich noch hierbleiben, falls ich irgendwie von Nutzen sein kann», sagte er schließlich. «Aber im Augenblick weiß ich nicht, was ich noch sagen könnte. Alles, was ich weiß, habe ich gesagt.»

«Gut, lieber Ed, Sie wissen jedenfalls, wo Sie uns bis Freitag finden können, wenn Sie moralische Unterstützung brauchen», sagte Laura und lächelte, wobei ihre Zähne leicht sichtbar wurden. Sie hatte den ganzen Morgen noch nicht gelächelt.

«Ich bin noch gar nicht sicher, daß wir Freitag reisen können», meinte ihr Mann. «Bevor ich mich hier von der Stelle rühre, will ich mich vergewissern, ob die Röhren eingesetzt sind und auch funktionieren. Donnerstag nachmittag rufe ich noch mal an. Vorher tue ich keinen Schritt.»

Coleman wandte sich mit einiger Anstrengung zu Mrs. Perry. «Es ist wirklich sehr lieb von Ihnen, Ethel, daß Sie so Anteil nehmen.» Es war das erste Mal, daß er sie beim Vornamen nannte; er glaubte zu spüren, daß es ihr jetzt lieb war. «Wissen Sie, es ist so zermürbend, weil man nicht weiß, ob er noch am Leben oder tot ist.» Seine Stimme klang sehr ernst.

«Ach was, das täte doch jeder. Wirklich jeder», sagte Mrs. Perry.

«Sie sind so still, Inez», sagte Francis.

«Ach – ich weiß nicht recht, was ich sagen soll», sagte Inez und öffnete schnell die Hände. Ihre Stimme bebte leicht, aber außer ihm, dachte Coleman, hatte das wohl keiner bemerkt. Francis streckte die Hand aus, lächelte, ergriff Inez' Handgelenk, schüttelte es sanft und sagte herzlich:

«Nun mal keine trüben Gedanken mehr. Wir halten alle zusammen, nicht wahr.»

Es folgte noch eine Runde Drinks, dann schlugen die Smith-Peters vor, sie wollten alle zusammen essen. Der Lunch war gut, und die Atmosphäre wurde sogar heiter. Coleman fühlte sich geborgen. Als sein Kaffee gebracht wurde, überkam ihn ein Gefühl von Unverwundbarkeit. Und jetzt beschloß er, noch einmal einen Versuch zu machen und Ray an den Kragen zu gehen, doch es mußte unauffälliger geschehen als auf dem Boot. Zum Beispiel ein Überfall auf der Straße. Er stellte sich vor, wie er Ray durch die engen dunklen Gassen Venedigs folgte, einen passenden Stein aufhob und ihm damit den Kopf einschlug. Blieb genügend Zeit, so konnte er ihn dann in einen Kanal werfen, aber wenn nicht – auch egal. Wenn ihn keiner sah, wer konnte ihm was beweisen?

Er nahm sich vor, mehr in den Straßen umherzugehen, Ray vorsichtig zu folgen, wenn er ihn wieder traf, und herauszufinden, wo er die Nächte verbrachte. Dann hatte er die Gegend. Und wenn er die erst kannte, so kam es nur noch darauf an, abends die richtige Zeit zu erwischen. Vielleicht ging es auch bei Tag, wenn die Gassen ringsum ruhig genug waren. Natürlich mußte er aufpassen, daß der Privatdetektiv ihm nicht etwa auf der Spur war.

14

Fast jeden Abend, stellte Ray fest, gab es bei Signor Ciardi eine Weinparty. Keine richtige Party; aber wenn fünf oder sechs seiner Freunde zusammen waren, so klang das in der gekachelten Küche wie fünfzig, und sie blieben von neun Uhr bis Mitternacht. Auf Signor Ciardis Aufforderung war Ray am ersten Abend dabeigewesen, wenn auch nur für eine halbe Stunde. Er wollte sich nicht allzu vielen Leuten zeigen. An den anderen Abenden lehnte er freundlich ab und sagte, er habe zu arbeiten; er hatte Signor Ciardi erzählt, er sei an Architektur interessiert. Es war sonderbar: nach kurzer Zeit am ersten Abend – an dem er eine halbe Stunde lang mit in der Küche gesessen hatte – machte ihm der Lärm nichts mehr aus, obwohl manchmal ganze Sätze verständlich zu ihm in den zweiten Stock heraufdröhnten und er sonst sehr geräuschempfindlich war.

Es stimmte, daß er sich für Architektur interessierte; er hatte sich jetzt auch ein Buch gekauft (ein ähnliches besaß er bereits, hatte es aber nicht bei sich) über venezianische Architektur des 15. Jahrhunderts. Damit wanderte er ein paarmal durch die Stadt, verglich die Originale mit den Fotos und hatte große Lust, Skizzen von einigen der Kirchen zu machen, aber das wäre doch wohl aufgefallen, während er mit dem Kunstbuch und gesenktem Blick wie jeder Tourist aussah; das Kunstbuch schützte ihn vermutlich sogar vor suchenden Augen. Ray hatte ursprünglich die Absicht gehabt, Maler zu werden, hatte aber mit Vierundzwanzig die Malerei als Beruf aufgegeben, weil er fand, er würde nie gut genug sein.

Er mied die Gegend um den Markusplatz; nur Montag nachmittag und heute, Dienstag morgen, ging er schnell auf das Postamt, um zu sehen, ob ein Brief von Coleman da war. Zu dem Schalterbeamten sagte er eilig: «Garrett», in der Hoffnung, der Mann werde von dem vermißten Garrett nichts gehört haben, und der Beamte hatte auch ruhig unter Garrett nachgesehen und nichts gefunden. Ray verließ den Platz unverzüglich und ging über die Frezzeria zurück. Er war überzeugt, daß seine Eltern einen oder zwei Detektive herübergeschickt hatten, die ihn suchen sollten und dazu sicher mit Fotos von ihm versehen waren. Morgen wollte er zum letztenmal nachfragen, ob Coleman geschrieben hatte, aber er glaubte kaum mehr daran; höchstens war noch mit einem beleidigenden brieflichen Anwurf zu rechnen. Wenn morgen, Mittwoch, auch kein Brief da war, wollte er die ganze Sache aufgeben. Das nahm er sich so fest vor, als sei er selbst nicht recht sicher, daß er es durchhalten werde; aber er sah ein, daß es logisch war, und verstand auch Inez' Rat. Es war ja auch möglich, daß Coleman aus Venedig abreiste oder sogar schon abgereist war, wenn die Polizei es ihm erlaubte; dann hatten alle diese Spielereien gar keinen Zweck mehr. Die Polizei dachte wahrscheinlich gar nicht daran, Coleman streng ins Gebet zu nehmen, und deshalb würde er auch nichts zugeben. Und vermutlich würde er auch nichts zugeben, wenn sie die Schrauben etwas anzogen. Es gab natürlich verschiedene Schärfegrade beim Verhör, aber Ray konnte sich vorstellen, daß Coleman sich eher foltern lassen als etwas zugeben würde, das er nicht zugeben wollte; und er würde gewiß weder bei der italienischen noch bei der amerikanischen Polizei gefoltert werden. Ray hatte zwei Dinge gelernt. Erstens: es gab Leute – selbst anscheinend empfindsame Leute wie Inez –, die sich nicht viel daraus machten, ob ein Mann einen Mord begangen hatte, und zweitens: es war aussichtslos, Colemans Zorn zu mildern. Ray sah sich im Geiste morgen nachmittag zur Polizei gehen und dort eine Geschichte vorbringen, die kein allzu gutes Licht auf ihn selbst warf: er habe sich eine Weile verborgen halten wollen, selbst auf die Gefahr hin, seiner Familie dadurch Sorgen zu machen; es tue ihm sehr leid, aber er sei ziemlich mit den Nerven herunter gewesen. Er habe vor Tagen die Vermißtmeldung in der Zeitung gelesen, sei seither aber auf nichts mehr gestoßen; und er hoffe, sein Verschwinden habe nicht allzuviel Aufregung verursacht. Über Colemans Anschlag in dem Motorboot wollte er vor der Polizei nichts sagen. Das mochte im dunkeln bleiben.

Spät am Nachmittag war Ray in der Gegend von San Trovaso, nicht weit vom Seguso, und sah sich in einer engen Straße plötzlich Antonio gegenüber.

Beide blieben wie angewurzelt stehen und sahen sich an. Antonios Mund stand offen. Dann ging ein breites Lächeln über sein Gesicht.

«Signor Garrett! Sie sind es! Sind Sie gesund?»

«Ja.» Ray stand wie vereist. Antonio ließ seine Hand nicht los.

«*Dio mio* – und alle denken, Sie sind tot!»

«Sch–sch!» sagte Ray. Er roch Antonios Haarwasser und sah den lilaroten Schlips. «Schön, daß wir uns treffen.»

«Wo waren Sie? Was war los?»

«Gar nichts», erwiderte Ray. Der junge Italiener war ebenso groß wie er und hielt noch immer seine Hand, die Ray ihm jetzt entzog. «Nein wirklich, mir geht's sehr gut, Antonio.»

«Sie müssen sich auf der Polizei melden!» sagte Antonio und sah Ray immer noch an, als könne er es nicht fassen. Ruhiger fuhr er fort: «Wissen Sie überhaupt – alle glauben, daß Edward Sie umgebracht hat!» Er wiegte sich auf den Absätzen und lachte auf, vielleicht vor Erleichterung, wobei er fast das Gleichgewicht verlor. «Kommen Sie, wir trinken einen Kaffee.»

Ray zögerte. Der Junge konnte alles verderben. Vielleicht aber ließ er sich bei einem Kaffee dazu überreden, daß er niemandem von dem Zusammentreffen erzählte. «Schön, gehen wir.»

Um die Ecke war eine ganz kleine Kaffeebar mit nur einem Tisch nahe der Theke. Antonio holte zwei Tassen Kaffee und brachte sie an den Tisch. Der Inhaber wandte sich, als die Gäste versorgt waren, wieder seiner Zeitung zu.

«Also», sagte Antonio, «Sie waren einfach – woanders?»

«Ich hatte ein Zimmer. Hier in der Nähe», gab Ray zur Antwort. «Bitte fragen Sie nicht zuviel, Antonio. Ich wollte weg von allen – ich wollte eine Weile sogar vergessen, wer ich bin. Können Sie das verstehen?»

«*Natürlich*», sagte Antonio ernsthaft, die funkelnden Augen auf Ray gerichtet. «Aber an dem Abend – damals am Lido, was ist da geschehen?»

«Gar nichts. Er hat mich am Markusplatz abgesetzt, und dann bin ich einfach losgegangen. In ein anderes Hotel.»

Antonio runzelte die Stirn. «Markusplatz? Edward sagt, am Zattere-Quai.»

«Vielleicht auch Zattere, ich weiß es nicht mehr. Ja, stimmt, ich glaube, es war Zattere.» Antonios Gesicht zeigte deutliche Zweifel. «Am Zattere-Quai, ja. Ich habe meine Rechnung im Seguso noch nicht bezahlt, aber das tue ich noch.»

Antonio wischte mit der Hand durch die Luft, als wollte er sagen: ‹Ach, Rechnungen.› Er zog die Brauen höher und biß sich auf die volle Unterlippe. «Wissen Sie – Inez glaubt, daß Edward Sie umgebracht hat. Sie macht sich große Sorgen. Gesagt hat sie es nicht, aber ich weiß, sie wollte, daß ich aus Venezia abreise.» Er lächelte. «Aber so bald abreisen? Nein. Ich weiß, sie wäre ärgerlich, wenn sie wüßte, ich bin noch hier, deshalb bin ich gestern umgezogen in kleines Hotel hier in Nähe.» Er machte eine unbestimmte Bewegung mit der Hand. «Venezia ist so schön – zu schön für Abreisen! Und dann wollte ich auch sehr gern wissen, was los war mit Ihnen. Aber verstehen Sie –» er beugte sich vor und warf einen Blick auf den Wirt, obwohl sie englisch sprachen –, «sie bittet mich, abzureisen, weil sie glaubt, ich sage etwas gegen Edward.»

«Ja? Was denn?»

«Das weiß ich nicht. Ich weiß gar nichts – bloß daß er Sie haßt.» Antonio lächelte vorsichtig, fast spitzbübisch. «Inez hat große Sorge. Vielleicht hat Edward zu ihr gesagt, er hat Sie umgebracht? Oder vielleicht sie glaubt es bloß. Sehen Sie?» Antonio sprach fast im Flüsterton. «Vielleicht verstehen Sie nicht, aber ich verstehe. Heute habe ich alle gesehen, alle zusammen in einer Straße, die Smith-Peters, Edward, Inez, alle Freunde zusammen. Und *alle* denken, Edward hat Sie umgebracht. Oder sie haben Verdacht. Aber sie wollen keinen Italiener dabei – verstehen Sie? Italiener halten immer zusammen, aber Amerikaner nicht. Ja? Aber vielleicht sind wir unter der Haut alle gleich?» Er ließ beide Hände auf die Schenkel fallen und lachte ebenso leise, wie er gesprochen hatte.

Ray lächelte. «Ja, merkwürdig, nicht wahr.»

«Alle wissen, daß Edward Sie haßt», sagte Antonio flüsternd, «aber das haben sie der Polizei sicher nicht gesagt, sonst würden sie nicht mit Edward zusammen zum Lunch gehen, nein?» Antonio schwieg, um seine Worte eindringen zu lassen. «Vielleicht Edward prahlt vor Inez, daß er Sie getötet hat, nein? Warum ist sie sonst so besorgt? Es sieht Edward ähnlich, so etwas zu sagen. Der kriegt alles fertig, was?»

Ray nickte und ließ Antonio reden. Er sprach fließend englisch, und es machte ihm Spaß, weiterzuschwatzen.

«Er hat Polizei gesagt, er hat Sie am Zattere-Quai abgesetzt, und zu Inez vielleicht hat er gesagt, er hat Sie umgebracht. Oder vielleicht zu Inez, er hat Sie Zattere abgesetzt, und sie glaubt ihm nicht. Kann sein.» Antonio spielte mit einer Schachtel Streichhölzer, die er auf der Tischplatte um und um wendete. «Was wollen Sie jetzt tun?»

Die Frage ärgerte Ray, aber er mußte sie aus Höflichkeit wohl beantworten, schon um Antonio nicht an seinem Geisteszustand zweifeln zu lassen. «Morgen oder übermorgen gehe ich zur Polizei und gebe an, daß ich ganz in Ordnung bin. Aber bis dahin möchte ich sehr gern, daß Sie zu keinem Menschen davon sprechen, daß Sie mich gesehen haben. Nicht mal zu Leuten, die mich nicht kennen. Wollen Sie mir das versprechen, Antonio?»

Erstaunt und leicht enttäuscht sah Antonio ihn an. «Warum?»

«Ich möchte noch ein paar Tage allein sein, inkognito. Vielleicht nur noch bis morgen. Aber das muß ich selber sehen.» Er sah, es war unmöglich, Antonio die Sache begreiflich zu machen. Er würde vielleicht verstehen, wenn man ihm sagte: ‹Ich verstecke mich, um Coleman die Schuld an meinem Tod in die Schuhe zu schieben, aber Sie sehen, das klappt nicht, weil kein Mensch sich daraus was macht, und außerdem bin ich ja nicht tot.› Doch so einfach waren seine Gründe nicht, und vor allem hatte er keine Lust, sie Antonio zu erklären. «Es wird schon alles wieder in Ordnung kommen», sagte er. «Ich hatte –» einen Kummer, hatte er sagen wollen, aber er mochte nicht von Peggy sprechen. «Wir wollen gehen, ja?»

Antonio erhob sich. «Kann ich ein Stück mit Ihnen gehen? Ich habe Zeit bis sieben.»

«Schön», sagte Ray. Es war ihm egal.

Sie gingen am San-Trovaso-Kanal entlang in Richtung auf den Zattere-Quai. Keiner übernahm die Führung, sie schlenderten einfach die Straßen entlang und um die Ecken. Die Gassen waren hier enger und gebogener, die Gegend sah älter und ärmlicher aus als das übrige Venedig.

«Sie haben jetzt ein Zimmer in der Nähe hier?» fragte Antonio.

«Ja», erwiderte Ray. Giudecca, die große Insel über dem Wasser, lag vor ihm, die Zuflucht, die er nicht zu verraten gedachte.

«Hier hat Edward Sie abgesetzt?» Antonio wies nach links in die Richtung der Pensione Seguso, als sie auf das Fondamento delle Zattere kamen.

«Ja, hier irgendwo.»

Sie wandten sich nach rechts. Das Fondamento war breit, die Häuserfronten gerade und unverziert. Es wurde jetzt dunkel, die Straßenlaternen gingen an.

«Da kommen wir zur Stazione Marittima, da geht es nicht weiter», sagte Antonio und nickte nach vorn. «Wir wollen lieber hier gehen.»

Sie wandten sich nach rechts in eine enge Straße und kamen gleich darauf über eine Brücke, die über den Kanal führte. Ray wußte, er mußte den gleichen Weg nachher zurückgehen, um ein Boot zur Giudecca zu bekommen. Er wäre Antonio gern losgeworden, mochte es ihm aber nicht zeigen. Noch fünf Minuten, dann wollte er ihn verlassen.

Danach würde er aufpassen müssen, daß ihm Antonio nicht etwa folgte.

«Vielleicht hält die Polizei Edward fest in Venezia», sagte Antonio nachdenklich. «Inez möchte gern nach Frankreich, das weiß ich.»

«Ja? Keine Ahnung», erwiderte Ray ebenso beiläufig und schlug den Mantelkragen hoch.

«Warum haben Sie einen Bart? Um sich zu verändern?»

«Ach, bloß mal was Neues. Er verändert mich ja gar nicht, oder finden Sie?»

«Wissen Sie, ich hab auch gedacht, Edward hat Sie umgebracht», vertraute ihm Antonio mit tiefem Ernst an. «Immer habe ich gedacht, wie merkwürdig, der Mann geht einfach herum, ein Amerikaner – und keiner tut etwas.»

‹Du ja auch nicht›, dachte Ray, ohne ihn im mindesten zu verurteilen. «Ach, wissen Sie, eine solche Anschuldigung spricht man nicht so leicht aus.»

«Aber sogar Inez, sie ist immer noch mit ihm im –»

Ray fuhr zusammen und blieb stehen. Im Dunkel vor ihm löste sich eine Gestalt von dem dreieckigen pyramidenförmigen Schatten einer kleinen Kirche. Es war Coleman, der sich nach links und rechts umsah und offensichtlich jemanden oder etwas suchte.

«Was ist?» fragt Antonio.

«Nichts. Ich dachte, ich hätte jemand gesehen.»

Noch war Coleman zu sehen. Eine Sekunde später war er verschwunden, untergetaucht in eine nadelschmale Gasse links vom Kirchplatz. «Ich dachte, ich hätte Inez gesehen», sagte Ray. «Macht nichts. Ich muß jetzt weg, Antonio. Es hat mich gefreut, Sie zu sehen, wirklich. Nur bitte: denken Sie daran, was ich sagte, und erzählen Sie niemand, daß Sie mich gesehen haben. Überlassen Sie das mir, ja?»

«Ja, aber – ich sehe die andern ja gar nicht mehr. Wirklich», sagte

Antonio. «Ray, ich bin so froh, daß Sie am Leben sind!» Er streckte die Hand aus, und Ray schüttelte sie.

«*Arrivederci*, Antonio.»

«*Arrivederci*, Ray!»

Ray bog nach rechts ab, in der Coleman entgegengesetzten Richtung; es war ihm egal, wohin der Weg führte. Nach einigen Augenblicken sah er sich um. Antonio war nirgends zu sehen. Die Straße machte jetzt einen Bogen, und er konnte nicht mehr weit zurücksehen. An der nächsten Ecke blieb er stehen, blickte zurück und wartete. Von Antonio war keine Spur zu sehen. Er atmete auf und schritt weiter, auf den Zattere-Quai zu – jedenfalls meinte er das und blickte sich suchend nach den Richtungspfeilen um, die manchmal seitlich an den Häusern aufgemalt waren, um den Weg zum nächsten Vaporetto oder zu einer Traghetta-Haltestelle zu zeigen. Heute abend fand er sie nicht. Am Zattere-Quai atmete er tief auf. Die Schultern taten ihm weh. Er blickte sich um – nach Coleman, nicht mehr nach Antonio – und ging dann, als er ihn nicht sah, langsam weiter. Auf Antonio konnte man sich wohl einigermaßen verlassen; es war außerdem vielleicht günstig, daß Antonio Inez nicht mehr traf. Und daß Ray selbst in zwei Tagen zur Polizei gehen wollte, stimmte auch. Bis dahin mußte er aber in den Alltag zurückfinden und einiges erledigen. Vier oder fünf Dinge fielen ihm ein:

An Bruce Main in New York schreiben. An die Eltern telegrafieren (vielleicht morgen). Nach Paris fahren und dort einiges Geschäftliche besorgen. An Mac schreiben und sehen, wie weit er mit dem Verkauf des Bootes und einiger Möbel auf Mallorca gekommen war. In Paris erwartete ihn wahrscheinlich Post im Pont Royal von Bruce, vielleicht auch der Mietvertrag für die Räume an der Lexington Avenue. In New York ging es um die Frage, ob das Haus von der Stadt abgerissen werden sollte oder nicht. Das hatte Bruce inzwischen bestimmt herausgefunden.

Auf dem Zattere-Quai kaufte er am Kiosk einen *Corriere della Sera*. In der Morgenausgabe des *Gazzettino* hatte nichts über ihn gestanden. Er schob sich die Zeitung unter den Arm, ohne hineinzusehen, und bestieg das Boot nach der Giudecca.

Es begann zu regnen.

An Bord lehnte er sich gegen die Kabine, die nur halb überdacht war, und sah die Giudecca näher kommen. War Coleman wirklich wieder auf der Jagd nach ihm? Oder hatte er nur den Privatdetektiv abschütteln wollen, der ihm vielleicht gefolgt war? Aber warum sollte der Detektiv Coleman an einem Ort wie Venedig beschatten, wo er doch sein Hotel kannte? Nein: Ray wußte jetzt, was er in Wahrheit schon seit dem kurzen Blick auf Coleman heute abend gewußt hatte: daß Coleman ihn suchte. Vielleicht hatte er jetzt auch den Revolver bei sich, wer weiß. Er schreckte offenbar vor nichts zurück und war erst zufrieden, wenn er ihn, Ray, umgebracht hatte. Es war vielleicht doch besser, morgen zur Polizei zu gehen und eventuell auch morgen schon abzureisen.

Signor Ciardi war nicht da, als Ray in dem Haus an der Südseite der Giudecca ankam; jedenfalls hörte und sah er niemand, als er über den Hof ging und die Treppen zu seinem Zimmer hinaufstieg. Nun, das Zimmer war noch da, genau wie vorher, sogar von Giustina aufgeräumt. Ray blickte sich um, sah seine paar Bücher, den neuen Koffer und den Weinstock außen am Fenster. Seine Uhr zeigte jetzt zehn Minuten nach sechs. Morgen früh wollte er zur Polizei gehen (auch wenn auf dem Postamt am Markusplatz ein Brief von Coleman lag), und damit war er ein anderer Mensch, der Mensch namens Ray Garrett. Der Name war wie ein Etikett, langweilig, vertraut, wie der Aufkleber auf einem Paket: dieser Kasten enthält zwölf Halbkilodosen – nicht elf oder dreizehn, sondern genau zwölf. Er hatte jetzt keine Lust, Giustina um heißes Wasser zu bitten; er zog sein Hemd aus und wusch sich mit kaltem Wasser an einem steinernen Ausguß, den er in einer dunklen Ecke auf dem unteren Flur entdeckt hatte. Er zitterte vor Kälte und rieb sich kräftig mit dem rauhen Handtuch ab, bevor er die Steinstufen zu seinem Zimmer hinaufsprang. Es war noch Zeit zum Einkaufen in Venedig, und er wollte für Elisabetta ein Geschenk kaufen.

Vor sieben war er wieder auf dem Festland. Er trottete durch die Passage vom Zattere-Quai zur Accademia, eilte über die Bogenbrücke hinunter zum Campo Morosino, an der Kirche San Maurizio vorbei und zum Markusplatz. Dort kaufte er in einem soliden, aber recht teuren Geschäft eine Handtasche für Elisabetta: sie war schwarz, quadratisch und kräftig und mit sehr feinem gelblichem Leder gefüttert. Dann ging er zum Largo Sebastiano und drückte auf die Klingel an Elisabettas Haus. Es war halb acht. Hoffentlich saßen sie nicht gerade beim Essen.

Er hörte schnelle Füße die Treppe herunterkommen – vielleicht war sie es selbst. Dann kam ihre Stimme: «Wer ist da, bitte?»

«Ich bin's, Filipo.»

Die Tür ging auf. Elisabetta sah ihn mit großen Augen und leicht geöffneten Lippen an. Dann lächelte sie. «Sie sind es.»

«Ja. Ich hab Ihnen etwas mitgebracht.» Er gab ihr das Päckchen mit dem gestreiften Papier. «Ich reise nämlich ab. Ich wollte mich gern verabschieden.»

«Sie – waren Sie denn die ganze Zeit in Venedig?» fragte sie flüsternd und blickte sich um, aber niemand kam.

«Ja. Bitte nehmen Sie das, Elisabetta. Oder können Sie einen Augenblick mitkommen – können wir einen Kaffee zusammen trinken?»

«Zwanzig Minuten hätte ich vielleicht Zeit, vor dem Essen. Moment!» Sie schloß die Tür.

Er wartete auf der Straße und freute sich, daß sie ein paar Minuten Zeit hatte und auch, daß sie ihm vertraute und mitkommen wollte.

Sie erschien wieder, im Mantel. Ray trug immer noch das Päckchen.

«Wo möchten Sie hin?» fragte er.

«Wir brauchen doch nirgends hinzugehen.» Sie starrte ihn mit großen Augen an. «Wo waren Sie bloß? Ich habe Ihr Bild in der Zeitung gesehen.»

«Sch-sch. Ich war in Venedig. Kommen Sie, lassen Sie uns irgendwo eine Tasse Kaffee trinken. Hier ist es eisig.»

Auf Elisabettas Vorschlag gingen sie in eine kleine Bar, um zwei Ecken herum und eine enge Gasse entlang. Elisabetta trank eine heiße Schokolade, Ray einen Whisky mit Wasser.

«Ich hab Ihr Bild Signora Calliuoli gezeigt», flüsterte Elisabetta, unruhig wegen des Jungen hinter der Theke, der sie bereits beobachtete. Hinter vorgehaltener Hand sprach sie weiter. «Ich hab gesagt: ‹Das ist der Amerikaner, der ein paar Tage bei Ihnen gewohnt hat. Das müssen Sie der Polizei sagen.› Sie sagte immer wieder, sie wüßte es doch nicht sicher, aber ich weiß, sie glaubt es auch! Es war bloß, weil die Polizei nicht erfahren sollte, daß sie einen Mieter im Haus hatte.» Elisabetta kicherte plötzlich und suchte das Lachen zu unterdrücken. «Wegen der Einkommensteuer.»

Ray lächelte. «Wie gut. Es wäre mir auch gar nicht lieb gewesen, wenn sie mich gemeldet hätte.» Heute abend kam ihm Elisabettas Parfum viel angenehmer vor als neulich, als er sie zum Essen eingeladen hatte, obwohl es das gleiche Parfum war. Sie sah ganz süß aus mit dem frischen Pfirsichteint und dem hellen Haar.

«Warum haben Sie sich versteckt?» Sie beugte sich über den kleinen Tisch und wartete begierig auf seine Antwort. «Warum wollen Sie mir jetzt nicht die Wahrheit sagen?»

Ray legte das Päckchen auf den Tisch, so daß er näher rücken konnte. «Es stimmt», sagte er leise, «was ich Ihnen neulich sagte. Mein Schwiegervater hat versucht, mich umzubringen. Ich mußte mich verstecken, verstehen Sie.» Nicht alles – nein, alles wollte er ihr nicht erzählen. Auch so wirkte es doch wohl plausibel: er hatte sich zu seinem eigenen Schutz verstecken müssen, damit nicht Elisabetta oder Signora Calliuoli der Polizei, und damit seinem Schwiegervater, seinen Aufenthaltsort angaben. «Und außerdem», fuhr er fort, «war ich wirklich sehr deprimiert und fühlte mich schuldbeladen. Es ist wahr, meine Frau hat sich das Leben genommen.» Sein Italienisch war sehr simpel und selbst in diesen einfachen Worten vielleicht nicht ganz fehlerfrei, aber er sah, daß Elisabetta es verstand und ihm glaubte.

«Warum hat sie das getan?»

«Ich weiß nicht. Wirklich: ich weiß es nicht.»

Sie sah ihn gerade an. «Und nun –»

«Ich gehe morgen zur Polizei», sagte Ray im Flüsterton. Zum Glück blickte der Junge an der Theke, vielleicht höflichkeitshalber, nicht mehr zu ihnen herüber, da sie offensichtlich private Dinge zu besprechen hatten. «Ich werde ihnen sagen, daß ich ganz in Ordnung bin, aber –»

«Aber?»

«Ich werde ihnen nicht sagen, daß mein Schwiegervater versucht hat, mich umzubringen.»

«Und warum nicht?»

«Weil es nicht nötig ist. Ich glaube nicht, daß er es noch mal versuchen wird. Er ist ein Mensch – auch er ist fast wahnsinnig vor Kummer. Verstehen Sie?»

Sie schwieg, aber sie verstand es wohl.

«Es ist so schön mit Ihnen», sagte Ray.

Sie lächelte etwas unsicher. Ihr Lippenstift hatte heute eine merkwürdig braun-lila Färbung. «Wo sind Sie in den letzten Tagen gewesen?»

«Auf der Giudecca.»

«Sie sehen nett aus mit dem Bart.»

«Danke schön. So, und nun nehmen Sie dies, sonst vergesse ich es womöglich.»

Sie nahm das Päckchen und lächelte jetzt wie ein Kind. «Was ist darin?» Sie zog die Handtasche aus dem Seidenpapier, ihr Mund öffnete sich vor Staunen. «Oh, wie wunderschön! *Squis-s-sito*!»

Ray freute sich. «Schön, daß sie Ihnen gefällt. Ich wollte Ihnen doch danken für alles, was Sie für mich getan haben.»

«Ach, das war doch gar nichts.»

«O doch, es war eine ganze Menge. Ich hatte niemand in der Stadt außer Ihnen.» Er blickte auf seine Uhr. «Ich muß immer auf die Zeit achten, Ihretwegen.»

Er zahlte, und sie gingen, Hand in Hand, dann hakte sie sich bei ihm ein, und sie hielten sich bei den Händen. «Wie schade, daß der Weg so kurz ist», sagte Ray.

Sie lachte froh.

«Bekomme ich einen Kuß?»

Sie sah sich ohne Zögern um und suchte mit den Augen eine stille Ecke. Sie standen in einem Hauseingang. Sie legte den Arm um seinen Hals und gab ihm einen langen Kuß. Er hielt sie fest an sich gepreßt und fühlte, wie ein starkes Verlangen ihn überkam, als habe er sie schon früher und lange Zeit gekannt. Einige Gedichtzeilen fielen ihm ein. Sie küßten sich noch einmal, fast so lange wie zuvor. Dann schob sie ihn von sich und sagte: «Jetzt muß ich aber wirklich gehen.»

Sie machten sich wieder auf den Weg.

«Kennen Sie dieses Gedicht?» fragte er. «Es ist in Englisch, ich kenne keine italienische Übersetzung. Es geht so:

The grave's a fine and private place,
But none I think do there embrace.

Es ist von Andrew Marvell.»

Sie hatte nie von Marvell gehört. Er übersetzte ihr die Zeilen, betrübt, weil sie durch die Übertragung so vergröbert wurden.

«Ich habe das Grab betrogen», sagte er. «Das bringen nicht viele fertig.»

Das verstand sie und lachte. «Sehe ich Sie noch mal?» fragte sie an ihrer Tür.

«Ich weiß es nicht. Ich fahre vielleicht schon morgen früh weiter, wenn ich auf der Polizei gewesen bin.» Wieder flüsterte er, wegen ihrer Familie im Haus. «Aber wenn ich noch hier bin – dann werde ich's versuchen.» Es schien ihm plötzlich unsicher und auch nur noch von geringer Bedeutung. Ihr Treffen war vollkommen gewesen, und darauf allein kam es an.

«Ja, hoffentlich. Gute Nacht, Filipo – oder wie Sie auch heißen. Und vielen, vielen Dank für die Tasche!» Sie verschwand im Haus.

Ray ging eine Stunde lang spazieren und fühlte sich angenehm benebelt, frei von allen persönlichen Problemen, an die er einfach nicht mehr dachte. Die Stadt Venedig hingegen sah er schärfer und klarer als je zuvor. Die Nacht war klar und kalt, alle Lichter leuchteten hell wie die Sterne. Und alles entzückte ihn, als sähe er es zum erstenmal, so wie es einem jungen Liebenden geht; und doch wußte er, er liebte Elisabetta nicht. Er sah kleine Kinder, die längst hätten im Bett sein sollen, und freute sich, wie sie neben einer Kirche spielten, die dort seit Marco Polos Tagen stand; er freute sich auch über drei räudige Katzen in einer Gasse – erst nach hundert Metern merkte er, daß es eine Sackgasse war. Er aß in einem Restaurant zu Abend, wo er noch nie gewesen war, und las in einem der Taschenbücher, die er bei sich hatte.

Als er um halb elf aus dem Lokal trat, merkte er, daß er die Gegend nicht kannte; er glaubte, nicht weit von der Rialtobrücke zu sein. Am besten ging er jetzt so lange, bis er irgend etwas erkannte oder einen der Pfeile erblickte, die den Weg zum Vaporetto wiesen. Er schritt aus und kam an einer wenig anziehenden Straße vorbei, von der er sich abwandte und umkehren wollte, als er plötzlich Coleman etwa zehn Meter hinter sich sah. Coleman blickte ihn an, zweifellos war er ihm gefolgt. Im ersten Moment wollte Ray auf ihn zugehen und ihm sagen, was er morgen vorhatte: nämlich zur Polizei zu gehen. Er zögerte nur einen Augenblick, und in diesem Augenblick war Coleman, wie schon einmal, verschwunden.

Verärgert wandte sich Ray wieder um in die Richtung der unangenehmen Straße und ging weiter. Alle Straßen führten irgendwohin – schließlich zum Wasser –, und die Ufer hatten überall breite Fußwege, wo man bis zu einer Wasserbushaltestelle gehen konnte. Nach einer Minute sah er sich um.

Coleman war ihm gefolgt.

Ray bekam plötzlich Angst. Rechts und links gingen Gassen ab, kleine dunkle Wege, auf denen er Coleman leicht entkommen konnte. Schnell bog er nach rechts ein. Es waren viele Leute auf der Straße gewesen, so daß Coleman hoffentlich nicht gesehen hatte, wo er abgebogen war, aber er wandte sich lieber gleich wieder nach links, ging unter einem Sottoporto durch und fand sich auf einem schmalen Weg am Kanal. Er hielt an; hier mochte er nicht weitergehen, der Weg schien nirgends hinzuführen, und es war dunkel. Vorsichtig ging er den Weg zurück, den er gekommen war, blieb aber stehen, als er sah, daß Coleman sich näherte. Ray lief zurück zum Kanal und dann den Weg nach links hinunter. An der nächsten Ecke wandte er sich wieder nach links. Vor ihm brannte eine Straßenlaterne, zehn Meter weiter ging rechts eine Straße ab.

Coleman kam hinter ihm her. Ray hörte seine Schritte. Er mußte jetzt bloß zurückfinden in die größere Straße. Er bog nach rechts ein, irgendwo mußte er wieder nach links abbiegen, um in die große Straße zu kommen. Jetzt sah er, daß er sich in einer Sackgasse befand, und kehrte im Laufschritt um.

Coleman bog in die Gasse ein, bevor Ray die Ecke erreicht hatte. Ray ballte die Fäuste, er wollte Coleman wenigstens aus dem Weg schlagen, wenn der sich wehrte. Er versuchte, an ihm vorbeizustürzen, als Coleman blitzartig den rechten Arm vorstieß. Etwas Schreckliches traf Ray links am Kopf, er hörte das Krachen und taumelte schwer zu Boden. Coleman versuchte, ihn unter den Armen zu packen und hochzuheben. Ray kämpfte gegen eine Ohnmacht und wußte, er kämpfte gegen den Tod. Coleman schleppte ihn ein ganzes Stück Wegs entlang. Sie kamen zum Kanalufer. Ray sah, daß Coleman einen Stein in der Hand hielt; jetzt holte er aus, um ihm einen zweiten Schlag zu versetzen. Ray versuchte, nach Colemans Füßen zu langen, und torkelte mit der Schulter dagegen. Colemans Schlag ging daneben. Ray umklammerte seine Beine und riß ihn zu Boden. Coleman schlug hin, Ray sah den Hut in der Luft und hörte Colemans Rücken dumpf aufschlagen. Der Schädel krachte, als er auf das Zementpflaster schlug. Ray packte den Stein, der neben Coleman lag, kam mühsam auf die Füße und schleuderte ihm den Stein an den Kopf. Er traf Coleman am Hals oder am Ohr.

Schwankend und keuchend stand Ray eine Weile benommen da. Das Lauteste, was er hörte, war sein eigener Atem; endlich konnte er den Mund schließen. Hinter dem linken Ohr rann ihm Blut warm am Hals herunter. Dann setzten sich die Beine von selbst in Bewegung und brachten ihn taumelnd unter den Sottoporto. Wie still es überall war. Er wandte sich nach links, hörte rechts irgendwo Wasser rinnen und sah beim Licht der Straßenlaterne einen kleinen Brunnen an einer Hauswand. Er ging hinüber, hielt sein Taschentuch unter den Wasserstrahl und preßte es sich ungeschickt seitlich an den Kopf. In seinem Schädel stach es und fühlte sich taub an. Auch die Lippe blutete. Als er noch über den Brunnen gebeugt stand, bog ein Mann eilig in die Straße ein und ging an Ray vorbei bis zu einer Tür in der Hauswand. Er hatte nur einen Blick auf Ray geworfen. Ray drückte das Taschentuch aus und legte es sich auf den Kopf, bis es voll Blut war. Das wiederholte er einige Male und wischte sich das Gesicht ab.

Schwankend ging er weiter und sah nach knapp fünf Minuten einen Pfeil, der den Weg zum Vaporetto wies. Hier nahm er ein Boot zur Riva degli Schiavoni und stieg dort um nach der Giudecca. An der Haltestelle Schiavoni gab es auch Gondolieri, und er hätte gern eine Gondel direkt nach Hause genommen, durch einen der Kanäle über die Giudecca, aber er fürchtete, dadurch noch mehr aufzufallen, und unterließ es deshalb, obwohl er wußte, daß er nicht mehr ganz klar denken konnte. Mehrere Leute auf dem Boot starrten ihn an, und zwei Männer fragten besorgt, ob er auch in Ordnung wäre oder ob man vielleicht einen Arzt rufen sollte. Ray erwiderte, er sei nur bös gefallen – ‹un' caduta›.

Als er endlich die Giudecca erreicht hatte, ging er zu Fuß über die Insel bis zum Hause Ciardi und öffnete die Tür mit seinem Hausschlüssel.

Natürlich war wieder eine Weinparty im Gange, und dazu wurde Karten gespielt, das sah Ray durchs Fenster, als er zur Küche kam. Sein Klopfen kam ihm recht schwach vor.

Signor Ciardi öffnete; die Männer sahen ihn an, und das laute Reden verstummte. Er sank auf einen Stuhl und versuchte, den Ansturm der Fragen zu beantworten. Ein Glas Wein wurde ihm an die Lippen gehalten und gleich ersetzt durch ein Glas Cognac.

«Un' caduta – caduta», sagte er immer wieder.

Der Arzt kam. Etwas Haar wurde wegrasiert, eine Nadel stach ihn in die Kopfseite, dann nähte der Arzt mit wenigen Stichen die Wunde zu. Viele hilfreiche Hände halfen Ray ins Bett.

«Ich sag Luigi Bescheid», versprach ihm Signor Ciardi. «Morgen wird er Sie besuchen.»

Der Arzt gab ihm auch noch eine große Schlaftablette, für die Ray sehr dankbar war, denn sein Kopf begann jetzt zu schmerzen trotz der lokalen Betäubung, die der Arzt vorgenommen hatte.

15

Nicht Luigi, sondern seine Frau erschien am nächsten Morgen um neun mit einem Topf voll Fleischbrühe. Signor Ciardi kam mit ihr in Rays Zimmer. Die Schmerzen hatten Ray schon um sechs geweckt, aber da das ganze Haus meist bis nach acht Uhr schlief, hatte er wegen einer Aspirintablette Signor Ciardi oder Giustina nicht wecken wollen.

«Sie müssen die Brühe trinken, solange sie heiß ist.» Geschäftig nahm Signora Lotto den blauen Topf vom Tablett und goß die Brühe in eine kleine Schale. «Es ist zwar erst Morgen, aber dies ist besser für Sie als Milchkaffee. Ich hab's gerade heiß gemacht auf Giustinas Herd.»

«*Grazie*, Signora Lotto», sagte Ray. «Und vielen Dank, Signor Ciardi, daß Sie mir gestern abend so freundlich geholfen haben. Sie müssen mir sagen, was ich dem Arzt schuldig bin. Ob ich wohl jetzt ein Aspirin haben könnte?»

«Ah, si! Gegen die Schmerzen. *Subito*!» Er ging hinaus.

«Und was ist nun eigentlich passiert, Signor Weelson?» Signora Lotto saß auf dem Stuhl, die hageren Hände auf den Knien. «Mein Luigi wäre hergekommen, aber er ist heute tatsächlich schon um zwei Uhr früh aus dem Haus gegangen und weiß das von Ihnen noch gar nicht. Der Bote von Paolo kam erst um acht. Was ist mit Ihrem Kopf – es ist doch kein Knochen gebrochen?»

«Nein, nein. Ich bin bloß gefallen – ein paar Steinstufen hinuntergefallen.» Er war froh, daß sie ihn noch John Wilson nannte.

Sie sah ihn fragend an. «Keine Schlägerei? Kein Überfall? Gut! Und sonst sind Sie nirgends verletzt?»

«Ich glaube nicht.» In Rays Kopf klopfte es, als schlage ein kleiner Satan andauernd auf dieselbe schmerzende Stelle. «Die Brühe ist ganz wunderbar. Haben Sie tausend Dank.»

Signor Ciardi erschien mit den Aspirintabletten, und Ray nahm zwei.

«Ich mache Ihnen sehr viel Mühe», sagte er und setzte sich halb auf, um zu sehen, ob das Blut bis zum Kissen durchgesickert war. Zum Glück waren keine Flecken zu sehen. Der Arzt hatte den Verband fest um den Kopf gewickelt.

«Mühe überhaupt nicht. Das war einfach Pech, mein lieber Freund. Luigis Freunde sind auch meine Freunde, und er sagt, er sei Ihr Freund. Stimmt das nicht, Costanza?»

«*Sisi.*» Sie nickte bestätigend und wiegte sich auf dem Stuhl hin und her. «Aber die Suppe müssen Sie aufessen. Nehmen Sie doch noch!»

Sie blieb zwanzig Minuten und ging dann zusammen mit Signor Ciardi hinaus. Ray hatte gesagt, er wolle versuchen aufzustehen und sich anzuziehen. Der gute Signor Ciardi hatte sich sogar erboten, ihm dabei zu helfen. Da es im Hause Ciardi kein Telefon gab, mußte er also bis zur nächsten Bar gehen, wo eins vorhanden war. Ihm war nicht danach zumute, jetzt den Weg zu einer Polizeiwache zu machen. Er war schwach, aber wenn er sich langsam bewegte, würde es wohl gehen. Doch als er unten war und sich das Zimmer um ihn zu drehen begann, sah es anders aus. Er ließ sich auf einen Stuhl im Wohnzimmer fallen. Nach einer Weile kam Signor Ciardi und sah ihn.

«Sehen Sie, Signor Weelson, Costanza hatte doch recht. Sie sollten heute noch im Bett bleiben.»

«Ich muß ein wichtiges Telefongespräch führen», sagte Ray. «Ob Sie vielleicht soviel Zeit haben, daß Sie mit mir zum nächsten Telefon gehen könnten?»

«Ah, si, hier links bei meinen Freunden Zanaro.»

«Danke – aber ich würde lieber von einer Zelle aus telefonieren. Es ist ein privates Gespräch, verstehen Sie.» Es war mittlerweile elf geworden. «Ich würde es gern gleich erledigen, wenn Sie so freundlich sein wollen.»

Signor Ciardi holte seinen Mantel, und sie gingen langsam bis zu einer Bar am Fondamento. Ray blätterte im Telefonbuch und stellte sich dann vor den Apparat, der offen an der Wand hing. Signor Ciardi schlenderte diskret aus der Tür. Die wenigen anderen Gäste hatten einen Augenblick seinen Verband angestarrt, kümmerten sich jetzt aber nicht mehr um ihn. Außerdem machte es schließlich nichts aus, wenn sie alle zuhörten.

«Ich möchte gern jemand sprechen wegen der Situation mit Ray Garett.» Er gebrauchte das Wort *‹situazione›*, auch sein Italienisch war heute morgen schwach.

«Ja? Wer spricht da, bitte? Wer ist da?» Geduldig wiederholte die italienische Stimme: *«Chi parla, per favore . . .?»*

Langsam legte Ray den Hörer zurück auf die Gabel; er schien ihm so schwer wie ein Fünfpfundgewicht. Mit den Händen klammerte er sich an das kleine Bord, auf dem der Apparat stand.

Signor Ciardi stürzte herbei, legte den Arm um ihn und führte ihn zu einem Stuhl. Glocken dröhnten in seinen Ohren, er verstand kein Wort von dem, was Signor Ciardi sagte.

«Acqua! Un bicchieri d'acqua, per favore!» rief Signor Ciardi zur Bar hinüber.

War es besser, sich in eine kurze Ohnmacht abgleiten zu lassen oder dagegen anzukämpfen? Ray holte tief Luft. Die Glocken tönten leiser. «Tut mir sehr leid. Ich habe wohl gestern abend ziemlich viel Blut verloren, nehme ich an.»

«Sie müssen einen Kaffee trinken. Vielleicht mit Cognac. Kommen Sie, das mache ich schon.» Signor Ciardi war voll sorgender Umsicht, wie vorher Signora Lotto; er beugte sich über den Tisch und drückte Rays Arm. Ray war ihm sehr dankbar. Nach dem Cappuccino wurde ihm besser. Einen Cognac wollte er nicht, aber er tat viel Zucker in den Kaffee.

Signor Ciardi lächelte und rieb sich das Stoppelkinn mit dem Zeigefinger. Er mochte sich anziehen wie ein Landstreicher, tagelang unrasiert herumlaufen: stets wirkte er wie ein Mann von Würde, sogar von Bedeutung, weil er überzeugt war, einer zu sein.

Langsam fühlte Ray die Kräfte zurückkehren, und mit ihnen wuchs die triumphierende Freude, weil er sich gestern abend Coleman gegenüber behauptet hatte. Zum erstenmal hatte er zurückgeschlagen. Er hatte es satt, und das wußte Coleman jetzt, der heute morgen wohl auch mit einigen Schrammen aufgewacht war. Plötzlich fiel Ray die Möglichkeit ein, daß Coleman vielleicht etwas Ernstes abgekriegt hatte, wenn der Stein ihn am Kopf getroffen hatte, als er am Boden lag. Was war danach geschehen? Er wußte, er hatte den Stein, mit dem Coleman ihm den Schädel einschlagen wollte, nach Coleman geschleudert, als er am Boden lag. Und danach: hatte er ihn mit dem Fuß getreten? Mit der Faust geschlagen? Es sah ihm eigentlich nicht ähnlich, einen Mann zu schlagen, der am Boden lag – aber Coleman hatte ja auch am Boden gelegen, als Ray den Stein nach ihm warf. Es war also denkbar, daß er besinnungslos zugeschlagen hatte; er war von Angst und Wut erfüllt gewesen. Ja, reiner Mut war es nicht gewesen, der ihn angetrieben hatte, aber die Hauptsache war, er hatte standgehalten. Er kam sich vor wie ein anderer Mensch, ganz jemand anders als der Mann, der er gestern um diese Zeit gewesen war.

«Ich hätte gern noch einen Cappuccino», sagte er und winkte dem Jungen hinter der Theke. «Und was trinken Sie, Signor Ciardi? Einen Kaffee oder lieber ein Glas Wein?»

«Si, ein Glas Wein, gerne.» Signor Ciardi strahlte vor Freude, daß sein Patient sich langsam erholte.

Ray bestellte beides. Signor Ciardi sah ihn an und runzelte plötzlich die Stirn. «Wo war das eigentlich, wo Sie gefallen sind?»

«Auf einer kleinen Treppe, nicht weit von der Rialtobrücke. Die Straße war ganz dunkel, sonst wäre mir das nicht passiert.» Ob Coleman wohl tot war? Vielleicht hatte man jetzt seine Leiche gefunden, womöglich schon gestern abend. Ray konnte zu keinem Schluß darüber kommen, was logischer war: daß er tot war oder daß er noch lebte. Vermutlich war es einfach sein schlechtes Gewissen – weil er den Stein nach Coleman geworfen hatte –, das ihn fürchten ließ, er sei vielleicht tot.

«Und kein Mensch war in der Nähe, der Ihnen hätte helfen können?»

«Nein. Ich hab einen kleinen Brunnen gefunden und mich etwas gewaschen. So schlimm ist es auch nicht, wissen Sie, es ist nur das Blut.» Wieder kam die Schwäche über ihn. Er goß seinen Kaffee so schnell herunter wie Signor Ciardi seinen Wein.

«Wir gehen jetzt nach Hause», bestimmte Signor Ciardi.

«Ja.» Ray zog ein Fünfhundertlirestück aus der Tasche und bestand trotz Signor Ciardis Protest darauf, die Zeche zu bezahlen. Befriedigt dachte er daran, wie er gestern abend die drohende Ohnmacht einfach durch Willenskraft überwunden hatte. Nach einem Schlag, wie er ihn bekommen hatte, wären ganz sicher die meisten Menschen außer Gefecht gewesen. Auf dem Heimweg mit Signor Ciardi trug er den Kopf höher als sonst und hielt sich so aufrecht, wie er konnte, wobei ihm allerdings Signor Ciardis Hand, die seinen Arm gepackt hielt, eine wesentliche Hilfe war.

Er legte sich sofort ins Bett und schlief mehrere Stunden. Um vier, wie mit Signor Ciardi verabredet, weckte ihn Giustina mit einem Tablett mit Tee, Toast und gekochten Eiern.

Ein Glücksgefühl erfüllte ihn, das nicht von Dauer sein konnte. Es war auch nicht eigentlich Glück, eher eine sehr wesentliche Verbesserung des Zustandes, in dem er sich seit kurz vor Peggys Selbstmord, oder schon Wochen vorher, befunden hatte. Es war sonderbar und schrecklich gewesen damals, als Peggy noch lebte und er erkennen mußte, daß mit ihrer Ehe etwas nicht klappte, daß sie beide nicht glücklich waren trotz aller Dinge, die angeblich eine Ehe glücklich machten: Zeit, Geld, ein schönes Haus und ein Lebensziel. Er hatte die New Yorker Kunstgalerie gehabt, an der auch Peggy interessiert war. Sie kannte einige Maler, mit denen er sich von Mallorca aus in Verbindung setzen konnte; drei davon waren jetzt für die Galerie vorgemerkt. Sie planten eine Ausstellung junger europäischer Maler, die noch in Europa lebten, denn New York hatte genügend europäische Maler, die in New York wohnten. Bei der Eröffnung brauchte der Maler selbst nicht anwesend zu sein, wenn er nicht wollte; Fotos und Biographien von ihm würde man gut sichtbar in der Galerie auslegen. In New York gab es sehr viele exhibitionistische Maler, die zur Eröffnung in roten Samtanzügen oder in Windeln oder sonst etwas Auffälligem erschienen; danach hing dann der Erfolg nur von den Leuten ab, die der Maler kannte. Ray plante eine Galerie ohne solche Zirkusatmosphäre, sogar ohne die übliche leise Musik: nichts als schwere Teppiche, reichlich Aschbecher, gutes Licht. Er und Peggy wären durch die Galerie auch gar nicht unbedingt an New York gebunden gewesen, wenn sie nicht wollten, denn sie hätten sie gut Bruce überlassen können. Sie hätte ihnen interessante Anregungen in New York verschafft, wenn sie gewollt hätten. Sie hatten wirklich alles gehabt, dachte er. Alles – außer Sorgen.

Und dann Peggys Tod und Colemans Überfälle – wie eine schwere Sturzflut hatte es ihn überrannt, und er hatte sich nicht nur gebeugt, er hatte sich knockout schlagen lassen. Aber am Ende hatte er sich doch behauptet. Er sonnte sich in der Vorstellung, daß er der erste war, der jemals mit Coleman fertig geworden war. Er erinnerte sich an Colemans Geschichten in Rom, kurz nachdem sie sich kennengelernt hatten (Coleman ließ nie viel Zeit vergehen, bis er mit seinen Bravourgeschichten anfing). Er war ein Selfmademan, der sich in Amerika den Weg in die wohlhabenden Kreise mit Prahlereien gebahnt und zur Belohnung seine Frau davongetragen hatte. Er drängte sich auch bald an die Spitze seiner Ingenieurfirma, gründete eine eigene Gesellschaft und gab dann das Geschäft ohne weiteres auf. Weiter und weiter zog er zu neuen Ruhmestaten, offenbar mehr mit Frauen als mit Bildern. *«Ich hab's gern groß. Wer nicht wagt, gewinnt nicht, und ich will noch viel gewinnen»*: so hatte Coleman noch vor kaum zwei Jahren in Rom geredet. Meinte er

Frauen, Männer, Bilder, Geschäfte? Egal – auf seine Haltung kam es an. Er mußte jetzt in Weißglut sein, dachte Ray.

Mit Hilfe einer Glocke mit langem Griff, die vor seiner Tür stand, rief Ray Giustina herbei, gab ihr dankend das Tablett zurück und bat sie, ihm ein Bad zu bereiten. Um sechs wollte der Arzt kommen. Ray badete und empfing den Arzt und Signor Ciardi. Der Arzt stellte fest, daß er kein Fieber mehr hatte; die Wunde sah er gar nicht an. In vier Tagen sollten die Fäden entfernt werden. Er verordnete Ruhe. Ray hatte vorgehabt, abends von irgendwoher die Polizei anzurufen, aber er merkte, daß Signor Ciardi ihn nicht aus den Augen zu lassen gedachte. Na schön, bis morgen hatte die Sache wohl Zeit.

«Luigi will noch kommen», sagte Signor Ciardi und wiederholte diese Worte alle zwei Minuten, bis endlich die Klingel ertönte. Giustina lief nach unten, um die Tür zu öffnen, und kam mit Luigi zurück. Er hatte, wie immer, ein Stoppelkinn und trug die Mütze in der Hand; am Ausschnitt der schwarzen Jacke sah man das gestreifte Hemd der Gondolieri.

«*Ciao*, Luigi», sagte Ray. «*Tutto va bene*, keine Angst. Kommen Sie, setzen Sie sich doch.»

«Mein lieber Signor Weelson – Giovanni? Costanza hat mir erzählt ...» Wieder gingen die Worte unter in dem Dialekt, den Ray nicht verstand.

«Ihre Frau war sehr freundlich, sie hat mir Fleischbrühe gebracht.» Ray erzählte es ihm, obwohl er es zweifellos schon wußte.

Die Unterhaltung verlief nicht gerade leicht, doch das Öl der Zuneigung und Hilfsbereitschaft war deutlich spürbar. Luigi hatte ihm einmal das Leben gerettet und half ihm auch jetzt, durch seine Freunde, am Leben zu bleiben. Soviel brachte Ray hervor und entzückte mit seinen Worten Signor Ciardi und Giustina, die blumenreiche Gefühlswendungen sehr zu schätzen wußten. Vermutlich hatten sie den ersten Teil der Geschichte – von der Lebensrettung – gar nicht verstanden und nahmen an, er sei Luigi so dankbar, weil er ein Zimmer für ihn besorgt hatte.

Signor Ciardi ließ Giustina Wein holen, und alle außer Giustina nahmen eine der amerikanischen Zigaretten von Ray. Die Stimmung wurde lustig. Luigi holte zwei schöne Orangen aus seiner Jacke und legte sie auf Rays Nachttisch. Er fragte ihn nach der Straße, wo er hingefallen war, und beklagte das fehlende Laternenlicht in manchen Straßen. Sie wären alle gern noch länger geblieben; da aber der Arzt Signor Weelson Ruhe verordnet hatte, zogen sie ab.

Giustina brachte Ray sein Abendbrot, bestehend aus Fettucini mit Salat und Signor Ciardis stärkendem Wein. Ray sammelte seine Energien für den kommenden Tag.

Zusammen mit dem Frühstückstablett brachte ihm Giustina am nächsten Morgen den erbetenen *Gazzettino*. Er war darauf vorbereitet und daher nur so überrascht wie jemand, der seine Erwartung bestätigt findet, als er auf der Titelseite Colemans Paßbild – eine en-face-Aufnahme – fand. Edward Venner Coleman, 52 Jahre alt, amerikanischer Maler, wohnhaft in Rom, war seit dem Abend des 23. November verschwunden. Da er am vorhergehenden Abend nicht ins Hotel zurückgekehrt war, hatte seine Bekannte, Mme. Inez Schneider, 48 Jahre alt, aus Paris, wohnhaft im Gritti Palace, am Mittag des 24. November das Verschwinden der Polizei gemeldet. Coleman, so hieß es in dem Bericht, war der Schwiegervater von Rayburn Cook Garrett, 27 Jahre alt, der seit dem 11. November verschwunden war. Jeder, der Coleman am Abend des 23. November nach 9 Uhr 30 oder später gesehen hatte, wurde aufgefordert, dies bei der Polizei zu melden.

Ein kurzer Schrecken durchfuhr Ray: vielleicht war Coleman tot. Aber er glaubte weder, daß Coleman wirklich tot war, noch daß er selbst ihn in einem Anfall von Besinnungslosigkeit in den Kanal gestoßen hatte. Wahrscheinlich hielt er sich irgendwo verborgen und hatte sozusagen den Spieß jetzt umgedreht. Ray sah ein, daß er auf der Polizei Rede und Antwort stehen mußte. Er mußte auch von der Schlägerei berichten.

Ray stand auf und rasierte sich mit dem heißen Wasser, das Giustina in einem Krug auf dem Tablett mitgebracht hatte. Er zog ein sauberes Hemd an. Es war erst Viertel vor neun. Er fühlte sich viel kräftiger als gestern und wäre gern die Treppen hinuntergelaufen, stieg aber doch lieber langsam hinab. Unten traf er Giustina.

«Ich gehe ungefähr eine halbe Stunde aus», sagte er. «Vielen Dank für das gute Frühstück, Giustina.»

«*Un mezz' ora*», wiederholte sie.

«*Si. O forse un ora. Arrivederla.*»

Auf dem Fondamento ging Ray langsam und vorsichtig. Er trat in die gleiche Kaffeebar, wo er gestern das Telefongespräch mit der Polizei angefangen hatte. Wieder suchte er die sechsstellige Rufnummer, die er inzwischen vergessen hatte. Die gleiche Stimme meldete sich.

«Kann ich bitte jemand sprechen wegen der Rayburn Garrett-Sache?»

«*Si, Signor. Chi parla, per favore?*»

«Hier ist Rayburn Garrett», sagte Ray.

«Ah, Signor Garrett! *Benissimo.* Bitte einen Moment. Wir freuen uns sehr, von Ihnen zu hören.»

Er wartete.

Dann kam eine zweite Stimme. Sie fragte, ob er so bald wie möglich zur Polizeiwache auf dem Piazzale Roma kommen könne. Ja, sagte Ray, das könne er.

16

Während der Bootsfahrt zum Piazzale Roma bereitete sich Ray auf seine nicht gerade heldenhafte Geschichte vor. Der einzige – und recht magere – Trost war, daß viele vor ihm Schlimmeres zu beichten gehabt hatten, zum Beispiel Diebstahl oder Mord; und ferner, daß er sich vorgenommen hatte, kein Wort von Colemans beiden Mordanschlägen zu sagen. Dadurch kam er vielleicht in eine Kategorie, die man mit einiger Phantasie als ‹edel› bezeichnen durfte. Jedenfalls wollte er den Kopf nicht mehr hängen lassen. Ein passenderes Wort als edel, dachte er, wäre vielleicht gütig oder großzügig.

Er schritt also erhobenen Hauptes und mit frischem, fleckenlosem Verband durch den Eingang zur Polizeiwache auf dem Piazzale Roma, die er ohne viel Fragen gefunden hatte. Er nannte dem Beamten seinen Namen und wurde weiter ins Haus geführt und einem Capitano Dell' Isola vorgestellt.

«Signor Garrett! Was ist Ihnen passiert?» Dell' Isola, ein untersetzter, intelligent aussehender Mann, machte große Augen.

Er meinte den Kopfverband, das sah Ray. «Ich hatte einen Zusammenstoß, vorgestern abend. Mit Signor Coleman.»

«Das müssen wir notieren.» Der Capitano gab dem Schreiber einen Wink, der holte Papier und Feder und setzte sich neben Dell' Isolas Schreibtisch.

«Wir müssen sofort Ihren Eltern telegrafieren. Sie haben doch gewiß nichts dagegen, Signor Garrett?»

«Nein», sagte Ray.

«Und wir müssen auch den Privatagenten benachrichtigen. Signor Zordzi – nein, Zord-yi heißt er. Wir konnten ihn nach Ihrem Anruf nicht erreichen, aber wir haben in seinem Hotel eine Nachricht hinterlassen, daß Sie hier sind; ich hoffe, er kommt gleich her. Sie sollten hierbleiben und dann mit ihm sprechen. *Allora.*» Der Capitano stand hinter seinem Stuhl, die Hände auf dem Rücken, und lächelte Ray zu. «Wo sind Sie in den letzten –» er warf einen Blick auf einen Zettel auf seinem Schreibtisch – «vierzehn Tagen gewesen?»

«Hier in Venedig. Ich habe mir ein Zimmer genommen. Es tut mir leid, daß ich soviel Mühe verursacht habe, aber – ich hatte sehr großen Kummer und wollte eine Weile verschwinden.»

«Nun, das ist Ihnen gelungen. Jetzt, bitte, sagen Sie mir, wie war das mit dem Zusammenstoß vorgestern abend, am dreiundzwanzigsten November. Zunächst mal: wo war das?»

«In einer Straße nahe der Rialtobrücke. Ich merkte, daß Signor Coleman mir folgte. Ich versuchte wegzulaufen. Das war ungefähr um halb elf Uhr abends. Plötzlich war ich in einer Straße ohne Ausgang. Signor Coleman hielt einen Stein in der Hand und schlug ihn mir auf den

Kopf. Aber ich habe ihn auch geschlagen. Er muß wohl bewußtlos gewesen sein, als ich wegging.»

«Und können Sie mir genau sagen, in welcher Straße das war?» fragte Dell' Isola und blickte zu dem Schreiber hinüber, um zu sehen, ob er mitkam.

«Nein. Es war an einem Kanal. Vielleicht könnte ich es wiederfinden. Das Vaporetto an der Rialtobrücke war ungefähr hundertfünfzig Meter entfernt.»

«Womit haben Sie Signor Col-e-man geschlagen?»

«Ich habe den Stein nach ihm geworfen, denselben Stein. Ich hatte ihn wohl zu Boden geworfen, glaube ich. Ich war – ich war auch nicht recht bei mir.»

«Sie wissen, daß Signor Col-e-man verschwunden ist?»

«Ja, das habe ich heute morgen gelesen.»

«In was für einem Zustand war er, als Sie fortgingen?»

Ray blickte auf den Schreiber, der ihn jetzt ansah. «Er lag am Boden. Auf dem Rücken lag er.»

«Gesehen hat Sie niemand?»

«Nein. Es geschah alles sehr schnell. Es war an einem schmalen Kanal, auf dem –» Ray kam nicht auf das Wort für Gehweg oder Bürgersteig. Er fuhr sich schnell mit der Hand über die Stirn und fühlte den Verband. «Ich glaube nicht, daß jemand uns gesehen hat.»

Es klopfte.

«Herein», sagte der Capitano.

Ein großer Amerikaner in braunem Mantel trat ein. Er lächelte Ray überraschend freundlich zu. «Guten Morgen. Guten Morgen», wiederholte er zu Dell' Isola gewandt. «Mr. Garrett?»

«Ja», sagte Ray.

«Ich heiße Sam Zordyi. Ihre Eltern haben mich herübergeschickt, ich sollte Sie suchen. Und nun – wo sind Sie gewesen? Im Krankenhaus?»

«Nein, nein. Dies hier ist erst vorgestern passiert. Ich habe es gerade dem Capitano erzählt.» Ray begann etwas verlegen von neuem mit seiner Geschichte. «Ich hatte mir ein Zimmer gemietet. Ich wollte eine Weile allein sein, und – am Dienstag abend habe ich Coleman getroffen, und wir hatten eine Schlägerei.» Ray sah, daß der Capitano aufmerksam zuhörte, vermutlich verstand er Englisch.

Dell' Isola sagte etwas auf italienisch zu Zordyi und bot ihm einen Stuhl an. Zordyi setzte sich und blickte Ray nachdenklich und unschlüssig an. Er hatte große blaue Augen und sah kräftig und energisch aus.

«Ich glaube, ich muß jetzt erst mal an Ihre Eltern telegrafieren», sagte er. «Oder haben Sie das schon getan?»

«Nein», erwiderte Ray.

«Sie auch nicht, Sir?» fragte er Dell' Isola und fuhr auf italienisch fort: «Haben Sie seine Eltern benachrichtigt, daß er wieder da ist?»

«Nein, Signor.» Dell' Isola holte tief Luft und sagte dann: «Ich dachte gerade – Signor Garrett sagt doch, er war fast bewußtlos von dem Schlag, den ihm Signor Col-e-man mit dem Stein versetzt hat. Er erinnert sich, daß Signor Col-e-man am Boden lag, vielleicht ebenfalls bewußtlos. Ist es nicht denkbar, daß Signor Garrett in seinem Zorn – den ich gut verstehe, denn er wurde ja zuerst angegriffen – Signor Col-e-man schwerer getroffen hat, als er glaubt?» Dell' Isola sah Ray an.

«Ich habe ihn einmal getroffen, mit dem Stein. Ich glaube am Hals.» Ray zog unsicher die Schultern hoch, er hatte das Gefühl, er sähe schuldbewußt aus. «Vorher ist er einfach hingefallen, weil ich ihn an den Beinen gezogen habe. Wenn er sich nicht bei dem Fall den Schädel gebrochen hat –»

«Wie ist es denn passiert?» fragte Zordyi.

Ray erzählte auf englisch, wie Coleman ihm gefolgt war mit dem Stein in der Hand – er zeigte mit den Fingern die Größe einer großen Birne – und ihm den ersten Hieb versetzt hatte, wie er dann jedoch zurückgeschlagen und Coleman am Boden liegen gelassen hatte.

«Wo war das?» fragte Zordyi.

Ray erklärte es ihm, so gut er konnte.

Zordyi zog die Stirn hoch. «War dies das erste Mal, daß Sie Coleman gesehen haben, in den letzten beiden Wochen?» Zu Dell' Isola gewandt, sagte er in ungelenkem, aber richtigem Italienisch: «Ich hoffe, Sie können folgen, Signor Capitano.»

«*Sisi*», sagte Dell' Isola.

Ray sah die Falle größer und größer werden. Vorsichtig erwiderte er: «Ich habe ihn einmal in einem Restaurant gesehen. Ich glaube nicht, daß er mich sah.»

«Gingen Sie ihm denn aus dem Wege? So sieht es ja aus. Warum denn bloß?»

«Ich ging ja allen aus dem Wege.»

«Aber als Sie in Venedig ankamen, haben Sie Coleman doch aufgesucht. Ich habe gerade mit Mme. Schneider gesprochen, und sie sagt, Sie hätten Coleman ein paarmal getroffen. Was ist denn dann passiert?»

Ray zögerte; er wollte gerade sagen, sie hätten sich über Peggy unterhalten, als Zordyi fortfuhr:

«Was geschah in der Nacht, als Coleman Sie vom Lido zurückbrachte? Auf dem Motorboot?»

«Gar nichts. Wir – unterhielten uns. Er setzte mich am Zattere-Quai ab. Ich war an dem Abend sehr deprimiert und bin einfach weiter herumgelaufen. Übernachtet habe ich in einem kleinen Hotel, und am nächsten Tag habe ich mir für einige Tage ein Zimmer genommen. Ich hatte keinen Paß bei mir.»

«Wo war das Zimmer?» fragte Dell' Isola auf italienisch.

«Ist das wichtig?» fragte Ray. «Ich möchte den netten Leuten ungern Schwierigkeiten machen, Capitano. Das Finanzamt –»

Dell' Isola lächelte. «Na schön. Darauf kommen wir später noch zurück.»

«Hatten Sie Streit mit Coleman an dem Abend am Lido?» fragte Zordyi.

«Nein.» Ray spürte, daß seine Antworten unlogisch waren. «Es war – ich konnte ihm nur nicht begreiflich machen, warum seine Tochter sich das Leben genommen hat. Vielleicht weil ich es selbst nicht verstehe.»

«Und Coleman gab Ihnen die Schuld daran, ja?» fragte Zordyi.

Ray glaubte nicht, daß Inez ihm das gesagt hatte, aber vielleicht hatte er etwas darüber von den Smith-Peters gehört, oder es war einfach eine Vermutung. «Ich weiß nicht – er gab mir nicht direkt die Schuld, aber er wollte herausfinden, ob ich schuld daran war. Ich weiß nicht, ob er zu einem Ergebnis gekommen ist.»

«War er zornig? Wann wurde er zornig?» fragte Zordyi.

«Er konnte ihren Tod nicht begreifen», sagte Ray niedergedrückt. Er war erschöpft, und es war alles so sinnlos.

«Ich habe mit Coleman und noch mit ein paar anderen Leuten über Ihre Frau gesprochen, Mr. Garrett. Sie hielten sie alle für – für irgendwie nicht von dieser Welt. Unrealistisch. Es muß schrecklich für Sie gewesen sein, der Selbstmord. Ein schwerer Schlag.»

War das jetzt noch wichtig? Ray spürte, wie Zordyi immer im Kreise um den Kern der Sache herumging, auf der Suche nach der zentralen weichen Stelle, die er dann mit einer einzigen Frage bloßlegen wollte. «Mir war so blöde zumute, weil ich es nicht vorausgesehen habe.»

«Hat Coleman Sie jemals bedroht?» fragte Zordyi aufmerksam.

«Nein.»

«Nie etwas gesagt, so etwa: Das zahle ich dir heim, oder so?»

«Nein.»

Zordyi rückte den schweren Körper auf dem Stuhl zurecht. «Sie sind doch extra nach Venedig gekommen, um Ihren Schwiegervater zu sprechen, nicht wahr?»

Ray war jetzt auf der Hut. Zordyis Aufgabe, mit der die Eltern ihn betraut hatten, war doch nun erledigt. Warum also noch all die Fragen? «Ich hatte hier geschäftlich zu tun, wegen einer Kunstgalerie. Aber ich wollte ihn auch sprechen, ja, das stimmt.»

«Und warum?»

«Weil ihm meine Erklärungen zum Selbstmord meiner Frau nicht genügten – soweit ich welche hatte.»

«Er war doch böse mit Ihnen. Sonst hätte er Sie nicht auf der Straße mit einem Stein überfallen.» Zordyi lächelte plötzlich und zeigte dabei gesunde weiße Zähne.

«Er hatte böse Momente. Er – er hat seine Tochter angebetet.»

«Aber an dem Abend am Lido war nichts los, nein? Da ging alles glatt?»

«Da ging alles in Ordnung», sagte Ray mit einer Ruhe, die ihm selbst unnatürlich vorkam.

«Mr. Garrett, woher stammen die Schußlöcher in Ihrer Jacke? In der Jacke, die noch im Seguso ist?»

Ray sah, daß der italienische Capitano die Frage ohne Überraschung anhörte. «Bitte – verzeihen Sie, aber ich weiß nicht, was das mit dieser Sache hier zu tun haben soll. Ich –»

«Zugegeben, das müssen Sie selbst entscheiden», unterbrach ihn Zordyi lächelnd. «Aber vielleicht darf ich erfahren, *wo* sie entstanden sind. Hier in Venedig?»

«Nein. Die – das ist schon Wochen her.»

«Jemand hat auf Sie geschossen. War es vielleicht Coleman?»

«Nein, der war es nicht.»

«Hat es mit Coleman gar nichts zu tun?»

«Nein.»

«Ja, dann – haben Sie denn Feinde, Mr. Garrett?» fragte Zordyi mit leichtem Lächeln, als belustige ihn Rays Zurückhaltung. «Mir liegt doch daran, Sie zu schützen, nicht Sie zu belasten oder zu verdächtigen.»

«Nein, Feinde habe ich nicht», murmelte Ray und schüttelte den Kopf.

Kurzes Schweigen. Dann fragte Dell' Isola: «Mr. Garrett, was glauben Sie, ist mit Signor Col-e-man passiert?»

Ray zögerte. «Ich weiß es nicht. Vielleicht – er mag für kurze Zeit das Gedächtnis verloren haben. Oder jemand kann ihn ausgeraubt und ihn – getötet und dann in den Kanal geworfen haben.» Wieder scheute er davor zurück, das Nächstliegende, das Wahrscheinlichste auszusprechen: daß Coleman sich vielleicht verborgen hielt, um den Verdacht des Mordes auf ihn zu lenken. Wenn die Beamten darauf nicht selbst kamen, warum sollte er sie darauf stoßen? Einen Augenblick hatte er das Gefühl, er sei fertig mit Coleman. Aber er wußte, das konnte trügen oder mochte nur vorübergehend sein, denn so war es ihm schon manchmal mit Coleman ergangen.

«Sie sagten, Sie haben ihn mit dem Stein geschlagen?» fragte Dell' Isola noch einmal.

«Ich hab den Stein nach ihm geworfen. Ich glaube, er traf ihn am Hals oder am Ohr.»

Der Schreiber schrieb alles mit.

«Er lag also auf dem Boden. War er bewußtlos?»

«Ich weiß es nicht. Er war hingefallen.» Ray hatte Mühe, die Worte herauszubringen.

Zordyi stand auf. «Signor Capitano, ich würde gern ein Telegramm aufgeben, wenn ich darf. Oder ich könnte auch ein R-Gespräch anmelden.»

«Aber gern, natürlich. Nebenan ist ein Telefon», sagte Dell' Isola.

Ray erhob sich ebenfalls, sein Rücken schmerzte von der steifen Stuhllehne.

«Möchten Sie mit Ihren Eltern sprechen, Mr. Garrett? Drüben ist es jetzt ungefähr vier Uhr morgens», sagte Zordyi lächelnd.

«Nein danke, jetzt nicht. Bitte sagen Sie ihnen, daß ich ganz wohlauf bin.»

«Und der Kopf –»

«Das ist nur eine Schnittwunde.»

Zordyi verließ das Zimmer, und Dell' Isola sagte: «Signor Garrett, wir müssen in unserem Bericht angeben, wo Sie gewohnt haben. Ich verspreche Ihnen, daß die Leute keine Ungelegenheiten haben werden.»

Mit einigem Zögern gab Ray ihm den Namen der Signora Calliuoli. Die Hausnummer wußte er nicht, aber es war am Largo Sebastiano. Dell' Isola wollte die genauen Daten wissen, die Ray ihm ebenfalls nannte: 12. bis 17. November.

«Und wo wohnen Sie jetzt?»

«Signor Capitano, ich verspreche Ihnen, ich bleibe in Verbindung mit –»

«Aber wir brauchen die Angaben!» sagte der Capitano mit Betonung. Ihm begann sichtlich die Geduld zu reißen unter dem Gewicht bürokratischer Vorschriften, und Ray wußte, da war nichts zu machen. Wenn er die Adresse nicht angab, würde man ihm bis nach Hause folgen.

«Also: es ist Signor Ciardi. Calle Montesino, Giudecca. Aber die Hausnummer weiß ich wieder nicht.»

«Danke, danke», sagte Dell' Isola und wartete, bis der Schreiber alles notiert hatte. «Signor Garrett, kennen Sie Signora Perry? Sie ist Amerikanerin.»

Ray besann sich mühsam. Ja – der Abend am Lido, am elften. Die Gastgeberin. «Ja. Ich habe sie einmal getroffen.»

«Ich habe mich mit ihr unterhalten. Und der Amerikaner auch.» Er wies auf den Raum, in den Zordyi verschwunden war. «Gestern nachmittag. Signora Perry – von der haben wir endlich erfahren, daß Signor Col-e-man einen Groll gegen Sie hatte.»

Schwer und gewichtig stand das italienische Wort im Raum: *risentimento*.

«Das hat Signor Zordyi herausgefunden. Uns hat sie es nicht gesagt. Wissen Sie, wir hatten alle so eine Ahnung, als ob Signor Col-e-man Sie umgebracht hätte.»

«Ja, ich weiß.»

«Das wissen Sie? Vielleicht wollten Sie sogar, daß wir das dachten?»

Ray zog die Brauen hoch. «Nein. Ich wollte bloß allein sein. Ich wollte die letzten Wochen vergessen und alles, was ich besaß, hinter mir lassen – auch meinen Paß.»

Dell' Isola sah ihn erstaunt und etwas zweifelnd an. «Ich könnte mir vorstellen, wenn Signor Col-e-man Sie nicht mochte, daß Sie ihn dann auch nicht mochten. Sie mochten ihn doch nicht, nein?»

«Ich kann weder sagen, daß ich ihn mochte, noch, daß ich ihn nicht mochte», sagte Ray.

Die Tür ging auf, und Zordyi kam herein. «Entschuldigung. Das Telefonat hätte zu lange gedauert, ich habe ein Telegramm geschickt. Ich werd's später noch mal versuchen mit dem Telefonieren», sagte er zu Ray.

«Wir sprachen gerade darüber», sagte Dell' Isola, «was uns Signora Perry gestern sagte – daß Signor Col-e-man nicht gut zu sprechen war auf Signor Garrett.»

«Oh. Ja, das.» Zordyi warf einen Blick auf Ray. «Sie hat eine ganze Weile gebraucht, bis sie damit rausrückte, das muß ich sagen. Und auch Mme. Schneider mußte zugeben, daß Coleman Sie nicht gerade gern gehabt hat. Sie wird sich freuen zu hören, daß es Ihnen gut geht, Mr. Garrett.» Er wandte sich an Dell' Isola und sagte: «Na ja, und Ihre nächste Aufgabe ist also, Signor Coleman zu finden.»

Dell' Isola nickte und fragte dann Ray: «Hat Signor Ciardi Telefon?»

«Nein.»

«Ich wäre Ihnen sehr dankbar, wenn Sie mir gleich die Hausnummer aufgeben würden, sobald Sie wieder zu Hause sind. Wir haben sie natürlich auch hier in der Kartei –» er deutete auf die Registerschränke – «aber hier ist sie begraben unter Bergen von –» Der Rest war nicht zu verstehen.

«Ich kann Sie innerhalb einer Stunde anrufen», sagte Ray.

«Mr. Garrett, ich möchte gern, daß Sie dies noch unterschreiben», sagte Zordyi und zog einige Papiere aus der Manteltasche. «Das ist so eine Art Bestätigung, daß Sie wirklich Sie sind.»

Es war ein Formular von Zordyis Firma, das sich auf vermißte Personen bezog; unten auf der Seite war in einem Kästchen mit der Aufschrift ‹Schriftprobe› Rays Unterschrift reproduziert. Er mußte in einem Kästchen darunter unterschreiben. Zordyi fügte das Datum hinzu und unterschrieb ebenfalls.

«Reisen Sie jetzt gleich ab, Signor Zordyi?» fragte Dell' Isola.

«Nein, jedenfalls heute nicht», erwiderte Zordyi. «Wenn ich noch etwas über Coleman erfahre, sage ich Ihnen sofort Bescheid.»

Sie verabschiedeten sich, und Zordyi ging mit Ray hinaus. Auf der Straße fragte er: «Wollen wir nicht zusammen essen, Mr. Garrett? Haben Sie etwas Zeit?»

Ray hatte keine Lust, mit Zordyi zu Mittag zu essen, obwohl eine Ablehnung unhöflich erscheinen mußte. «Ich habe leider schon meinem Hauswirt, Signor Ciardi, versprochen, heute mit ihm zu essen. Schade.»

«Tut mir auch leid.» Zordyi blieb stehen; er war einige Zentimeter größer als Ray. «Hören Sie, Mr. Garrett. Haben Sie wirklich keine Ahnung, wo Coleman sein kann? Ganz ehrlich nicht?»

«Nein, ich habe wirklich keine Ahnung», sagte Ray.

Zordyi warf einen Blick hinter sich auf die Polizeiwache, die etwa dreißig Meter entfernt lag. «Sie glauben nicht, daß Sie ihn bei dem Zusammenstoß erledigt haben, nein?» fragte er halblaut. «Ich frage Ihretwegen. Ich bin zu Ihrem Schutz da. Sie können offen mit mir reden.»

«Ich glaube nicht – nein, ich glaube ehrlich nicht, daß ich ihn getötet habe», sagte Ray, aber die Worte klangen wie eine halberstickte Lüge.

Zordyi sah ihn einen Augenblick prüfend an und lächelte. «Sie haben ja in dem Kampf die Oberhand behalten – vielleicht hat er das nicht vertragen können und hat sich davongemacht? Er ist ja wohl ziemlich arrogant, nach allem, was ich höre. Muß immer der Stärkere sein.»

«Ja, das stimmt, weiß Gott.» Auch Ray lächelte ein wenig.

«Ich wohne im Hotel Luna, mindestens bis morgen, vielleicht auch länger. Und wo wohnen Sie, Mr. Garrett?»

«In der Calle Montesino, Giudecca, bei Signor Ciardi. Ich sagte schon zum Capitano, ich weiß die Hausnummer nicht, und Telefon haben sie auch nicht.»

Zordyi nickte, und Ray merkte, wie er sich den Namen und die Straße einprägte. «Es wäre nett, wenn Sie mich im Luna anrufen und mir die Hausnummer sagen könnten. Wenn ich nicht da bin, würden Sie es dann bitte hinterlassen?»

Das versprach Ray.

«Ich werde auch dem Amerikanischen Konsulat Bescheid geben, daß Sie hier sind», sagte Zordyi gedankenverloren und blickte ins Leere, «falls die Italiener nicht daran denken. Und was sind Ihre nächsten Pläne?»

«Ich fahre nach Paris weiter.»

«Wann?»

‹Meint er, ich verschwinde noch mal?› dachte Ray. Ja, vielleicht. «Ich denke, morgen oder übermorgen.»

«Sie geben doch Ihren Eltern heute noch Nachricht?»

Ja, sagte Ray, er werde kabeln oder telefonieren. Dann verabschiedeten sie sich; Zordyi ging weiter, am Bahnhof vorbei, und Ray nahm ein Vaporetto bis zur Riva degli Schiavoni. Er stieg schon am Markusplatz aus und ging auf das Postamt, wo er nie einen Brief von Coleman vorgefunden hatte. Dort schickte er seinen Eltern in St. Louis ein Telegramm:

«alles in ordnung brief folgt tausend grüße euch beiden – ray.»

Dann fuhr er weiter, über den Giudecca-Kanal. Jetzt konnte er jedenfalls Signor Ciardi die Wahrheit erzählen, bevor er sie in der Zeitung zu lesen bekam. Wieder wanderten seine Gedanken zu Coleman und zu der Möglichkeit, daß er tot war. Einen Augenblick war ihm elend zumute, als ließen seine Kräfte wieder nach; dann war es vorüber, die Sicherheit kam zurück und auch ein gewisses Glücksgefühl. Wenn er Coleman getötet hatte, so war es in Notwehr geschehen. Er hatte es erst getan, nachdem Coleman auf ihn geschossen und dann versucht hatte, ihn in der Lagune zu ertränken. Wenn das alles zur Sprache kam, wenn vielleicht Colemans Leiche mit einem Schädelbruch im Kanal gefunden wurde, so hatte er zwei Berichte zu seiner Verteidigung vorzubringen; und mit der großmütigen Verschwiegenheit, die ihm nicht gedankt wurde, war es dann vorbei, dafür gab es keinen Grund mehr. Sein Mantel war zwar repariert, aber auf seinem Arm war der Streifschuß noch zu sehen. Die Jacke mit den unreparierten Kugellöchern war noch in der Pensione Seguso. Und für die Nacht in der Lagune hatte er Luigi als Zeugen.

Ray war ganz zuversichtlich, als er an der Giudecca an Land ging.

17

Edward Coleman verbrachte den Donnerstag, 25. November, im Hause von Mario und Filomena Martucci. Er hatte dem Fischer nur gesagt, er heiße Ralf – Ralfo auf italienisch. Mit Mario war er vor zehn Tagen, an einem Sonntag, fischen gegangen. Der fünfundzwanzigste war kalt und windig, Coleman blieb zu Hause, trank Filomenas selbstgemachten roten Wein und schrieb ein paar Briefe. Er schrieb an Dick Purcell in Rom, bat ihn, mit dem Hauswirt zu sprechen und nach seiner Wohnung zu sehen, ob alles in Ordnung und nichts gestohlen sei, und schrieb, er werde jetzt bald nach Rom kommen. Er steckte aber weder diesen noch einen der anderen Briefe in den Kasten.

Unter dem rechten Ohr hatte er eine rote Schwellung, ein Auge war dunkelblau und wurde allmählich gelb. Mario hatte er erzählt, ein Mann, der ihn ausrauben wollte, habe ihn in einer dunklen Gasse überfallen, er habe ihn jedoch abgewehrt und seine Brieftasche behalten. Dummerweise hatte er nur noch etwa zwanzigtausend Lire – ungefähr dreißig Dollar – bei sich. Fünftausend hatte er Mario gegeben als Dank dafür, daß er ihn aufgenommen hatte. Coleman war am Vormittag des 24. bei Mario angekommen; er hatte den Weg von Venedig nach Mestre in der Dienstagnacht zurückgelegt, einer schlaflosen Nacht ohne Bett, die er in verschiedenen Kaffeebars in Mestre zugebracht hatte. Als Erklärung gab er an, er wolle ein paar Tage lang dem Ehemann seiner Freundin aus dem Wege gehen, der gerade nach Venedig gekommen sei. Sicher dachte Mario, daß der Ehemann ihn verprügelt hatte, aber das war nun nicht zu ändern, und Coleman mußte es schlucken.

Ein dringender Wunsch erfüllte ihn: er wollte Mario oder einen seiner Freunde anheuern, der zur Polizei gehen und aussagen sollte, er habe um etwa elf Uhr abends am dreiundzwanzigsten gesehen, wie ein Mann in den Kanal gestoßen wurde. Das würde, dachte er, den Ball richtig ins Rollen bringen; aber bis jetzt hatte er noch nicht den Mut gehabt, mit Mario darüber zu sprechen. Hunderttausend Lire mehr in seiner Brieftasche hätten ihn sicher beflügelt, aber sie waren nun mal nicht da.

Im Hinterhof des Nebenhauses bellte ein Hund. Er war angekettet, das wußte Coleman, er hatte ihn vom Fenster aus gesehen.

Um fünf trat Filomena ohne anzuklopfen in sein Zimmer und fragte, ob er eine Schale Brodo haben wollte – eine Aalbrühe, die sie gerade gekocht hatte.

«Nein, vielen Dank, liebe Filomena, ich bin noch ganz satt von Ihrem Lunch», antwortete Coleman freundlich. «Aber wenn Mario zurückkommt, trinke ich gern ein Glas Wein mit ihm. Um sechs will er kommen, nicht wahr?»

«*Si, Signor.*» Filomena war schlank und dunkel, ein Vorderzahn fehlte; sie sah aus wie etwa Dreißig. Sie hatte vier Kinder gehabt, aber eins war gestorben. «Haben Sie es warm genug, Signor?»

«Herrlich warm, vielen Dank.» Ihn fröstelte, aber Filomena hatte sich viel Mühe mit dem Kachelofen und dem Feuer gemacht, und er wollte sich nicht beklagen.

Filomena ging hinaus, und Coleman trat ans Fenster und blickte hinaus. Er biß sich auf die Lippen und dachte an Inez. Es tat ihm leid, ihr Sorgen zu machen, und sie machte sich ganz sicher Sorgen. Sie hatte nicht gewollt, daß er Donnerstag abend nach dem Essen noch einen Spaziergang machte – das war der Spaziergang, bei dem er Ray aufgespürt hatte –, aber er mußte sich einfach noch etwas Bewegung machen. Es war ihm unmöglich gewesen, ruhig mit Inez ins Hotel zurückzukehren an diesem Abend. Am Tage war ihm Zordyi auf den Fersen gewesen; erst in der Merceria war ihm Coleman dann entwischt. Es war gewiß gerade in Venedig nicht allzu schwer, jemandem zu entwischen; aber immerhin, Zordyi war vom Fach, und Coleman freute sich, ihn überlistet zu haben. Und wo, wenn nicht in Venedig, konnte er Ray loswerden? Und dann hatte er tatsächlich Glück gehabt und Ray gefunden und dazu auch noch den richtigen Stein direkt auf der Straße. Coleman hatte sich genauso eine kleine Seitengasse vorgestellt wie die, in der Ray verschwand, einen Kanal genau wie den Kanal dahinter; was er sich nicht vorgestellt hatte, war die Möglichkeit, daß Ray oder überhaupt jemand einen Schlag aushielt, wie er ihn Ray mit dem Stein versetzt hatte. Zum zwanzigstenmal runzelte Coleman die Stirn und verfluchte sein Pech. Sicher hatte auch Ray etwas davongetragen bei dem Kampf; doch die Tatsache, daß er vermutlich am Leben war, trieb Coleman die Galle ins Blut; hundertmal am Tag riß er einen Gegenstand an sich, statt ihn aufzunehmen, er knirschte mit den Zähnen und fühlte, wie sein Herz schneller schlug. Er trank jetzt den letzten Tropfen Wein aus und beschloß, mit Mario wegen der Polizei zu sprechen. Er mußte sich einen Grund ausdenken, warum Mario an dem Abend in Venedig war. Oder war es besser, daß Mario einen anonymen Brief schrieb? Er konnte Mario sagen, der Ehemann seiner Freundin habe es nach seinem Überfall doch wohl verdient, daß man ihm etwas zusetzte. Er konnte Mario dreißigtausend Lire für diesen Dienst anbieten, die er später zahlen würde, wenn er wieder über sein Geld verfügen konnte.

Als Mario heute morgen das Haus verließ, hatte Coleman Filomena nach einem *Gazzettino* geschickt in der richtigen Annahme, sie werde keinen Blick auf die Zeitung werfen. Er sah sein Bild und las darunter die Vermißtmeldung. Die Zeitung verbrannte er sofort in seinem Kachelofen. Hoffentlich hatte Mario die Meldung nicht gelesen. Er hatte ihn gebeten, abends eine Abendzeitung mitzubringen; hoffentlich vergaß er es nicht.

Endlich hörte er Marios Ruf und den Antwortruf von Filomena. Er war also zurück. Coleman ging nach unten.

Die drei Kinder hingen an den Beinen des Vaters. Mario hielt einen Fisch im Korb über seinen Kopf.

«Den hab ich nicht gefangen, ich hab ihn gekauft», sagte er gutgelaunt. «Aber eine ganze Menge andere Fische hab ich heute gefangen.»

«Haben Sie einen guten Tag gehabt?» fragte Coleman. Er sah die Zeitung in Marios Hosentasche.

«Häßlicher Wind, aber für die Fische war's gut», gab Mario zurück. Sie standen alle in der Küche, die auch als Wohnraum diente. Das Zimmer nebenan sah ein wenig mehr wie ein Wohnraum aus, aber es war kleiner und hatte ein Doppelbett, in dem die drei Kinder schliefen.

«Wein oder ein Teller Brodo?» fragte Filomena ihren Mann.

«Liebe Frau – wann wirst du es lernen, daß ich vor meinem Wein keine Suppe mag? Eine Stunde vor dem Essen! Wenn wir alle bei Tisch sitzen, dann ja!» Mario küßte sie auf die Wange und gab ihr einen Klaps auf die Kehrseite.

Coleman lachte. «Kann ich wohl mal die Zeitung sehen, Mario?»

Mario zog sie aus der Tasche und gab sie ihm. Dann holte er Gläser und schenkte Wein ein für sich und Coleman.

Die Zeitung sah aus wie ein billiges Boulevardblatt; Coleman kannte sie nicht. Auf der ersten Seite war nichts. Er blätterte um und fuhr zusammen, als er Rays Bild in der oberen Ecke erblickte. Mit gespannter Aufmerksamkeit las er die Meldung durch. Ray hatte sich also auf der Polizei gemeldet und angegeben, er habe in der Nacht des 23. November in einer engen Straße in Venedig eine Prügelei mit seinem Schwiegervater, Edward Coleman, gehabt. «Der junge Amerikaner, der fünfzehn

Tage lang verschwunden war, gab nur an, er habe eine Weile allein sein wollen nach dem kürzlichen Freitod seiner Frau Peggy auf Mallorca. Seit dem Zusammenstoß am Abend des 23. November ist Edward Coleman verschwunden. Die Polizei stellt weitere Nachforschungen an.»

«Was lesen Sie da? Etwas über sich selber?» fragte Mario.

Coleman richtete sich eilig auf – er stand über den Tisch gelehnt, auf dem die Zeitung lag –, aber Mario hatte das Bild schon gesehen und blickte darauf nieder.

«Kennen Sie den Amerikaner? *Dica* – ist das der Mann Ihrer Freundin?» fragte er belustigt und plötzlich aufmerksam.

«Aber nein, das sehen Sie doch», sagte Coleman obenhin und nahm das Weinglas in die Hand, das Mario ihm vollgeschenkt hatte. Lieber hätte er die Zeitung vom Tisch genommen, denn Mario hatte sie jetzt vor sich und las den Artikel.

«Hm. Komisch. Ein Streit», murmelte er.

«*Che cosa?*» fragte Filomena.

‹Verdammte Neugier›, dachte Coleman.

«War der – war es nicht dieser Mann, mit dem Sie den Streit hatten, Ralfo?»

Mario kannte Colemans Namen nicht, und wenn er ihn je gehört hatte, so hatte er ihn sicher vergessen, dachte Coleman. «Ich sage Ihnen doch, nein», sagte er und fühlte, wie er blaß wurde.

Erstaunt wandte sich Filomena am Herd um.

«Es war der Abend, an dem Sie den Streit hatten, nicht wahr? Deshalb frag ich», bohrte Mario weiter und lächelte durchtrieben.

«Aber nicht mit dem da», sagte Coleman.

«Wie heißen Sie in Wirklichkeit?» fragte Mario.

Filomena trat besorgt einen Schritt näher. «Was soll denn das, Mario? Signor Ralfo braucht dir doch seine Geheimnisse nicht zu sagen.»

Langsam zog Coleman sein Zigarrenetui aus der Tasche und versuchte krampfhaft, irgend etwas Nichtssagendes zu erwidern. Mario ließ ihn nicht aus den Augen. Es gelang Coleman nicht, sich wieder in die Hand zu bekommen. Es wurde schlimmer; er zitterte.

«Meinetwegen», sagte Mario achselzuckend und warf seiner Frau einen Blick zu. Seine Brauen zuckten. Über dem linken Auge hatte er eine Narbe von einem Angelhaken, eine Stelle, wo das Haar nicht nachwuchs. «Ich sehe, Sie haben Sorgen, Signor Ralfo. Ihre Tochter hat sich das Leben genommen?»

«Mario!» sagte Filomena erschrocken.

«Das ist nicht wahr!» sagte Coleman. «Kein Wort davon ist wahr! Sie –» er schmetterte das Glas auf den Tisch. Der Wein floß über.

«He – passen Sie auf!» sagte Mario.

Im Bruchteil einer Sekunde kam die Explosion. Coleman wußte, er hatte Mario vorn am Hemd gepackt; er wußte, Mario hatte ihn verraten – Mario, auf dessen Freundschaft, Loyalität und Hilfe in der Not er sich verlassen hatte, der gute Kamerad, mit dem er fischen gegangen war, der ihn unter seinem Dach aufgenommen und diese Gastfreundschaft jetzt schmählich verraten hatte. Der Tisch oder ein Stuhl fiel krachend um, und die beiden Männer lagen am Boden. Es wollte Coleman nicht gelingen, die drahtigen und um sich schlagenden Arme des Italieners festzuhalten. Filomena und die Kinder kreischten. Plötzlich ergoß sich eine Feuerwoge über Colemans Schenkel und Hüften, der irrsinnige Schmerz löschte alles wieder aus, er krümmte sich vor Qual. Mario kam auf die Füße. Jetzt sah Coleman, was geschehen war: offensichtlich hatte Filomena den Topf mit der kochend heißen Brühe über ihn ausgegossen.

Nun war Filomena in Tränen aufgelöst und drückte sich gegen die Wand. Mario fluchte, nicht im Zorn, sondern vor Verzweiflung. Die Kinder heulten im Chor, und an der Tür erschienen Nachbarn.

Coleman stand auf und zerrte an seinen Hosen; er versuchte, den dampfenden Stoff von der Haut fernzuhalten. Hellrote Blutstropfen fielen wie kleine Blüten aus seinem Mund auf den Fußboden.

«Herrgott, Filomena!» sagte Mario. «Was hast du da angerichtet. Hilf ihm doch! Hol Natron, los!»

Eilends brachte sie Natron herbei und außerdem einen großen Topf mit gelblichem Fett, vermutlich Fischfett. Coleman faßte sich, bevor sich jemand seiner annahm und eins der beiden Mittel auflegte, und forderte Mario und seine Frau auf, die Nachbarn und Kinder aus dem Zimmer zu schicken.

«Ich muß das ausziehen!» sagte er und wies auf seine Hosen.

Das Zimmer leerte sich, nur Mario blieb noch, die Hände auf die Hüften gestemmt.

Coleman kümmerte sich nicht um ihn. Er streifte seine Hose herunter und rieb Natron auf die Haut unter den Shorts. Mario starrte ihn an, was Coleman gräßlich fand, obwohl Mario ja allen Grund hatte, böse zu sein. Vielleicht war es nützlich, ein wenig Öl auf die noch aufgestörten Wogen zu gießen.

«Es tut mir wirklich sehr leid», sagte er zu Mario. «Und auch noch all die schöne Suppe – ein Jammer.» Er lachte etwas gezwungen. «Wissen Sie, ich bin sehr nervös. Und als Sie das sagten, von meiner – von meiner –» er brachte das Wort Tochter einfach nicht heraus. Die Worte «Freitod seiner Frau Peggy», die jeder in der Zeitung lesen konnte, hatten ihn rasend gemacht. «Ich hab einfach den Kopf verloren.» Er hielt die vom Natron noch weißbestaubten Hände in die Höhe und machte eine Bewegung, als wolle er sich den Kopf abreißen. «Ich werd's wiedergutmachen und wenigstens ein paar Aale für Filomena besorgen. Ich werd das hier auch aufwischen.»

«Ah, *non importa*», sagte Mario, immer noch die Augen auf ihn gerichtet.

«Jetzt will ich erst mal etwas Wasser mitnehmen und mich waschen», meinte Coleman und tauchte einen Krug in einen Topf mit heißem Wasser, der auf dem Herd stand. «Ich nehme dies mit rauf in mein Zimmer.»

Die Kinder und Filomena waren in dem Zimmer, das wie ein Wohnraum aussah, er mußte also nicht vor ihnen Spießruten laufen. Er nahm die feuchte Hose und stieg die Treppe hinauf in sein Zimmer, wusch sich und weichte die Shorts in dem Rest des Wassers im Waschkrug ein. Da er keine andere Hose, nicht mal einen Pyjama bei sich hatte, wischte er die Hose so gut es ging ab und zog sie wieder an. Dann ging er gelassen hinunter; er wollte versuchen, die Sache mit Filomena in Ordnung zu bringen.

In der Küche saß Mario bei einem Glas Wein.

Coleman spürte, daß Mario Angst vor der Polizei hatte. «Signor Mario, ich bitte nochmals um Entschuldigung», sagte er. «Haben Sie wohl ein Wischtuch?»

«Oh, das kann doch Filomena – Filomena! Ach so, ich glaube, sie bringt die Kinder zu Bett.»

«Jetzt – um diese Zeit?»

«Wenn ihr was fehlt, dann bringt sie immer die Kinder zu Bett», sagte Mario achselzuckend und öffnete die Tür zum Nebenzimmer. «Filomena, du brauchst sie nicht zu Bett zu bringen. Bloß ein bißchen Suppe auf dem Fußboden, weiter nichts. Ist schon alles in Ordnung.»

Von Filomena kam eine schrille Antwort, sie klang eher ängstlich als zornig. Mario schloß die Tür und kam zurück.

Coleman hatte in der Ecke ein Scheuertuch gefunden und machte sich an die Arbeit, wozu er das kalte Wasser aus dem Ausguß benutzte. Wenn er etwas wirklich verstand, dann war es das Aufwischen, dachte er. Das machte die lange Übung der letzten fünfzehn Jahre in Rom, in Taos, in Toulouse, in Arezzo und überall sonst, wo er gewohnt hatte. Mario legte neues Holz aufs Feuer.

«Sagen Sie doch Filomena, es sieht schon besser aus», sagte Coleman.

«Danke. Kommen Sie, trinken Sie ein Glas Wein, Signor Ralfo.» Mario schenkte ihm ein.

«Mario, ich verstehe gut, daß ich hier störe. Wenn Sie wollen, gehe ich noch heute abend, falls Sie ein Zimmer für mich wissen. Ich habe meinen Paß nicht bei mir, und deshalb ist es so schwierig mit einem Hotel, wissen Sie.»

Bei den letzten Worten war Filomena ins Zimmer getreten. Coleman sprach einfaches Italienisch. Sie hatte aufgehört zu weinen.

«Der Signor bittet um Entschuldigung, Filomena. Du siehst, er hat hier saubergemacht», sagte Mario.

«Ich bitte tausendmal um Entschuldigung wegen der Brühe. Ich hab hier aufgewischt, so gut ich konnte. Und Signora», sagte Coleman, «ich habe schon zu Ihrem Mann gesagt, ich bin Ihnen sehr dankbar für die Gastfreundschaft, aber ich denke, ich sollte doch gehen, falls –»

Mario zuckte grob und deutlich die Achseln, warf einen Blick an die Decke und sagte: «Ich glaube, ich weiß ein Zimmer. Bei Donato. Wenn's Ihnen nicht zu kalt ist. Er hat bloß –»

Coleman kannte das Wort nicht, er nahm an, Mario meinte eine Bretterbude. Er konnte es ja heute abend mal ausprobieren und dann etwas Besseres suchen. Sehr verlockend erschien es ihm nicht, aber er war zu stolz, Mario zu bitten, ob er noch bleiben dürfe. Er merkte auch, daß Filomena jetzt gegen ihn war, weil er die Schlägerei angefangen hatte. Er zog seine Geldtasche, die ebenfalls feucht geworden war, aus der Hose und entnahm ihr einen Fünftausendlireschein. «Hier, Mario, für Sie und Filomena, und nochmals herzlichen Dank.»

«Ah, no, Signor, das ist zuviel!» protestierte der Italiener. Aber Mario war wirklich ein armer Kerl, oder doch arm genug für ein solches Geschenk, und Coleman winkte ab. Er wurde noch großzügiger und lehnte auch Marios Angebot ab, ihn bei Donato unterzubringen. Er habe Mario schon genug Schwierigkeiten – *seccatura*, sagte er – gemacht. Daraufhin ließ Mario eine Rede vom Stapel, die sich Coleman höflich anhörte. Sie drehte sich um die Tatsache, daß es heutzutage sehr gefährlich sei, sich ohne Personalausweis durch die Welt zu bewegen. Das sah Coleman völlig ein. Er wußte auch, daß Mario nach der Zeitungsmeldung jetzt argwöhnisch geworden war und daß es deshalb für ihn ratsam war, Chioggia möglichst bald und möglichst weit hinter sich zu lassen. Er trank seinen Wein aus; sofort schenkte ihm Mario von neuem ein.

Filomena machte sich wieder am Herd zu schaffen.

«Bleiben Sie noch zum Essen», sagte Mario. «Sie dürfen unser Haus nicht mit leerem Magen verlassen. Das mit der Polizei hat damit nichts zu tun. Da haben wir ja alle Angst. Gott, in was für einer Welt wir leben, was, Filomena?»

«Si, Mario.» Sie tat Fett in die heiße Pfanne. Der Fisch, den Mario mitgebracht hatte, lag auf der Seite des Herdes, ausgenommen und gesäubert.

«Es stimmt wirklich, daß mir ein Überfall droht», sagte Coleman. «Einmal ist es ja schon geschehen, deshalb bin ich auch so nervös. Ich habe eine Tochter, die unglücklich verheiratet ist. Sie hat gesagt, sie wolle sich das Leben nehmen –» Filomena hielt erschreckt die Luft an – «aber noch hat sie es nicht getan.»

«Oh, Gott sei Dank! Das arme Ding», rief Filomena.

«Die Zeitungsmeldung hat mich daran erinnert. Meine Tochter ist in Kalifornien – unglücklich, aber doch am Leben. Ich denke oft an sie. Ihre Mutter starb durch einen Autounfall, als die Kleine erst vier war. Ich habe sie allein aufgezogen.»

Staunende Anerkennung von Filomena. Mario nickte beifällig.

«Jetzt ist sie verheiratet mit einem Mann, der ihr nicht treu ist. Sie hat es so gewollt. Aber ich – ich will nicht wieder heiraten. Nur habe ich manchmal Schwierigkeiten mit einer Freundin, so wie jetzt.» Er lächelte Mario zu. «Es geht eben auf und ab im Leben, nicht wahr, Mario? So, und nun muß ich gehen.»

Er verabschiedete sich von Filomena und beugte sich über ihre Hand. Mario begleitete ihn die Straße hinunter bis zu einem kleinen Restaurant, wo Coleman etwas essen wollte. Vielleicht gab es dort auch ein Zimmer, das er mieten konnte, oder irgend jemand dort kannte vielleicht ein Zimmer. Chioggia war wie Venedig, doch ohne seine Schönheit. Sie gingen über kleine Kanäle, durchquerten enge Gäßchen – aber Venedig war es nicht, und Ray war nirgends hier. Das nahm der Gegend alles Interesse für Coleman. Vor dem Restaurant sagte er Mario auf Wiedersehen und bedankte sich noch einmal.

«Wenn ich mal wieder hier bin, gehen wir wieder fischen zusammen», sagte er.

«Si, sicuro!» beteuerte Mario. Vielleicht war es ihm sogar Ernst damit.

Dann aß Coleman zu Abend und versank in Nachdenken. Am besten hielt er sich wohl noch eine Woche verborgen, das konnte nicht allzu schwierig sein. Ray war es ja auch gelungen. Aber daß er selbst einen Brief an die Polizei schrieb, hielt er doch für zu riskant. Vielleicht fuhr er auch schon, bevor die Woche um war, zurück nach Venedig und versuchte noch einmal, Ray an den Kragen zu gehen. Inzwischen blieb er hier, gesichtslos und tot für alle, weil er keinen Namen hatte. Und fast keine Freunde. Inez und noch einige andere befanden sich jetzt vermutlich in einem Zustand ungewisser Trauer; sie wußten nicht, ob sie richtig trauern oder lieber noch etwas abwarten sollten. Wahrscheinlich entschloß sich Inez fürs Abwarten, dachte Coleman amüsiert. Und Trauer – was war das schließlich? Ein langes Gesicht für die Dauer einer Stunde, eines Tages – bei Inez sicher nicht viel länger. Dick Purcell: dem würde er länger fehlen, und ebenso einem alten Freund in New York, Lance Duquesne; er war Maler, und Coleman kannte ihn noch aus der Ingenieurszeit. Aber sonst? Coleman machte sich keine Illusionen, daß viele Tränen um ihn fließen würden. Trauern taten nur wenige echte Freunde oder ganz nahe Verwandte, die ihre Trauer hauptsächlich deshalb zur Schau trugen, damit der Rest der Familie es sah.

Als er fertig gegessen hatte, unterhielt sich Coleman mit dem jungen Kellner über eine mögliche Unterkunft. «Ich wohne in Venedig, aber heute ist es ein bißchen spät geworden für die Rückfahrt. Ob Sie vielleicht etwas wüßten, wo ich die Nacht bleiben könnte? Natürlich würde ich bezahlen, nur habe ich meinen Paß nicht bei mir ...» und es folgten einige erklärende Worte, warum er nicht in ein Hotel gehen wollte.

Tatsächlich, der junge Kellner wußte ein Zimmer, und zwar in seinem eigenen Haus. Er nannte auch den Preis: fünfhundert Lire. «Ganz warm. Die Küche ist nebenan.»

Coleman nahm sofort an.

Es war nicht weit. Der junge Mann konnte sich auf fünf Minuten, zwischen zwei Gästen, freimachen, um Coleman zu dem Haus zu bringen und mit seiner Familie bekannt zu machen. Niemand stellte Fragen, warum er als Amerikaner nicht in ein Hotel ging. Bei einer Tasse Kaffee unterhielt sich Coleman im Wohnzimmer mit den Eltern. Sie hießen Di Rienzo.

«Chioggia gefällt mir», sagte er. Er hatte ihnen erzählt, sein Name sei Taylor und er sei Schriftsteller. «Ob Sie vielleicht jemand wissen, bei dem ich ein Zimmer mieten könnte, für eine Woche oder so? Ich wollte auch noch meine Schreibmaschine aus Venedig holen.»

Der Mann warf seiner Frau einen Blick zu und meinte: «Ja, vielleicht weiß ich ein Zimmer. Oder Sie könnten ja auch bei uns bleiben, wenn es meiner Frau recht ist. Sehen wir erst mal zu, wie wir miteinander auskommen.»

Coleman lächelte. Er hatte sich sorgfältig so hingesetzt, daß sein blaugelbes Auge dem Licht nicht zugewandt war. Er ließ seinen ganzen Charme spielen, bewunderte eine Kommode in der Zimmerecke, die tatsächlich ein schönes Stück handwerklicher Schnitzerei darstellte, und erfuhr, daß sie ein Hochzeitsgeschenk gewesen sei und daß der Vater der Signora Di Rienzo sie selbst gemacht habe.

«Ich schreibe gerade ein Buch über die Geschichte der Tapete», berichtete Coleman.

«Geschichte der was?» fragte Signor Di Rienzo.

«Der Tapete – des Papiers, mit dem man Wände beklebt.»

18

Als Ray in Ciardis Haus zurückkehrte, hörte er von Giustina, daß Signor Ciardi nicht da sei und sie auch nicht wisse, wann er wiederkommen wollte. Es war jetzt Viertel vor eins. Ray verließ das Haus von neuem; er wollte Inez Schneider anrufen und mußte ja auch noch der Polizei und Zordyi seine Hausnummer angeben. Er besah sich die kaum noch lesbare vierstellige Zahl über dem Türrahmen und ging dann in die Kaffeebar, wo man telefonieren konnte. Zuerst rief er die Polizei an und dann Zordyi, der nicht zu Hause war; er hinterließ Namen und Adresse. Dann wählte er die Nummer des Gritti Palace, wo laut Zeitungsmeldung Mme. Inez Schneider wohnte. Es drängte ihn, die Verbindung mit ihr aufzunehmen, damit sie wenigstens über ihn beruhigt war und vielleicht auch ein wenig über Coleman. Er hatte eigentlich erwartet zu hören, daß Mme. Schneider ausgegangen oder sogar schon aus dem Hotel ausgezogen sei, aber er wurde sofort mit ihrem Zimmer verbunden, und sie war am Telefon.

«Ray! Was machen Sie? Wo sind Sie?»

«Ich bin auf der Giudecca. Ich wollte – ich wollte Ihnen nur sagen, daß ich Dienstag nacht einen Zusammenstoß mit Ed hatte und er einigermaßen knockout war, als ich ihn verließ, aber ich glaube nicht, daß er tot ist.»

«Bewußtlos – wo war das?»

«In einer kleinen Straße nahe der Rialtobrücke. Ich hab der Polizei schon alles gesagt. Dienstag abend ungefähr um elf.»

«Und Sie – wo waren Sie die ganze Zeit?»

«Ich war allein, auf der Giudecca.»

«Ich muß Sie sprechen, Ray. Was machen Sie jetzt?»

Er hatte keine große Lust, sie jetzt zu treffen, fühlte sich aber moralisch verpflichtet. «Ja, ich habe jetzt Zeit.»

«Ich soll um eins die Smith-Peters treffen, aber denen sage ich ab. Können Sie ins Gritti kommen? Oder wollen wir uns irgendwo treffen?»

Ray meinte, er könne in etwa dreiviertel Stunden bei ihr im Hotel sein. Er fuhr zurück aufs Festland und ging zur Haltestelle Giglio, eine weiter als Maria della Salute. Dies war der schönste Teil von Venedig, der Schiavoni-Quai mit der Haltestelle Maria della Salute, wo die große Kirche hoch aufragte über dem spielzeugkleinen Vaporetto, dem flinken Zubringer zum Dogenpalast und zum Campanile des Markusplatzes nahe dem Kanal. Dann kam das Gritti Palace. Coleman war am Leben, dachte Ray, und er, Ray, war wieder er selbst, Ray oder Rayburn Garrett, behaftet mit einem Minderwertigkeitskomplex, ganz attraktiv, ganz wohlhabend, aber ohne großes Talent. Er stand wieder in Verbindung mit Eltern und Freunden; zum Glück hatten die Freunde noch gar keine Zeit gehabt, ihn zu vermissen, außer vielleicht Bruce, der vermutlich vor einer Woche ins Hotel Pont-Royal in Paris geschrieben hatte und nun auf Antwort wartete. Seinen Eltern wollte er alles sorgsam erklären, und sie würden ihn auch verstehen, vielleicht nicht gleich, aber doch nach einem oder zwei Tagen. Seine Mutter verstand ihn vielleicht sofort, nur sein Vater würde sein Verhalten für etwas schwächlich oder neurotisch halten. Aber das alles war erträglich, und so fehlte ihm eigentlich nichts.

Er trat in die Halle des Gritti und sah zu seinem Ärger das Ehepaar Smith-Peters bei Inez stehen. Nun gut, er konnte es auch mit allen auf einmal aufnehmen. Dazu gehörte nicht viel mehr Mut oder was es immer war, das er sich zulegte.

«Ray! *Buon giorno! Bonjour, bonjour!*» sagte Inez. Ray dachte, sie wollte ihm die Hand entgegenstrecken, aber sie tat es nicht.

«Hallo, Inez. Guten Tag», sagte er mit höflichem Lächeln zu Mr. und Mrs. Smith-Peters.

«Guten Tag, Mr. Garrett», sagte Mr. Smith-Peters fest und nickte energisch, als wollte er Ray festnageln. Er schien nicht recht zu wissen, ob er lächeln und sich freundschaftlich verhalten sollte oder nicht.

«Haben Sie sich verletzt, Ray?» fragte seine Frau, die ihr Interesse und ihre Anteilnahme nicht verbarg.

«Nichts Schlimmes. Bloß eine Schnittwunde», sagte Ray.

«Kommt das von Dienstag abend?» fragte Inez.

«Ja, von Dienstag abend.»

«Ich habe Laura und Francis erzählt, daß Sie Dienstag abend Edward getroffen haben», erklärte Inez nervös. «Wir wollten Sie alle gern sprechen, deshalb –» Sie machte eine hilflose Geste mit der Hand. Sie sah älter und schmaler aus; um ihre Augen lagen dunkle Ringe.

«Wollen wir nicht alle einen Schluck hier in der Bar trinken?» fragte Mrs. Smith-Peters. «Zum Lunch haben wir wohl noch keinen rechten Appetit, was?»

«Nein, bestimmt nicht», sagte Inez und blickte an Ray vorbei auf die Tür. «Immer denke ich, Edward müßte jeden Augenblick hereinkommen.»

«Hoffentlich tut er das», sagte Ray.

Alle außer Inez bestellten Wodka mit Tomatensaft. Dann fragte Laura Smith-Peters, indem sie zu lächeln versuchte: «Und wo waren Sie nun die ganze Zeit?»

«Ich war fast die ganze Zeit auf der Giudecca», erwiderte Ray. «Ich wollte eine Weile allein sein.»

Das Ehepaar sah ihn einen Augenblick schweigend und verwundert an.

«Na, jedenfalls haben Sie uns *allerhand* Kopfzerbrechen gemacht», sagte Mrs. Smith-Peters.

«Das tut mir wirklich leid.» Die Worte klangen nicht ganz überzeugend; ein stechender Schmerz in der linken Kopfseite machte ihm zu schaffen.

«Und was war Dienstag abend?» fragte Inez. «Was ist da passiert?»

«Ich war in einer Gegend, die ich nicht kannte», berichtete Ray. «Abends ungefähr um halb elf oder elf. Plötzlich sah ich Edward hinter mir. Er schien in keiner rosigen Laune zu sein, deshalb versuchte ich ihm auszuweichen.» Er sah die leichte Verwirrung in den Zügen der Smith-Peters, die sich offenbar nicht vorstellen konnten, daß Colemans Abneigung solche Formen annehmen konnte. Sie waren nicht gerade sehr anregende Zuhörer. «Ich war in eine Sackgasse geraten, und als ich herauswollte, hat mich Coleman mit einem Stein geschlagen, den er in der Hand hielt.»

«Nein, wirklich?» fragte Mrs. Smith-Peters mit der Hand an der Kehle.

«Es hat mich fast umgehauen, aber ich habe doch zurückgeschlagen. Ich habe sogar den Stein genommen und ihn ihm an den Kopf geschleudert. Er lag am Boden, als ich wegging, und ich weiß nicht, ob er bei Bewußtsein war oder nicht. Das alles habe ich auch auf der Polizei ausgesagt.»

«Aber wo ist er denn nun?» fragte Mrs. Smith-Peters.

«Ich habe ihn zuletzt auf dem Gehweg an einem Kanal gesehen», sagte Ray.

«Am Kanal», sagte Mr. Smith-Peters und beugte sich nach vorn über den Tisch, wie Ray es schon früher beobachtet hatte. «Er kann doch nicht hineingefallen sein? Ertrunken?»

«Francis! Was für ein entsetzlicher Gedanke!» flüsterte seine Frau.

«Ja, denkbar ist das wohl», gab Ray zurück, «aber ich glaube, er bewegte sich und versuchte aufzustehen, als ich fortging.» Er fuhr sich mit der Zunge über die Lippen. «Vielleicht sollte ich das nicht sagen. Weil ich nicht ganz sicher bin.»

Mrs. Smith-Peters zog die Brauen zusammen. «Hatte er viel Geld bei sich, Inez?»

«Das weiß ich nicht genau, aber ich glaube nicht. Was heißt schon viel? Das kommt auf den Räuber an. Aber ich weiß, was Sie sagen wollen, Francis.»

«Und Sie haben ihn da liegen gelassen», stellte Mrs. Smith-Peters mit deutlicher Anklage in der Stimme fest.

«Ja. Ich war selbst kaum noch bei Besinnung, und dann kann man –» Er gab es auf. Erwartete sie wirklich, daß er gegenüber Coleman den Samariter spielte?

«Und kein Mensch war in der Nähe?» fragte ihr Mann ungläubig.

«Ich habe niemand gesehen», gab Ray zurück.

«Es ist doch merkwürdig, daß keiner –» begann Inez. Sie sprach nicht weiter, und niemand nahm den Satz auf. Sie redeten von der Polizei und was wohl jetzt unternommen wurde. Die Atmosphäre wurde leicht gespannt, und Ray hatte das Gefühl, daß die andern gegen ihn waren. Sie dachten wohl, er sei von Sinnen gewesen und habe Coleman doch etwas Schlimmeres zugefügt oder er habe etwas Schlimmeres getan und wolle es nicht sagen.

«An dem Abend, als wir alle am Lido waren . . .» begann Mrs. Smith-Peters von neuem. Und jetzt kamen sie mit den alten Fragen, und er gab die alten Antworten: Coleman hatte ihn am Zattere-Quai abgesetzt, er war noch eine Weile herumgelaufen und dann in ein kleines Hotel gegangen.

«Aber ich bin ganz sicher», sagte Inez, «daß Edward an dem Abend scheußlich zu Ihnen war. Ich wollte, Sie sagten mir die Wahrheit, Ray.»

‹Und das in Gegenwart so netter Freunde›, dachte Ray. Er merkte, daß er errötete wie ein Schuljunge bei einer Lüge. Und dabei war es Inez, die nicht aufrichtig war: Antonio hatte doch angedeutet, daß Coleman vermutlich Inez gegenüber damit geprahlt hatte, daß er Ray Garrett an dem Abend erledigt hatte. Wenn das zutraf, so war es Inez nicht besonders nahegegangen. Sie hatte kein Wort zur Polizei gesagt. Und jetzt verlangte sie von ihm die Wahrheit, wahrscheinlich weil sie sie ‹interessanter› fand oder weil sie einfach neugierig war oder weil sie mit Coleman fertig war. Ray sagte: «Er war grob, aber getan hat er mir nichts.»

Inez bewegte sich unruhig in ihrem Sessel und sagte: «Laura, Francis, ich mag heute nicht an Lunch denken, seid mir nicht böse.»

Sie hatten volles Verständnis und schlugen vor, daß Inez noch mit Ray bleiben sollte, wenn sie Lust hatte. Francis Smith-Peters sah sich nach dem Kellner um und bestand darauf, die Rechnung zu bezahlen.

«Wir fahren morgen noch nicht», bemerkte Laura mit ihrer hohen nasalen Stimme, die einem teilnahmsvollen Jaulen glich, zu Inez. «Wir machen uns doch auch Sorgen um Ed. Das sollen Sie wissen, Inez.»

Inez nickte. «Danke, Laura.»

Laura lächelte Ray schüchtern zu. Sie wußte offensichtlich nicht recht, was sie zu ihm sagen sollte; wahrscheinlich war sie neugierig und hatte doch Angst vor ihm.

«Sie bleiben wohl noch, Mr. Garrett?» fragte ihr Mann im Ton überzeugter Gewißheit, vielleicht weil er annahm, daß die Polizei Ray nicht gehen lassen würde.

«Na ja, einen oder zwei Tage noch», gab Ray zurück.

«Wir rufen Sie heute nachmittag an.» Laura Smith-Peters erhob sich und legte Inez leicht die Hand auf die Schulter. «Sind Sie gegen vier Uhr im Hotel?»

Inez nickte. Das Ehepaar verabschiedete sich und ging.

Ray setzte sich wieder. «Noch einen Cinzano?» fragte er Inez.

«Nein, danke schön.» Sie zündete sich eine Zigarette an. «Ray, ich möchte Sie etwas bitten: mir die volle Wahrheit zu sagen. Als ich Sie kennenlernte, dachte ich, Sie wären ganz aufrichtig. Jetzt kommt es mir nicht mehr so vor.»

Wieder wurde Ray verlegen. «Wegen Dienstag nacht, da habe ich Ihnen die volle Wahrheit gesagt. Ich hätte ihn vielleicht nicht da liegen lassen sollen, aber schließlich – ein Mann, der hinter mir her war und versucht hatte, mir mit einem Stein den Schädel einzuschlagen, und der mich kräftig damit getroffen hatte –»

«Wie groß war der Stein?»

Er erklärte es ihr.

«Wenn Sie ihn getötet haben», sagte sie im Flüsterton, «und wenn ihn dann jemand anders gefunden hat, dann hatte der vielleicht Angst davor, es zu melden. Meinen Sie nicht? Solche Leute gibt es. Die würden eher weglaufen oder den Mann in den Kanal stoßen.» Ihre Brauen zuckten.

Jeder würde lieber weglaufen, dachte Ray. Er wandte die Augen ab von ihrem Kummer – ein Kummer, den ihre Zuneigung für Coleman verursacht hatte. «Ja, möglich ist das. Es ist aber auch möglich, daß er sich verborgen hält, um mich in Schwierigkeiten zu bringen. Haben Sie daran noch nicht gedacht?»

Nein, das hatte sie nicht. Er war erstaunt, es schien ihm einen Mangel an Phantasie zu beweisen.

«Was glauben Sie, wo er sein könnte, wenn er sich verborgen hält?» fragte Ray. Aber damit kam er nicht weit. Inez sagte, er habe seinen Paß im Hotel gelassen, und sie glaubte nicht, daß er viel Geld bei sich hatte und auch keine Reiseschecks, weil er die niemals hatte.

«Er wird so gewalttätig, wenn er böse ist», sagte sie. «Man kann es geradezu in ihm aufsteigen sehen.» Sie krampfte die Finger zusammen. «Und das kann ihn in ein großes Dilemma bringen; das habe ich in Rom erlebt.»

«Was war denn los in Rom?»

«Ach, er hatte Streit mit einem Polizisten. Mein Wagen war falsch geparkt – er ist jetzt hier in der Garage in Venedig, ich habe ihn herbringen lassen. Edward versuchte natürlich, mich zu verteidigen. Die italienischen Polizisten sind an Streit gewöhnt, aber Edward hat ihn beinahe geschlagen, ich mußte ihn am Arm festhalten. Natürlich mußten wir die volle Strafe bezahlen, und nachher habe ich Edward gefragt: ‹Na, was hast du nun davon? Mir hätte er die Strafe erlassen.›» Sie lächelte betrübt. «Ray – Sie haben doch keine Angst, es mir zu sagen, wenn Sie glauben, Sie haben ihn umgebracht?»

Ihre Gefühlsseligkeit ärgerte ihn. Ob er den Mut hätte, ihr alles zu erzählen? Sie würde ihn vielleicht nicht anzeigen, sie hatte ja auch Coleman nicht angezeigt, als genügend Verdachtsgründe vorlagen. Er hätte also auch keine Angst, beschloß er. ‹Mörder haben von der Gesellschaft nichts zu fürchten›, fuhr es ihm durch den Kopf. «Ich sage Ihnen ja, ich glaube es nicht.»

Inez seufzte.

Ray leerte sein Glas und sah sie an. Konnte sie wirklich so besorgt sein um einen Kerl wie Coleman? Vielleicht war sie jetzt beunruhigt, aber war es nicht zu erwarten, daß sie in ein paar Monaten einen anderen hatte? Oder in ein paar Wochen? Plötzlich fiel alles von ihr ab: das Geheimnisvolle, die Anziehung – unauflöslich verbunden mit einer gewissen Würde, einem Anspruch auf Achtung, hohe Achtung sogar –, und Ray sah sie plötzlich wie ein Menschenwesen, das ihm selbst glich, ebenso selbstsüchtig oder noch mehr, denn was tat sie schon mit ihrem Leben, außer daß sie versuchte, so viel Vergnügen als möglich herauszuschlagen? Gleichzeitig stieg eine gewisse Ritterlichkeit und Großzügigkeit in ihm auf. Er richtete sich auf. «Sie nehmen nicht an, daß er nach Rom zurückgefahren ist, nein?»

«Ja, möglich wäre es schon, aber ich glaube es nicht. Ray, hören Sie: er hat mir gesagt, er habe Sie nach dem Abend am Lido ins Wasser gestoßen.» Sie sah ihn nicht an. «Ich bin so froh, daß das nicht wahr ist.»

Ach – und was hatte sie daraufhin getan? Sie hatte vermutlich weiter mit ihm im gleichen Bett geschlafen, wie Antonio schon angedeutet hatte. «Haben Sie das den Smith-Peters gesagt?»

«Nein. Ich wußte nicht, ob ich ihm glauben sollte – und ich habe es eigentlich doch geglaubt. Sie waren ja verschwunden. Und dann – an dem Tag, dem Sonntag, als Edward in Chioggia fischen gegangen war, da habe ich in seinem Schrank nachgesehen, ob er irgendwo einen Revolver hat. Und da finde ich Ihren Schal unter seinen Taschentüchern. Sie wissen doch, den Schal, den Sie mir gezeigt haben.» Sie blickte ihn an.

«Ja.»

«Und da dachte ich: vielleicht hat er Sie doch umgebracht und hat das aus Ihrem Mantel genommen. Deshalb habe ich ihn am letzten Montag abend gefragt: ‹Edward, ich habe den Schal gesehen, der da unter deinen Taschentüchern liegt. Wo hast du den her?› Und er sagte: ‹Der ist von Peggy. Ich habe ihn von Ray. Ray hatte kein Recht darauf›, oder so was. Ich sah, er war plötzlich – verrückt. Ich wollte ihn beruhigen und sagte: ‹Weißt du was – Ray hat mir gesagt, er hat den Schal hier in Venedig gekauft, weil er aussah wie Peggy, nicht weil – er hat niemals Peggy gehört.› Das habe ich gesagt. Da wurde er noch viel böser und sagte, Sie hätten mir was vorgelogen und ich wüßte das und wollte ihn ärgern. Er steckte den Schal in die Tasche, als ob – als ob ich den Schal beleidigt hätte. Verstehen Sie das?»

«Ja», sagte Ray, der sich das gut vorstellen konnte. «Er sah den Schal an dem Lido-Abend. Ich zog ihn versehentlich aus der Tasche, und er verlangte ihn einfach von mir.» Er war froh, daß er Inez das erzählen konnte; ihm war leichter zumute, wie nach einer Beichte – merkwürdig, denn das mit dem Schal war ja eigentlich gar kein echter Halt gewesen. Plötzlich erschienen ihm seine Gefühle für Peggy ebenso unwirklich; das Schuldgefühl, das große graue wirbelnde Etwas, mit dem er nicht hätte fertig werden können, war plötzlich Gegenstand von nur einer Dimension und narrte Auge und Herz. Peggy war nicht falsch wie der Schal, aber die Gefühle, die beide hervorgerufen hatten, erschienen ihm jetzt unsinnig und ungerechtfertigt. Ray schauerte zusammen und zog den Kopf ein, dann setzte er sich bewußt ganz gerade hin.

«Was ist?» fragte Inez.

«Mein Gott, was der Schal alles angerichtet hat! Soviel Schwierigkeiten.» Er lächelte. «Und dabei habe ich ihn einfach spontan eines Morgens gekauft.»

«Jetzt trägt er ihn die ganze Zeit bei sich in der Tasche, immer. Er hütet ihn», sagte Inez ernsthaft.

Ray lächelte nicht. «Viele Menschen tragen ja auch ein Kreuz, und das sind auch nicht die richtigen Kreuze.»

«Hm-m. Ja, ich verstehe.»

Ray versuchte, einen etwas heitereren Ton anzuschlagen. «Neulich habe ich Antonio getroffen. Er erzählte mir, daß Sie alle annahmen, Coleman hätte mich umgebracht. Er sagte das, als ob Sie sich darüber unterhalten hätten.»

«O nein, das haben wir nicht. Aber ich bin sicher, die andern haben das auch geglaubt.»

«Aber Sie sind doch nicht zur Polizei gegangen», sagte Ray.

«Nein. Dazu waren wir nicht sicher genug.»

«Und als Coleman es Ihnen selber erzählte?»

«Nein, da auch nicht.»

Inez hatte vermutlich, dachte Ray, wie die meisten Menschen, ein Gehirn mit mehreren Abteilungen. Sie mochte oder liebte Coleman und war natürlich deshalb immer bereit, ihn zu schützen. Die beiden Smith-Peters waren ‹Outsider›, vielleicht sogar gefährlich, daher würde Inez alles tun, um bei ihnen jeden Verdacht auf Coleman zu zerstreuen. Er spürte das, ohne ihr weitere Fragen zu stellen; es wäre auch schwer in Worte zu fassen gewesen, und nach so etwas fragte man eine Frau nicht. Ray hatte mal irgendwo gelesen, daß Frauen keinen abstrakten Sinn für Gerechtigkeit besaßen.

Nach kurzem Nachdenken sagte er: «Ich glaube, Sie sollten der Polizei mitteilen, daß er mal in Chioggia gewesen ist. Vielleicht ist er wieder hingefahren, weil er da jemanden kennt. Ich werde mich auch nach ihm umsehen, Inez. Und jetzt muß ich gehen.» Er stand auf. «Es wäre sicher besser, wenn Sie hier im Hotel blieben, damit man Sie schnell erreichen kann, wenn die Polizei etwas Neues erfährt. Auf Wiedersehen, Inez.»

Sie sah ihn betroffen an, als er gehen wollte. «Wo wohnen Sie denn auf der Giudecca, Ray? Ich muß Sie doch erreichen können.»

Er nannte ihr die vierstellige Zahl und die Straße und fügte hinzu, das Haus habe kein Telefon.

Sie sah enttäuscht und verloren aus.

«Die Polizei weiß ja auch, wo ich bin. Wiedersehen, Inez.»

Der Weg führte ihn fort vom Canal Grande, ins Zentrum der Stadt, zum Teatro La Fenice. Hier zweigten fünf enge Straßen nach verschiedenen Richtungen ab. Er sah sich nach Coleman um, wobei ihm bedrükkend klar wurde, daß eine solche Einmannsuche zu Fuß in Venedig der reine Unsinn war. Der kleine Irrgarten, in dem er sich hier in La Fenice befand, wiederholte sich zweihundert-, dreihundertmal überall in Venedig. Und hinter jeder einzelnen Hauswand, an der er vorbeikam – außer vielleicht der Ca' Rezzonica oder der Ca' d'Oro –, konnte Coleman sich versteckt halten. Ebenso hinten in Dutzenden von Bars, Trattorien oder in den Zimmern von Hunderten kleiner Hotels. Ray ging immer weiter und hatte das Gefühl, jeder starre ihn an wegen seines Kopfverbandes. Coleman sah er nicht. Er ging kreuz und quer, bis er müde war, und fand sich dann an der Vaporetto-Haltestelle von Ca' d'-Oro – sicher symptomatisch für die völlige Aussichtslosigkeit seiner Suche, denn im Ca' d'Oro war Coleman gewiß nicht. Trotzdem, um auch die geringste Chance wahrzunehmen, kaufte er eine Eintrittskarte zum Museum, ging hinein und durchforschte alle Räume nach Coleman, den er nirgends fand.

Als er aus dem Ca' d'Oro herauskam, war es dunkler und kälter geworden. Ihm fiel ein, daß er nicht zu Mittag gegessen hatte, aber er war nicht hungrig und ging weiter zur Anlegestelle der Wasserbusse.

Wenn er nun Coleman doch getötet hatte? Er war vielleicht durch einen der Kanäle längst ins Meer hinausgeschwemmt worden und war gar nicht mehr in der Stadt? Während er auf das Boot wartete, blickte Ray hinauf zu dem rötlich-blauen Himmel über den Dächern von Venedig, an der alten Silhouette entlang, die ab und zu von einem Kirchturm mit Kreuz unterbrochen wurde. Vielleicht würde Coleman das alles nie wiedersehen, und er, Ray Garrett, war schuld daran. Er fühlte sich plötzlich mutlos, schuldig, unberührbar. Ihn fröstelte, teils von der Kälte und teils wegen seiner Gedanken und Vorstellungen: daß er mit einem oder mehreren Schlägen ein anderes Leben ausgelöscht hatte. Hatte er mit dem Stein mehr als einmal zugeschlagen? Seine Erinnerung war in diesem Punkt ebenso unsicher wie in der Frage, ob Coleman sich bewegt hatte und bei Bewußtsein gewesen war, als er ihn verließ.

In Signor Ciardis Küche und Wohnzimmer brannte Licht, als Ray zurückkam, aber er ging leise die äußere Steintreppe hinauf, die in den ersten Stock führte. Er freute sich, als er in seinem Zimmer das Feuer sah, das Giustina angefacht hatte. Er legte sich auf sein Bett, zog den Mantel über sich und schlief erschöpft ein. Zwei Träume beunruhigten ihn. In dem einen hatte er ein Baby gefunden, das niemandem zu gehören schien, aber niemand schien etwas dagegen zu haben, daß er es behielt. Er wachte auf; es war halb sechs. Er wusch sich das Gesicht mit kaltem Wasser und ging nach unten, um Signor Ciardi nach einer Abendzeitung zu fragen. Er selbst hatte vergessen, eine zu kaufen, und es war gut möglich, daß etwas über ihn oder Coleman darin stand.

Signor Ciardi war mit Giustina in der Küche und hatte eine Zeitung vor sich liegen. Er sprang auf.

«Ah, Signor Weelson! Oder Signor Garrett? Das hier sind Sie doch?» Er lächelte verschmitzt-gutmütig.

Ray warf einen Blick auf das Foto. «Ja», sagte er. Er las den kurzen Text. Von Colemans Aufenthalt stand nichts darin.

«Sie sind also doch nicht gefallen, neulich abends, nicht wahr? Es war ein Streit. Mit dem Signor Col-e-man hier, und das ist Ihr Schwiegervater, ja?»

Ray blickte Giustina an, die ihn fasziniert und mit offenem Mund, aber ohne Angst ansah. «Ja, das stimmt, Signor Ciardi.»

«Und jetzt ist Signor Col-e-man verschwunden.»

Ray lächelte. Wie verschieden war die Stimmung hier von der auf der Polizeiwache oder bei den Smith-Peters! «Ich glaube, er ist aufgestanden und dann weggegangen und hat sich versteckt», sagte er. «Ich habe ihm nämlich auch einen ganz schönen Hieb versetzt.» Er illustrierte seine Worte mit Gesten. «Er ist mir mit dem Stein in der Hand nachgeschlichen und hat mich zuerst geschlagen.» Wie einfach klang das alles in einfachem Italienisch!

«Ah, *capisco!* Und warum haben Sie das nicht gleich gesagt, am Dienstag abend?»

«Ich – ich wollte nicht, daß Sie erfahren, daß ich Signor Col-e-man kenne», erwiderte Ray und sprach automatisch den Namen italienisch aus. «Ich versuchte ihm aus dem Weg zu gehen.»

Sinnend zog Signor Ciardi die Stirn hoch. «Dann war es also seine Tochter, die sich umgebracht hat. Ihre Frau.»

«Si.»

«Vor kurzem erst?»

«Vor ungefähr einem Monat.»

«Giustina, bring ein Glas Wein für den Signor», sagte Signor Ciardi.

Giustina kam eilig mit der Flasche und schenkte ein.

Ray wollte vor sechs noch telefonieren. «Ich kann jetzt nicht lange bleiben», sagte er mit einem Blick auf die Uhr.

«Ein Glas nur! Sie waren also heute auf der Polizei?»

«Ja, ich habe ihnen gesagt, wer ich bin. Ich hatte mich lange genug versteckt – mit meinem Kummer. Ich habe Ihnen sehr zu danken, Signor Ciardi, Sie waren ein so guter Freund. Ganz wie Luigi.» Die einfachen Worte klangen überzeugend und aufrichtig.

Signor Ciardi ergriff seine Hand und schüttelte sie. «Oh, Signor Garrett, ich habe Sie gern. Sie sind ein Gentleman!» Er reichte Ray den Wein und deutete auf die Zeitung. «Wenn Luigi das liest, ist er heute abend hier. Wenn seine Frau ihn nicht zum Schlafen einschließt. Aber das tut sie heute nicht, das *kann* sie nicht.»

Ray nickte Giustina dankbar zu, bevor er trank. Der Wein war gut. «Signor Ciardi, ich kann jetzt mit meinem Paß in ein Hotel gehen, wenn Ihnen das lieber ist. Oder wenn Sie wollen, könnte ich auch noch einen oder zwei Tage hierbleiben.» Es war verlockend, noch hierzubleiben, wo es kein Telefon gab. Im Hotel war es mit dieser Ruhe zu Ende.

Protestierend hob Signor Ciardi die Hände. «Aber das kommt doch gar nicht in Frage, daß mir das lieber wäre! Natürlich möchte ich gern, daß Sie noch bleiben. Aber wir wollen Sie jetzt Signor Garrett nennen, ja? Sie sind Kunsthändler, Signor Garrett?»

«Ja, ich habe vor, in New York eine Ausstellung zu eröffnen. Signor Ciardi – darf ich wohl mal hinuntergehen und telefonieren?»

«Ah, si, ich bedaure sehr, daß ich kein Telefon habe», sagte Signor Ciardi, der das vermutlich durchaus nicht bedauerte, denn in der Nachbarschaft gab es immer kleine Jungen, die Botengänge übernahmen.

«Ich nicht», sagte Ray lächelnd. «Ich bin gleich zurück.»

Er lief ohne Mantel hinunter. Er wollte Elisabetta anrufen. Das Café, in dem sie arbeitete, hieß Bar Dino; hoffentlich fand er es im Telefonbuch. Er fand es tatsächlich nach einigem Suchen. Es war drei Minuten vor sechs.

Ein Mann war am Apparat, und dann kam Elisabetta.

«Hier ist Filipo», sagte Ray auf italienisch und wartete auf eine Reaktion von ihr: daß sie auflegte oder daß sie höflich feststellte, sie habe jetzt genug von den wilden Zeitungsberichten und wolle ihn nicht wiedersehen.

Aber sie antwortete gelassen: «Ah, Filipo. Wie geht's?»

«Sehr gut, danke schön. Kann ich Sie wohl heute abend treffen? Nach dem Essen vielleicht? Aber ich würde mich auch sehr freuen, wenn Sie mit mir essen gehen könnten.»

«Nein, heute abend zum Essen geht es nicht», erwiderte sie. «Aber vielleicht nach dem Essen?»

«Ja – um halb neun? Oder um neun?»

Sie verabredeten sich auf neun Uhr.

Offenbar hatte sie die Zeitung noch nicht gesehen. Er nahm sich vor, heute abend, wenn er zu ihr ging, eine Zeitung mitzunehmen; vielleicht amüsierte es sie, wenn sie sie bis dahin noch nicht gesehen hatte. Etwas war doch wahr gewesen an den Geschichten, die er ihr erzählt hatte!

Auf dem Rückweg fiel sein Blick auf das Schaufenster eines Uhrmachers. Eine elektrische Küchenuhr wäre doch ein hübsches Geschenk für Signor Ciardi und Giustina. Giustina hatte sich mehr als einmal beschwert über den alten Wecker auf dem Küchenschrank, der immer nachging und den Signor Ciardi außerdem oft in ein anderes Zimmer trug. Ray kaufte eine cremefarbene Uhr mit schwarz-goldenem Zifferblatt für achttausenddreihundert Lire. Wie angenehm es war, wieder Reiseschecks benutzen zu können. Er mußte auch zwei Schecks für je hundert Dollar an zwei Malerfreunde in New York schicken. Gewöhnlich sandte er sie am 15. des Monats. Die beiden Maler – ein junger namens Usher in Greenwich Village und ein alter, der am Rande von Harlem lebte – wollten das Geld lieber monatlich haben statt einmal im Jahr; es erleichterte ihnen die Einteilung.

Ray überreichte Giustina die Schachtel, als er wieder in die Küche trat. «Ein Geschenk fürs Haus», sagte er.

Giustina war begeistert. Signor Ciardi nannte das Geschenk ‹magnifico›. Sie suchten gleich eine Stelle an der Wand aus, wo die Uhr hängen sollte. Aber erst mußte Gugliemo, ein Tischlerfreund von Signor Ciardi, kommen, denn sie mußte richtig an der Wand befestigt werden.

«Signor Ciardi», sagte Ray, «darf ich Sie wohl heute abend zum Essen einladen? Ich würde mich sehr freuen.»

«Ah –» Signor Ciardi besann sich, sah Giustina an und sagte dann: «Si, warum nicht? Vielen Dank, das nehme ich sehr gern an. Giustina, ich weiß, du hast Kalbskoteletts, aber die können warten. Oder du ißt zwei. Signor Garrett, würden Sie erlauben, daß ich mal eben –» er fuhr sich mit der Hand über den drei Tage alten Bart. «Bitte trinken Sie doch noch ein Glas. Ich komme sofort. Giustina, wenn jemand kommt, ich bin kurz nach neun zurück. *Va bene,* Signor Garrett?»

Ray bedeutete ihm mit einer Geste, daß ihm alles recht sei, und ging in sein Zimmer, um seinen Mantel zu holen. Signor Ciardi kam gleich darauf zurück und trug jetzt sogar ein Hemd mit Schlips.

«Ich habe eine Bitte», sagte Ray im Hinausgehen. «Lassen Sie uns heute abend nicht über Probleme sprechen. Über das Leben gern, aber nicht über Probleme.»

Signor Ciardi schien von Herzen einverstanden. «Und später sitzen wir dann noch mit Luigi zusammen. Er kommt bestimmt noch.»

«Ja, aber viel später. Um neun habe ich eine Verabredung mit einer jungen Dame.»

«Ah, si? *Benone.* Dann also später.»

In der italienischen Atmosphäre dieses Abends war, so schien es Ray, nichts unmöglich.

19

Elisabetta trat aus ihrem Haus und starrte mit offenem Mund auf Rays Kopfverband.

«Halb so schlimm», sagte Ray. Den Satz hatte er sich vorher überlegt.

Sie sah sich nach links und rechts um, bevor sie die Tür schloß und heraustrat. Eilig gingen sie nach rechts: es war die Richtung, die sie immer mit ihm eingeschlagen hatte. «Eben habe ich Ihr Bild in der Zeitung gesehen», berichtete sie. «Grade eben, nach dem Essen. Ich hab meinen Eltern nichts gesagt, sie haben auch das Bild nicht gesehen. Sonst hätten sie mich heute abend nicht mit Ihnen ausgehen lassen. Und das letzte Mal sicher auch nicht. So was – eine Schlägerei mit Ihrem Schwiegervater!»

«Wo wollen wir hin? Irgendwo, wo es schön ist, bitte!»

«Schön?» fragte sie, als gäbe es das in Venedig nicht.

Er lächelte.

«Auf die Piazza vielleicht? Zu Quadri?»

Sie nickte und lächelte ebenfalls. «Gut. Sie werden doch nicht von der Polizei gesucht?»

Er lachte. «Ich war heute morgen auf der Polizei und habe eine lange Aussage gemacht. Das haben Sie gelesen. Die Polizei weiß genau, wo ich zu finden bin. Auf der Giudecca.»

«Ach, auf der Giudecca waren Sie!»

«Ja. Und nun können wir vielleicht von etwas anderem reden.» Ray versuchte das Thema zu wechseln und fragte sie nach Alfonso, dem jungen Mann in der Bar Dino.

Aber sie wollte nicht über Alfonso reden.

«Ist das wirklich wahr, daß Ihre Frau sich das Leben genommen hat?» fragte sie flüsternd, Ehrfurcht und Schrecken in der Stimme.

«Ja.»

«Und es stimmt auch, daß Ihr Schwiegervater Sie in die Lagune gestoßen hat?»

«Ja, Und es stimmt auch, daß ich Kunsthändler bin. Oder werden will. Sie sehen, einiges von dem, was ich Ihnen erzählt habe, stimmt wirklich.»

Sie erwiderte nichts, aber sie schien ihm zu glauben.

«Aber, Elisabetta: ich habe der Polizei nichts von der Lagune gesagt. Außer Ihnen weiß es nur noch *ein* Mensch. Wenn Sie also zufällig mit der Polizei reden müssen –» Die Worte taten ihm sofort leid. «Nein, das wird nicht nötig sein. Dazu ist gar kein Grund. Aber ich möchte nicht, daß Sie irgend jemandem erzählen, daß mein Schwiegervater mich ins Wasser gestoßen hat.»

«Warum nicht?»

«Weil er voller Zorn ist. Und er kann nichts dafür.»

«Er hat Sie töten wollen.»

«Ja, das stimmt.»

«Ist er zornig wegen seiner Tochter?»

Sie waren jetzt auf der Piazza angelangt.

«Ja, das ist er. Aber ich konnte wirklich nichts dafür, daß seine Tochter – daß sie das getan hat. Und nun bitte, Elisabetta: ich kann darüber heute abend nicht reden. Ich wollte Sie gern sehen, weil ich nicht daran denken muß, wenn ich mit Ihnen zusammen bin. Dann denke ich nur an den Morgen, als ich Sie zuerst sah, und ich weiß noch, wie Sie lächelten, als Sie mir den Weg zu Signora Calliuolis Haus zeigten.»

Das freute sie, und es war leicht gesagt, weil es wahr war.

Bei Quadri setzten sie sich nach drinnen. Sekt wollte Elisabetta nicht. Ray schlug einen Pousse-café vor. Er trank Cognac. Und dann schwatzten sie eine halbe Stunde lang – hauptsächlich Elisabetta – über nichts Wichtiges. Sie fragte ihn, in was für einem Hause er auf der Giudecca wohnte, und Ray konnte ihr eine Menge über das Haus und über Giustina und den roten Kachelofen erzählen, ohne Signor Ciardis Namen zu nennen, auf den sie auch nicht neugierig war. Sie fand ihren Pousse-café ‹stark› und sagte dann nachdenklich:

«So einen merkwürdigen Mann wie Sie habe ich noch nie kennengelernt.»

«Ich? Ich bin ein ganz gewöhnlicher Mann. Aber Sie sind das merkwürdigste Mädchen, das ich kenne.»

Sie lachte und lehnte sich im Stuhl zurück. «Ach, ich weiß am besten, wie langweilig mein Leben ist!»

Deshalb war sie selbst aber durchaus nicht langweilig, dachte Ray. Ihm gefiel vor allem ihre Frische, die Offenheit ihres Gesichts. Vielleicht wäre es süß, mit ihr zu schlafen – aber vielleicht auch nicht. Es war seltsam, daß er so gern mit ihr zusammen war und dabei klar erkannte, daß es ihm eigentlich gleichgültig war, ob sie je mit ihm ins Bett ging, und daß er sie gewiß niemals heiraten wollte. Trotzdem war er so glücklich in ihrer Gesellschaft, als sei er im Begriff, um sie anzuhalten, oder als habe sie schon ja gesagt. Er wollte die Freude möglichst lange hinausziehen. «Wann müssen Sie heute abend zu Hause sein?»

«Sehen Sie?» Sie lächelte ihn an. «Kein Mensch sonst stellt mir solche Fragen. Ich glaube um elf. Ich habe meiner Mutter gesagt, ich ginge zu meiner Freundin Natalie.» Sie kicherte.

Der Pousse-café mußte tatsächlich stark sein. «Dann kann nichts passieren, denn ich muß schon etwas früher zu Hause sein.» Es freute ihn, «zu Hause» sagen zu können und auch dort erwartet zu werden.

«Haben Sie noch eine Verabredung?» fragte sie.

«Ja», sagte er, immer noch in ihren Anblick vertieft, nur ab und zu blickte er auf die Dekorationen des alten Cafés, auf die gepolsterten Bänke, um der Venezianerin Elisabetta in der Erinnerung den richtigen Rahmen zu verleihen.

Nein danke, sie wollte keinen Kaffee mehr.

Langsam schlenderten sie zurück zu ihrer Wohnung, als läge ihnen nichts daran, das Haus zu erreichen. Der Gedanke fuhr Ray durch den Kopf, ob er sie bitten solle, mit ihm zu kommen und eine Weile mit Signor Ciardi und Luigi – wenn er noch kam – zusammenzusitzen. Er tat es nicht; nicht weil es schon spät war, sondern weil er sie nicht mit jemandem teilen wollte. Er müßte dann erklären, woher er sie kannte, oder sie könnte Signora Calliuoli erwähnen; das alles war zu kompliziert. Er wollte Elisabetta behalten wie ein kleines Emailbild, das er in der Tasche trug und niemandem zeigte. Er hatte auch das Gefühl, daß er sie nach heute abend nie wieder sehen würde, obgleich dafür kein Grund vorhanden war, wenn er noch ein paar Tage in Venedig blieb.

«Gute Nacht, Elisabetta», sagte er vor ihrer Haustür.

Sie sah ihn betrübt an. «Gute Nacht – Rayburn», sagte sie und gab ihm einen Kuß auf den Mund, den er kaum erwidern konnte, so schnell wandte sie sich zur Tür.

Er ging fort, wandte sich noch einmal um, um zu sehen, ob sie hineingegangen war, und sah noch den Zipfel ihres Mantels, bevor die schwere Tür ins Schloß fiel. Der Kuß war weniger aufregend als die beiden andern, dachte er, aber irgendwie viel wirklicher. Rayburn Garrett hatte ihn bekommen. Beim letztenmal hatte sie ihn noch Filipo genannt. Er schritt langsam weiter, wie in einem wohltuenden Traum; die Leute, die auf seinen Verband blickten, kümmerten ihn nicht mehr. Liebe – erotische und romantische Liebe – erschien ihm plötzlich nur wie eine oder mehrere Formen des Ego. Deshalb durfte man sein Ego nicht Menschen zuwenden, oder nur solchen, von denen man nichts erwartete. Liebe konnte ganz rein sein, aber nur wenn sie ganz selbstlos war.

Er hielt einen Augenblick inne, um den Gedanken genauer zu verfolgen. Die Idee kam aus dem Zeitalter der Ritter.

Wichtig war, daß der Gegenstand der Liebe nichts war als Empfänger, dachte er wieder. Liebe war etwas, das man gab, eine Gabe, die man nicht zurückerwarten durfte. Stendhal mußte das schon mal gesagt haben und gewiß auch Proust, mit anderen Worten. Es war ein Stückchen Weisheit, an dem er, Ray, beim Lesen sicher schon einmal hängengeblieben war und das er dennoch nicht auf Peggy angewendet hatte. Es hatte zwar mit Peggy keine Situation gegeben, auf die er dies hätte beziehen können, aber er hatte trotzdem das Gefühl, er wäre weiser, vielleicht sogar allwissend gewesen, wenn er nur im Zusammenleben mit Peggy an diese abstrakte Idee gedacht hätte.

Die schwebende Trance hielt noch an, als er um zehn Minuten nach elf Signor Ciardis Haus erreichte. Luigi war noch nicht da, wurde aber erwartet. Signor Ciardi hatte für Ray eine Bestellung, die ein Polizist abgegeben hatte: ein gefalteter gelber Zettel mit unleserlicher Unterschrift:

Bitte rufen Sie das Polizeirevier an unter Nummer 75 96 51.

Ausgerechnet jetzt, wie lästig. «Ich muß auf der Polizei anrufen», sagte er zu Signor Ciardi. Er ging wieder hinunter in die Kaffeebar.

Capitano Dell' Isola war nicht da, und Ray wurde mit einem anderen Beamten verbunden. «Signora Schneider ist in großer Sorge. Wir sollen feststellen, ob Sie noch an der angegebenen Adresse sind. Sie sind noch im Hause Ciardi?»

«Ja.»

«Sie erwähnte einen Signor Antonio Santini. Kennen Sie ihn?»

«Ja», erwiderte Ray zögernd.

«Sie hat mit ihm gesprochen», sagte die Stimme geheimnisvoll. «Sie macht sich Sorgen, ob Sie ihrem Freunde, Signor Col-e-man, etwas angetan haben.» Die Information wurde so unpersönlich weitergegeben wie der Wetterbericht. «Wir sollen ihr sagen, wo Sie sind. Das ist alles. Besten Dank, Signor Garrett.»

Ray legte den Hörer auf und der Polizeibeamte ebenfalls. Jetzt hatte also Antonio seinen Senf dazugegeben. Wie albern. Oder ob Inez sich wirklich nur Sorgen machte? Jedenfalls schien Antonio sie nicht gerade beruhigt zu haben. Ray ging nach Hause zurück und wünschte, er hätte nicht zu telefonieren brauchen. Er versuchte, wie vorher an Elisabetta zu denken, aber die Magie war verschwunden.

«Rye-burn!» rief eine Stimme hinter ihm. *«A-oul! Ho!»* Es war Luigi, der auf ihn zutrabte.

«Hallo, Luigi! Wie geht's?»

«Ihren Verband habe ich einen Kilometer weit gesehen!» sagte Luigi und schlug Ray auf die Schulter. «Wie geht's?»

«Danke, ausgezeichnet. Hoffentlich nimmt der Arzt mir morgen den Verband ab oder macht mir einen kleineren. Alle Leute sehen mich an, als ob ich Lazarus wäre.» Ray war plötzlich wieder guter Laune. «Lazarus aus dem Grabe!»

Luigi lachte laut und herzlich. Er zeigte Ray eine in Zeitungspapier gewickelte Flasche, die er unter dem Arm trug. «Hier – ein guter Valpolicella für uns alle.»

An der Haustür drückte Luigi auf die Klingel, obwohl Ray den Hausschlüssel bei sich hatte. Giustina öffnete.

«Na, ich hoffe bloß, Sie haben es diesem Col-e-man ordentlich ...» sagte Luigi beim Eintreten.

Ray freute sich, daß Luigi ohne viel Fragen alles akzeptierte: Story und Fakten, Gegenstory und Gegenfakten. «O ja. Er war fast bewußtlos.»

«Schön. Und wo ist er jetzt?» fragte Luigi, als sei es ganz selbstverständlich, daß Ray das wußte.

«Keine Ahnung. Er versteckt sich irgendwo.»

In der Küche wurde jetzt zunächst einmal fröhlich gefeiert. In der nächsten Woche erwartete Luigis Tochter ihr Baby, darauf mußte im voraus angestoßen werden. Aber Luigi war mit seinen Fragen noch nicht fertig. Wie war es zu dem Streit gekommen? Warum haßte Col-e-man Ray so? Luigi bezeugte tiefes Mitgefühl mit Ray wegen des Selbstmordes seiner jungen Frau, er bekreuzigte sich und bat die Jungfrau Maria für sie um Vergebung, auf daß ihre Seele in Frieden ruhe. Und wo hatte der Kampf genau stattgefunden? Wie groß war Col-e-man? War er wahnsinnig? Und mit vorsichtigem Blick auf Signor Ciardi, der so aufmerksam zuhörte, als sei ihm das alles neu, fragte Luigi: «Und in der Nacht, als ich Sie fand – da waren Sie nicht mit Col-e-man zusammen gewesen?»

Ray schüttelte langsam den Kopf, sah Luigi an und zog leicht die

Brauen hoch in der Hoffnung, Luigi werde verstehen, daß er darüber nicht reden wollte. «Ich war mit Freunden zusammen», sagte er und trank einen Schluck aus seinem Glas.

«Mit Freunden!» Luigi grinste, sein Körper bog sich plötzlich in der Taille, weil er es täglich tausendmal beim Rudern tat, und er griff nach dem grünen Päckchen Nazionali, das auf dem gescheuerten Holztisch lag. Die Finger, die eine Zigarette herauszogen, sahen riesig aus. Der stumpfe Schädel und die groben Züge erinnerten an einen kantigen Baumstumpf; doch seine Augen zwinkerten Ray freundlich zu. Dieser Mann hatte ihm das Leben gerettet. Ray hatte ihn gebeten, niemandem etwas zu sagen von dem Vorfall in der Lagune, er hatte ihn sozusagen dafür bezahlt; er hatte Luigi fünfzehntausend Lire gegeben von dem Geld, das er für ihn gewechselt hatte. Aber Ray wußte: viel länger würde Luigi die Geschichte nicht für sich behalten, vielleicht nicht mal mehr heute den ganzen Abend, wenn er noch ein paar Glas getrunken hatte, denn er sah gewiß nicht ein, wozu er jetzt noch schweigen sollte.

«Warum haben Sie sich versteckt, Rye-burn?» fragte Luigi durch eine Rauchwolke.

«Ich mußte eine Weile allein sein. Ich wollte vergessen, wer ich war. Und es ist mir auch gelungen – beinahe.»

«Es war nicht, weil Sie Angst vor Col-e-man hatten?»

Luigi – das merkte Ray – war fest überzeugt, daß Coleman ihn von einem Boot aus in die Lagune gestoßen hatte. Warum sollte er auch etwas anderes annehmen? «Nein, ich hatte keine Angst vor ihm», erwiderte Ray.

Signor Ciardi, der wieder seinen bequemen Pullover angezogen hatte, beobachtete Ray und hörte aufmerksam zu.

Luigi sah leicht verwirrt aus, behielt jedoch weitere Fragen aus Höflichkeit oder Rücksicht auf Rays private Angelegenheiten für sich. «Ach ja, das Leben ist nicht einfach, was, Paolo?»

Signor Ciardi gab darauf keine Antwort, zweifellos hatte er die Bemerkung schon oft von Luigi gehört. Er hob den Zeigefinger und fragte Ray: «Was wollte die Polizei?» Automatischer Widerstand gegen die Polizei und eiserne Verteidigungsbereitschaft waren deutlich von der gerunzelten Stirn abzulesen.

«Sie wollten bloß wissen, ob ich hierher zurückgekommen bin», erklärte Ray.

Luigi trank den Valpolicella mit Genuß. «*Dica*, Rye-burn, Sie haben doch Signor Col-e-man nicht einen zuviel...?» Wieder kam das Wort, das Ray nicht kannte.

«Ich habe ihn gewiß nicht umgebracht», sagte er und lächelte. Er blickte Signor Ciardi an und las aus den gehobenen Brauen, aus der Unterlippe, die zwischen den Zähnen verschwand, einen leichten Zweifel, aber keinerlei unfreundliche Gedanken. «Aber natürlich glaubt die

Polizei es vielleicht trotzdem, bis man ihn findet. Ich werde morgen nach Chioggia gehen und ihn suchen.»

«Nach Chioggia?» fragte Luigi.

Ray erklärte, daß er hinfahren wollte, weil Coleman dort einmal fischen gegangen war.

«Wer ist die Signora, die Freundin von Col-e-man?» fragte Luigi. Er zog ein Zeitungsblatt aus der schwarzen Bluse und suchte die Meldung.

«Inez Schneider», sagte Ray.

«Kennen Sie sie?»

«Ja, flüchtig», sagte Ray. Wenn sie doch endlich das Thema fallenlassen wollten! Sie konnten die Sache ja doch niemals restlos verstehen; mit ihrem ganz andersartigen Temperament hätten sie alles völlig anders gemacht als er. Er spürte auch, daß sie – da er nicht ausführlich darüber sprechen mochte – annahmen, er habe etwas zu verbergen. Das stimmte natürlich auch: die Lagunengeschichte. Er überlegte. Luigi beobachtete ihn lächelnd, und Ray wandte die Augen ab. Wenn Luigi die Sache erzählte, wenn Signor Ciardi sie hörte, dann erfuhr womöglich auch die Polizei sofort davon und würde wahrscheinlich Signor Ciardi einen Besuch abstatten. Vielleicht hatten sie das heute nachmittag schon getan? «Signor Ciardi, ich hoffe, die Polizei hat Sie heute nicht gestört. Ich meine, als sie mit der Bestellung für mich kamen. Hat man Ihnen irgendwelche Fragen gestellt?»

«Nein, nein. Es war bloß ein Polizist, der fragte, ob ich Signor Ciardi wäre und ob Sie hier wohnten.» Signor Ciardi hob lächelnd die Schultern. «Hier, Signor Garrett, trinken Sie. Kommen Sie, nehmen Sie Platz.»

Ray setzte sich etwas unsicher auf einen Stuhl am Tisch. Inez mußte die Lagunengeschichte von Coleman genauso vorgesetzt bekommen haben, wie sie geschehen war, wenn Coleman ihr gesagt hatte, daß er ihn umgebracht habe. Natürlich würde sie das nie der Polizei mitteilen. Ihm fiel plötzlich ein, daß Coleman es Inez vermutlich erst *nach* dem Abend, an dem er Ray im Eingang zu Harry's Bar gesehen hatte, erzählte. Es war charakteristisch für Coleman, sich mit einer solchen Sache zu brüsten, die gar nicht stimmte. Typisch seine Art von irrem Humor. Ray verzog leicht den Mund.

«So, das ist besser. Jetzt lächelt er!» sagte Luigi und sah ihn an. «*Dica*, Rye-burn – warum schützen Sie Signor Col-e-man eigentlich?» Seine Augen brannten vor Neugier, er hielt den Kopf geneigt. «Sie wollen morgen nach Chioggia gehen und ihn suchen. Wenn Sie ihn finden, sollten Sie ihn umbringen!» sagte er laut lachend.

«O nein, nein. Viel zu gefährlich! Wir sind doch nicht in Sizilien», sagte Signor Ciardi, der Luigis Worte ernst nahm, was die Komik für Ray noch erhöhte.

«Sie haben ganz recht, Luigi. Warum schütze ich ihn? Luigi, haben

Sie Signor Ciardi von der Nacht erzählt, als Sie mich in der Lagune fanden?»

«Ah, no, Signor! Sie haben mich doch gebeten, davon nichts zu sagen!» Gefühlvoll packte Luigi vorn sein Hemd mit der Faust. «Hätte ich es ihm sagen sollen?»

«Jetzt ist es mir egal», sagte Ray. «Ich möchte bloß nicht, daß die Polizei es erfährt. Ich danke Ihnen sehr, daß Sie es noch niemandem erzählt haben, Luigi.»

Luigi hörte nicht mehr zu, denn jetzt kam sein Auftritt. Er erzählte die Geschichte, begleitet von Gesten, in einem Wasserfall von Worten und in seinem Dialekt, dem Signor Ciardi ohne weiteres folgen konnte, den Ray aber nur zu einem Viertel verstand.

Signor Ciardi nickte, lachte, wurde ernst, besorgt, kicherte und schüttelte den Kopf, während Luigi eifrig weiterredete.

«Und dann, drei oder vier Tage später –» und jetzt folgte Rays nächtlicher Besuch in Luigis Haus auf der Giudecca. «Ein Wunder war das! Plötzlich stand er wieder vor mir – in meinem Haus! Dann blieb er die Nacht bei uns... meine Tochter erwartete ihr Baby... dann schickten wir dir einen Boten, Paolo, weißt du...»

Die Rede hielt noch einige Minuten an. Signor Ciardi war gebührend erstaunt, sein Mund stand offen.

«Und jetzt wird dieser Mann», schloß Luigi und streckte einen Arm nach Ray aus, «von diesem Col-e-man wieder verfolgt – waren Sie *allein* mit ihm auf der Lagune, an dem Abend?» fragte er Ray.

«Ja. In einem Motorboot.»

«Siehst du? Und dabei verteidigt er den Mann, der zweimal versucht hat, ihn umzubringen! Warum? Bloß weil er Ihr Schwiegervater ist?» Er sah Ray an.

Und Ray dachte an den Revolverschuß in Rom, aber er hatte nicht die Absicht, davon etwas zu erwähnen. «Nein, nein. Er ist außer sich, weil seine Tochter sich das Leben genommen hat. Er ist wie ein Irrsinniger», fügte er noch hinzu. Er hatte das Gefühl, seine Erklärungen seien fruchtlos, aber er schuldete es Luigi und Signor Ciardi, den Sachverhalt so gut wie möglich zu erklären. «Und ich selbst war auch schrecklich deprimiert nach dem Tode meiner Frau. Vielleicht war es mir deshalb nicht möglich, Coleman zu hassen. Ja, so war es wohl.» Er starrte auf die gescheuerte Tischplatte und blickte dann auf. Es war nicht schwer, das auf italienisch zu sagen, diese einfachen Worte zu finden, die sich auch weder gefühlvoll noch falsch anhörten; sie klangen einfach echt. Und doch konnten seine Zuhörer nicht alles verstehen. «Jedenfalls, jetzt ist alles klar, alles ist jetzt offenbar –» das Italienische entglitt ihm plötzlich. «Bitte entschuldigen Sie. Ich kann das nicht richtig sagen.»

«Nein, nein», beteuerte Signor Ciardi und tätschelte den Tisch neben Rays Arm. «Ich verstehe Sie gut.»

«Ich werde Ihnen morgen helfen, Signor Col-e-man suchen», versprach Luigi.

Ray lächelte dankbar. «Vielen Dank, Luigi, aber Sie haben wirklich genug zu tun.»

Luigi kam auf ihn zu und hielt ihm die breite Rechte entgegen, wenngleich nicht zu einem Händedruck. «Wir sind doch Freunde, oder? Wenn Sie was zu tun haben, helfe ich Ihnen. Wann wollen Sie morgen früh fahren?»

Ray sah, es hatte keinen Zweck, zu widersprechen. Vielleicht kam Luigi in diesem Falle auch nicht so sehr aus Zuneigung mit, sondern weil ihn die Sache reizte. «Um neun? Oder um zehn?»

«Um neun. Sie kommen bei mir vorbei, es liegt auf dem Weg. Ich weiß auch ein Boot.»

«Was für ein Boot?» fragte Ray.

«Egal. Ich kenne eins. Ein Freund.» Luigi lächelte und sah Paolo an. «Venezianer helfen einander, was, Paolo? Kommst du auch mit?»

«Nein, ich bin zu dick. Ich gehe zu langsam», sagte Paolo.

«Haben Sie ein Bild von Col-e-man? Nein?» fragte Luigi und schien sich im voraus auf eine Enttäuschung gefaßt zu machen.

«Ich kann eins kriegen. Es war vor zwei Tagen in der Zeitung. Und ich kann ihn auch beschreiben. Er ist zweiundfünfzig, etwas größer als Sie und auch etwas schwerer, fast kahl ...»

20

Am Freitag, 26. November, erwachte Coleman müde und zerschlagen in seiner Bettmulde. Das Bett war noch schlimmer als das in Marios Haus; die Matratze war anscheinend mit Stroh gefüllt, das längst hart zusammengeballt war und nirgends mehr nachgab. Colemans Unterlippe stand vor, denn die Schnittwunde im Mund war angeschwollen; hoffentlich mußte sie nicht geöffnet werden. Er stülpte die Lippe vor und besah sie im Spiegel. Er sah einen hellroten Schnitt, der jedoch keinerlei Anzeichen von Infektion zeigte.

Es war zwanzig nach neun; die Familie war sicher schon stundenlang auf. Er beschloß, sich anzuziehen, hinunterzugehen, eine Zeitung zu kaufen und einen Cappuccino zu trinken. Er war schon auf dem Wege zur Tür, als er Signora Di Rienzo traf, die ihm ein Frühstückstablett brachte; er sah außer Kaffee und Milch ein paar Scheiben Brot, aber weder Butter noch Marmelade. Das mußte er nun wohl oder übel erst verzehren, und zwar an einem runden Tischchen mit viereckiger Spitzendecke. So etwas war typisch für diesen Haushalt mit seinen lästigen Unbequemlichkeiten. Sein Zimmer war kalt, und niemand erbot sich, es zu heizen, weil man wohl der Ansicht war, daß Schlafzimmer nur zum Schlafen benutzt wurden, und beim Schlafen war man ja zugedeckt. Auch das Wohnzimmer war eisig trotz des transportablen elektrischen Ofens, den Coleman aber nicht anzustellen wagte. Gestern abend wollte er ins Badezimmer (wo auch die Toilette war) und konnte nicht hinein, weil jemand badete. Sie hatten ein dickliches Dienstmädchen, das wie sechzehn aussah; vermutlich bekam sie keinen Lohn oder wurde überhaupt nur aus Freundlichkeit beschäftigt, denn sie war geistig zurückgeblieben. Wenn Coleman etwas zu ihr sagte, kicherte sie nur.

Heute stand nichts über ihn oder Ray in den Morgenzeitungen. Was Ray wohl jetzt tat, und wo war er? In der Zeitung stand nichts darüber. Ob die Polizei Ray wohl abreisen ließ, wenn er Venedig verlassen wollte, oder ob man ihn festhielt wegen Mord- oder Totschlagverdachts? Wieder wünschte sich Coleman einen Freund, der der Polizei einen Brief schrieb, er habe am Dienstag abend gesehen, wie ein Mann einen andern in den Kanal rollte. Dann kam ihm plötzlich die Idee, daß Ray sich womöglich selbst auf die Suche nach ihm machen könnte. Und wenn Inez auf der Polizei erwähnt hatte, daß Coleman mal in Chioggia fischen gegangen war, dann war es gut möglich, daß die Polizei hierherkam. Oder auch Ray.

Er war auf der Straße, als ihm diese Gedanken kamen, und sah sich schnell auf dem kleinen Platz um, auf dem er mit gerunzelten Brauen stand. Gerade weil kein Wort über eine Fortsetzung der Suche in der Zeitung gestanden hatte, war er jetzt überzeugt, daß man ihn in Chioggia suchen werde und ihn überraschen wollte. Was mochte Ray alles erzählt haben? Es war Coleman vorher nicht in den Sinn gekommen, Ray könnte vielleicht ausgesagt haben, daß Coleman ihn ins Wasser gestoßen und vorher in Rom angeschossen hatte. Jetzt hielt er es durchaus für möglich.

‹Mestre›, dachte er. Mestre auf dem Festland, dahin mußte er gehen. Er wollte gerade in einen Frisiersalon treten, um sich rasieren zu lassen, als ihm einfiel, daß er jetzt besser jede unnötige Ausgabe vermied. Vielleicht konnte er Signor Di Rienzos Rasierapparat im Badezimmer benutzen. Er ging zum Haus zurück – Nummer 43, das hatte er sich gemerkt – und drückte auf die Klingel. Es war sicher besser, heute den ganzen Tag zu Hause zu bleiben. Vielleicht hatten die Di Rienzos irgendwas zu lesen.

Um halb zwölf, als er, wie geplant, rasiert war und lesend auf dem Bett lag – er hatte all seinen Mut zusammengenommen und Signora Di Rienzo gefragt, ob er einen elektrischen Ofen im Zimmer haben könnte, wenn er dafür extra bezahlte –, begann sich das Haus mit lärmenden Kindern zu füllen. Es mußten mindestens zehn sein; Coleman öffnete seine Tür einen Spalt weit und blickte hinaus. Signora Di Rienzo brachte große Platten mit Gebäck ins Eßzimmer, drei Kinder kreischten und jagten um sie herum, einander nach. Dann klingelte es an der Tür, laut und anhaltend. Sicher kamen noch mehr.

Ärgerlich verließ er sein Zimmer und ging hinüber zum Badezimmer; auf dem Wege würde er wohl Signora Di Rienzo oder das dicke Mädchen treffen, die die Tür aufmachten. Er begegnete dem Mädchen und fragte:

«Was ist denn los? Kindergesellschaft?»

Das dicke Mädchen hielt sich die Hand vor das picklige Kinn und den Mund und brach vornübergebeugt in Gekicher aus.

Coleman sah sich nach Signora Di Rienzo um, die eben aus der Küche kam. Sie trug einen großen weißen Kuchen mit blauer Glasur. «*Buon giorno*», sagte er freundlich – heute zum zweitenmal. «Hat jemand Geburtstag?»

«*Si!*» bestätigte sie laut und begeistert. «Der kleine Sohn meiner Tochter ist heute drei geworden.» Sie sprach sehr deutlich, damit Coleman alles verstand. «Wir haben heute eine Kindergesellschaft für zweiundzwanzig Kinder. Sie sind aber noch nicht alle da», fügte sie hinzu, als nehme sie an, daß Coleman die fehlenden kaum erwarten könne.

Er nickte. «Schön. *Benone.*» Da war es besser, so bald wie möglich das Haus zu verlassen. Er hatte nichts gegen Kinder, aber der Lärm! Er mochte auch nicht fragen, wie lange sie wohl blieben. «Ich gehe zum Essen aus», sagte er, und Signora Di Rienzo, die schon wieder in der Küche stand, nickte zerstreut.

Coleman ging hinaus, setzte sich in eine Kaffeebar, wo er einen Espresso und ein Glas Weißwein trank, und überlegte angestrengt, wie er sich Geld beschaffen könnte. Und konnte er es wagen, selbst einen Brief an die Polizei zu schreiben? Ja, er wollte es darauf ankommen lassen. Er wollte den Brief jetzt schreiben, in Chioggia einstecken und dann nach Mestre fahren. Er ließ sich vom Barmann einen Bogen geben, billiges blaues kleinkariertes Papier, genau das richtige. Den Umschlag konnte er später beim Tabakhändler besorgen. Seinen Kugelschreiber hatte er bei sich. Er saß am Tisch und schrieb auf italienisch in gedruckten Buchstaben:

«26. November 19 . . .

Werte Herren:
Am Dienstag abend, 23. November, habe ich nahe bei der Rialtobrücke zwei Männer miteinander kämpfen sehen. Einer lag am Boden. Der andere hat ihn in den Kanal gerollt. Tut mir leid, daß ich nicht früher den Mut hatte, was zu sagen.

Hochachtungsvoll
ein Bürger von Venedig»

Ja, das hatte den richtigen primitiven Ton und sicher auch einen oder zwei orthographische oder grammatikalische Fehler.

Coleman erhob sich. Er warf einen Blick zurück auf den Tisch, um festzustellen, ob er etwas liegenlassen hatte, und sah, daß das Geschriebene auf der roten Resopalplatte in dem Licht, das auf den Tisch fiel, gut sichtbar war. Aber während er noch hinstarrte, kam ein Junge, nahm die Kaffeetasse und das Glas und wischte mit einem nassen Tuch über den Tisch, der jetzt wieder sauber glänzte.

Er steckte den Brief nicht ein. Den Umschlag hatte er gekauft, aber jetzt verging ihm der Mut, und er zerriß den Brief. Er mußte vor allem aus Venedig weg. Und die Fehler in dem Brief waren amerikanische und keine italienischen Fehler. Es war besser, das nicht zu riskieren.

In das Restaurant, wo der junge Di Rienzo arbeitete, wollte Coleman nicht gehen, um sich nicht mit ihm unterhalten zu müssen. Wahrscheinlich war er heute morgen spät aufgestanden und hatte jetzt Dienst; zu Hause hatte Coleman ihn nicht gesehen. Ihm fiel ein, daß er kein Stück seiner Habseligkeiten im Hause Di Rienzo zurückgelassen hatte, er brauchte also gar nicht wieder hinzugehen; nur hatte er ihnen die fünfhundert Lire für die Nacht noch nicht bezahlt, aber das konnte er einfach in ihren Briefkasten werfen. Er brauchte keinen von ihnen wiederzusehen. Wie angenehm. Dann kam wie ein Stich die Erinnerung an seine Zeichenblocks, die Skizzen, den Kasten mit guten Pastellstiften, die Farben und Pinsel, die er so sorgfältig in Rom für Venedig ausgesucht hatte und die alle im Gritti Palace lagen. Aber Inez würde sich doch wohl darum kümmern und sie nicht einfach dort lassen, wenn sie abreiste. Er war sich klar darüber, daß es ihm gleichgültig war, ob Inez nach Frankreich zurückfuhr, auch wenn er sie nie wieder sah, aber die fünf oder sechs *Skizzen* – es waren wirklich gute Zeichnungen, und er konnte mindestens drei Bilder daraus machen. Brennend gern hätte er Inez angerufen und erfahren, was sie vorhatte, sie gebeten, die Zeichnungen aufzubewahren – aber konnte er sich darauf verlassen, daß sie der Polizei nichts von dem Anruf sagte, wenn er sie darum bat? Er war keineswegs sicher. Vor allem aber konnte sie sich nicht mehr so gut verstellen und so tun, als sei er verschwunden, wenn sie wußte, daß er am Leben war.

Er versuchte sich vorzustellen, daß Inez ihn für tot hielt. Aß sie dann noch das gleiche Frühstück im Gritti, zog sie ihre Strümpfe noch auf die gleiche Art aus wie vorher: auf einem Fuß stehend und die Innenseite nach außen gerollt? Ob ihre Mundwinkel sich ein wenig mehr nach unten zogen und ihre Augen verwirrt oder traurig blickten? Und die Freunde in Rom, Dick Purcell, Neddy, Clifford beim Landwirtschaftsamt – was würden sie tun: einen Augenblick die Stirn runzeln, den Kopf schütteln und nach einer Geste der Hochachtung oder des Mitgefühls suchen und keine finden, da sie ja niemand von seiner Familie kannten? Coleman blickte zum klaren blaugrauen Himmel empor – er war mehr blau als grau – und stellte sich vor, daß er ihn nicht sah;

als das nicht ging, malte er sich aus, daß er ihn nach diesem Moment nicht mehr sehen würde. *Mein Leben ist vorüber. Zweiundfünfzig. Nicht schlecht, denn viele große Leute wie Mozart und Modigliani hatten weniger Zeit.* Er versuchte, sich den Verlust des Bewußtseins auszumalen, nicht wie etwas, das aus der Welt oder aus dem Raum genommen wurde, sondern wie das Ende eines lebendigen Wesens und das schreckliche Aufhören tätiger Arbeit. Einen eisigen Moment lang stellte er sich sein Fleisch als totes Fleisch vor, das noch umherging, ein Gegenstand zum Beerdigen, Materie, die bald zerfallen würde. Das kam der Wahrheit schon näher oder dem, was er wissen wollte; doch sobald er sich klarmachte, daß er diese Erfahrung jetzt erlebte, entglitt sie ihm. Er besaß im Augenblick überhaupt keine Bindungen. Das war die mechanische, wenngleich nicht die philosophische Quintessenz.

Ein junger Mann hinter ihm stieß ihn an und murmelte «*Scusi*». Er fuhr auf und merkte, daß er auf der Straße stehengeblieben war. Er ging weiter.

Nachdem er sich nach der Boot- und Zugverbindung nach Mestre erkundigt hatte, aß er zu Mittag Misto mare in einer Trattoria. Auf eine Papierserviette schrieb er mit Druckbuchstaben «*Grazie tanto*» und wikkelte eine Fünfhundertlirenote hinein, die er um halb drei in den blankpolierten Briefkasten der Familie Di Rienzo steckte. Etwas später war er auf dem Weg zum Fondamento, um ein Boot zum Festland zu nehmen, als er plötzlich Ray Garrett zusammen mit einem kleinen Italiener entdeckte. Sie kamen auf ihn zu, waren aber noch ein Stück entfernt; hätte Ray nicht den Verband um den Kopf getragen, so wäre er ihm wohl gar nicht aufgefallen. Coleman schob sich behende nach rechts in eine Seitengasse.

Doch er hatte keine Eile. Ingrimm begann sich in ihm zu rühren, als er langsam fünf Schritte in die kleine Gasse tat und sich dann umwandte. Sein Mantel schob eine Orange von der Auslage eines Händlers auf dem Gehweg; er bückte sich und legte sie zurück. Ray und der andere Mann gingen oben an der Mündung der Straße vorbei, und Coleman folgte ihnen. Jetzt konnte er wenigstens feststellen, ob und wann sie heute wieder von Chioggia abfuhren. Wenn sie heute abfuhren, kamen sie wahrscheinlich nicht zurück, und dann war es vielleicht noch ein paar Tage einigermaßen sicher für ihn hier in Chioggia.

Doch all diese vernunftmäßigen Überlegungen verblaßten vor Colemans wachsendem Zorn und Haß. Es war eigentlich merkwürdig, dachte er, denn er hatte, seit er in Chioggia war, keinerlei Haß gegen Ray gefühlt; es war, als habe der blutige Streit die Leidenschaften ausgelöscht. Er hatte in den letzten beiden Tagen sogar das leise Aufkommen einer Versöhnlichkeit gegenüber Ray gespürt, die er keinem Menschen zugegeben hätte. Doch sein Anblick hatte alles wieder aufgeweckt. Das schwankende Gleichgewicht war dahin; er merkte, er war am Überkochen, und wenn er Ray Garrett noch länger vor sich sah, so würde ihn die Wut genauso packen wie früher. Mit nervös zuckenden Fingern fühlte er nach dem seidenen Schal in seiner Tasche, drückte ihn und ließ ihn wieder los. Wenn er doch den Revolver jetzt hätte, den er damals in Rom weggeworfen hatte, als er dachte, er habe Ray getroffen. Er verfluchte sein Pech. Langsam folgte er Ray und dem anderen Mann, die keine Eile zu haben schienen. Er wäre gern schneller gegangen, um näher an Ray heranzukommen.

Ray und der andere Mann trennten sich an einer Straßenkreuzung; Ray machte eine kreisförmige Bewegung mit der Hand und sagte dazu ein paar Worte. Coleman behielt nur Ray im Auge. Ray sah sich nach allen Seiten um, aber Coleman war ein gutes Stück entfernt, und ein Dutzend Leute standen zwischen ihnen in der engen Gasse. Jetzt wandte sich Ray nach links, und Coleman folgte ihm, zuerst etwas schneller, weil ihm Ray aus den Augen gekommen war. Es fuhr Coleman durch den Kopf, daß er auch für immer und restlos verschwinden könnte, er brauchte nicht mal seine Bilder in Rom zu holen, er könnte sich für immer verborgen halten und würde auf diese Weise Ray für immer die Last des Verdachts aufbürden. Aber er wußte, er würde nicht auf seine Bilder verzichten können, und er wollte auch weiter malen, wo und wer immer er war. Und außerdem: was geschah schon mit Leuten, die unter Mordverdacht standen? Anscheinend so gut wie nichts. Es blieb ihm nur das eine: Ray umzubringen. Nur das würde ihm Befriedigung verschaffen. Im Augenblick, da er dies dachte, sah er in einer Ecke zwischen der Straße und einer Hauswand ein Stück graues Rohr liegen, das er aufhob. Es war etwa einen halben Meter lang. Vor ihm schritt Ray; sein Kopf hob sich im Gehen auf und nieder.

Mehrere Leute sahen Coleman an und schoben sich etwas beiseite. Er trug das Rohr nach unten gesenkt und versuchte, eine lockere Haltung anzunehmen, während der Zorn ihn fast erstickte. Bei Gott, schwor er sich in mühsam unterdrücktem Grimm, noch wenige Minuten, und kein Mensch sollte ihn mehr zurückhalten, vor allen Leuten und im hellen Tageslicht mit dem Arm auszuholen und das Rohr zu schwingen, so kräftig er konnte.

Ray bog nach rechts ab. Coleman ging vorsichtig bis zu der Ecke, an der die kleine Straße abbog, damit ihn Ray, falls er sich umwandte und wieder zurückkam, nicht sah; aber er merkte, daß Ray weiterschritt. Mit einem bitteren Geschmack auf der Zunge wurde ihm klar, daß er vermutlich auch nicht länger zu leben hatte als Ray, wenn sich die Menge gegen ihn wandte; doch diese Überlegung hielt ihn nicht zurück, sondern feuerte ihn noch mehr an. Er packte das Rohr mit der rechten Hand, der Daumen war über die anderen Finger gedrückt.

Wieder wandte sich Ray nach rechts, und als Coleman ebenfalls eingebogen war, sah er voll Ärger, daß Ray und sein italienischer Freund sich wieder getroffen hatten. ‹Ach, scheißegal›, dachte Coleman und kam langsam näher. Ray und der Italiener standen dicht beieinander.

«Tonio! Vergiß das Brot nicht!» rief eine Frauenstimme ganz nahe bei Coleman aus einem Fenster des ersten Stockwerks, doch Coleman blickte nicht auf.

Eine Frau wich ihm plötzlich erschreckt aus.

«He – was machen Sie da?» fragte eine Männerstimme auf italienisch.

Coleman wandte den Blick nicht von Rays Hinterkopf.

Jetzt drehte Ray sich um und sah Coleman sofort. Sie waren nur zwei Meter voneinander entfernt.

Coleman hob das Rohr. Mehrere Leute duckten sich entsetzt. Ray bückte sich halb und hob die Arme. Irgend etwas, so schien es Coleman, hielt seinen Arm in der Luft fest und lähmte ihn. *‹Die Leute›*, dachte er, *‹die verdammten Leute, die hier alle zusehen!›* Ein Mann – der kleine Italiener – riß ihm die Arme in die Höhe, und da Coleman sich ganz steif hielt, verlor er den Halt und schlug stocksteif seitwärts auf das Pflaster. Jemand versuchte, ihm das Rohr zu entreißen, doch Colemans Hand hielt es wie angeschmiedet fest. Sein linker Ellbogen tat sehr weh.

«Wer ist das?»

«Was ist denn los mit ihm?»

«Kennen Sie ihn?»

«Polizia!»

«Nunzio! Kommen Sie her!»

Eine kleine Menschenmenge hatte sich gebildet. Alle starrten ihn an, alle redeten.

«Ed, laß los!» Das war Rays Stimme.

Coleman kämpfte mit einer Ohnmacht. Beim Fallen hatte er sich auch den Kopf angeschlagen. Der Schmerz im Ellbogen war furchtbar, und er hatte das Gefühl, er atme nicht oder bekäme keine Luft. Er schnaubte laut, die Nase war offenbar voller Blut. Ray zog an dem Rohr, mußte es aber aufgeben, Coleman wollte nicht loslassen. Dann kam ein Polizist, er und Ray hoben Coleman auf. Der Polizist entwand ihm das Rohr in einem Augenblick, als er es nur mit einer Hand hielt.

«Edward Col-e-man», sagte Ray zu dem Polizisten.

Sie machten sich auf den Weg. Einige Leute folgten.

«Er hat *wieder* versucht, Sie zu töten!» sagte der Italiener neben Ray und warf einen Blick auf Coleman.

Sie kamen auf die Polizeiwache. Coleman sah Ray nicht an. Sie nahmen Coleman den Mantel ab – sie hatten ihm zugerufen, den Mantel auszuziehen, aber er hatte es nicht beachtet –, und als er ihn hergeben mußte, tobte er, weil der Schal darin war. Sein Jackettärmel vom Ellbogen abwärts war vollgesogen mit Blut.

«Mein Mantel!» schrie Coleman auf italienisch. Man gab ihn ihm zurück. Er preßte ihn mit dem rechten Arm an sich.

Sie hoben den linken Arm, und Coleman sah, daß er schlaff herunterhing. Dann mußte er das Jackett ausziehen. Sie setzten ihn auf einen Stuhl und sagten, der Arzt sei unterwegs. Sie stellten ihm Fragen nach Namen, Wohnort, Alter.

Ray und sein italienischer Freund standen zusammen links von Coleman; der Italiener starrte ihn an, Rays Augen wanderten im Raum umher, blieben von Zeit zu Zeit an ihm hängen und gingen dann weiter. Dann flüsterte Ray dem Italiener etwas zu, dringend, verneinend, immer wieder drückte er die Hand nach unten. Der Italiener zog die Stirn hoch und nickte.

Ein Polizeiboot brachte sie nach Venedig, Ray und Coleman, den italienischen Freund und drei Polizisten. Am Piazzale Roma stiegen sie aus und gingen zu Dell' Isolas Revierwache. Zordyi war auch dort. Colemans Nase blutete nicht mehr, aber er fühlte etwas Klebriges an der Oberlippe, und sein Taschentuch war naß. Dell' Isola fragte ihn nach dem Kampf am Dienstag abend.

«Er hat mich mit einem Stein geschlagen und versucht, mich in den Kanal zu stoßen», sagte Coleman. «Glücklicherweise kam ein Mann vorbei, und da mußte er aufhören –» er wies auf Ray. «Er ließ mich bewußtlos liegen.»

«Aber haben Sie nicht mit dem Streit angefangen, Signor?» fragte Dell' Isola höflich. «Signor Garrett sagt, Sie sind ihm gefolgt mit dem Stein in der Hand.»

Coleman zog die Luft durch den Mund ein. «Wer angefangen hat, weiß ich nicht. Wir haben uns getroffen, und da ging es los.»

«Und warum, Signor?» fragte Dell' Isola.

«Das ist meine Sache», gab Coleman nach ganz kurzem Zögern zurück.

Dell' Isola blickte von Ray zu Zordyi und dann zu Coleman. «Und der Stein, Signor? Den haben Sie doch gefunden, nicht wahr?»

«Und auch zuerst zugeschlagen, nicht wahr?» warf Zordyi auf englisch ein und wiederholte die Worte auf italienisch.

Coleman fand das Verhör gräßlich. Er wurde hin- und hergerissen von verschiedenen Gefühlen, Beleidigung, Empörung, Ungerechtigkeit, sogar Langeweile, und die ganze Fragerei machte ihn schwach und müde. Der Schmerz im Arm marterte ihn, obgleich ihm der Arzt auf der Polizeiwache in Chioggia eine Tablette gegeben hatte, vermutlich gegen den Schmerz. «Zu dem Stein habe ich nichts zu sagen», sagte er.

«Und zu dem Bleirohr in Chioggia auch nicht?» fragte Zordyi auf englisch.

Coleman hielt noch immer den Mantel mit dem rechten Ellbogen an sich gepreßt und suchte jetzt mit der rechten Hand in der Manteltasche, bis er den Schal fand; der Mantel fiel auf den Boden, und er hielt nur den Schal in der Hand. Einen Augenblick war er verlegen, dann preßte er den Schal in der Faust und schüttelte sie gegen Ray. «Hierbei beschwöre ich, was ich sage!» sagte er auf englisch. «Der Schal meiner Tochter!»

Zordyi lachte kurz auf. «Das ist nicht ihr Schal. Mme. Schneider hat es mir gesagt.»

«Was weiß sie denn davon?» fragte Coleman.

«Sie weiß es von Ray Garrett, und der hat ihn hier gekauft», gab Zordyi zurück.

«Ihr lügt alle!» sagte Coleman. «Alle – jeder einzelne!» Und er sah, daß Ray bei diesen Worten schwankte.

Ray ging mit furchtsamem Gesicht auf Coleman zu, als habe er ihm etwas zu gestehen. «Ich bitte dich, Ed, beruhige dich! Du brauchst einen Arzt. *Un dottore, per piacere, Signor Capitano!*» sagte er zu Dell' Isola.

«Si, d'accordo, subito. Franco, chiama il dottore», sagte Dell' Isola zu einem der Beamten.

Während er noch sprach, sammelte Coleman seinen Speichel und spuckte Ray ins Gesicht. Er traf die rechte Wange.

Ray hob die Hand und griff zu einem Taschentuch. Sein italienischer Freund, der zugesehen hatte, schrie Coleman etwas zu, das er nicht verstand. Ray – feige wie immer, natürlich – wandte sich ab. Aber Colemans Kräfte waren erschöpft, und er ließ sich zu einem Stuhl führen, um nicht zu Boden zu fallen. Alle redeten gleichzeitig. Man brach auf. Ray und sein Freund sprachen zu Dell' Isolas Schreiber, der alles notierte, was sie sagten. Zordyi wartete. Der Arzt kam und ging mit Coleman und Zordyi in einen Nebenraum, wo er Coleman das Hemd auszog.

Man murmelte. *Frattura.* Zwei Polizisten standen dabei und sahen zu.

«Jetzt sagen Sie mir, was an dem Abend am Lido geschehen ist», sagte Zordyi und beugte sich mit den Händen auf den Knien zu Coleman vor.

Coleman nahm Zordyi nur als eine nebelhafte große Gestalt wahr, die ihm nicht glauben wollte und also ein Feind war. Coleman sah ihn nicht an. Rays Freund war vielleicht ein Gondoliere, der Ray aus dem Wasser geholfen hatte, und vielleicht hatte Ray Zordyi das erzählt. Coleman sagte auf italienisch zu einem der Polizisten: «Bitte rufen Sie Mme. Inez Schneider im Gritti Palace an. Ich möchte mit ihr sprechen.»

21

Am nächsten Morgen um elf Uhr hatte Ray seinen Koffer aus der Pensione Seguso am Zattere-Quai geholt und dort seine Rechnung bezahlt, die auf drei Tage Halbpension lautete. Man war sehr freundlich, stellte keinerlei Fragen, und Ray hinterließ zweitausend Lire als Trinkgeld für das Zimmermädchen. Post war nicht da, da er keine Briefe dorthin erbeten hatte.

Immerhin sah ihn die junge Dame an der Réception leicht erstaunt an und fragte: «Sind Sie verletzt?»

«Nur eine Schnittwunde», erwiderte er. Sie sprachen englisch. «Es tut mir wirklich leid, daß ich Ihnen soviel Ungelegenheiten gemacht habe. Vielen Dank für Ihre Freundlichkeit.»

«Aber bitte sehr. Hoffentlich sehen wir Sie bald wieder.»

Ray lächelte. Das war wirklich sehr freundlich.

«Brauchen Sie einen Träger?»

«Nein, danke, es geht schon.» Er ging hinaus mit dem Koffer in der Hand, der ziemlich schwer war.

Er trat auf die Terrasse vor dem Hotel, ging am Ruskin-Haus vorbei und zum Zattere-Quai hinunter – aber dies war eigentlich die falsche Richtung. Um zwölf sollte er Inez bei Florian treffen. Ob er den Koffer hinüberbrachte zur Giudecca und dann zurückkam? Er beschloß, ihn doch mitzuschleppen. Er ging über die Insel und nahm an der Accademia ein Vaporetto. Der Koffer enthielt einen Teil seiner irdischen Habseligkeiten, und als das Boot den Landesteg verließ, hatte er das schreckliche Gefühl, etwas für alle Zeiten hinter sich zu lassen. Inez hatte ihm heute morgen eine Nachricht gesandt, die ihn gerade noch erreichte, als er Signor Ciardis Haus verließ. Er sollte sie anrufen, und das hatte er getan. Sie berichtete, Coleman sei – nach einer Operation am Ellbogen am Abend vorher – heute früh ins Gritti Palace gekommen, um seine Sachen zu holen. Inez hatte es nicht in Worten gesagt, aber Ray vermutete, daß Coleman sie nicht wiedersehen wollte. Inez wollte jedoch Ray gern sprechen; sie reiste am Nachmittag ab. An der Haltestelle San Marco stieg er aus und machte sich auf den Weg zum Markusplatz; er hatte reichlich Zeit und blieb öfters stehen, um sich die Schaufenster anzusehen. Es war nicht weit bis zur Bar Dino, vielleicht konnte er vorbeigehen und dort noch einen Kaffee trinken; doch große Lust hatte er nicht. Vielleicht arbeitete Elisabetta auch sonnabends gar nicht. Aber es machte ihm Freude, sie sich wie üblich hinter der Theke vorzustellen, wie sie die Leute anlächelte und mit alten Kunden schwatzte. Es machte ihm auch Freude, sie sich zu Hause vorzustellen, wo sie sich vielleicht die Nägel schnitt, einen Pullover auswusch oder eine Auseinandersetzung mit ihren Eltern hatte über das langweilige Leben in Venedig. Und ebenso gefiel ihm die Vorstellung, daß sie übers Jahr heiraten wollte.

Wieder hörte er das aufrauschende «Ah-h», als er den weiten Markusplatz betrat, sekundenlang fühlte er sich ganz klein, dann spürte er neue Energie. Er sah sich nach Inez um; sie mußte aus seiner Richtung kommen, wenn sie vom Gritti kam, aber sie war noch nicht zu sehen. Vor ihm humpelte eine Taube, der ein Bein fehlte, wie ein alter Matrose auf dem Stumpf, und stritt sich mit den andern um die Futterbrocken. Ray lächelte. Wenn er das nächste Mal nach Venedig kam, würde er nach ihr ausschauen.

Es war nun doch schon zehn Minuten vor zwölf geworden, und als er bei Florian ankam und in die Richtung des Gritti blickte, sah er Inez über den Platz kommen. Sie schritt ein wenig langsamer, hielt jedoch den Kopf so hoch wie immer. Er ging ihr entgegen.

«Oh, hallo, Ray», sagte sie und drückte seine ausgestreckte Hand. «Mein Gott, war das ein Morgen!»

«War es so schlimm? Kommen Sie, wir wollen was Gutes trinken. Einen Cinzano? Oder Sekt?»

«Nein, eine heiße Schokolade. Ich brauche Trost.»

Sie setzten sich drinnen an einen Tisch.

«Sie reisen auch ab?» fragte sie.

«Ich hab gerade meinen Koffer vom Seguso abgeholt. Reichlich spät, was?» sagte Ray. Er gab dem Kellner die Bestellung auf.

«Was ist nun eigentlich gestern geschehen? Ich glaube nicht, daß Edward mir die Wahrheit sagt.»

‹Sicher nicht›, dachte Ray. «Er kam mit einem Stück Rohr hinter mir her.»

«Mit was?»

«Mit einem Stück Rohr, wie es für Wasserleitungen benutzt wird.» Er machte mit den Fingern einen Kreis, um den Umfang anzudeuten. «Aber er ist gar nicht zum Zuschlagen gekommen. Ein Italiener, Luigi, war bei mir und stieß ihn beiseite, und dabei ist er gefallen und hat sich den Ellbogen verletzt.»

«Und das war in Chioggia?»

«Ja. Er muß da mehrere Nächte verbracht haben.»

«Er sagte, Sie hätten ihn gesucht. Um ihm was anzutun.»

Ray seufzte. «Na ja. Ich habe ihn gesucht, um zu beweisen, daß er am Leben war. So einfach war das.»

«Er ist *wahnsinnig*», sagte Inez nachdrücklich. «Er hat vollkommen den Verstand verloren, was Sie und seine Tochter betrifft.»

Das hatte Inez auch bei ihrer ersten Unterhaltung gesagt, erinnerte sich Ray. «Und was war nun heute morgen?» fragte er.

Langsam und vielsagend hob sie die Schultern. «Er kam einfach ins Hotel, ohne auch nur vorher anzurufen. Ich wußte, er war gestern abend im Krankenhaus, und da versuchte ich ihn abends zu erreichen – aber es hörte sich an wie ein Irrenhaus, es war nicht möglich, mit ihm zu sprechen. Und heute morgen sagte er dann bloß: ‹Ich wollte meine Sachen holen.› Die nahm er mit und sagte nur noch: ‹Leb wohl.›»

Tränen standen ihr in den Augen, liefen aber nicht herunter, so viele waren es nicht.

«Dann hält ihn die Polizei also nicht fest – hoffentlich?»

«Ich weiß es nicht. Er sagte, er führe nach Rom, aber das würde er mir wohl auf jeden Fall sagen, egal wohin er fährt.»

«Haben Sie etwas von Zordyi gehört?»

«Ja, er rief mich an, als Edward schon weg war. Er sagte – na ja, er glaubt, Edward ist an allem schuld. Erst ein Stein und dann ein Stück Rohr, sagte er.» Inez sah blicklos ins Leere. «Er glaubt auch nicht, daß Edward Ihnen an dem Abend am Lido nichts getan hat.»

Coleman war also dabei geblieben. Ray war erleichtert und wußte zunächst nicht warum, bis es ihm klarwurde: er brauchte sich nun nicht mehr zu verteidigen gegen Coleman, er fühlte keinen Groll und konnte sich jetzt Mitgefühl und sogar Teilnahme leisten. Er war auch ganz sicher, daß Coleman nie einen weiteren Überfall auf ihn versuchen würde. Dieser letzte hatte ihm den Rest gegeben. Er malte sich aus, wie Coleman unter Zordyis Fragen beharrlich und granithart bei seiner Aussage blieb – eigentlich bewundernswert. Er besaß Überzeugung, selbst wenn sie unsinnig war. Ray hoffte, daß ihm weitere Fragen von Zordyi und auch von der italienischen Polizei, die noch einmal um seinen Anruf gebeten hatte, erspart bleiben würden. «Hat Zordyi gesagt, daß er abreisen will?»

«Ja, heute, glaube ich. Er sagte, Edward bekäme vielleicht eine Geldstrafe. Das heißt dann vermutlich: keine Haft.»

Er las in ihren Augen, daß sie das hoffte. «Ja, ich denke schon. Sie wissen, daß ich gegen Edward keinen Strafantrag stelle.»

«Sie sind sehr anständig, Ray, weiß Gott.»

Ray spürte, daß sie gern mehr Gefühl aufgebracht hätte, als ihr für den Augenblick zur Verfügung stand. «Und die Smith-Peters? Sind Sie noch hier?»

«Ja, aber sie fahren heute nachmittag. Ich glaube, sie wollten Edward gar nicht mehr sehen. Schlimm. Sie haben einfach jetzt Angst vor ihm.»

Das amüsierte Ray, aber er lächelte nicht. «Was haben sie denn gesagt?»

«Na ja – ich habe ihnen das von dem Rohr gesagt – ich wußte nicht genau, was es war, bis Sie es mir erklärten – es waren auch Zeugen dabei, nicht wahr?»

«Ja.»

«Und da sagten sie: ‹Entsetzlich. Hat er nicht an dem Lido-Abend Ray auch etwas angetan?› Ich hab gesagt: ‹Nein, Ray sagt nein.› Sie stellen sich so etwas – so was wie eine Nadel vor, mit der er Sie gestochen haben könnte, damit Sie einschlafen oder das Gedächtnis verlieren oder so.»

«Tatsächlich?» Ray warf den Kopf zurück und lachte. «Und Sie, Inez? Sehen Sie Edward noch mal?»

«Ich glaube nicht. Er ist im Grunde doch ein Einzelgänger.»

«Er ist ein interessanter Maler», sagte Ray höflich, und damit schien die Unterhaltung beendet. Er sah sich im Restaurant um, so wie er sich bei Quadri umgesehen hatte, als Elisabetta ihm gegenübersaß. Diese Szene mit Inez würde er behalten. Ihre Zuneigung für Coleman war nicht stark gewesen, jedenfalls nicht stark genug, um ihrem Leben eine andere Richtung zu geben. Coleman war nur ein besonders schwieriger Liebhaber oder wie sie ihn sonst nennen mochte. Die Leidenschaft war wohl mehr auf Colemans Seite gewesen. Ihm kam auf einmal alles sinnlos vor, er wollte weg – er wollte Inez ihrem Schicksal überlassen, das gewiß nicht allzu hart mit ihr umgehen würde. Er wollte mit dem seinen allein fertig werden. Inez schlug vor, zu gehen.

«Sie sollten mehr Vertrauen zu sich selbst haben», sagte sie, als sie auf dem Markusplatz standen. «Dann finden Sie auch wieder jemand zum Heiraten.»

Darauf hatte er keine Antwort.

Sie schüttelte ihm die Hand. «Leben Sie wohl, Ray.»

«Auf Wiedersehen.» Er folgte ihr mit den Augen, als sie den Platz verließ und auf San Moisè zuging. Er wollte in die gleiche Richtung, und einen Augenblick später nahm er den Koffer auf und ging los, nur etwas langsamer als Inez.

Das Boot brachte ihn hinüber zur Giudecca.

Signor Ciardi gab ihm ein Telegramm, das er in der Küche öffnete und las.

abreise heute 18 uhr new york. coleman frei. begreife weder sie noch italienische justiz. beste wünsche – zordyi.

Ray lächelte und stopfte sich das Papier in die Tasche.

«Doch nichts Schlimmes? Gut», sagte Signor Ciardi.

Ray hatte ihm erzählt, daß er wahrscheinlich heute abreisen werde. Er mußte sich noch um eine Flugkarte kümmern. Signor Ciardi drängte ihn, noch ein Glas Wein zu trinken und dann auch noch mit ihnen zu Mittag zu essen – Giustina hatte Lasagne gekocht –, doch Ray mochte nicht essen. Auf Signor Ciardis Fragen nach dem Polizeiverfahren antwortete er mechanisch; er sah weder ihn noch die Küche, noch Giustina deutlich und hatte doch das Gefühl, sie alle im Innern aufzunehmen, ihr Wesen, ihre Freundlichkeit, ihre – er suchte in Gedanken nach Worten und kam immer nur auf ihre Fähigkeit zur Vergebung. Sie hatten ihn aufgenommen, er hatte ihnen Ungelegenheiten gemacht, und sie hatten ihm Freundschaft geboten. Es war fast zuviel. Er trat verlegen aus der Küche und ging nach oben in sein Zimmer. Endlich konnte er seinen Anzug wechseln, obwohl der frische, den er aus dem Koffer nahm, auch zerdrückt war. Er packte den neuen Koffer und ging wieder nach unten. In dem größeren Koffer lagen nun die beiden Zahnbürsten zusammen, die alte grüne und die neue blaue. Das störte ihn; er hätte die ältere wegwerfen sollen. Er stellte die Koffer in die Küche und sagte zu Signor Ciardi, er müsse noch einmal telefonieren und werde gleich zurück sein.

«Ach – und die Fäden!» rief er aus, als ihm plötzlich die Wunde wieder einfiel.

«*Si, oggi!*» sagte Signor Ciardi. «Ich schicke sofort jemand zu Doktor Rispoli.»

Ray bedankte sich. Er wußte, jetzt nahm alles auf italienisch seinen Lauf. Der Doktor kam, vielleicht etwas später als versprochen, aber kommen würde er und dann auch die Fäden entfernen; und Ray konnte bestimmt jenes Flugzeug noch erreichen, für dessen Kurs er eine Flugkarte hatte. In der Kaffeebar telefonierte er zuerst mit der Alitalia und bestellte einen Platz für die Maschine, die um 10 Uhr 45 abends nach Paris ging. Als zweites gab er ein Telegramm ans Hotel Pont-Royal auf und ließ ein Zimmer reservieren; die Kosten für das Telegramm bezahlte er dem Barmann. Schließlich rief er die Polizei an und wurde mit Dell' Isola verbunden.

Dell' Isola sagte: «Sie brauchen nicht mehr herzukommen, wenn Sie nicht...» es folgte ein langer Satz, in dem Ray nur die Worte ‹Strafantrag stellen› verstand... «Signor Col-e-man.»

Nein, sagte Ray, das habe er nicht vor.

«Dann erhält er eine Geldstrafe wegen Ruhestörung», sagte Dell' Isola.

‹*Disturbatore della quiete pubblica.*› Der Satz klang ungemein würdevoll, dachte Ray. «Gut, Signor Capitano.»

Ray kam nach Hause zurück und aß nun doch etwas Lasagne. Die neue elektrische Uhr glänzte an der Wand, und Giustina blickte alle fünf Minuten hin. Er werde, sagte Ray zu Signor Ciardi, nachts fliegen, müsse aber rechtzeitig auf dem Flugplatz sein, um noch den Flugschein zu bezahlen.

«Luigi arbeitet heute nachmittag», sagte Signor Ciardi. «Das kommt nicht oft vor. Er möchte Sie gern zum Flugplatz bringen. Vielleicht ist er bis sechs Uhr zu Hause. Soll ich das mal feststellen?» Er wollte einen Boten von der Straße holen und zu Luigi hinüberschicken.

Ray dachte, so würde das immer weitergehen, aber er freute sich doch, daß Luigi ihn noch einmal sehen wollte. Lugi war vermutlich dabei, die Lagunengeschichte unter den Gondolieri zu verbreiten. Allmählich nahm sie dann, mit Ausschmückungen und Übertreibungen, ein Ausmaß an, das seine schrecklichsten Drachenmärchen übertraf. «Nein, danke, Signor Ciardi. Lassen Sie nur. Ich verspreche, ich werde ihm schreiben. Das heißt, wenn Sie seine Adresse haben, denn ich weiß sie nicht.»

Auch Signor Ciardi wußte die Hausnummer nicht. Aber Ray hatte ja Signor Ciardis Adresse und war überdies sicher, daß der Name genügen werde; er sagte also, er werde hierher schreiben, und Signor Ciardi versprach ihm, den Brief dann weiterzuleiten. «Ich muß doch auch wissen, wie es mit dem Baby seiner Tochter geht», sagte Ray, und Signor Ciardi lachte.

Gegen vier kam der Arzt und entfernte die Fäden aus der Wunde. Eigentlich etwas früh, meinte er, aber es blutete nicht mehr. Wo das Haar wegrasiert war, blieb eine häßliche Stelle; Ray suchte sie zu verbergen, indem er das Haar darüberkämmte.

Um sechs brachten Signor Ciardi und ein großer Junge, den Ray nie gesehen hatte und der den einen Koffer trug, ihn zum Fondamento San Biagio, und dort nahm er ein Boot zum Festland. Signor Ciardi wollte erst mitkommen, aber Ray brachte ihn davon ab. Mit ein wenig Zureden, dachte er, hätte Signor Ciardi ihn bis nach Paris begleitet und dann noch Luigi kommen lassen.

«Arrivederci!» rief Ray. Dreimal hatten sie sich umarmt. *«Addio, Signor Ciardi!»*

«Paolo!» Er blickte zurück. *«Addio, addio, Rye-burn!»*

Das Boot fuhr schneller. Die Lichter von Venedig glitzerten, brannten gleichmäßig, wogen auf und nieder, während das Boot durch die vom Wind bewegten Wellen fuhr. Im Geiste sah Ray im flackernden Licht des Piers von San Biagio den Jungen neben Signor Ciardi stehen und winken; sie blickten herüber zu ihm, den sie wohl nicht mehr sehen konnten, und winkten, und in der Geste lag ihre ganze Freundschaft.

Crime Ladies

«Es liegt in der Tradition des Kriminalromans, daß Frauen bessere Morde erfinden. Aber warum? Diese Frage kann einen wirklich um den Schlaf bringen!»
Milena Moser in «Annabelle»

Patricia Highsmith
Venedig kann sehr kalt sein
(thriller 2202)
Peggy liegt eines Morgens tot in der Badewanne. Niemand zweifelt, daß sie sich selbst die Schlagader aufgeschnitten hat. Nur für den Vater ist klar: der Ehemann muß schuldig sein...
«Unter den Großen der Kriminalliteratur ist Patricia Highsmith die edelste.»
Die Zeit

Nancy Livingston
Ihr Auftritt, Mr. Pringle!
(thriller 2904)
Pringle vermißt eine Leiche
(thriller 3035)
«Wer treffenden, sarkastischen, teils tief eingeschwärzten Humor und exzentrische Milieus schätzt, komm mit Privatdetektiv G.D.H. Pringle, einem pensionierten Steuerbeamten, der die Kunst liebt, ganz auf seine Kosten.»
Westdeutscher Rundfunk

Anne D. LeClaire
Die Ehre der Väter
(thriller 2902)
Herr, leite mich in Deiner Gerechtigkeit
(thriller 2783)
Peter Thorpe zieht an die Küste von Maine und hat zum erstenmal in seinem Leben den Eindruck ehrlichen, rechtschaffenden Menschen zu begegnen. Hier gibt es keine Lügner, Diebe, Mörder. Oder doch?

rororo thriller

Jen Green (Hg.)
Morgen bring ich ihn um! *Ladies in Crime I - Stories*
(thriller 2962)
Diese Anthologie von sechzehn Kriminalgeschichten von Amanda Cross über Sarah Paretsky bis Barbara Wilson zeigt in Stil und Humor die breite schriftstellerische Palette der Autorinnen.

Jutta Schwarz (Hg.)
Je eher, desto Tot *Ladies in Crime II - Stories*
(thriller 3027)

Irene Rodrian
Strandgrab
(thriller 3014)
Eine Anzeige verführt so manches Rentnerpaar, die Ersparnisse in ein traumhaftes Wohnprojekt im sonnigen Süden zu investieren. Sie können ja nicht ahnen, daß sie nicht nur ihr Geld verlieren, sondern auch ihr Leben aufs Spiel setzen...
Tod in St. Pauli *Kriminalroman*
(thriller 3052)
Schlaf, Bübchen, schlaf
(thriller 2935)

3022/3